송은일 지음

1판 1쇄 발행 | 2010. 8. 23

발행처 | **Human & Books**
발행인 | 하응백
출판등록 | 2002년 6월 5일 제2002-113호
서울특별시 종로구 경운동 88 수운회관 1009호
기획 홍보부 | 02-6327-3535, 편집부 | 02-6327-3537, 팩시밀리 | 02-6327-5353
이메일 | hbooks@empal.com

값은 뒤표지에 있습니다.
ISBN 978-89-6078-097-2 04810
      978-89-6078-096-5 (전3권)

왕인

송은일 장편소설

오랜 세월 어둠 속에서만 지내왔던 탓에 검은 그 빛을 잃고 힘을 잃은 듯하였으나
검을 받쳐 들고 동굴 밖으로, 햇빛 아래로 나섰을 때 검은 차츰 그 빛을 되찾았고
마침내 빛을 뿜었다. 목지형검은 왕인의 두 손에서 푸르게 살아났다.

Human & Books

"실마리를 잡고 기호와 상징을 사용하여 이야기를 풀면서 꿈을 담아 노래하기."

소설《왕인》을 구상할 때 제가 책상 옆에다 써 붙인 글귀입니다. 실존했던 인물을 주인공 삼아 소설을 쓰려하면서 그렇게 애매하고 막연한 구절을 써 붙인 이유는, 왕인과 백제에 대한 제 생각이 그렇게 막연했기 때문입니다. 고구려를 생각하면 웅위와 기상이 떠오릅니다. 신라는 화려하고 신비하지요. 백제는? 글쎄요. 검박하고 쓸쓸하달까요. 색깔로 치면 생무명처럼 희부연하고, 딱히 떠오르는 게 없어 할 말도 없고, 어쩐지 변변찮게 느껴지고. 그때 그랬습니다.《왕인》은 거기서부터 시작했습니다. 나는 백제에 대하여 아는 것이 없다. 백제에 대해 내가 왜 이렇게 생각하게 되었을까.

백제에 관한 역사서를 읽고 관련 자료들을 찾아보고 백제의 유적지를 다녀보았습니다. 백제는, 한반도는 물론 대륙에 광활한 영토를 지녔던 대제국으로 당대 어떤 나라보다 진화된 문화와 문물을 지니고 살았던 나라였다는 걸 비로소 알게 되었지요. 대륙백제! 해상제국! 한반도에서 태어나 사십여 년을 살고 있는 제가 처음 만나게 된 단어들이었습니다.

패자는 말이 없고 역사는 승자들의 기록이라 하던가요. 제가 백제에 대해 가진 시각이 바로 패자의 시각이고 백제를 그렇게 패자로 만들어 온 기득권 역사가들의 시각이었던 거지요. 백제 멸망 이후 줄기차게 백제 역사를 축소하여 한반도에 국한시키면서 우리 역사 속에서 대륙백제라는 거대한 존재를 완전히 폐기해 온, 그리하여 한반도에 존재했던 나라들 전체를 변변찮게 여기게 만들어버린.

하지만 《삼국사기》에 나타난 우리 삼국 역사, 솔직히 그다지 재미있지 않잖아요. 고려, 조선이라고 다른가요? 언제나 어딘가에 치여 살아온 듯해 자랑스럽게 여기기 어렵지요. 우리가 그나마 우리 역사라고 알고 있던 사실마저도 주변국들에서 자신들 것이라고 주장하게 만들었고요. 내 밥그릇도 챙기지 못하고 사는 것 같은 열패감을 느끼게 하지요. 대체 제 머릿속엔 왜 그런 생각들이 들어 있었던 걸까요? 저만 이런가요?

저한테 각인된, 백제에 관한 편견을 몰아내기 위해 나름 애썼습니다. 사실 꽤 애를 먹었지요. 사십여 년 쌓인 관념이 무섭구나 하다가, 저의 사십여 년이 어쩌면 천 몇 백 년 쌓여온 관념, 혹은 편견의 집적일지도 모른다는 생각도 했습니다. 제가 지금까지 알아왔던 백제를 지우기가, 생각을 바꾸기가 그렇게 힘들더라는 것이지요. 생각 바꾸기를 포기했습니다. 제가 아는 백제를 그냥 인정하면서 제가 새로이 알게 된 백제를 덧붙여 용해시키기로 한 겁니다. 그렇게 작심하고 났더니 비로소 상상력이 발동하더군요. 왕인이 마한 왕국의 후예였다는 실마리가 잡혔고, 백제에 의해 멸망한 마한 왕국의 후예이면서 백제 사람으로 살아가게 된 왕인의 고뇌가 느껴졌습니다. 전쟁이 일상인 시대를 살아야 했던 왕인의 꿈을 이야기할 수 있었고요. 널리 사람을 이롭게 하라고 말씀하신 단군천신을 받들던 백제 사람들을 통해 소통, 상생, 평화, 인간의 존엄을 노래할 수 있게 되었지요.

그렇게 왕인을 통해 대륙백제를 되살리면서 새로운 백제, 강하고 아름다운 백제를 제 안에 건설했고요. 제 안에서 백제가, 백제시대를 살던 사람들이 강하고 아름다워지니 우리 역사 또한 그렇게 느껴지더군요. 제가 소설을 쓰는 사람이라는 사실에 비로소 자부심을 느꼈고요.

《왕인》을 구상해서 쓰고 끝을 맺기까지, 제 책상 위에 내내 쌓아놓고 수시로 들춰보던 책이 사십여 권입니다. 여러 권의 《삼국사기》와 《삼국유사》, 한국사와 우리 문화유산에 관한 책들, 일본사와 중국철학에 관한 책들, 사서삼경(四書三經)들, 지리며 건축이며 무가(巫家) 관련 서적들까지. 그 모든 책들이 《왕인》을 쓰는 동안 끊임없이 길잡이가 되어 주고 등불을 밝혀 주었지요. 특히 역사화가(歷史畵家)이신 김산호 선생께서는 《부여백제》와 《왜사》 등을 통해서 제가 당시대를 그리는 데에 큰 틀을 잡고, 그 시대에 색채를 입힐 수 있게 도와주셨습니다. 《왕인》에 등장하는 고유명사며 지명 중 몇 가지를 김산호 선생의 저서들에서 따왔습니다. 그리고 역사학자이신 박영규 선생의 《백제왕조실록》과 《고구려왕조실록》은 쓰는 동안 내내 지도처럼 펼쳐놓고 수시로 읽었습니다. 제가 처음 대륙백제에 대해 알게 된 것도 박영규 선생의 《백제왕조실록》을 통해서였고요. 그분들 스스로도 모르시는 채 제 스승이 되셨던 셈입니다.

그 모든 책들을 쓰신 선생님들을 한자리에 모시고 술을 따라 올릴 수 있다면 얼마나 재미있을까, 상상해 보면서 감사 올립니다.

이제 소설 《왕인》을 당신께 보냅니다. 사람을 아름답게 살리려 애쓰면서 그 스스로 아름다웠던 사람들의 나라, 백제도요.

2010년 여름 무진주에서, 송은일

왕인

목차

적색 깃발, 황색 깃발

"다시 보름이렷다!"

중얼거려 보지만 밖에는 비가 내렸다. 축축하고 서늘한 바람이 치양성 태자전(太子殿)을 밝힌 촛불들을 흔들었다. 발해에서 불어오는 바람이리라. 치양성을 지키고 가꾸는 동안은 발해와 황해가 백제의 영토였다. 본국이 발해와 황해의 건너편에 있었다. 밝알성에 이어 치양성을 점령하니 마침내 대륙의 백제와 진단(震檀)의 백제가 육지로도 연결되었다. 그 형상이 활 모양이 되었으니 진단이 대륙을 향해 활을 겨눈 형국이었다. 이제 진단 오가기는 물론이고 대륙 내에서도 육로보다 빠른 해로가 훨씬 많이 생길 터였다. 바다를 통한 교통이 편해진 만큼 할 일도 많았다. 치양성을 안정시키고 나면 북진을 계속하여 고구려의 평양성을 치게 될 것이었다.

백제와 고구려의 통일은 운명이었다. 연후 배달국의 통일 또한 운명이었다. 사백여 년 전 온조께서 모후 소서노를 모신 채 고구려를 등지고 나와 삼한(三韓)이라 불렸던 진단으로 향한 순간부터 그렇게 정해졌다. 반드시 배달의 땅으로 돌아오리라. 하여 천하를 아우르리라. 그 통일의 주체는 유리왕의 고구려가 아니라 온조의 백제여야 하는 것이다. 성모(聖母) 소서노께서 지니고 나오셨다는 목지형검(木枝形劍)이 그걸 지시하고 계셨다. 전설로만 남았을 뿐 온조의 후세들이 목지형검을 지니고 있지 못하다는 것은 비밀이었다. 소서노 성모께서 지니고 계셨다는 그 검은 분명 진단 어느 곳에 묻혀 있을 것이었다. 그 검이 백제에 있는 한 백제의 것인 바 동명성왕의 후세, 통일의 주체는 백제여야 한다는 게 분명했다. 명분의 문제인 것이다. 건국한 지 사백여 년이나 지났음에 명분이 무슨 소용일까만 무시하지도 못하는 게 그것이었다.

"목지형검에 대해 들어본 적이 있느냐?"

태자전의 출입구 쪽 그늘에 석상처럼 서 있을 백미르가 대답했다.

"예, 전하."

들려온 소리가 그뿐이다. 들어본 적이 있느냐 하니 있다고만 대답하는 것이다. 칼집 속에 든 칼만큼이나 입이 무거운 미르였다. 그에게 무슨 소리든 들으려면 질문이 구체적이어야 한다는 걸 휘수(훗날의 근귀수황)가 잊었다.

"그래서?"

"지난 사월 본국 태학에서 전설의 목지형검을 재현해냈다고 들었나이다. 검의 이름을 칠지도(七枝刀)라 새롭게 붙였사옵고 대륙의 각 담로성으로, 본국 남방의 가야와 신라와 왜와 남방국 등의 부용국(附庸國)들에까지 보내기 위해서 속성(屬城), 속국(屬國) 숫자만큼의 칠지도를 만들었다고 알고 있습니다."

"왜 그러한 일을 하는지는 아느냐?"

"소신은 그에 대하여는 생각해 본 일이 없나이다, 전하."

"제국백제의 위상을 목지형검의 재현물인 칠지도에 새겨 담로성이며 속국들에 하사하는 까닭은, 명분 때문이다. 백제의 역사서를 만들고 있는 것도 같지. 명문화하여 명분 세우기. 태학에서 박사 사고흥을 중심으로 쓰이고 있는 역사책은 곧 성모께서 지니고 오셨다는 진신(眞身) 목지형검에 다름 아닌 것이야."

"예, 전하."

"그렇더라도 이왕이면 진검을 찾아 지니는 게 좋을 터이지?"

태자의 혼잣말이라 여기는가, 더 이상의 답은 들려오지 않는다. 휘수는 바람이 들어오는 창 앞에 서서 멀리서 일정한 간격으로 횃불을 밝히고 있는 고구려 진영을 내다보았다. 고구려왕 사유(고국원왕)의 진영이 아니라 그의 태자 구부(훗날의 소수림왕)의 진영이었다. 대륙 경영권을 둘러싼 부황들의 대리전, 태자들의 전쟁이자 양국의 자존이 걸린 충돌이 임박해 있었다. 양쪽을 오가는 건 서늘한 비바람뿐이지만 그 바람에는 날을 세운 칼의 긴장이 퍼렇게 스미었다. 비가 내리는 데다 역풍이 불고 있어 화공이 들어오지는 않을 터이나 어느 순간에 어떤 공습이 시작될지 알 수 없었다. 성내의 아군 일만과 성 밖의 적군 이만은 엇비슷한 전력이었다. 엇비슷한 만큼 위태로운 전쟁이 될 터였다.

이 치양성은 황상께서 재위 초부터 이룩해 온 대륙백제의 정점이었다. 재위 초기부터 쉼 없이 내달리시며 서하, 광릉, 성양, 광양, 청하, 낙랑, 대방 등 배달고토를 수복하고 넓혀오신 황상께서는 그러나 요즘 기력이 쇠하고 계시었다. 여인을 가까이하지 않는 것은 물론이고 도성인 대방위례성을 벗어나지 않으려 하였다. 한성으로 이도(移都)하시련다는 의중을 휘수에게 내비친 게 이 치양성으로 진격하기 직전이었다.

　―치양성만 아우르면 짐은 본국으로 돌아가리라.

　그 말씀은 사실상 좌현왕(左舷王)인 태자 휘수에게 대륙백제의 경영을 맡기겠다는 뜻이었고 치양성 점거 전투에서부터 전권을 내주겠다는 말씀이었다. 그리고 사실상 전권을 주셨다. 대륙 개척에 이골 난 정예부대 일만을 이끌고 나선 치양성 전투는 어렵지 않았다. 근년 들어 급격하게 세가 기울고 있는 모용씨족의 연나라는 치양성을 지켜내기에 이미 역부족이었다. 백성들은 군주의 쇠락에 민감하기 마련이었다. 더구나 모용씨 일가의 부패와 가렴주구가 극에 달했다지 않던가. 치양성 관내 부족들은 휘수가 거느린 일만의 군대 앞에 쉽사리 문을 열었다. 치양성주 또한 살상의 회오리가 일기 전에 성루에 백기를 내걸고 성문을 열었다.

　문제는 수성(守城)이었다. 갓 점거한 이 치양성을 고구려로부터 어떻게 지켜내어 영원히 백제의 영토가 되게 할 것인가. 고구려의 사유왕 또한 연나라의 쇠락을 기회로 여기고 있었다. 더욱이 사유왕은 재위기간 내내 모용족속에게 설욕을 꿈꿔왔을 터였다. 삼십여 년 전 사유왕은 모용족속과의 전쟁에서 패한 뒤 태왕모(太王母)와 태왕후를 빼앗겼을 뿐만 아니라 미천황이라는 묘호를 가진 제 부황의 시신까지 빼앗기는 수모를 당했다. 모용족속은 미천 언덕에 모셔진 미천황의 묘를 파헤쳐 관을 꺼내가는 만행을 저질렀다. 당시의 사유왕이 연왕 모용황의 계책에 휘말린 결과였다. 사유왕은 부황의 시신과 볼모로 잡힌 태왕모며 태왕후 때문에 연에 일체 대항치 못한 채 자그마치 서른 해 동안의 굴욕을 겪었다. 얼마나 이를 갈았으랴. 작년에 미천황의 시신과 태왕모와 태황후가 제자리로 돌아갔다. 그러니 사유왕이 연에 대한 공격을 감행함은 당연했다. 그 복수전의 첫 번째 관문이 고구려에겐 이 치양성이었다. 고구려로서는 백제의 북진을 막아야 할 필요성도 있었다.

휘수태자도 벌써부터 사유왕과 그의 태자 구부의 치양성 침략을 예상했다. 그 시기가 가을걷이로 군량미가 두둑해진 이즈음 구월이 될 것이라는 짐작도 했다. 북국의 시월이면 피아간에 전쟁을 치르기 힘든 겨울이었다. 하여 휘수는 저들보다 한 달 가량 먼저 움직였고 치양성을 선점했다. 고구려의 평양성에서 이 치양성 소식을 듣게 된 것은 한창 출정준비를 하던 때였을 것이다. 저들이 이렇듯 신속하게 달려온 것이 그 증거였다. 성곽을 사이에 두고 안쪽에 일만, 바깥의 이만이 대치한 지 사흘째였다. 구부태자는 휘수가 이미 소개시켜 버린 성 바깥의 들판과 산천에 이만 군사의 진영을 차리고 두 차례의 공격을 시험 삼아 해왔다. 발석차와 파쇄차가 날려보낸 화탄이며 석탄 등이 오가기는, 그 효력을 시험하기 위한 것인 양 성벽에 미치지 못했다. 치양성을 선점한 휘수는 방어 태세만 보여주면서 상황을 모색하는 참이라 시늉으로만 응전했다. 양쪽에 살상이 거의 일지 않은 채 사흘째 밤을 맞았다. 한편으로 휘수는 지난 초여름에 고구려 진영으로 침투시킨 사루사기(沙婁斯紀)를 기다리고 있기도 했다.

사루사기는 진단본국 월나군[현재의 전라남도 영암군 일대를 말한다. 월출산(月出山)은 달이 나온다는 뜻의 이두식 표현으로 삼국시대에는 월나악(月奈岳)이라고 했다.]의 이구림(爾鳩林) 태생으로 태자친위군의 장군이자 측위대의 대장이었다. 지난여름 관미성에 머물던 휘수는 치양성 침공을 계획하느라 대륙 도성인 위례성으로 들어갔다. 거기서 사루사기가 사사로이 내놓은 병법이 지피지기, 즉 세작술이었다. 물론 세작을 이용한 적진 살피기야 피아간에 노상 하는 일이나 사기가 내놓은 병술은 달랐다.

─전하, 소신이 직접 고구려 진영으로 들어가겠습니다. 적진을 탐찰한 뒤 양국의 전투, 결전이 개시되기 직전에 돌아오겠나이다.

그의 목숨이 걸린 일이었으나 사기인지라 믿었고, 휘수는 사기를 적진으로 보내기 위해 그를 내칠 만한 떠들썩한 사건을 벌였다. 사기를 황제의 용마 관리병으로 만들었다. 용마 관리병이 된 사기는 용마의 발을 부러뜨리는 치명적인 실수를 저질렀다. 임금의 말을 훼손한 자가 살아남을 수 있는 방법이라고는 삼십육계, 달아나기뿐이었다. 사기가 달아나 망명한 곳은 물론 고구려의 평양성이었다. 그가 가야 할 곳이 거기였으므로 그곳에 알려지게 하기 위해 벌인 일이었다. 사기가 위례성을 떠난 지 꼭 다섯 달이 되었다. 그가 고구려 구부태자 휘하의 일개 군졸로 들어간 것 같다는 막연한 보고만 받았을 뿐 사기 본인으로부터는 일체의 소식이 끊겼다.

"지금 시각이 어찌 되었지?"

휘수는 답답한 참에 혼잣말인 듯 또 내뱉었다.

"삼경(三更) 말이옵니다, 전하."

사안이 사안인지라 미르는 사루사기의 부관임에도 제 상관을 쫓아가지 못했고 휘수는 아비 잃은 아이 같은 그를 다른 측위대원들보다 자신과 더 가까운 사루사기의 자리에 들여놓았다.

"네 상관은 아직 기척이 없는 게지?"

"예, 전하."

"그가 돌아오리라 보느냐?"

공의실(公議室)에 있는 장군들조차 휘수가 자신의 측위대장 사기를 고구려 진영으로 들여보낸 사실을 몰랐다. 대장군 막고해는 눈치 채고 있는

16

성싶으나 휘수가 거론하지 않으니 그도 거론치 않았다. 사기가 돌아오지 못하면 그는 어차피 세상에 없는 존재였다. 하나 휘수는 그를 기다렸다. 기어이 돌아오리라 믿었다. 믿고 기다리면서도 답답하여 말이 하고 싶은데 그에 관한 이야기를 나눌 수 있는 인물이 미르뿐이었다. 하문하였음에도 미르는 말이 없다.

"그가 돌아오리라 보느냐, 물었느니."

"예, 전하."

"돌아온다? 언제쯤?"

"오늘 밤, 사경(四更) 초시(初時)쯤이 아닐까 짐작하나이다."

"오늘 밤이라. 지금이 삼경 말이라면서? 사경 초시면 한 식경 뒤인데, 그리 자신할 수 있느냐?"

"자신하는 것이 아니오라 상통 없이 움직일 경우 소신들의 습관이 그러하오매 그리 짐작하고 있사옵니다."

"그대들의 습관이 그러하다? 동고연마의 세월 동안 익힌 습관이 그러하단 뜻일진대, 너는 몇 살이고, 사기와 함께 지낸 해년이 어찌 된다고 했지?"

"소신은 스물다섯 살이옵고, 사기 대장을 만난 지는 십오 년쯤 되나이다."

"허면 너도 월나군 이구림 태생이더냐?"

"예, 전하."

"월나군은 어떠한 곳이더냐? 내가 아는 월나군은 저 옛날 온조께오서 남하하시었던 마한 땅의 일부였고 그곳이 본국 황실의 직할 영지이며 한때 나의 스승이셨고, 현재 본국 도성에서 우리 백제 역사서를 저술하고 계

17

시는 태학박사 고흥의 태생지라는 사실이다. 월나군 아니, 이구림에서 사씨 가문의 위세가 어떠하냐?"

한성에 둔 소야 부인의 원향(原鄕)도 기실은 이구림이었다. 소야는 박사 사고흥이 마흔 살이 가까워서야 얻은 외동딸이었다. 고흥이 이구림에서 떠나 산 지가 워낙 오래되었기에 소야는 한성 태생인 셈이었다. 그가 태학박사 고흥의 딸이라 해도 후비로 삼을 수 없는 가문 출신인지라 소야를 아직 한성궁에 들여놓지도 않았다. 소야에게 외척 일족이 장악한 궁이 지옥이 되리라는 휘수 자신의 염려 때문이었다. 장차 즉위하게 되면 그때는 후비로 맞아들일 참이었다. 소야에게서 난 아들 부여부와 얼굴도 못 본 딸 유리나도 그때서야 비로소 공식적인 왕자와 공주가 될 터였다.

"소신은 고흥 박사를 뵈온 적이 없사옵고 또한 소신은 우연히 이구림의 포구로 흘러든 미천한 백성이었던지라 그 내막을 자세히 모르나이다."

"허기는 그렇겠구나."

휘수도 박사 고흥과 측위대장 사기의 고향이 궁금해서 묻는 것은 아니었다. 술을 마시고 잠을 잘 수도 없으니 그저 긴장을 늦추기 위한 심심풀이였다. 금세 사루사기가 돌아올 것이라 하지 않은가. 그가 돌아오든 오지 못하든 이 밤이 지나면 전면전을 펼치게 될 터. 마주한 상황에서 서로에 대한 탐색은 충분히 했다. 성내의 군사들은 물론 백성들 또한 내일 벌어질 전투에 대비하느라 고요히 분주했다. 밖에서 보면 잠든 듯이 보이기는 할 것이나 저들은 성안이 잠들어 있지 않음을 알 것이다. 저들도 전투 준비를 하고 있을 게 뻔했다. 서로의 약점이 어디인지를 궁리하며 작전을 세우느라 혈안이 되어 있는 밤인 것이다. 하여 휘수는 미르에게 자꾸만 물었다. 제 주인보다 한층 과묵한 놈이라 묻는 말에 번번이 짤막한 대답이 돌아왔다.

월나군에는 월나악이라는 영산이 있는 바, 기암괴석의 형용이 자못 신비롭다 한다. 월나악 주변엔 드넓은 들판이 펼쳐져 있으며 그 들판에서는 황실 직영의 벼농사가 대단위로 지어지고 있다. 이구림은 월나악 서쪽에서 산을 등진 형세로 그 산에 안겨 있고 이구림 앞쪽은 상대포(上台浦)이다. 진단 서남부의 중심포구인 상대포(백제시대부터 조선시대까지 중국과 일본을 오가는 배가 드나들었던 이름난 국제무역항이었으나 20세기 들어 간척사업과 영산강 하구둑 공사로 인해 항구의 흔적만 남아 있다.)에는 백제의 배들은 물론이고 대륙의 상선들이며 왜국의 배들이 수시로 드나들어 늘 북적인다. 사루사기의 집안은 일천여 호가 넘는 상대포 안쪽의 숲 마을 이구림에 자리하고 있으며 부친이 생존하시고 자식은 아직 얻지 못했다.

사루사기가 과묵한 위인이라 자세히는 모르나 함께한 세월이 만만치 않은 탓에 어느 정도는 들어 아는 사항들이었다. 사기는 열일곱에 장가를 들었으나 그간 여러 차례 자식을 놓쳤던 듯했다.

"그렇지, 자식이 없지, 사기. 하기야, 별을 봐야 여인들이 별을 딸 것인데 그 별들이 이리 떠돌고 있으니 언제 별을 보겠는가. 우리가 한성에 다녀온 게 벌써 한 다섯 해는 되었지?"

"예, 전하."

"너는 장가를 들었느냐?"

"아니옵니다, 전하."

"정해진 여인은 있고?"

"아니옵니다, 전하."

"왜? 네 용모가 여인들이 금세 혹할 만치 단정한데, 왜 여인이 없어?"

이번에는 대답이 없다. 하기는 제가 무슨 말을 하랴. 제 용모가 여인들이 숨넘어가게 생겼다 한들, 없는 것을 어찌할 것인가. 그래도 미르의 용모가 신기하기는 하였다. 휘수가 사십 년을 살아오는 동안 사내로서 미르만큼 준수한 용모를 구경한 적이 없었다. 그렇다고 계집처럼 연약하게 생겼는가 하면 그것도 아니었다. 사내답게 훤칠하고 준수했다. 그런 그에게 여인이 따르지 않는다면 그 스스로 여인을 밀어내는 차가운 성정 때문일 터였다. 상하군신의 관계를 차치하고 본다면 미르는 이쪽이 서운하리만큼 곁을 내주지 않았다.

"허면 이 성안에서라도 낭자들을 유심히 보고 다녀보아. 혹여 눈이 맞고 맘이 맞은 처자가 있거든 공손히 혼인을 청해도 좋을 게야. 사내한테 처자(妻子)란 말이지, 별 같은 존재들이야. 특히나 우리들처럼 떠돌면서 사는 족속들에게 말이다."

어렵지 않게 이 치양성을 차지한 대신 태자는 일체의 약탈을 엄금했다. 재물을 약탈하고 부녀들을 겁탈할 시 약탈 당자와 그 상관의 목을 동시에 베겠노라 엄포를 놓았다. 그 때문에 성주의 맘을 잡을 수 있었다. 하릴없이 농을 주고받으면서도 휘수는 촛불에서 눈을 떼지 못했다. 촛농 흘러내리는 게 참 느리기도 하였다. 그만큼 한 식경은 길었다. 차마 시선을 돌릴 수도 없을 만치 긴장하였으나 휘수는 자신의 긴장 속에서 사루사기에 대한 신뢰가 깊어짐을 느꼈다. 한 식경 안에 그가 오리라.

"무료하여 농 삼아 묻는 것이니 가벼이 대답하여 보아. 태자인 나와 네 주인 사기가 동시에 위태로운 지경에 처했다고 가정하고 말이다, 너는 누굴 먼저 구할 테냐?"

"전하이시지요."

일고의 망설임 없는 대답이다.

"왜?"

"전하께오서 위태로워지셨다면 전하의 측위대장 사기는 이미 이 세상 사람이 아닐진대, 구할 까닭이 없나이다."

휘수는 자신의 우문과 미르의 현답에 하하하, 웃음을 터트린다. 모처럼 시원하게 웃으니 온몸이 훤하게 열리는 듯했다. 휘수는 사루사기를 스물네 살 때 처음 만났다. 태자가 되기 전이었다. 당시 태자는 형인 충수였다. 황상께서 대륙을 경영하시느라 대방에 거하실 때 충수태자가 외척들과 더불어 본국을 경영했고 휘수는 부황을 좇아 대륙을 떠돌았다. 본국 정세를 살피고 오라는 부황의 명을 받고 한성으로 들어간 게 스물네 살 섣달이었다. 휘수 왕자의 비는 모후의 친가인 진씨 일문의 사람이었다. 아이(阿你) 왕자비는 모후의 조카딸이기도 했다. 사 년 만에 만난 왕자비는 아들 부여벽을 낳아놓고 있었다. 왕자비도 아들도 모후의 족속들인 듯 낯설기만 할뿐 도무지 정이 붙지 않았다. 황궁에 머물러 있기가 어려웠으므로 한성 구경을 다녔다. 대륙에 비하여 진단의 산천은 좁고 깊었다. 거친 듯 유려한 본국의 산천을 휘돌았다. 그러다 태학에 들르게 되었고 태학 무술원에서 그를 보았다. 군계일학이 그였다. 용모 때문이 아니라 그에게서 풍기는 기상이 그렇게 남달랐다. 온유한 듯 날카롭고 예리한 듯 두루뭉술하던 그의 눈빛이며 분위기가 범상치 않았다.

그에게 목검 대련을 청했던 건 혈기 때문이 아니라 순전히 그에 대한 호기심 때문이었다. 걸음마를 시작하면서 말을 타고 말을 탐과 동시에 무술 스승을 끼고 자랐던 왕자와 한성수비군 하급무관에 갓 등용된 무사가 족히 서너 식경을 겨뤘을 터였다. 둘 다 땀을 뻘뻘 흘리며 널브러졌을 때 휘수는 사기가 제 실력의 반도 쓰지 않고 대련에 임했음을 깨달았다. 그는 제 힘을 아껴 휘수를 보호하느라 오히려 힘이 들었던 것이다. 나중에 알고 보니 사루사기는 그 전년 봄 시과시(試科試) 무사부(武士部)에서 열아홉 살에 장원을 한 수재였다. 무사부 시과시는 수백, 수천의 지원자들을 무작위로 둘씩 짝짓게 하여 대결케 하고 이기는 사람들이 남아 또다시 대결하는 방식의 시험이었다. 그해에 뽑을 숫자만큼의 인재가 남을 때까지 계속 대결하는 것이다. 사루사기가 장원을 했던 전년 시험에서는 천삼백여 명의 지원자 중에서 서른두 명을 뽑았는가 보았다. 삼십이 명을 일단 뽑아놓고 그중에서 순위를 겨루게 하였는 바, 사루사기가 장원을 한 것이었다.

신분이 다르고 나이가 달랐으나 그날로 두 사람은 동무가 되었다. 사기를 호위로 삼고는 남쪽 부용국인 가야를 드나들었고 북쪽 적대국인 말갈의 국경을 훑고 다녔다. 그즈음 사루사기를 좇아 간 박사 고흥의 집에서 소야를 발견했다. 사기의 사촌누이 소야는 그때 열일곱 살이었다. 처음 본 그날 소야는 벽에다 무명을 펼쳐 걸어놓고 꽃그림을 그리고 있었다. 그림을 그리던 소야가 물감이 군데군데 묻은 얼굴로 돌아보았다. 눈길이 마주쳤는데, 뜻밖에도 휘수는 부끄러웠다. 여인의 몸을 알기 시작한 열여섯 살 이래로 거쳐 온 여체가 수십이었다. 수십의 그들에게서 부끄러움을 느낀 적은 없었다. 부끄러움이라니. 사내가 계집에게 그런 맘을 품을 수 있다는 사실도 금시초문이었다. 대륙 복귀를 미뤘음은 물론이고 석 달 열흘을 좇아다닌 끝에서야 소야의 맘을 열었다. 묻는 말에 대답은 할망정 늘 눈을 내리뜬 채 휘수를 응시하지 않던 소야가 그날 처음으로 휘수를 정면으로 바라보며 웃었다. 그리고 놀랍게도 먼저 손을 내밀더니 말했다.

　―함께 가겠습니다, 낭군.

전하를 받들거나 따르겠다가 아니라 낭군과 함께 가겠다는 그 손을 맞

잡는데 휘수의 손이 떨렸다. 그렇게 어린 아내를 맞이했으나 세상에 내놓지 못했다. 소야에게 왕자비 일족의 해가 미칠 것을 염려했기 때문이거니와, 세상 사람이 아무도 모르게 숨겨놓고 싶을 만큼 자신에게 소야가 귀한 사람이었기 때문이었다. 소야를 영원히 숨겨놓을 수 없는 일이 생긴 건 소야를 얻고 두 달이 갓 지난 즈음이었다. 그해 초가을 칠월 충수태자가 급사하는 변이 생겼다. 태자비가 아닌 궁녀의 방에서 잠들었던 충수가 왜 잠에서 깨어나지 못했는지, 아무도 그 까닭을 밝혀내지 못했다. 그 바람에 비게 된 태자위에 휘수가 앉은 게 그해 팔월 말이었다.

"전하!"

속삭이듯 휘수를 부르는 미르의 음색이 떨리는 성싶다. 그도 무언가, 아니 제 주인의 기운을 느낀 것이다. 그렇다. 사루사기가 온 것이다. 비바람이 들이쳐 촛불이 깜박 꺼지는가 싶더니 다시 살아났다. 살아난 촛불이 바르르 떨렸다. 그가 오고 있었다. 그가 오고 있음이 감지되었다. 그가 온다. 그가 왔다. 휘수는 촛불을 끄려는 것처럼 긴 숨을 내뱉은 뒤 휙 돌아섰다. 그리고 출입문을 바라보았다. 마침내 전언이 들어왔다.

"전하, 북문에서 전갈이 있나이다."

오늘 밤 측위대원들을 각 문의 수비병으로 내세웠던 것은 하마 오늘밤 사루사기가 돌아올 수도 있으리라는 기대 때문이었다. 사루사기의 용모를 아는 그들이라야 그가 나갔던 내막을 몰라도 일단 그를 받아들일 게 아닌가. 측위대원은 태자를 위해 죽기로 맹세한 사람들이지만 그 이전에 그들은 사루사기의 사람들이었다. 그들은 사루사기에 의해 발탁된 목숨들이었다. 하여 그들은 저희들의 대장 사루사기가 어처구니없는 일을 벌여 위례성에서 쫓겨나갈 때도 묵묵했고 그가 자리를 비운 다섯 달 동안도 그의 자리를 비워두지 않았다. 그가 있는 듯이 움직였다. 흔들림 없이 믿었던 것이다. 그러므로 지금 전갈이 왔다는 것은 사루사기가 태자전 앞에 당도했다는 뜻이었다.

"들라 하라."

문이 열렸다. 새로이 태자전이 된 너른 방 북편에 태자를 상징하는 휘장이 벽보처럼 걸려 있고 태자는 그 앞에 서 있었다. 사루사기는 비에 푹 젖은 겉옷을 벗어 미르에게 건네고 태자전으로 들어서서 그 앞에 예를 올렸다. 태자가 다가들어 사기를 일으켜 세우고는 와락 끌어안았다.

"무사히 돌아왔구먼, 무사히. 고맙네. 참으로 고마워."

"망극하나이다, 전하."

사기가 태자에게서 몸을 빼며 허리를 굽혔다. 사사로운 정이 오가는 사이라 할지라도 엄연히 주군과 신하 사이였다. 사루사기의 예법을 알기에 휘수는 그의 물러남이 섭하지 않았다.

"그대를 적진으로 보내놓고 얼마나 마음을 졸였던지. 차라리 정면으로 전투를 치를 것을, 후회도 했더라네."

진심이었다. 아무에게도 내색치 못한 채 염려만 하며 지내온 지난 다섯 달이 얼마나 길었던지. 신하를 잃는 것은 괜찮았다. 신하는 얼마든지 있었고 만들 수도 있었다. 하지만 동무를 잃는 것은 달랐다. 사루사기는 태자 휘수의 유일한 동무였다. 태자의 말이 진심에서 우러나온 것임을 사기도 알았다. 태자에게 맘을 연 이후 그를 의심해 본 적 없고 그를 향한 자신의 충정 또한 의심해 본 적 없었다. 단신으로 적진에 들어갈 수 있었던 것은 그 때문이었다.

"주군으로 하여금 그런 병술을 쓰시게 하는 자가 어찌 신하이며 무관이

24

라 하오리까. 하옵고 전하, 동이 틈과 동시에 저들의 공격이 시작될 것이옵니다. 여명 시에 비가 그친다면 화공이 될 것이옵고, 비가 그치지 않는다면 석탄 공격일 터입니다. 하여 선제공격이 어떨까 하옵니다."

"선공을 하자고? 화탄이나 석탄으로?"

"화탄과 석탄이 닿을 거리가 아니니 궁시와 기마와 보병이 서로를 엄호하면서 동시에 움직여 나가야겠지요. 저들의 치명적인 약점을 발견했사온데, 바로 붉은 깃발이옵니다."

"저들이 사용하는 비슷한 숫자의 깃발이 열 가지인 것으로 파악했는데 적기(赤旗)가 약점인 까닭은 무엇이지?"

"현재 저들에게서 적기를 사용하는 무리만이 정예병인 까닭입니다. 나머지는 근년에 병사가 된 자들이거나 급하게 징발된 양민들입니다. 현재 저들이 이만 병력이라고 하오나 정예군이 일만이고 그중 적기부대는 삼천입니다. 이 치양성을 만만히 보았던 지라 대륙 각지에 흩어져 있는 정예군들에게 파발조차 띄우지 않은 것입니다. 부왕을 대신하여 출정한 구부태자가 대장군을 겸하여 나선 것도 그런 까닭입니다. 하여 저들은 삼천의 무리를 두 무리로 갈라 진을 이끌게 할 터입니다. 아군의 공격은 붉은 깃발 무리에게 집중되어야 할 것입니다. 하면 나머지 오합지졸은 저절로 허물어질 것입니다. 자리를 옮기시지요, 전하."

사기는 태자를 앞서서 공의실로 향했다. 막고해를 비롯한 이십여 장군들이 사루사기가 들어왔다는 전갈을 받고 웅성거리고 있다가 사루사기와 태자가 함께 들어서자 일순 조용해졌다. 사루사기는 자신이 위례성을 나섰던 까닭을 간단히 전한 뒤, 고구려 진영의 내막을 상세히 털어놓았다. 작전이 신속하게 짜였다. 저들이 그 몇 시간 사이에 진영을 비우는 위장술을 썼는지를 확인하기 위해 척후병들이 살쾡이들처럼 성을 나갔다. 날이 새기 직전에 성문이 일제히, 그렇지만 고요히 열렸다. 비가 그쳐 있었다. 치양성을 점거함에 휘수태자가 빨랐듯이 두 진영의 정면충돌에서도 백제가 한 걸음 앞섰다.

척후병들의 신호에 따라 북소리와 징소리가 먼저 공격을 개시했다. 단단히 준비하고 있었으나 먼저 일어서기에서 한발 늦었던 고구려 진영에서 뒤늦게 대열을 갖추느라 우왕좌왕할 때쯤 휘수의 삼천 궁사들은 그들 앞에 바싹 다가들어 있었다. 삼천 발의 화살이 동시에 날아가 저들을 흔드는 동안 일천의 철기군이 고구려 진영의 붉은 깃발들을 향해 돌진했고 뒤따라 창칼을 쥔 오천의 보병이 뛰어들었다. 미친바람 같은 살육전이 치양 벌판에 몰아쳤다. 사루사기의 첩보가 정확했고 그에 따른 작전이 적확하고 면밀했던지라 전황은 휘수 쪽이 압도적으로 우세할 수밖에 없었다. 둘로 나누어져 있던 저들의 기마대는 채 진을 갖추지 못한 채 와해되고 있었다. 휘수가 직접 이끄는 일천의 기마병은 뛰어들 필요도 없었다. 저들의 퇴로를 막던 휘수는 전황이 확실해진 것을 보고는 퇴각한 구부태자의 뒤를 쫓았다. 하지만 구부태자도 대륙에서, 전쟁터에서 살아온 이였다. 그가 퇴각로를 확보해 두었던지 휘수가 반나절을 쫓았으나 구부의 본대를 붙들지 못했다. 미처 구부를 쫓지 못해 뒤처진 고구려의 패잔병들이 추격자들에 소스라쳐 흩어지는 모습만 숱하게 지나쳤을 뿐이었다.

어둠이 내리기 시작했을 때는 수곡성 서북지역에 닿아 있었다. 수곡성은 물론 대륙백제의 서북방 경계지역이긴 하였다. 하룻밤을 내리 달려도 백제 영토 안이긴 한 것이다. 하지만 종일 달리면서 싸운 일천의 군사를 다시 밤새 달리게 하는 것은 무리였다. 종일 태자를 앞서 다녔던 사루사기가 말을 돌려세우며 태자를 가로막았다.

"전하, 고양이도 구석에 몰린 쥐를 물지 않는다 했습니다. 일찍이 도가께선 만족할 줄 알면 욕을 당하지 않고, 적당한 곳에서 그칠 줄 알면 위태롭지 않다고도 하셨지요."

"그러니 그만 쫓자?"

"이미 어둡습니다. 여기가 전하의 영토이긴 하오나 저 어둠 속에 어떤 복병이 있을지 모르는 일입니다. 자칫 용체가 위태로워질까 저어되옵니다. 하옵고 막고해 대장군께서도 심히 걱정하고 있을 터입니다. 전하를 찾기 위해 이미 출병을 하였을지도 모르지요."

충심이 담긴 사루사기의 간언에 구부태자를 잡고야 말겠다고 혈안이 되었던 휘수태자의 눈빛이 가라앉았다. 구부를 잡는다면 고구려의 기세를 결정적으로 꺾을 수도 있으리라. 그를 볼모로 삼아 고구려의 한두 성과 맞바꿀 수도 있으리라. 휘수는 그렇게 잔뜩 부렸던 욕심을 가라앉히고 치양성으로의 귀환을 명했다.

백제분지

갓 해가 떠오르는 아침이었다. 하수(河水, 오늘날의 황하) 남쪽 낙랑과 대방 사이 발해만 안쪽의 겨울 들판이 온통 황색으로 물들었다. 남쪽이 바다로 트이고 삼면이 나지막한 산으로 둘러싸인 분지형의 들판에 백제 사십만여 병력을 대표한 정예군 칠만이 운집했다. 병관좌평, 유주, 청주, 서주자사와 광양, 광릉, 요동, 대방, 낙랑태수 등과, 대륙에 와 있던 안남, 가야, 왜, 탐라, 사벌국, 실직국, 흑치국 군장들의 사만여 군사와 황제친위군 이만과 태자친위군 일만이었다. 오늘 이후 백제분지(百濟盆地)라 불리게 될 이곳에 모인 모든 부대가 모조리 황색 깃발을 꽂고 있었다. 황제는 북쪽의 산을 등지고 높다랗게 쌓인 단 위에 휘수태자와 함께 올라 있었다. 연치를 느낄 수 없을 정도로 황제의 음성이 우렁찼다.

"짐이 용상에 오르고 강산이 두 번 바뀌었느니. 이 배달의 영토에서 동명성왕의 고토를 수복하기 위해 이십여 년 말을 달려왔느니라. 뿐인가. 작

28

금에 이르러 짐이, 우리 백제의 시조이신 온조 폐하의 성지를 조금이라도 받들었노라 자부하노니, 이 모두가 그대들 배달의 자손들의 충성과 용맹으로 인하여 이루어진 성과이리라. 하여 오늘 그대들의 노고를 치하하고 우리 백제의 드높은 기상을 만방에 알리고저 하는 바이노라."

북소리가 둥둥둥 울리자 칠만 군사들의 함성 소리가 천지를 뒤흔들었다.

"대백제 만세, 온조 폐하 만세, 황제 폐하 만세, 만세, 만세!"

들판에 두껍게 서린 추위가 얼음장 갈라지듯 깨져나갔다. 동시에 사방에서 거대한 불길들이 피어올랐다. 황상 뒤편의 산꼭대기에서도 봉화가 시작되었다. 제국의 새로운 열림을 알리는 불꽃이자 군사들의 추위를 녹여주는 불길이 대륙백제와 진단백제의 곳곳에서 봉화로 이어져 나갈 것이었다. 황상과 태자가 단에서 내려와 황색 비단으로 치장한 용마들에 올랐다. 사열을 하기 위함이었다. 전쟁조차도 쉬어가는 한겨울에 도성인 위례성도 아니고 최근에 개척한 치양성도 아닌 발해만 벌판에서 황상은 사열을 하고 있는 것이다. 고구려에 이 소식이 전해질 것은 물론이고 백제를 둘러싼 연과 진, 그 이웃 나라들에도 퍼져나갈 것이었다. 새로운 전쟁에 대한 예고장이기도 했다. 대백제국 영토의 길이가 일만 이천 리를 넘어선 즈음이었다. 길이에 비하여선 부피가 약한 게 사실이었다. 길이가 너무 길어진 제국은 적들의 침입에 효율적으로 대처하기 힘들었다. 바다를 장악한 백제 해양군이 그 부피를 감당해 내고는 있으나 육지의 부피를 키워야 하는 절대적 필요에 봉착해 있었다. 전쟁을 통한 영토 확장은 당위였다.

루사기는 황제의 군대를 사열하는 태자를 호위하느라 태자와 나란히 움직였다. 황제 곁에는 황제 측위대장이 황제를 호위하고 있었다. 황제와

태자 뒤를 대륙백제의 담로후들과 부용국의 왕들이 따랐다. 이 사열행진
을 끝내신 황상께서는 오는 초봄에 본국 도성인 한성으로 옮겨 가실 터였
다. 태자는 황제가 비우실 대륙백제의 도성 위례성의 성주이자 광활한 대
륙백제의 경영주가 되는 것이다. 태자가 본국으로 갈 날이 언제일지는 태
자 자신도 몰랐다. 그건 루사기도 본국으로 언제 가게 될지, 고향인 이구
림에 언제 가게 될지 예측할 수 없는 상황이라는 뜻이었다. 떠나와 이구림
을 떠올릴 적이면 가슴이 아렸다. 보통 때는 잊고 살지만 백제 사람으로,
태자의 최측근으로 살고 있는 자신을 떠올리노라면 때로 가슴이 서늘했
다. 이대로 살아도 될 것인가. 태자의 측근으로, 장차는 황상의 측근으로.

사루사기(沙婁斯紀)의 루(婁)는 사씨 집안의 장남에게만 물려지는 별칭
이었다. 별이름인 루는 곧 왕이라는 뜻이었고 마한의 한 왕국인 구해국(拘
奚國)의 왕이거나 왕이 될 사람이라는 의미였다. 사백여 년 전 대륙에서
밀려 삼한으로 내려온 온조왕이 쉰넷으로 이루어져 있던 마한 소왕국의
절반을 무너뜨려 백제로 삼았다. 그다음 즉위한 다루왕이 다시 남은 마한
왕조의 절반을 병합했다. 그다음 기루와 개루라는 이름의 백제왕들에 이
르러서는 마한 왕국들의 태반이 사라졌다. 그들은 살아남기 위해 백제의
백성으로 은거한 것이었다. 그래도 버티던 마한 왕국들의 흔적이 거의 사
라진 게 지금으로부터 삼대 전 비류황 즉위 초였다. 이전의 백제왕들이 즉
위할 때마다 남은 마한의 세력을 거세했듯이 비류황 또한 그러했다. 백제
황제들의 마한 거세 방법이란 한결같이 은거한 마한 왕조들의 왕손들을
찾아내 씨를 말리는 것이었다.

당시 새로운 백제황제가 무력을 앞세워 등극했다는 소식이 구해국에
전해지자마자 사루사기의 증조부였던 사루구운은 아들 사루인휘와 손자

사루한소를 한성에 마련해뒀던 거점으로 피난시켰다. 그리고 스스로는
남아 작은 아들 사인목과 손자들과 살았다. 아로곡(阿老谷)에 왕성을 두고
있던 그들 일가가 상대포를 거점으로 장사를 해온 지 백 년이 넘은 즈음이
었다. 구해국이라는 왕국의 이름을 대외적으로 쓸 수 없게 되면서 그들은
영토 내의 생산물을 배에 실어다 내어 팔기 시작했다. 상대포구의 번영은
그들 일가의 번영이기도 했다. 그들의 상권은 본국백제의 내륙은 물론이
고 백제와 인접한 나라들과 대양 건너 대륙에도 닿아 있었다.

　비류황의 손길이 아로곡으로 뻗쳐온 것은 그로부터 삼 년여 뒤의 일이
었다. 사루구운이, 자신 일가가 구해국의 후손이었으나 오래전부터 백제
의 백성으로 살아왔음을 복명했음에도, 일족 삼대와 가솔 칠십여 인이 학
살되었다. 삼백여 년 간 사씨 왕족이 살았던 아로왕성은 기둥 하나 남김없
이 태워졌다. 예전 마한의 다른 왕국들이 사라질 때와 똑같았다. 백제의
새 왕들이 등극할 때마다 마한 왕국들에서 무엇인가를 찾아내려 한다는
소문은 은밀한 듯 공공연하게 떠돌기는 했다. 오랜 세월 같은 일들이 반복
되었는지라 그게 무엇인지를 아는 백성도 드물지 않았다. 나뭇가지 모양
으로 생긴 칼이라고 했다. 목지형검이라고도 불린 그 칼을 백제 임금들이
왜 찾는지, 그걸 어쩌자고 마한의 씨를 말리면서 찾아대는지를 모를 뿐이
었다. 백제의 새 임금들이 목지형검을 찾는 까닭을 살아남은 사루인휘는
알았다. 때문에 그는 부친의 명을 따라 몸을 피한 것이었다.

　사루인휘가 구해국의 흔적이 사라진 백제의 월나군으로 되돌아간 것은
칠 년 뒤였나. 그는 왕성이 불타고 빈 뒤 초목이 우거지고 있던 아로곡을
등지고 상대포 안쪽의 이구림으로 들어가 보통 사람이 살 만한 집을 지었
다. 월나 들판의 거대한 토지를 백제 황실에 빼앗겼고 상대포구의 상권이

외지인들에 의해 분할되기는 했으나 그곳은 여전히 구해국의 백성들이 사는 땅이었다. 상대포구와 이구림의 백성들은 사루인휘의 일가를 자신들 안에다 감추었다. 그리고 칠십여 년이 지나 현재였다.

사기의 부친인 사루한소와 아내인 백다님이 백제의 백성으로, 상대포 상단을 거느린 상인으로 살면서 이구림을 지키고 있었다. 한소는 아우 고흥을 일찌감치 한성으로 올려 보냈고 아들 사기를 뒤따라 보내 한성에서 자신들의 자리를 찾게 하였다. 그들을 울타리로 둘러 세움으로써 일족이 살길을 마련한 것이었다. 숙부인 고흥은 일 년에 한 차례 정도 이구림에 들른다 하였으나 루사기는 오 년 동안 이구림에 가지 못하였다. 발해만에서 승선하여 바람을 잘 타면 열흘 만에 본국 한성에 닿을 수도 있었다. 이곳 한수만에서 배를 탄다 해도 보름이면 상대포구에 닿을 수 있을 것이다. 매인 몸이라 못 가는 것뿐이다.

자신의 대에서 구해 왕국과 사씨 일문의 대가 끊길 수도 있을 터였다. 멸문의 조짐이었던지 증조부 대부터 자손이 드물어졌다. 조부께서는 두 아들을 두셨으나 부친은 독자인 루사기뿐이고 루사기 자신은 서른네 살에 이르러 일 점의 자식도 없었다. 아내 다님은 아이를 세 번 낳았으나 하나같이 일 년을 넘겨 살지 못했다. 오 년 전 루사기가 이구림에 갔을 때 다님이 자신의 시녀인 버들을 사기의 침소로 밀어 넣은 것도 그 때문이었다. 어떻게든 씨를 남기고자 하는 다님의 뜻이 가여워 버들을 안았던 루사기였다. 이후 이구림의 두 아내가 아기를 낳았을지, 낳았다면 그 아기들이 무사한지, 루사기는 알지 못했다. 한성과 대륙 사이에 정기적으로 오가는 배가 있음에도 다님은 편지를 보내오지 않았다. 루사기도 안부를 묻는 편지를 보낸 적이 없으므로 고향의 소식을 듣지 못했다. 모르는 채로 백제황제의 대륙 경영 군대의 사열행진을 호위하고 있었다.

이대로 살아도 될 것인가. 사루사기는 이따금 그걸 회의했다. 살아도 될 터였다. 선조들이 버리지 못한 꿈이 무엇이랴. 마한의 쉰넷 왕국은 통일을 원하지 않았지 않은가. 그들은 통일전쟁을 벌이지 않고, 영토 다툼 없이 자신들이 개척해 낸 영토를 가꾸고 서로의 땅에서 난 산물들을 바꿔 사용하면서, 서로를 인정하면서 각자 다르게 살았다. 이웃 나라와 영토가 맞닿으면 그 자리에 깃발 하나 꼽거나 돌탑 하나 쌓아놓고 아무렇지도 않게 넘나들면서 같이 살았다. 소통했으며 상생했다. 그렇게 사는 게 무슨 꿈이라고 수복(收復)을 꿈꾼단 말인가. 수복을 하자고 들면 백제나 고구려처럼, 대륙의 숱한 나라들처럼 끊임없이 정벌을 나서야 하고 한자리에서 몇 천, 몇 만 사람의 목을 베어 넘길 수도 있어야만 한다. 두 달 전 치양성 전투에서 대륙백제군이 한나절 만에 베어 넘긴 고구려인이 오천여 수였다. 아군 사상자는 천여 명이었다. 그래야 나라가 만들어지고 유지되는 것이었다. 유지하기 위해서는 또 끝없는 전쟁을 치러야만 했다.

그런 나라를 만들어서 무얼 할 것인가. 루사기는 태자 곁에서 살아오는 동안 자주 그걸 회의했다. 그 이전 본국 한성수비군 무관으로 지낼 때도 그랬다. 두 개의 연나라, 두 개의 진나라. 그 곁의 토욕혼과 백제와 고구려! 그와 같은 나라들을 만들어서 무얼 할 것인가. 쉴 없이 다투는, 다투지 않으면 살 수 없는 나라들. 하지만 아무것도 하지 않을 수는 없는 게, 생각조차도 하지 않을 수 없는 게 사루사기의 비운이었다. 백제의 황제와 태자가 끝없는 전쟁을 치르며 영토를 확장해야 하는 운명인 것처럼 자신이 무언가를 해야 하는 것도 운명인 듯했다. 부친과 조부와 증조부로부터, 아니 사백여 년 전, 비류로부터 정해진 운명이 사루사기 자신에게서 스러지게 할 수는 없을 듯했다.

비류(沸流)는 구해국의 시조 사루(沙婁)의 부친이었다. 사백여 년 전 추모왕의 고구려에서 밀려나 대방에 자리 잡았던 비류와 왕모 소서노는 새로운 개척지를 찾아 뱃길을 타고 남하하여 위례성에 머물다가 다시 뱃길을 타고 진단에 이르렀다. 미추홀에 새 도읍을 정하려던 비류가 자신에 앞서 남하시켰던 아우 온조에게 척살되었을 때 비류군 부인 연화개(延華蓋)는 만삭의 몸으로 뱃길을 타고 상대포까지 밀려와 있었다. 당시만 해도 이름조차 없었던 자그만 포구에 도착해 아로곡으로 들어가 아들을 낳은 연화개는 아들에게 사씨 성을 붙이고 이름을 루(婁)로 삼았다. 사루는 자라 구해국을 열었다. 그렇게 열린 구해국의 십사 대 사루가 사기였다. 공교롭게도 온조의 후손 휘수태자도 백제의 십사 대 왕이 될 것이었다.

"폐하의 환도(還都) 길에 한성엘 다녀오려나?"

사열행진이 끝나갈 무렵 태자가 자신의 말의 머리를 사루사기의 말에 붙이며 나지막이 말했다. 한성의 정세를 자세히 살피고 돌아오라는 뜻이었다. 황제께서 이도(移都)하시어 한성백제를 경영하신다 하여도 태자로서는 이따금 한성을 살필 필요가 있었다. 현재도 주기적으로 그 일을 하고 있지만 지금 사루사기로 하여금 그 일을 하라는 것은 더 정밀하게 살피라는 것이었다.

"예, 전하."

마침내 사열행진이 끝남과 동시에 북이 울렸다. 칠만 군사의 대열이 진을 짓듯 일사분란하게 움직였다. 무술 대회를 열기 위한 원형 대열을 갖추어 경기장을 만들어내는 것이다. 오늘 이 자리는 두 달 전 퇴각하는 고구려의 구부태자를 추격하다 돌아서던 길에 휘수태자가 생각해낸 대회였다.

―그렇다면 어디 우리 잔치나 한번 할까?

제국백제의 태자인 그가 술자리 한번 벌이자는 것처럼 잔치나 한번 할까, 하면 그의 참모들은 즉시 잔치 준비를 해야 했다. 어디에서 얼마만 한 규모로 어떻게 잔치를 벌일 것인가. 치양성으로 귀환하고 사흘 만에 잔치에 대한 계획이 세워졌고 준비에 돌입했다. 대류백제의 맨 위쪽 수곡성에서 맨 아래쪽 성양성까지는 물론 속국들에까지 태자의 명이 하달되었다. 두 달이 지나 나타난 결과가 지금이었다. 본국백제의 무사부 시과시와 같은 방식의 경기였다. 각 성(城)에서 미리 솜씨를 겨루어 뽑아낸 무사 사백 육십 명과 황제의 친위군에서 뽑아낸 서른 명, 태자의 친위군에서 뽑아낸 스물두 명이 경기장에 남았다. 오백열두 명의 최정예 무사들이 북소리와 깃발의 지휘에 따라 뒤섞이면서 무작위로 짝을 지었다. 짝을 지은 두 사람은 한쪽이 이길 때까지 싸우고, 승자들끼리 다시 겨루어 나가는 방식이었다. 대결 횟수를 거듭할 때마다 패자는 탈락해 나가고 최후까지 남은 두 사람이 아홉 번째 대결을 치르고 나면 대류백제의 최고 무사가 되는 것이다. 최고 무사가 된 그는 스스로 지닌 관등에서 세 품급을 진급할 수 있다는 상이 걸려 있었다. 관등이 없던 자라 해도 최소한 십사품 좌품이 될 터였다.

오백열두 명의 무사들은 각기 자신의 소속을 나타낼 수 있는 상의를 입고 있었다. 태자친위군에서 나간 스물두 명의 무사들이 입은 옷은 청색에 붉은 줄이 세로로 새겨진 것이었다. 황제친위군에서 나간 서른 명 무사들은 황색에 붉은 줄이 새겨진 옷을 입었다. 복색에 소속을 밝히게 한 것은 소속부대의 경쟁심을 일으키기 위한 의도이거니와 남은 군사들의 응원 재미를 부추겨주기 위함이었다. 태자친위군을 대표한 무사에는 미르도 끼어 있었다.

루사기가 태자친위군 내의 겨룸 때 사양하는 미르에게 출전을 명한 것은 그의 실력에 대한 궁금증 때문이었다. 미르가 아주 어렸을 때는 사루사기가 가르쳤거니와 자신이 이구림을 떠나고 난 뒤에는 보륜사에게 맡겼던 그였다. 보륜사는 루사기의 스승이시거니와 이구림 무사들 모두의 스승이셨다. 사루사기는 같은 스승 밑에서 수련한 미르의 실력이 자신보다 몇 길 위라는 정도만 알 뿐 그의 실력의 깊이를 몰랐다. 그걸 알아보고 싶었다. 더불어 미르에게 앞날을 열어주려는 뜻도 있었다. 그를 사루사기 자신에게만 묶어둘 수는 없지 않은가. 미르 스스로에게도 제 앞날을 선택할 수 있는 기회가 있어야 하는 것이다. 태자친위군의 겨룸에서는 스물두 명이 뽑혔을 때 대련을 중지했다. 부러 최강을 가려내지 않은 건 스물두 명에게 균등한 기회를 주기 위함이었다. 하여 미르가 일만 명의 태자친위군 중에서 스물두 명 안에 들 만한 실력이라는 것은 증명되었다.

"시작하라."

태자의 명령에 깃발이 움직이자 북소리가 울렸다. 원형 대열의 경기장 한가운데서 일정한 간격으로 서 있던 무사들이 춤을 추듯 날렵하게 움직이기 시작했다.

"그것 참 어여쁘구나, 아아 어여쁘다!"

대좌에 앉으신 황상께서 감탄사를 연발하셨다. 화려한 복색과 각자의 특기(特技)로 어우러진 무사들의 몸놀림은 바람에 흔들리는 꽃가지들인 양 현란했다. 상대의 몸에서 피가 나면 피를 부른 사람이 즉각 탈락하는 게 규칙이었다. 때문에 상대의 몸을 상하지 않고 이겨야 하는 그들의 긴장감이 오히려 아름다운 동작으로 나타나고 있었다. 단 위에서 태자 곁에 선

루사기는 미르를 손쉽게 찾아냈다. 아홉 살의 어린 그를 처음 만났을 때 계집아이인 줄 알았을 만치 어여뻤다. 어느 사내보다 사내답게 자라나 현재에 이르렀지만, 그는 여전히 아름다웠다. 그의 아름다움에서는 위엄까지 풍기는 성싶었다. 어쩌다 그를 만나게 된 여인들은 하나같이 넋이 나간 얼굴이 되곤 했다. 희한한 것은 미르 스스로는 어른이 되고도 여인들에게 관심이 없다는 것이었다. 그에게 혹여 사내에게 눈이 가느냐고 물은 적이 있었다. 미르는 빙긋 웃으며 양쪽에 다 눈이 간다고 하였다. 사내든 계집이든 가리지 않는다는 말이었는데 그 말을 곧이곧대로 믿기엔 그의 몸가짐이 심히 단정하였다. 아니 서늘했다. 하여 사기는 자신이 사람 미르는 알되 사내 미르는 모르는 거라고 여겼다.

자신의 패배를 인정한 무사들이 속속 빠져나와 제 소속 진영으로 들어갔다. 두 식경이 지났을 때 회장에는 절반이 남았다. 두 번째 대결이 북소리와 함께 즉시 시작되었다. 네 번째 대결을 마치고 나니 무사들이 얼크러져 있던 자리가 휑했다. 오백십이 명이 서른두 명으로 줄어든 까닭이었다. 경기장 안이 한산해지는 반면 경기장 밖의 칠만 군사들의 진영은 불 지핀 화덕처럼 달아올랐다. 제 군영의 무사를 응원하느라 와와 아우성을 질러 댔고, 이미 대열이라고 부를 수도 없을 만치 흐트러져 있었다.

"허어 저런! 저러다 무사들이 병사들에 묻히고야 말겠구나."

황제의 말씀에 태자가 대열을 정비하라 명했다. 오늘 대북을 일곱 번 울리는 것은 동작 정지 명령이었다. 일곱 번의 북이 울리자 백제분지 안이 얼어붙은 듯 고요해졌다. 이어 징이 세 번 울리자 일제히 깨어난 군사들이 제자리로 돌아갔다. 그 시간이 신발 한 짝의 끈 매는 시간만큼이나 걸렸을까. 그 일사분란한 행렬을 지켜보는 사루사기의 가슴이 서늘하게 식었다.

제국 백제의 위용이 이러할진대 이름조차 사라진 구해국의 후손이 무엇을 할 것인가. 할 수 있단 말인가.

"속개하라."

태자의 명에 북이 둥, 한 번 울렸다. 드넓어진 경기장 안에서 서른두 명의 무사가 다시 짝을 지었고 춤을 추기 시작했다. 그들의 춤은 최후의 한 사람이 가려질 때까지 계속될 수밖에 없었다. 태자친위군영의 무사는 세 명이 남아 있었고 그 안에 미르가 끼어 있었다. 다섯 번째 대결이 끝나 경기장 안에 무사 열여섯이 남았을 때 황제께서 그들을 불러들이시어 술을 내리셨다. 흐뭇하고 대견하신지 술을 내리시며 농담까지 하셨다.

"그 술들 마시고 패하더라도 짐을 원망치 말지어다!"

일곱 번째 대결이 지나고 나자 네 명이 남았고, 여덟 번째 대결이 지나고 나니 드넓은 경기장 안에 단둘이 남았다. 자줏빛 옷을 입은 광릉성의 무사와 태자군영의 미르였다. 두 무사의 옷자락이 바람에 나부꼈다. 이제 어느 군영의 무사가 남았는지는 중요하지 않았다. 대륙백제, 제국백제의 최고 무사가 누구일지, 그것만이 관건이었다. 사위가 고요했다. 겨울바람조차도 숨을 죽였다. 마주 선 두 무사는 북이 울리길 기다리고 있었다. 백제분지의 모든 것이 정지되었다. 단 위의 황제 부자만이 안절부절못했다.

"남은 우리 무사가 미르임이 틀림없겠지?"

루사기에게 같은 질문을 세 번이나 한 휘수태자는 진작부터 자리에 앉아 있지 못하고 일어나 서성거렸다. 그럴 것이 무사들의 여섯 번째 대결이 끝났을 때 황상과 태자, 부자지간에 내기를 걸었던 참이었다. 태자는 자신의 군영 무사에 걸었고 황상은 그 외 모든 군영에 걸었다. 조건은 두 가지였다. 지는 쪽이 이기는 쪽의 소원 한 가지를 들어주는 것과 이기는 쪽이

제국백제 최고수 무사 둘을 다 갖는다는 것이었다. 불리한 조건임에도 태자는 당연히 미르에게 걸었다. 황상께서도 낙관할 수 없는 상황임을 아셨는가 보았다. 술 한 잔을 들이키곤 일어나 단의 가장자리로 걸음을 옮기더니 당신의 친위대장 목시걸을 향해 물으셨다.

"이봐라, 시걸. 저기 저 아이들이 둘 다 계집아이들이냐?"

황상의 뜬금없는 질문에 목시걸이 나아가 대답했다.

"아니옵니다, 폐하. 태자 전하 군영의 무사와 광릉성의 무사이옵니다."

"어허, 그쯤은 짐도 아느니. 허나 저 봐라, 호리호리 하고 고운 것이 영락없는 계집들 같지 않으냐? 태자, 그렇지 않은가?"

태자가 부황 곁으로 다가들며 빙긋이 웃었다. 부황의 천진한 행동에 태자는 한결 여유를 찾은 기색이다.

"광릉성 무사는 모르겠사오나 소자의 무사는 틀림없이 사내이옵니다, 폐하. 소자의 측위대원인지라 소자가 보증하옵니다."

"하기야 계집사람이 어찌 저기 낄 수 있으랴. 허면 광릉성 무사도 그러하단 뜻일진대, 허허, 신기한 일이도다. 사내들이 어찌 저리 곱단 말이냐. 저리 고운 아이들이 수만 무사들을 제치고 저기 서 있다니, 아아, 재미나도다. 네 아이의 이름이 무엇이더냐?"

"백미르라 하옵고, 폐하, 소자 한 말씀 올리나이다. 두 아이들이 공교롭게도 검으로 승부를 겨루게 되었으니 저들에게서 진검을 거두시고 목검을 내리심이 어떠하올런지요."

"그렇구나. 반나절 내리 칼을 휘둘렀으니 지쳤을 법하고, 오래 겨룰 수도 있을 터이고, 자칫 생채기가 생길 수도 있으렸다? 그리되면 아깝지?"

"그러하옵니다."

"허면 그리하라. 저 아이들이 행여 다치지 않도록 목검으로 갈아주고, 광릉태수를 이리 올라오시라 하여라."

경기장 안의 두 무사에게 목검이 전달되는 사이 황제 부자의 아랫단에 있던 광릉성 담로가 단 위로 올라왔다. 태자가 황제처럼 백발이 성성한 광릉태수에게 자신의 자리를 흔쾌히 양보했다. 태자의 빈 좌대에 수놓인 황실 문양 천계(天鷄)가 긴 꼬리를 휘날리며 금세라도 날아오를 듯 눈부시게 반짝였다. 황송하여 사양하는 태수를 향해 황제께서 말씀하셨다.

"짐이 그리하듯이 경 또한 다리가 떨려 서 있을 계제가 아니실 겝니다. 허니 사양치 마시고 앉으세요. 나란히 앉아서 저 아이들 노는 양을 지켜보십시다."

"망극하여이다, 폐하. 신은 이대로 좋사옵니다. 태자 전하께서 좌정케 하시오소서."

"태자는 젊으니 서 있으라 하세요. 경의 무사는 이름이 무엇이오? 알고 계시오?"

"소신의 무사는 취운파(取雲波)라 하나이다."

"취운파라. 무사에 걸맞은 이름이구려. 태자의 무사는 미르, 용이랍니다. 구름과 용. 용운상박이겠습니다그려. 짐이 태자하고 내기를 걸었어요. 하여 짐과 경이 시방 한편이외다. 경의 무사 취운파가 이겨야 짐이 태자하고 건 내기에서 이긴다는 말씀입니다. 아, 앉으시래도요."

광릉태수가 자리에 앉자 태자가 사기를 향해 씩 웃어 보이며 오른손을 들었다. 태자의 명령을 전달하는 붉은 깃발이 쑥 올랐고 동시에 북소리가 둥, 울렸다. 그 사이 목검으로 갈아 잡은 경기장 안의 무사가 서로를 향해 인사하더니 각자의 자세를 취했다. 사루사기는 태자와 나란히 선 채 경기장의 두 사람을 지켜보았다. 백미르와 취운파는 제국을 거느린 황제와 태자의 여유로움이 응집되어 나타난 꽃이었다. 수만, 수십만의 목숨을 딛고 피어났을망정 경기장 안의 두 사람은 눈이 시릴 만큼 아름다웠다. 그들이 아름다운 만큼 사루사기의 가슴이 시렸다. 백제분지의 겨울 추위는 사루사기에게만 해당하는 것이었다.

고천원(高天原)

발해만 위례진에서 일월 보름밤에 출발한 황제의 어진(御陣) 선단이 한성 큰나루(大津)에 도착한 것은 이월 초사흗날 아침이었다. 열여드레만의 도착이었으니 대선단 행렬치고는 순조로운 항해였다. 제국 백제의 항로가 그만큼 탄탄하게 열려 있었다. 오십여 척의 대선단을 이끌고 환성하신 황상께서 황성 앞 인황대로(人黃大路)에 들어섰을 때 마중 나온 백성이 십만에 가까웠다. 임금과 백성이 함께 쓰는 길이 인황대로이매 그날 인황대로에서 황성 남문인 인황문(人黃門)까지 오 리(五里) 길에 모인 십만여 백성들의 함성은 온 도성에 울릴 만큼 열렬하였다.

환성하신 황제께서는 이튿날부터 한성 곳곳을 미행(微行)하시며 몇 년 간 비우셨던 본국의 영토 순례를 시작하셨다. 미행인지라 어가(御駕)를 꾸리는 대신 노익장을 과시하듯 용마로만 움직이셨으나 매번 태손(太孫) 부여벽을 대동하시매 황성이 함께 움직이는 듯 한성이 때마다 들썩였다.

그 와중에 황후의 척족인 진씨 일가의 움직임은 아연 움츠러들었다. 그동안 황후와 태자비와 태손을 둘러싼 진씨 일가는 내신좌평 진정을 중심으로 본국백제의 정치를 좌지우지해 오던 차였다. 황제께서 태손인 벽을 대동하심은 척족의 품에 있던 태손을 제 위치에 되돌려놓은 것인 동시에 황후 척족의 전횡을 익히 알고 계시다는 것에 대한 경고에 다름 아니었다.

게다가 진씨 일가가 더욱 움츠러들 수밖에 없었던 사건이 생겼는데 황상께서 태자 휘수의 재가(在家)부인 소야를 태자의 제이비(第二妃)에 봉하신 일이었다. 또한 그의 아들 부여부와 딸 유리나를 황손과 황손녀로 봉하셨다. 더불어 태자이궁(太子二宮)을 그들 모자에게 하사하셨는데 궁의 위치가 황성 안이 아니라 고천원(高天原) 내였다. 고천원은 한성의 국내외 교통 요지인 큰나루를 한눈에 내려다볼 수 있는 한산(韓山)의 남향자락을 이름하는 것이었고 그곳은 선황제들의 능묘들뿐만 아니라 제국 백제의 신궁(神宮)이 모셔진 곳이기도 하였다. 때문에 태자이궁을 태자의 이비와 황손에게 내리심은 전격적인 것이었거니와 파격적인 행사이기도 하였다. 황상의 그 행사는 물론 백제분지에서 태자와의 내기에서 지신 결과였다. 그 사실을 아는 사람은 극소수인 반면에 그 행사의 반향은 황성은 물론 한성 백성 모두에게 미쳤다. 태자의 후궁을 태자이비에 봉하심은 황후와 태자비의 배경인 진씨 일가의 권력을 분산시키겠노라는 의지 표명이었던 것이다.

황명이 내리면 그 즉각 시행되는 법이라 태자가 대륙에 있어 마냥 비어 있던 태자이궁이 당장에 단장되었다. 황명 내리고 이레 만에 송산(松山) 아래 고흥 박사의 집에 있던 소야 부인과 그의 자녀는 고천원의 태자이궁으로 이거했다. 궁주가 된 소야 부인은 사루사기가 두 달여 전 한성 환도 당시 만났던 그와 이미 다른 존재였다. 사람이 자리를 만들기도 하나 그런 예는 드물고 자리가 사람을 만들기가 자연스러운 법. 소야와 부가 태자이비와 황손에 책봉되매 황성수비군이 태자이궁을 수비했고 궁에 배속된 백여 명의 일속이 궁주의 사람이 되었다. 이비라 하여도 태자비임에 분명한 바 이전과 다른 존재일 수밖에 없었다. 당장 사촌누이를 향한 루사기의 말투도 달라졌다. 하지만 소야비의 밝고 천진한 성정은 여전했다.

"그래서요, 오라버니? 석 달간의 말미를 허락받아 떠나오려던 밤에 전하께서 뭐라고 하셨는데요?"

소야비는 루사기에게 대륙에 있는 태자에 대한 이야기를 해보라고 계속 보챘다. 부여부도 부친이 궁금한지 한창 나돌아 다니고 싶어 할 열두 살임에도 방 안에서 얘기만 들으려 하였다. 다섯 살배기 황손녀 유리나만이 열린 문을 통해 안팎을 토끼처럼 드나들었다. 문 앞에 수직을 서고 있는 백미르와 취운파가 저희들 앞에서 팔짝팔짝 뛰다가 자꾸만 넘어지는 유리나를 어쩌지 못해 쩔쩔 매고 있었다. 특히 취운파가 제게 매달리는 공주 때문에 고전하는데 소야궁의 궁녀들이 그런 두 사내를 마냥 재미나 하며 힐끗거리는 중이었다.

"백제분지에서 황상 폐하와 태자 전하께서 내기를 하셨다 말씀드리지 않았습니까? 그때 태자께서 이기셨던 바 소원 한 가지를 황제 폐하께서 들어주셔야 하는데, 그 소원이 소야 부인과 부여부를 이비와 이손에 책봉해 달라 하시는 거였지요. 때문에 전하께서는 미리, 황손 부여부를 데려오라, 제게 명하셨던 것이고요."

"저는요, 오라버니? 부여부만 데려오라 하시고 저에 대한 말씀은 아니 계시었어요?"

서른네 살 소야궁주의 말투가 십칠 년 전 태자 휘수를 처음 만났을 때와 똑같아서 루사기는 너털웃음을 터트렸다.

　"궁주께선 궁에 계셔야지요. 아기씨도 계시지 않습니까."

　"전하를 뵌 지가 다섯 해가 넘었습니다. 전하의 용모가 어찌 생기시었는지도 가물가물할 지경이에요."

　"전하의 모습을 그려 두시었잖습니까. 그림이실지언정 보시면서 그리움을 달래십시오."

　소야는 어렸을 때부터 그림에 능했다. 문자를 배우기 전에 그림부터 그렸는데 그 그림이 사람을 그렸을 때는 그 사람과 흡사했고 나무를 그렸을 때는 나무가 살아 있었다. 그 솜씨가 유달랐던 덕분에 외양으로는 아직 애티를 다 벗지 못했던 열일곱 살에 태자의 눈을 끌어당기고 맘을 사로잡았는지도 몰랐다. 소야 앞에서의 태자는 기꺼이 석상이 되어 자신의 모습을 그리는 소야를 지켜보기를 즐긴다고 했다. 잠시일지라도 그 순간에는 세상의 바람이 다 멈추는 듯 편안하다고.

　"배를 타고 보름이면 대방에 닿는다고 들었습니다. 대방은 한성보다 훨씬 대로가 발달했다면서요? 거대한 마차들이 구석구석 마구 달려 다니며 사람과 짐을 실어 나른다지요? 숱한 사람들이, 여인들 또한 드물지 않게 큰나루와 대방의 각 나루들을 오가는데 제가 아기를 데리고 있단들 못 갈 까닭이 무엇입니까. 부만 데려가지 마시고 저와 유리나도 데려가시어요. 저도 대륙을, 거기 펼쳐진 전하의 백제를 보고 싶습니다, 오라버니. 더구나 전하께오선 여태 유리나 얼굴도 못 보시지 않으셨습니까?"

　이대로는 그리움으로 달아오른 소야를 가라앉힐 수 없을 듯했다. 루사기는 황손 부를 돌아보았다.

"왕자님, 나가서서 아기씨와 잠깐 놀아주시렵니까?"

왜 날 나가라는 거냐는 듯 눈을 치뜨던 부가 외숙부인 사루사기가 모친과 더불어 따로 말할 것이 있는 걸 눈치 챈 듯 고개를 끄덕이며 일어섰다. 외조부 사고홍의 무릎에서 자란 덕분에 서너 살부터 글자를 배우고 대여섯 살 때부터 책을 읽기 시작한 아이였다. 왕자가 열두 살답지 않게 때로 눈빛이 깊어지는 까닭은 아마도 그런 때문일 터였다. 부가 문을 나서자 미르가 밖에서 문을 닫았다. 그래도 사방의 창은 훤히 열린 터였다. 사시(巳時)경의 봄 햇살이 방 안 깊숙이까지 들어와 일렁거렸다. 비밀스런 얘길 나누려는 것이 아니었고, 비밀스런 얘기를 나눈다 해도 부러 큰 소리로 떠들지 않는 한 밖에 들리지도 않을 터이나 소야의 표정도 어느덧 달라졌다.

"오라버니, 아이 앞에서 제가 잠시 철없이 굴었습니다."

"전하를 기루시는 궁주님의 그 절절한 맘을 제가 왜 모르겠습니까. 대륙을 주유하고 계시는 전하께서도 모르시지 않습니다. 전하의 맘 또한 궁주님과 크게 다르지 않으실 테구요. 그걸 믿으시고 인내하시며 지내십시오. 작금 대륙엔 황제의 위업을 이어갈 황태손이나 황손이 없습니다. 까닭이 이곳 한성이 두 분의 본향이자 이 진단백제가 본국이기 때문입니다. 그건 본국이 황실의 본거지라는 뜻입니다. 궁주께서 태자의 이비시라 하여도 여기 계셔야 하는 까닭도 그것입니다. 궁주께서는 예서 황손들 키우시면서 태자 전하의 뿌리를 키우시는 겝니다. 그건 궁주님의 뿌리를 키우시는 것이며 황손 부의 뿌리를 키우심과 같습니다. 아시겠습니까?"

대방에는 물론 황제의 황비가 있듯이 태자비도 따로 있었다. 그렇지만 대방황성의 황비나 태자비 때문에 소야비를 못 데리고 가는 게 아니라, 데려오라는 명이 없기 때문이었다. 그러한 사실을 소야비 스스로도 물론 알고 있을 것이나 안쓰러운 마음에 루사기는 그리 말했다.

"잠시 눈이 흐려졌을 뿐, 저도 알고 있습니다. 앞으로는 더욱 명심하오리다."

사라진 구해국의 자손으로서, 겉으로 드러내지 못하는 명맥이나마 유지해 나가기 위해서 서로 애써야 한다는 말은 피차 하지 않는다. 하지 않아도 두 사람이 다 아는 것이다. 사씨 가문을 키워야만 황손 부의 앞날에 도움이 되리라는 말을 삼가는 것도 그 때문이었다. 어느 곳에 엿듣는 귀가 있을지 엿보는 눈이 있을지, 자신의 처소에서조차 조심해야 할 만큼 소야비는 미약했고 황후와 태자비 척족의 위세는 그만큼 대단했다. 황손 부여부가 황태손 부여벽의 앞날에 자그만 걸림돌이라도 되리라 싶은 순간 태자이궁의 식구들은 그들의 표적이 되고 말 것임을 두 사람 다 잘 알고 있었다. 태자가 소야와 부와 유리나를 황궁이 아닌 고천원에 있는 태자이궁으로 들이게 한 까닭도 그 위험을 조금이라도 덜기 위함이었다. 물론 태자가 그렇게 움직이도록 은연중에 조정한 사람은 루사기였다.

—송산 사람이 원체 세상 물정에 어두운 어리보기인지라 입궁을 한다 해도 걱정입니다, 전하.

루사기의 그 걱정은 송산 사람 소야의 오라비로서 당연했다.

—그렇지, 어른 한 사람과 아이 둘이 아니라 아이가 셋인 셈이라. 그들을 차라리 고천신궁에다 맡겨둘까?

태자의 대답은 연약한 여인의 지아비로서, 두 아이의 아비로서 응당했다. 당연하고 응당하게 소야는 고천원의 태자이궁으로 들어와 신궁의 호위를 받게 되었다. 황성 사람들은 물론 태자도 모르는 사실이지만 고천신궁의 제일신녀(第一神女) 효혜는 구해국 후손이었다. 효혜의 부친이 루사기의 스승인 보륜사였다. 또한 보륜사는 소야의 부친인 고흥과 친형제처럼 자란 막역지우였다.

"헌데 대장께서는 몇 년 만에 환도하시었는데 친가에는 들르시지 않습니까?"

태자친위군의 한 장군이자 측위대장인 바 태자를 모시고 있지 않으니 한성에서 드러내놓고 할 일은 없었다. 만나야 할 사람들, 살펴야 할 일들, 드러나지 않게 할 일들은 많았다. 여태 이구림으로 갈 짬이 없었거니와 내신좌평 측으로부터의 눈길이 루사기 자신에게 미치기 시작한 것을 눈치 챈 터라 조심스럽기도 했다. 내신좌평 진정을 필두로 한 그 세력은 소야 부인의 태자이비 책봉을 즈음하여 그동안 눈길조차 주지 않았던 소야 부인과 그의 부친 사고흥과 태자측위대장 사루사기가 연결되어 있음의 의미에 주목하기 시작했다. 몇 십 년 태학과 집만 오가는 듯했던 서생 고흥이 이즈음에 황제의 부름을 자주 받는 것도 그들을 자극했다.

"일간 들러야지요."

대륙 경영의 전권을 태자에게 이임하신 황제께서는 근래 생애의 업적을 망라하시려는 듯 사백여 년 백제의 역사서를 내어 놓으라 채근하셨다. 언제 마무리될지 알 수 없는 책명도 몸소 지어 미리 하사하셨다. 《백제서기(百濟書記)》. 어떤 수식도 없는 그 담백한 제명에는 황제의 자부와 자긍이 서려 있었다. 그 자부와 자긍을 완성해 나가고 있는 인물이 사고흥이었다. 황제께서 소야 부인을 태자이비로 책봉하신 배경의 이면에는 박사 고흥에 대한 신뢰와 《백제서기》를 어서 끝내라는 독려의 의미도 있었다. 내신좌평 측에서는 태학박사 고흥이 정권과 아무런 연관이 없다고 해도 더 이상 좌시할 수 없게 된 것이다. 때문에 루사기의 움직임이 조심스러워질 수밖에 없었다.

"대장님의 친가에는 유리나와 같은 귀여운 아이들이 있다고 들은 듯도 한걸요? 이름이 여누하라던가 누왕인이라던가?"

소야는 루사기에게 딸과 아들이 있으매 그 이름이 여누하(如婁廈), 누왕인(婁旺仁)임을 전하는 참이었다. 그럼에도 그의 낮은 말투는 태자 이비로서의 단순한 호기심을 드러내는 듯 무심을 가장하고 있었다. 사씨 일족이 이구림에 대해 표현할 때의 말투가 그러했다. 루사기도 환성한 며칠 뒤 숙부인 사고홍을 통해 전해 들은 소식이었다.

"그렇다 들었습니다. 여튼 제가 향리에 다녀오는 동안 궁주께선 유리나 아기씨의 귀여운 용모나 한 장 그려두심이 어떠하실런지요. 가능하시면 궁주님의 자화상도 그려두시구요. 미구에 제가 지니고 돌아가 전하께 전해 드리면 보시고 기뻐하시지 않겠습니까?"

한성에 머문 지난 두 달여 동안 마음은 늘 이구림을 향해 달렸다. 사 년여 전 두 아내가 한 달 간격으로 아기를 낳았다고 했다. 그 아기들이 첫돌, 세 돌을 넘겼을 뿐만 아니라 다섯 살이 되었다고 했다. 아이들을 상상하노라면 가슴이 뛰면서 손발이 저릿저릿했다. 여누하가 먼저 거론되는 것을 보면 계집아이가 한 달 빨리 났다는 뜻이었다. 숙부 사고홍에게 차마 누왕인이 어느 아내에게서 태어났는지를 묻지는 못했다. 누왕인이 다님에게서 태어났기를 바라는 자신의 욕심이 먼저 태어난 여누하에게 부끄럽고 미안했기 때문이었다. 먼저 나온 아기가 여아임에 누 자를 넣어 이름을 지었다는 것은 혹여 그다음에 태어날 아기도 여아일 수도 있음을 감안했다는 것 아닌가. 두 아이가 다 여아였더라면 그 어미가 누구이든 여누하가 이구림의 승계자가 되는 것이었다. 그럼에도 루사기는 아들이 다님에게서 났기를 바랐다. 누왕인이 버들에게서 났다면 그 아이에게도 미안할 맘이었다.

"대장이 전하께 돌아가는 날짜는 대략 언제이십니까?"

"태풍이 도래하기 전에 움직여야 할 터이므로 약 보름 뒤쯤이 될 터입니다. 스무닷새 날 밤 큰나루에서 대방으로 가는 배가 있다 하더이다."

"머물 시간이 짧아 친가에 계신 분들이 서운하시겠습니다. 어서 다녀오시기 바랍니다. 아, 잠깐!"

배웅하려 일어서던 소야가 재게 돌아서더니 궤에서 흰 보자기에 싸인 두 개의 자그만 함을 꺼내와 루사기에 건넸다. 보자기에 신궁 표식인 칠지화(七枝華)가 수놓여 있다.

"제가 신궁에서 선물 받은 화장구(化粧具)입니다. 댁에 계실 아이들의 모친들에게 전하여 주세요. 귀한 아기들을 낳아줘서 고맙다는, 저의 맘이라 전해 주시고요."

함 두 개를 받은 루사기는 말없이 고개를 숙여 보이곤 소야비의 처소를 나섰다. 뜰에서는 취운파가 공주를 안고 쩔쩔매는 중이었다. 결국 그에게 안긴 유리나가 그의 긴 머리카락을 마구 잡아당기며 재미나 하고 있었다. 부와 미르는 그 풍경에 재미나 하고 시녀들이며 멀리 둘러선 수비병들은 또 그 풍경을 즐기는 참이었다. 루사기가 뜰로 나서자 소야의 시녀장 개미가 다가와 나지막이 말했다.

"제일신녀께서 잠깐 들러주십사 하시더이다."

개미는 소야의 시녀장이 되기 전까지 신궁에서 제일신녀 효혜를 측근에서 받들고 살았다. 효혜는 스스로 신뢰할 만한 인물을 보냄으로써 소야비를 지키기로 한 것이다. 효혜의 말을 전한 개미가 취운파에게서 유리나를 안아냈다. 아이가 마구 버둥거리며 앙앙댔지만 아이에게서 잽싸게 물러선 취운파는 살았다는 얼굴로 긴 머리를 추스르더니 중얼거렸다.

"아기 공주가 천하제일 장사꾼입니다. 도저히 당해내지 못할 바이로소이다."

취운파의 엉성한 말법에, 소야비의 선물을 말에 싣던 루사기는 쓴웃음을 지었다. 백제분지 무술 대회에서 제국백제의 최고수 무사가 되었던 미르의 설명에 따르면 취운파는 대결의 마지막 순간에 스스로 힘을 낮춤으로써 승자의 자리를 포기했다고 했다. 우연이었던지 미르가 승자의 자리를 그에게 양보하려던 바로 그 순간이었다. 한 합만 더 겨루면 우열이 가려져 승부가 결정 날 아찔한 순간에 검을 쥔 팔을 툭 내려뜨린 취운파가 또렷한 백제말로 지껄였다고 했다.

―이봐, 백제인, 내가 졌으니 그만 하자오.

그 순간 미르는 자신이 먼저 끝내지 못했음에 화가 나 취운파를 후려칠 뻔했다고 했다. 또 무승부를 선언할까 했으나 태자의 체면을 보아 취운파의 무모하고 무구한 결정을 인정했다. 그렇게 그들 둘만 아는 승부를 결정낸 뒤 황제 앞으로 두 사람이 불려왔을 때 의외의 일이 벌어졌다. 광릉성의 일개 무사인 줄 알았던 취운파가 광릉성주이자 대백제 광릉태수의 막내아들이었던 것이다. 더구나 네 소원이 무엇이냐 묻는 태자 휘수의 질문에 그는 태자의 측위대가 되고 싶다고 했다. 왜 태자측위대에 들고 싶으냐는 질문에는 세상을 맘대로 돌아다니고 싶어서라고 대답해 주위를 무색케 했다. 그때 광릉태수가 자신에겐 이미 내놓은 자식이라는 듯 거들었다.

―아무도 저 아이 하고 싶다는 일을 말리지 못하니 데려다 쓰십시오.

그렇게 태자 측위대로, 사루사기 밑으로 들어온 취운파는 대장 사루사기가 백미르와 함께 본국 행을 한다는 사실을 듣던 자리에서 대뜸 자신을 데리고 가라며 떼를 썼다.

　—날 데려 가시오다, 대장. 아니 데려가오면 탈영을 하겠소다. 그리고 우리 혼자 가오리다.

　그 자리에 있던 측위대원들이 우리 혼자 가겠다는 취운파의 말에 일제히 배꼽을 잡았다. 그리곤 떠밀어내듯이, 제발 취운파를 데려가시라고 사루사기를 부추겼다.

　"그게 자청한 벌이라는 거야. 그만 가지."

　미르가 말없이 취운파를 끌고 루사기의 뒤를 따랐다. 본국 구경을 하고 싶다고 떼를 쓰며 따라온 취운파는 스물한 살이었다. 몸은 이미 어른이거니와 무예는 제국백제의 최고수인데 성정은 아이 같았다. 제 부친 광릉태수의 설명에 따르면 걸음마를 떼면서부터 칼을 잡고 싶어 했고 말을 타고 싶어 했으며 말문이 트이기 시작하자 온갖 말이란 말은 다 섞어서 괴상하게 지껄여댔다. 그 바람에 아이가 천치인 줄 알았다고 했다. 광릉성이 황해 연안 광릉만 항구에서 가까운 탓에 성에 외지인들이 무시로 드나든 탓이었다. 부여어, 본국백제어, 한어, 맥족어, 훈족어, 남방어, 광둥어, 왜어 등 제 귀로 듣는 낯선 언어들을 귀신같이 따라해 그의 말을 주변에서 오히려 알아듣지 못한 것이었다. 무술은 제 혼자 스승들을 찾아다니며 익혔기 때문에 지금까지 아무도 그 실력의 정도를 몰랐으나 기이하게 문자는 익히지 못했다. 한사코 글 배우기를 싫어했다는 것이다. 글은 읽지 못하지만 막내아들이 열 가지 말은 하는 것 같다는 광릉태수의 단정은 부정확한 것이었다. 취운파의 아버지인 그는 아들의 실체를 다 파악하지 못한 듯했다.

　루사기가 보기에 취운파는 부조리한 존재였다. 한 사람이 타고난 재주가 한두 가지가 보통이라 할 때 취운파는 열 사람이 지닐 법한 재주를 한 몸에 지니고 태어난 인물이었다. 글자를 읽지 못하는 것은 그에게 문제가 되지 않았다. 그는 눈으로 보는 모든 것, 귀로 듣는 모든 것을 기억하는 것 같은데 아무것도 기억하지 않는 듯도 했다. 때문에 그는 어디에도 속하지 않거나 속하지 못할 위인이었다. 그는 대륙백제의 영토에서 태어나긴 했으나 백제 사람이 될 수 없고 황제의 백성도 태자의 신하도 될 수 없었다. 그는 그저 저 자신일 뿐이었다.

"이제 가시오는 데는 공주가 없으면 절대 좋겠소, 대장."

한산 봉우리에 있는 신궁으로 올라가기 위해 태자이궁 앞에 매어놓은 말에 오르면서 내뱉는 취운파의 말에 루사기는 허, 실소했다. 대방어로 해도 되는데 본국에 왔다고 한사코 백제어를 사용하는 그가 귀엽기도 하다.

"지금 들르려는 신궁에서 아기들을 볼 수는 없을 거야. 헌데 어쩌지? 신궁에 잠시 들렀다가 곧장 가려는 곳에는 유리나 공주만 한 아기가 둘이나 있다던 걸?"

"대장, 나는 그러면 유리나 밖에서 놀고 있을래. 그건 좋지?"

취운파가 말문이 틔면서부터 배운 말이 몇 가지이든 하나같이 무뢰한 들의 언어였다. 말투에 예법은 전혀 배어 있지 않았다.

"그리하시든지요, 취 공자. 어쨌든 지금은 요 산 위에 있는 여신들의 궁전으로나 한번 가보시겠습니까?"

"어, 그래."

취운파의 말법은 모든 경계를 지운 것 같았다. 때문에 사루사기는 저 자신으로만 살 수 있는 듯이 보이는 취운파가 귀여운 한편으로 부러웠다. 미르는 말에 올라 루사기를 천천히 따를 뿐 여전히 말이 없다. 저 자신으로만 사는 듯이 보인다는 면에서 보자면 미르도 취운파와 다르지 않았다. 그도 취운파 못지않게, 어쩌면 한층 더 부조리한 인물이었다. 미르는 마한 불미국(不彌國)의 왕손이었다. 직계 왕손을 멸족시켜 마한을 차례차례 궤멸시켜 온 백제 황실의 마지막 칼날이 닿은 곳이 아마도 불미국이었을 것이다. 그들은 몇 대 전부터 이미 불미국이라는 국명을 버린 채 백제 발라군의 백성으로 지내온 터였다. 때문에 현 황제가 즉위했을 때도 동요하지 않았다. 황제에게는 마한이라는 단어가 이미 의식할 필요조차도 없는 옛날 말이었다. 황제의 의식 속에 마한이 없듯이 마한의 후예들도 이미 자신들이 마한 사람이었음을 거의 잊은 상태였다. 그러하였으므로 황제가 대륙을 개척하고 경영하느라 본국을 황후의 척족인 진씨 일가에게 맡겨 놓았던 게 미르의 백씨 일문에 피바람을 몰고 올 것이라는 예상 또한 못했다.

십육 년 전 정월이었다. 불미국의 막내아들이었던 미르는 그날 불미성 뒤켠 산자락에 있던 선조들의 무덤에 올라가 있었다. 민둥산 같은 수십 기의 높고 낮은 무덤들은 어린 미르의 놀이터이기도 했던지라 그날도 제일 높은 불미국 시조의 무덤에 올라가 있다가 군사들이 들이닥치는 것을 보았다. 아무런 대비 없이 발라 성 안팎에서 옹기종기 지내고 있던 백씨 일문이 그 한날, 몇 시진 사이에 몰살당했다. 그들 중에는 농사를 짓고 소와 말을 기르고 그릇을 구우며 살던 일반 백성들도 있었다. 이백여 명 가까운 숫자였다. 불미성은 불에 탔으며 성에 속해 있던 영토는 진씨 일족이 내세운 발라 담로의 영토로 귀속되었다. 월나가 그렇듯 발라도 황실의 직할 영지가 되었다. 그날 시조의 무덤 위에서 덜덜 떠느라 옷에 오줌을 지렸던 미르는 학살 현장에서 빠져나온 노복에 이끌려 제 큰누이가 출가하여 살고 있던 이구림으로 왔다. 미르의 큰누이는 루사기의 아내 백다님이었다.

어쩌면 미르는 그때 보통 사람으로서의 마음이라는 것을 잃어버린 듯하였다. 그는 자라면서 일체의 감정을 드러내지 않았다. 소리 내어 우는 법도 웃는 법도 없었다. 이림과 구림과 상대포구와 월나악을 쏘다니며 지낸 어린 날 어쩌다 발라에 대한 이야기를 들어도 아무 상관없는 듯 무표정했다. 어른이 된 지금도 미르는 언제나 무심했다. 무심해 보였다. 그의 속내가 어떠한 색깔인지 그 안에 무엇이 들어 있는지 루사기는 알지 못했다. 일시에 발라의 친족을 모조리 잃고 단 하나 남은 피붙이 미르를 아들 삼아 키웠던 다님도 내내 그걸 근심했다.

"이리 자주 뵈올 수도 있는 분이셨습니다?"

열흘 만에 마주앉은 루사기를 향한 효혜의 말투는 대백제신궁의 제일신녀답지 않은 투정이 어렸다. 루사기보다 세 살이 많은 그이지만 두 사람이 만났을 때는 각자의 나이나 직분을 떠나 동무가 되는 덕분이었다.

"닷새 전에 들렀을 때, 성하(聖下)께오서 명상에 드셨다고 수위청에서 쫓아내더이다. 신궁 담이 어찌나 높던지 월담도 불가능한지라 그냥 돌아갔지요."

제일신녀가 기도에 들면 황제나 황후가 찾아와도 만날 수 없다는 것은 상식이었다. 신궁의 규율은 속세의 규율과 그만큼 달랐다. 그 다름을 누구나 인정했다.

"나중에 전해 들었습니다. 하여 아랫사람들에게 혹여 태자측위대장께서 들르시면 때를 불문하고 맞아들이시라 명해놓았지요."

"그때가 기도 중이실 때면 어쩝니까?"

"기도를 끝내지요. 제 맘 아니겠습니까?"

"그러시다 이 지화합(枝華閤)에 사내가 무시로 드나든다는 소문이나 나면 어쩌시려구요?"

"신궁에서 쫓겨날 뿐만 아니라 이승에서도 쫓겨나겠지요?"

제일신녀위(第一神女位)에서 쫓겨날 수 있음은 물론이고 목숨도 잃을 수 있다는 말을 농조로 하고 있다. 여유였다. 그만큼 효혜는 제일신녀로서의 위치가 굳건해진 것이다. 마흔 살인 효혜가 제일신녀에 오른 건 다섯 해 전이었다. 고천궁이라고도 불리는 신궁에 든 게 그의 여덟 살 무렵이고 이십팔 년이 지나 제일신녀가 되었으니 이른 나이도 늦은 나이도 아닌 자연스러운 나이였고 자연스러운 승계였다. 그 스스로 신궁이라고도 불리는 제일신녀는 자신이 재위하는 동안 후계, 신이궁(神二宮)을 정해두어야 하고 그건 외부와 아무런 상관없이 신궁 안에서 결정되는 일이었다. 신궁에서는 황궁의 일에 시시때때로 영향을 미치지만 황궁은 신궁의 일에 간섭하지 못하는 게 불문율이었다. 고천신궁은 그만큼 절대적인 성역이었다.

"혹여 이 지화합에서 쫓겨났으되 이승에는 남아 계시다고 하실 시 성하께서는 무얼 하며 사시게 될까요?"

"신녀였던 자가 신궁에서 쫓겨나는 건 목숨이 다했다는 의미와 같으니 그런 가정은 불필요한 것입니다만 혹여 쫓겨나 목숨이 붙어 있다면, 글쎄요, 길쌈으로 유명한 이구림으로 가서 길쌈이나 배우리까?"

루사기의 농에 농으로 답을 해놓고 또 웃는 효혜는 이레 동안 두문불출 금식하며 기도하고 나온 사람답게 몹시 야위었다. 신궁 제일신녀이자 무절선인(武節仙人)인 그가 기도하는 방식은 크게 두 가지라 들었다. 평소와 똑같이 지내면서 삼경, 자시부터 일어나 기도하는 백일기도와 먹지도 자지도 않고 사흘이든 이레든, 심하게는 보름씩 명상에 들어버리는 명상기

56

도. 효혜는 이레간의 명상기도를 하고 나온 몸이었다. 그의 예지력이며 감각이 극도로 예민해져 있을 터이다.

"소생이 괜한 농담을 했습니다. 사과드릴 터이니 길쌈은 꿈꾸지 마십시오. 어울리지 않으십니다."

"그런가요? 허면 길쌈은 그만두기로 하고 신녀 직분에 어울리는 말씀이나 드리리다. 신녀로 드리는 말씀이긴 할지라도 사사로운 말이라는 것은 물론 아실 터입니다. 귀향하셨다가 대방으로 돌아가시는 길에 부 왕자를 모시고 갈 거라고 하셨지요?"

"전하께서 그리하라 명하셨지요. 왜요? 황손이 대방으로 감이 길하지 못하다는 징조라도 보신 겁니까?"

지금 태자는 북진 전쟁을 준비하고 있었다. 패수를 넘어 고구려 남쪽인 평양성으로 향할 것이었다. 지난번 치양성에서 오천의 병력을 잃고 퇴각했던 고구려는 설욕전을 벌여야 함은 물론 백제의 북진을 기필코 막으려들 터였다. 부여부가 가게 될 대륙백제는 언제나 전쟁 중이었다.

"설마 어린 왕자를 곧장 전쟁터에 내보내시지야 않을 터이니 그런 염려는 없습니다만, 부 왕자가 이번에 가면 꽤 오래 그쪽에 계시게 될 듯합니다."

"오래라면 얼마나 오래가 될 듯합니까?"

"자세히야 짐작치 못합니다만 성인이 되신 연후나 되어야 돌아오시지 않을까 합니다. 하늘의 색이 바뀐 뒤쯤에나? 그것도 왕자 스스로의 의지가 있어야겠지요."

하늘의 색이 바뀐다는 말은 황제가 승하하고 태자가 황제에 즉위한다는 의미다. 그때가 황손 부가 성인이 된 후라 하니 최소한 오륙 년 뒤라는 뜻이지만 루사기는 그 시기에 대한 질문은 하지 않았다. 때로 천기를 읽을 수 있으나 함부로 발설할 수 없는 신녀에 대한 예의였다.

"허니 부여부 왕자를 잘 키우시라고, 왕자가 대륙을 주유하는 맛에 들리시어 본국 황성의 일쯤 나는 모르겠노라는, 한량으로 자라지 않도록 교육하시라는 당부를 드리기 위해 뵙기를 청한 것입니다. 어찌되었든 황태손의 하나뿐인 아우이자 황손이시지 않습니까."

신녀와의 담화에서는 신녀가 하는 말의 절과 절 사이를 헤아려 들어야 하는 법이다. 왕자 휘수가 태자위에 오르기 전에도 루사기와 효혜는 비슷한 이야기를 나눈 적이 있었다. 신궁에 들러달라는 전갈을 듣고 루사기가 찾아왔을 때 효혜는 휘수 왕자와 동무가 되었노라 들었다며 농담인 양 말했다.

―휘수 님을 이림으로 한번 모시면 어때요?

자신들의 원향이긴 하나 함부로 입에 올리지도 않는 이림을 왜 거론하는 것일까. 그때 루사기는 효혜가 뜻하는 이림이 월나군의 이림이 아니라 이림 사람을 의미하는 것임을 깨달았다. 그래서 고천궁을 나간 이틀 뒤 휘수를 만났을 때 이림 사람인 자신의 집, 곧 송산 사고홍의 집으로 이끌었다. 휘수는 그곳에서 소야를 만났고 소야를 만난 몇 달 뒤 태자위에 올랐다.

"사사로이는 부에게 제가 외숙이니 성심껏 돌보도록 하겠습니다."

왕자 부여부가 왕재(王才)라는 뜻이냐고, 장차 즉위할 수도 있다는 거냐고 묻는 대신 루사기는 그렇게 효혜의 직분을 존중했다. 존중하는 까닭에 이따금 여인으로서의 그를 연민했다. 제국백제의 각 군과 성과 부용국마다 신당이 있고 그 신당에는 신궁에서 내려 보낸 신녀가 있었다. 그들은 그곳의 담로들과 더불어 백성들의 안위를 살피며 사는데 사내들을 거느리기도 하고 혼인도 했다. 하지만 신궁에 거하는 신녀들은 엄격한 명과 규율에 따라야 하고 사내와 사통할 수 없었다. 사통이 발각되면 신궁 신녀라는 고귀한 신분이 박탈됨은 물론이고 신궁에서 내쳐져 세상으로 나서야 했다. 각 담로성의 신당으로 보내지는 것이 아니라 파문당해 아예 세상 밖으로 버려지는 것이다. 신궁 신녀들은 열 살 이전에 신궁에 들어서 오랜 세월에 걸쳐 신녀로 키워지는 여인들이었다. 세속을 떠나 있으되 세속 위에 군림하며 사는 법을 터득하면서 신녀가 된 그들에게 신녀가 아닌 몸으로 세상에 나서는 일은 그 자체로 극형이었다.

일개 신녀에게 가해지는 형벌이 그러할 제 제일신녀가 지켜야 할 규율은 훨씬 엄격했다. 만약 사통한 뒤 그 사실이 세상에 알려지면 신궁의 존폐가 걸리는 문제로 비화되기도 했다. 때문에 제일신녀의 사통은 그 자신의 죽음이 되는 것이었다. 삼대 전 비류황제 시절에 당시의 제일신녀 여진(餘眞)이 다른 사람도 아닌 황상과 사통한 일이 있었다. 그 사실을 알게 된 황후는 고천궁의 불순함과 부정함을 문제 삼아 신궁의 권위를 흔들었다. 그건 실상 황궁과 신궁의 충돌이었고 황권과 신권의 우위권 다툼이었다. 그때 제일신녀 여진은 자진(自盡)하여 신궁을 지켰다. 하지만 그의 자진은 기실 신궁 원로신녀들로부터의 강요에 의한 것이었다. 국사(國祀)를 주관하며 황제 앞에서 무릎을 꿇지 않는 제일신녀이지만 사통이라는 올가미에 걸리면 옴나위할 수 없었다. 여진 신녀 이후 부소(浮疏) 신녀를 거쳐 제일신녀가 된 효혜도 그와 다르지 않았다.

"월나에 다녀와 대방으로 떠나기 전에 인사드리러 오겠습니다. 혹시 태자 전하께 드릴 말씀이 따로이 계시면 그때 말씀해 주십시오. 많이 야위셨는데 부디 존귀하신 몸을 돌보소서."

루사기가 자리에서 일어나 예를 올리는데 효혜가 그 앞에 바싹 다가서 있었다. 무언가를 작심한 듯 결연한 표정인데 흰 비단옷에 싸인 그의 몸에서는 여린 향내가 났다. 마주친 효혜의 눈동자에 루사기가 들어 있었다. 효혜가 입을 열었다.

"태자측위대장과 신궁 제일신녀 중 누구의 지위가 높습니까?"

"비교할 수 있는 지위가 아닙니다."

"무절선인과 무절수인은 누가 높습니까."

"당연히 선인이시지요."

"누가 누구의 명을 따라야 합니까?"

"소생이 따라야 합니다."

"그렇다면, 묻겠습니다. 사내는 명에 따라 여인을 안기도 합니까?"

"아마도 그럴 것입니다."

"그러면 안으세요. 안아야겠습니다."

자신의 눈빛이 몹시 흔들리고 있음을 모르는지 효혜는 마주친 시선을 끝내 받아내고 있었다. 지금 이 지화합을 에워싼 신궁 안에 사람이 몇이나 있을까. 이삼천 명은 있을 것이다. 그럼에도 효혜는 자신을 안으라, 명하고 있었다. 새삼스런 육욕 때문은 아닐 터였다. 육욕을 다스리며 살아온 자신에 대한 연민일 리도 없었다. 무엇인가를 위한 예비인 것이다. 무엇을 위한 것이든 제일신녀 자신의 목숨과 바꿀 수도 있는 절박한 행위인 바 오히려 불복할 수 없는 명이었다. 루사기는 효혜와 눈을 마주친 채 요대를 풀어 칼을 내려놓고 외투를 벗어 그 위에 놓았다. 효혜에게는 사루사기가 처음 겪는 사내일 것이고 어쩌면 마지막일 수도 있으리라. 루사기는 효혜를 안아 침상으로 걸음을 옮겼다. 안아든 효혜는 루사기가 지금껏 안았던 어떤 여인보다 가벼웠다. 그 가벼움이 가여워 루사기의 움직임은 조심스 러웠다.

이구림의 봄

"여기가 어디이오까?"

그간의 경험으로 미르에게 물어봐야 대답 듣기가 어렵다는 걸 파악한 취운파는 무엇이든지 루사기에게 물었다.

"내 집이야. 내 집이 자네 집과 같은 성(城)이 아니라는 것쯤은 짐작하며 왔겠지?"

"저 안에 유리나가 있어? 둘이?"

취운파의 말이 워낙 어이없었던가, 구림(鳩林) 안쪽의 이림(爾林) 입구에 이르러 먼저 말에서 내렸던 미르가 하, 짧은 웃음을 터트렸다. 어쩌면 미르도 오 년 만에 돌아온 집이 반가운 것인지도 몰랐다. 그에게도 이림이 유일한 집이자 고향이었다.

"아이들이 그리 무서우면 예서 노숙을 하시든지, 아무 집으로나 찾아들어 걸숙을 하시든지. 그도 아니면 아예 저 아래 포구로 나가 객점을 골라

보시든지."

노숙도 걸숙도 객점도 싫은지 말을 끌고 줄래줄래 따라오기는 한다. 기나긴 봄날 해라고 해도 어느덧 기울어가는 참이었다. 꼬박 닷새가 걸려 도착했다. 주마간산이었을망정 그 닷새는 본국백제의 속내를 관통하며 온 길이기도 하였다. 백성들은 그저 살고 있었다. 언제 터질지 모르는 전쟁 같은 것은 모르는 일인 듯 논밭에 엎드려 일을 했고 끼니때면 밥을 먹고 저녁이면 울타리 안으로 식구들이 모였다. 나무처럼 풀처럼 씨 떨어진 자리에서 살고 있는 그들이 배가 고픈지 부른지, 그 내막까지 살펴볼 겨를은 없었으나 천지간에 봄꽃들이 햇살과 바람에 흔들리고 있었다. 어디에선가 피바람이 일든지, 황제가 돌아오든지, 자신들과는 상관없는 일인 듯 그들은 무심해 보였다. 루사기는 그래서 전쟁을 하고 전쟁을 하기 위해서만 살아온 듯한 자신의 지난날들이 꿈같았다. 앞으로 살아야 할 나날들이 그러할 것이라는 사실도 꿈만 같았다.

"심히 조용한 숲이오다, 대장. 여기 사람 사는 곳이 맞아?"

"금세 사람들과 만나게 될 것이야."

부러 포구를 거치지 않고 우회한 까닭은 소란이 일 것을 염려한 탓이었다. 최소한 오늘 밤은 고요히 지내고 싶었다. 이림은 사루사기 일족과 상단 식술 칠십여 가구로 이루어져 있었다. 겉으로는 그저 포구에서 그리 멀지 않은 보통 사람들의 마을이지만 속내를 들여다보면 구해국으로부터 내려온 사람들이 모여 사는 마을이었다. 새 둥지 형상의 이림을 둘러싼 마을이라 하여 구림(鳩林)이라 불리는 동네들도 마찬가지였다. 함께 왕국의 멸망을 겪고 동시에 자신들의 땅을 백제 황실의 직영지로 빼앗긴 그들이 다시 모여든 것이다. 십여 년 전부터는 불미국이었던 발라군으로부터도

63

이거민들이 찾아들었다. 그들의 중심이었던 백씨 왕손 미르가 이구림에 살아 있다는 은밀한 소문을 좇아온 이들이었다. 그들은 이림과 구림과 포구에 뒤섞여져 이구림 사람이 되었다.

사루한소를 중심으로 뭉쳐 사는 이구림엔 노예가 없었다. 굶주림도 없었다. 마을 단위로 명주와 면포와 자기와 종이 등, 각각의 산물을 함께 생산했고 상대포를 통해 함께 팔았으며 남는 이문은 각 마을의 집집이 생산량의 비율로 균등하게 나눴다. 일손이 없는 집은 일손이 생길 때까지 상단이 돌보았고 그건 이구림 전체가 돌보는 것과 같았다. 이구림 사람들은 그걸 당연하게 여겼다. 이림과 구림과 상대포의 아이들은 남아 여아를 가리지 않고 대여섯 살이 되면 이림 안에 있는 학당에서 글자와 셈을 배웠다. 문자를 익힌 아이들은 각기의 특성에 맞는 일을 찾아 했다. 제 부모, 제 마을이 하는 일보다 이웃 마을의 업에 맘이 끌리면 그곳으로 다니며 일을 배우고 어른이 되면 그 마을에 살림을 차렸다. 굶지 않고 핍박받지 않은 삶이 있어 사람들은 떠나지 않았고 떠났던 사람들은 되돌아오기 마련이었다. 출세를 하고 싶으면 이구림을 떠날 수도 있었다. 한성으로 가서 문사부(文士部)든 무사부(武士部)든 기술사부(技術士部)든 시과를 치르고 합격하여 낮으나마 관등(官等)을 지닐 수도 있었다. 떠난 자들은 루사기나 미르처럼 언제든 돌아왔으므로 떠남이 떠남도 아니었다. 그런 소문을 들은 사람들이 찾아들었으므로 이구림은 칠십여 년에 걸쳐서 천천히 조금씩 넓어졌다. 구림이 아홉 개 마을이 아니라 이십일 개 마을이 된 게 이미 십여 년 전이었다.

"아아, 아니, 이, 이게 누구시답니까? 루, 루사……."

조용히 들어오고 싶어 말발굽 소리조차 줄였건만 이림을 나오던 한 무리의 사람들과 딱 부딪쳤다. 포구 큰 선창가에서 객점을 열고 있는 되불이 영감이었다. 원래 이름이 두불인데 말을 더듬어 되풀이하는 바람에 되불이가 된 그가 여전히 더듬는 말투로 루사기의 귀향을 반겼다. 당연히 그는 노예가 아니었다. 그는 그 자신이었고 스스로의 뜻에 따라 살 수 있었다. 그럼에도 되불이 영감에게 루사기는 변치 못할 주인이었다. 이구림에 속한 사람들 모두에게 그러하였다.

"여전하십니다, 두불 아저씨."

"황공, 어서 옵시오, 루, 루 님. 너무 오랜만이라, 소인이 그, 그만 너무 놀래 가지고."

"이번엔 제가 좀 오래 걸리긴 하였으나 놀래실 것까지야 있습니까? 급히 나가시던 길인 듯한데, 어서 가시어 일 보세요. 인사는 내일 아침에 나누기로 하구요."

"어찌 그리 하겠나이까. 소인이 먼저 달려 들어가 어른님께 알려드려야 합지요."

"제 걸음이 더 빠르지 않겠습니까? 허니 아저씨는 어서 다녀오세요."

"하오면 소생은 얼른 다녀오리다. 어서 들어가시이다, 소군. 소군 오심에 어른님들께서 기함을 하실 겝니다."

그대로 물러가겠다하면서도 어느새 명을 내렸던가. 두불 영감의 뒤를 따르던 꽁지머리 젊은이가 이림 안쪽으로 꽁지에 불붙은 조랑말처럼 내달리는 중이었다. 달려가면서 누가 오셨어요, 누께서 돌아 오셨어요, 연방 소리치고 있었다.

—누가 오셨어요.

모르는 사람이 들으면 모르는 사람 누군가가 찾아왔다고 외치는 것 같은 소리지만 이구림에서는 누구나 알아듣는 신호였다. 떠났던 루사기가 돌아올 때마다 횃불 번지듯 이림과 구림들에 퍼지는 소리였다. 누가 왔다, 누가 왔다. 누가 왔다.

떠나 있으매 고향이, 이구림이 절절하게 그리우면서도 한편으로 가슴에 쇳덩이를 매단 듯 무거운 까닭이 이런 것 때문이었다. 누가 왔다는 외침에 숲 곳곳에서 미약하게 흔들리던 불빛들이 순식간에 밝아지고 밝아진 불빛들이 큰길 쪽으로 향하고 있지 않은가. 루사기를 반기면서 그의 길을 밝히는 불빛들이었다. 루사기는 어쩔 수 없이 이들의 횃불이었다. 두불 영감에게만이 아니었다. 이림을 시작으로 구림들과 포구에도 한두 시진 안에 누가 돌아왔다는 소식이 전해질 것이고 그 소식은 봉화가 되어 저 높고 깊은 월나악 운무대(雲霧臺)에도 닿을 터였다. 그곳엔 보륜사(普輪使)가 이구림에서 올라간 제자들과 더불어 살고 있었다. 이곳에 불이 켜지면 그곳에서도 불을 켤 것이었다. 그리고 그들은 자신들이 화들짝 켰던 불빛들에 스스로 소스라쳐 그 불들을 낮출 터였다. 피붙이가 돌아온 듯 반기는 마음과 행여 그 피붙이에 해가 미칠까 저어하는 마음들이 짐인 듯 빚인 듯 루사기에게 지워져 있었다. 그건 벗고 싶어도 벗을 수 없고, 버리고자 하여도 버려지지 않는 운명이었다. 운명처럼, 핏줄인 양 이어진 그들의 마음을 받지 않음은 자신을 버리는 일이었다.

"죄송합니다, 소군. 너무 섭해 마시어요."

다님의 말투에는 루사기에 대한 미안함이 배어 있었다. 아들 누왕인의 낯가림이 너무 심해 아비 루사기를 바로 보려 하지 않는 탓이었다.

"아이가 그럴 수도 있는 게지 섭할 까닭이 무엇입니까. 아이들을 이만큼이나 키워놓으신 부인께 거듭 고맙기만 합니다. 고생하셨고 고맙습니다."

정월 초사흗날에 태어났다는 여누하는 버들 소생이었다. 한 달 먼저 태어났음인지 이월 초닷새에 나왔다는 누왕인보다 한 살쯤 더 먹은 듯 야물었다. 걷기보다 팔짝팔짝 뛰려는 품이며 두 돌이 되기 전에 트였다는 말문이 제법 또렷하고 활달했다. 반면에 왕인은 허약해 보였다. 낯가림도 심했다. 낯설 법한 아버지에게 첫날부터 덥석 안기던 여누하와 달리 왕인은 아비를 본체만체했다. 매번 고개를 돌린 채 노솔(老率) 석기의 등짝에 엎드리거나 버들의 품으로 숨어들어 강아지처럼 머리를 비빈 뒤에야 아비를 살폈다. 다님이, 자신의 젖이 적었던 탓에 버들의 젖을 먹고 자란 탓인 것 같다며 민망해 하곤 했다. 벌써 여러 번 보았음에도 아비에 대한 왕인의 낯가림은 여전하다. 어느새 이림학당에 나다니고 있다고는 했다. 학동이 된 것인데 왕인의 독선생으로 지목된 상리는 학당에서 노상 아이를 업고 지내는 모양이었다. 버들의 품과 상리와 석기의 등짝에서만 살고 있는 아이니 아비에 대한 낯가림을 하는 것은 오히려 당연해 보였다.

"자꾸 그러십니다. 제 공이 아니라 순전히 버들, 저 사람 덕이라 하지 않았습니까."

다님의 처소로 아이들을 데리러 들어온 버들은 왕인을 등에 숨긴 채 고개를 들지 못하고 다님의 치하에 목까지 벌게져 있었다. 스물다섯 살이 되었고 두 아이의 어미 노릇을 하고 있음에도 다섯 식구가 몇 번째 마주한 이 상황이 여전히 어렵고 부끄러운 듯했다. 그는 구림삼리 태생으로 열일곱 살에 혼인을 했다가 이태 뒤에 지아비를 잃었다. 이듬해 다님이 그를 데려와 시녀로 삼았다. 이구림에서는 시녀 노릇, 시자 노릇도 길쌈이나 종이 짓는 것과 같이 한 가지의 생업이었다. 약정한 새경을 받으며 하는 일이었다. 버들은 루사기의 지어미가 됨으로써 다님과 나란한 사씨 집안의 사람이 되었다.

"고맙소, 버들. 앞으로도 잘 부탁드리리다."

"무슨 그런 말씀을."

부친 사루한소는 한 지어미만 거느리다 그 지어미를 쉰 살 무렵에 먼저 떠나보내시고도 홀로 지내시었다. 때문에 루사기는 두 지어미를 두었다는 것에 대한 실감이 없었다. 다님이 시키는 대로 버들의 방에 몇 차례 들었고 그런 뒤 떠났기 때문이었다. 귀향 첫날 밤 부친과 마을 사람들과의 긴 대면이 끝난 뒤 당연하게 다님의 처소에 들었더니 그곳에 두 아이가 잠들어 있었다. 다님이 자신이 아이들을 데리고 잘 테니 버들의 처소에 가서 자라고 했을 때에야 지어미가 둘이라는 사실을 실감했다. 곤혹스러웠다. 평생 그러했듯이 다님이 시키는 대로 따라야 마땅했으나 그리하고 싶지 않음이 문제였다. 열일곱 살 봄에 혼인을 한 뒤 늘 떠났다가 되돌아오기를 반복하며 살았지만 떠나 있는 동안 그리워한 것은 늘 다님의 몸이었다. 아내를 안고 자고 일어난 아침의 안정감과 뿌듯함은 유랑인 같은 자신의 삶의 근원이 이곳 이림임을 느끼게 했고, 그건 드물게 맛보는 평화로운 희열이었다. 그것을 버들에게서 느낄 수도 있을까? 그럴 수도 있었을 터이나 루사기는 그리하고 싶지 않았다.

오늘 밤은 봐주시구려, 내일부터는 당신이 시키는 대로 하리다, 했을 때 다님의 표정에 어리던 그 안도감도 뜻밖이었다. 가엽기도 하였다. 숱한 사내들이 여러 아내들을 거느리고 살거니와 그에 대해 당연하게들 여기는 바이므로, 그 아내들 각각의 마음에 대해 사내인 자신 또한 깊이 생각해

본 적이 없었다. 이튿날 아침, 다섯 해 만에 돌아온 지아비는커녕 평소에 자신이 품고 자던 아이들까지 떼어낸 채 혼자 잤을 버들에게 미안함을 느 낀 것도 두 지어미를 가진 사내의 곤혹스러움이었을 것이다. 돌아와 닷새 째 저녁을 앞둔 지금에도 그 곤혹스러움은 여전했다.

"소군, 이림당으로 납시셔야 하나이다."

밖에서 들리는 집사 자승진의 목소리가 몹시 반갑다. 이림당에 모일 사 람들이 다 모였다는 뜻이었다. 함께 이림당으로 나가야 할 다님이, 루사기 의 무릎에 올라앉은 채 아비의 이모저모를 만져보고 있는 여누하에게 팔 을 벌렸다.

"여누하, 아버님께선 나가보셔야 해. 이리 온, 어머니한테 와."

"싫어요, 어머니. 소녀는 아바님하고 놀 테여요."

여누하가 고개를 흔들며 루사기의 품으로 파고들었다. 두 아이들에게 다님은 어머니로, 버들은 엄마로 불리는가 보았다. 왕인은 여전히 버들의 등에 붙어서 제 누이를 안고 있는 아비를 동그란 눈으로 쳐다보고 있었다. 외양이 아비보다 어미를 더 닮은 듯한 아이였다. 아비가 손을 뻗어 오라고 해도 싫다는 듯 도리질을 했다. 루사기는 여누하를 안은 채 일어섰다.

"여누하를 잠시 안고 나가리다. 당신은 준비해 나오시구려."

두 아이를 다 안고 나가고 싶을 만큼, 아이들을 안고 대륙까지 날아가고 싶을 만큼, 뿌듯하고 벅찼다. 아이들이 태어나 있는 걸 몰랐던 두어 달 전 의 루사기와 다섯 살이 된 아이들을 안고 있는 지금의 루사기는 달랐다. 대륙에 있을 때 고구려 진영으로 혼자 갈 수 있을 만큼 무모했던 것은 자 신의 대에서 사씨 집안이 닫힐 수도 있으리라는 자포자기였는지도 몰랐 다. 자신이 없어도 이구림 사람들이 살아왔고 살아가듯 앞으로도 그러할 것이므로 사씨 집안의 대가 자신에게서 마무리된들 어쩌랴, 했다. 구해국은 이미 사라졌고 마한의 역사는 끝이 났다. 세상은 백제로 덮여 있었고, 더 넓은 세상은 영토를 늘리기 위해 백제와 전쟁을 치르는 나라들로 덮여 있었다. 구해국뿐만 아니라 마한을 다시 일으키고 싶은 사람이 없거니와 다시 일으킬 필요도 없었다. 임금이 누구이든 백성들은 전쟁 없이, 굶지 않고, 이왕이면 따뜻하게 살면 그만이었다.

아이들이 생긴 지금은 두어 달 전의 자신과는 달라져야 하리라고 스스로를 다그치고 있었다. 어떻게 달라질 것인지가 문제였다. 아이들을 어떻게 키울 것인가. 이름에다 이미 구해국 후손임을 아로새겨 버린 아이들을 구해국의 후손으로 키워야 할지, 구해국을 몰라도 되는 백제의 백성으로 키워야 할지. 당장 그것부터 결정해야 할 것 같은데 그리 간단한 문제가 아니었다. 주변의 숱한 사람들이 백제의 백성으로 살면서도 구해국이라는 길고 무거운 그림자를 떼어버리지 못하는 까닭이 무엇인가. 떼어버리면 삶이 얼마나 가벼워질 것인지, 그걸 몰라서 달고 사는 것은 아니었다. 그들은 그 버거운 그림자를 달고 살 뿐만 아니라 그 그림자를 자신의 자식들에게 물려주고 그들의 자식들은 어느 결에 자신에게 매달린 그림자를 자신의 것으로 여기고 있었다. 루사기 스스로가 그렇고 소야궁주가 그렇고 신궁 제일신녀가 그렇듯이 이구림 사람들 거개가 그러했다. 까닭이 뭔가. 루사기가 이번 귀향길에 해결해야 할 난제가 그것이었다.

봄날 긴 햇살이 옅은 그림자를 수그리는 늦은 오후였다. 이제 곧 사월 보름달이 떠오를 터였다. 단주당과 이림당의 거리는 오백여 보였다. 두 건물 사이에는 비파나무가 많았다. 다님은 쓸모가 많고 벌레가 끼지 않는데다 사철 푸른 비파나무를 온화하고 현명한 나무라고 좋아하였다. 늦가을에 꽃이 피고 한여름에 열매가 익는 덕에 과실과 약으로 함께 쓰였다. 푸른 열매를 매단 비파나무들이 석양을 받아 긴 그림자를 드리운 단주당 마당엔 집사와 미르와 취운파가 있었다.

도착한 첫날 밤에 월나악 운무대로 달아났던 미르와 운파는 운무대와 이구림 사이 사십여 리 길을 저희들 내키는 대로 오가고 있었다. 미르에게 이구림 사람들과 안면을 깊게 하고 이왕이면 이번 기회에 이구림의 정황이며 상대포상단의 조직체계에 대해 가르치려 했던 루사기의 계획이 도착했던 그 순간 쓸모없어졌다. 억지로 시키면 마지못해 하기는 할 터이나 그 자신에게 의미 없는 일을 떠안기고 싶지 않아 루사기도 포기했다. 그나마 운무대에서는 그가 할 일이 있다는 사실을 다행으로 여기고 있을 뿐이었다.

두어 시진 전에 월나악에서 내려와 깨끗하게 씻고 새 옷으로 갈아입은 두 사람은 얼굴에 복면이라도 씌워야 하지 않을까 싶을 정도로 빛이 났다. 특히 싱글거리는 취운파는 무표정한 미르에 비해 지나쳐 보일 만큼 환하다. 아비 품에 안긴 여누하가 그를 향해 대번에 두 팔을 뻗으며 몸을 흔들었다.

"아바님 내릴래요. 내려주어요."

루사기는 어떤지 보자 싶은 짓궂은 호기심에 아이를 마당에 내려놓았다. 여누하가 강아지처럼 취운파에게 다가가 그의 긴 다리에 엉겨 붙었다. 슬금슬금 물러나려다 아이한테 붙들린 취운파가 결국 여누하를 안아들며 살려달라는 표정을 지었다.

"취운파, 산을 오르내리기가 어떠한가? 운무대 학동들과 놀기가 괜찮아?"

"학동들은 귀여워. 선생들은 무서워요. 그런데요, 대장님, 노스승님은 정말로 무서워."

"여누하보다 노스승님이 더 무서워?"

취운파가 제게 안겨 제 얼굴을 잡아 뜯고 있는 여누하를 내려다보면서 고개를 저었다. 웃음인지 찡그림인지 애매한 그의 얼굴에 저녁 어스름이 드리워지고 있었다. 이림당으로 가야할 시각이었다.

"그럴 때는 스승님이 어렵다고 하는 거야. 외경하는 마음을 그리 표현하는 게지. 암튼 오늘 밤엔 운무대는 물론 어디도 가지 말고 이 이림 안에 있도록 해. 미르하고 같이."

"왜요?"

"심심한 게 무엇인지 느껴보라고. 심심함을 참지 못할 지경이면 망월정에 가서 달구경이나 하든지."

미르에게 내리는 명령이었다. 명하지 않아도 오늘 밤 무슨 일이 생길 수 있음을 알고 있을 터이고 그 무슨 일은 미르가 없어도 넘길 수 있을 터이나 미르 자신에게도 이 이구림을 지킬 의무가 있음을 상기시키는 것이다.

"대장님, 여누하는 나랑 같이 안 가지?"

둘러선 사람들이 하하 웃는데 미르가 취운파가 곁으로 옮겨가 여누하를 떼어내더니 아이를 데리러 나온 버들의 시녀에게 덥석 안겨놓았다. 그리고는 말없이 취운파를 끌고 나갔다. 망월정에 가서 이림 주변을 경계하라는 루사기의 명을 따르는 것이다. 집사 자승진이 아이들과 버들과 시녀들을 사루한소의 처소인 허허당(虛墟堂)으로 데려갔다. 오늘 밤 아이들은 조부의 처소에서 놀다가 자게 될 터였다. 이림서고 안쪽, 밖에서 어지간한 소란이 일어나도 들리지 않을 만큼 아늑한 곳에 허허당이 있었다. 혹시 일어날 수도 있을 소란을 대비한 피신이었다.

"이림당으로 가시어요, 주군."

손님들을 맞기 위해 예복을 갖춰 입고 곱게 화장까지 한 다님이 루사기를 채근했다. 소야가 선물한 신궁 화장구들을 펼쳐놓고 화장을 했을 터이다. 어여쁘다. 오늘 저녁 이림에서는 백제 황실 직할영지의 담로격인 월나군 수장에게 알려지지 않아야 할 회합이 열리기로 했다. 황실에 알려지지 않는 게 좋을 회합이기도 했다. 이구림 안팎의 사람들 거개가 루사기의 귀향을 애써 고요히 반기지만 상대포항에는 하루에도 수천의 사람들이 북적였다. 상대포상단의 단주 사루한소의 집안에 보통 때와 다른 일이 생겼음은 어떻게든 소문이 날 수밖에 없었고 그 소문은 관청으로 전해지기 마련이었다. 전해지기야 하겠지만 그저 상단 당주들의 단순 회합으로 알려져야 하는 것이다. 월나군 관청에서 이림을 두고 보는 것은 단주 사루한소의 영향력 때문이었다. 또 그의 아들 사기가 태자친위군의 장군이자 태자의 측위대장이기 때문이었다. 그러면서도 꼬투리를 잡으려 하는 까닭은 월나군의 대부분 영토가 황실의 직할영지인 탓이었다.

"어떨 것 같습니까, 부인?"

실상 루사기는 늘 손님이었다. 이림과 구림과 포구와 상단에 관해 자세히 알기 위해서는 다님을 통해야만 했다. 그게 습관인지라 오늘 밤 혹시 벌어질지도 모를 소란에 대한 예측도 다님에게 묻는 것이다.

"소군께서 돌아오신 걸 담로성에서도 알고 있을 터입니다. 오늘이 보름이니 밤에 회합이 있으리라는 예견을 할 터이고 그렇다면 그냥 지나가지는 않겠지요. 무슨 일이 벌어지긴 할 거예요. 어떤 일이 벌어질지는 알 수 없으나 나름대로의 대비는 했지 않습니까?"

무슨 일이 벌어진대도 그쯤 상관없다는 자신감이 다님에게서 배어났다. 열일곱 살에 혼인하여 불미성에서 이림으로 온 직후부터 다님은 상대 포상단의 단주로 키워졌다. 루한소는 아들 루사기가 평생 이구림을 손님처럼 들락거리기만 하리라는 걸 일찌감치 파악했기에 며느리를 자신의 후계로 삼아 교육시켜 왔다. 다님이 부친을 도와 이구림과 상단을 경영해 온 이래 이구림은 확장일로였다. 다님에게서는 그 자부심과 자신감이 배어나고 있었다. 제국백제가 어쩌면 최상의 융성기를 누리는 시기이듯 이구림도 현재로서는 그다지 걱정할 게 없는 즈음이었다.

"당신이 그리 자신하시니 든든합니다."

"무슨 일이 벌어지든 월나 담로성에서 벌이는 정도라면 외려 이구림 백성들을 결속시킬 것입니다. 한번 지켜보지요."

월나군에 사는 사람은 두 부류였다. 어떤 식으로든 황실 영지에 속해 있거나 이구림에 속해 있었다. 황실 영지에 속한 사람들은 봄부터 가을까지 벼농사를 지어 생산물의 팔 할을 황실에 내놓고 나머지 이 할과 자신들이 따로 개간한 밭에서의 산물을 먹으며 살았다. 그들의 삶은 붙박여 있는 대신 안전한 셈이었다. 이구림과 상단에 속한 사람들은 황실 영지 밖의 좁은 땅에서 각기 생산한 물건을 내어 팔며 살았다. 그들은 끊임없이 움직일 수밖에 없었고 효과적인 생산과 판매를 위해 산물의 질을 높일 수밖에 없었다. 또한 끊임없이 미개척지를 찾아 개척할 방법을 찾았다. 게다가 그 모든 걸 하루아침에 앗긴 경험들이 있기에 빼앗기지 않을 자구책을 모색했다. 그리하여 가장 효과적인 자구책이란 뭉쳐서 함께 살아야 한다는 것을 터득했다. 그 뭉침의 중심이 이림이었다.

월나군 담로성에서는 그 중심을 무너뜨려 상대포구의 상권을 장악하고 싶어 했다. 상대포구의 상권을 장악함은 두 부류로 나누어진 월나군 백성을 황실 영지로 통합시킬 수 있는 것일 뿐만아니라 한성 이남 서, 남해안의 대외무역권을 획득하는 방법이기도 하였다. 때문에 황실을 배후에 둔 월나 담로성에서는 이따금 이림을 치고 들어왔다. 그 침입의 시기가 불분명하고 방법 또한 갖가지이지만 분명한 것은 저들이 한 짓이 아니라고 발뺌할 수 있을 방법으로 치고 들어온다는 것이고, 루사기가 돌아와 있을 때는 반드시 일을 벌인다는 것이다. 저들이 성공했을 시 사루한소와 사루사기 부자의 권위가 훼손됨은 물론 아예 부자를 제거함으로써 상대포상단을 가질 수도 있으리라는 게 저들의 계산이었다.

"소군께서 듭십니다."

집사 자승진의 나지막한 말과 함께 이림당(爾林堂)의 문이 열렸다. 곳곳에 등불이 매달린 이림당엔 오십여 명의 당주(幢主)들이 모여 있었다. 당주들은 상대포상단에서 취급하는 각 산물의 생산과 판매와 분배를 관장하는 이들이었다. 황실 영지 직할청에서 관장하는 쌀을 제외한 모든 산물이 그들을 통해 상대포구를 나가거나 들어왔다. 일 때문에 외지에 나가 있는 이들을 제외하고는 모두 모였을 당주들이 루사기가 들어서자 일제히 엎드려 절을 했다. 지난 나흘 동안 대면치 못한 이들도 있고 만났던 이들도 끼어 있다. 루사기를 뒤따라 이림당에 들었던 다님이 자신의 자리로 가 앉아 허리를 굽혔다. 다님은 상대포상단의 당주 중 한 사람이거니와 단주인 사루한소가 연로한지라 이미 단주를 대신하여 전권을 행사하는 사실상의 상단 경영자였다.

루사기는 부친의 자리인 단주석(團主席) 아래 자리에 앉아 맞절을 한 뒤 고개를 들었다. 이들이 이렇게 이구림을 이끌어 나가는 동안 루사기 자신은 무얼 했던가. 회의하고 또 회의하면서 권력에 붙은 진드기마냥 그저 기생하며 살았지 않은가. 이구림을 잊지 못한다고 스스로를 향해 수시로 뇌까렸을망정 솔직히 이구림을, 구해국을 잊고 지낸 나날이 훨씬 많았다. 자신에게 이들의 절을 받을 자격이 있는가. 오늘 단주인 사루한소가 이림당에 나서지 않는 까닭은 다님에게 단주석을 물린다는 은연중의 선언이었다. 부친의 연치가 일흔둘이셨다.

―며칠이건 네 이구림에 있는 동안은 이제 네가 나를 대신함이 마땅하다. 다들 알고 있는 사안이나 네가 있을 때, 네가 아니라 다님이 나를 이어 단주가 될 것임을 공표함이 다님에게 힘이 될 것이다.

"얼굴 마주보는 게 인사입니다. 어서들 일어나시어 편히들 앉으세요."

당주들이 주섬주섬 일어나는데 루사기의 어린 날 동무들도 여럿 있었다. 구림과 포구에서 각자의 생업을 꾸려가고 있는 이들이었다. 이림 안의 학당에서 함께 공부하며 글눈을 틔우고 함께 자라며 세상의 이치를 깨쳤던 그들은 루사기가 바깥세상을 떠도는 동안 이구림을 떠받치며 후세들을 키우고 있었다. 사실상 이구림의 기둥들인 그들이 모여든 것은 루사기로부터 넓은 세상에 대한 이야기를 듣고자 함이고 넓은 세상에서 이구림이 어떻게 처신하며 살아나가야 할지를 의논하기 위함이었다.

루사기는 자신이 지난 오 년간 보았던 세상과 들었던 말들과 했던 일들에 대한 이야기를 시작했다. 이구림이 속한 백제와 백제를 둘러싼 나라들이 어떻게 움직이며 변화하고 있는지, 세상 문물이 어떻게 발달해 나가는지. 변화하는 세상에서 사람들은 또 어떻게 살고 있는지를 당주들의 질문에 대답하면서 풀어나가야 할 긴 밤이 찾아들고 있었다. 새벽에나 끝나게될 당주들의 회합을 지키기 위해 상단수비대원들이 달빛 속에서 이림 둘

레의 숲을 돌게 될 것이었다. 수비대원을 예순 명만 세운 것은 될수록 조용히 일을 치르기 위함이고 미르와 취운파가 있기 때문이었다.

"이봐, 백제인!"

이림 둘레를 한 바퀴 돌고 난 후 보름달 감상하려는 사내들처럼 망월정(望月亭)에 올랐을 때 취운파가 시비 걸듯 미르를 불렀다. 달빛에 싸인 이림을 유심히 내려다보는 미르는 대답이 없었다. 이층 누각인 망월정은 평시에는 달을 보기 위한 한가한 정자이나 유사시에는 이림과 구림을 아울러 포구까지 살피는 전망대였다. 구림 둘레에도 망월정과 같은 망루 스물한 기가 서 있었다. 망월정의 신호를 받아 각 마을 사람들을 움직이게 하는 파수대였다. 구림의 마을 수가 늘어날 때마다 망루 늘어나므로 앞으로 더 세워질 수도 있을 것이다. 나지막한 언덕과 개천으로만 경계 지어져 어디로나 열려 있는 이림은 어느 쪽에서건 침입을 받을 수 있었다.

"이봐, 백제인!"

계속 대답을 하지 않으면 온갖 언어로 마구 지껄여댈 것이다. 취운파가 종(鐘) 앞에 서서 얼찐거리고 있기도 하는지라 미르는 하는 수 없이 취운파를 돌아보았다. 대답을 하지 않으면 종추를 흔들어 소란을 피우고도 남을 취운파였다.

"왜 그래, 백제인."

"나는 광릉인이야."

"그대가 광릉인이라면 나는 이림인이야."

"그래, 이림인. 대장 아버지 어른님이 네 아버지야?"

지난 석 달여 노상 붙어 살았어도 취운파의 말법은 여전히 낯설다. 대장은 물론 태자까지도 그의 막돼먹은 말버릇에 너그럽지만 미르는 취운파의 말버릇에 익숙해지지 못했다. 싫다기보다 시끄러웠다.

"대장님의 부친이신 이구림 영주께서는 내 아버님이 아니시고 대장님의 아버님이시지. 대장님의 따님, 아드님이신 여누하와 누왕인의 할아버님이시자, 이 이림의 최고 어른님이시지. 내 아버님은 오래전에 돌아가셨고 나는 대장님의 부인이시자 대장님의 아드님이신 누왕인의 어머니인 다님 부인의 아우야. 대장님의 아버님은 그래서 나한테도 아버님이시긴 하지. 내 어린 날에 그렇게 하기로 했거든."

"아아 그렇구나!"

"알아들었다고?"

"응."

"그걸 단숨에 알아들을 정도로 백제말에 익숙해졌으면 취운파, 말법을 좀 바꾸면 어때?"

"백제말은 너무 어려워."

"그럼 말든가."

"차차 바꿀게. 아니 바꿀게요. 그런데 미르야."

"말씀하시지요, 광릉 공자님."

"이림은 이구림과 상대포와 월나 안팍 이구림 영토의 중심이지?"

"그렇지."

"오늘 밤 여기 이림에 사람들이 많이 모였어. 모두 중요한 사람들이지? 그래서 수비를 하는 거고? 그런데 누구한테, 아니, 누구로부터 수비를 하는 거야? 여기는 본국백제고 국경도 아니야. 대백제국 장군의 영지이기도 해. 감히 누가 침입해?"

미르는 이구림, 구해국의 역사를 세세히는 몰랐다. 하지만 모를 것도 없었다. 불미국과 꼭 같은 과정을 통해 소멸된 구해국이 이 이구림에서 이만큼이라도 존재하기 위해 얼마나 기를 쓰고 있는지. 모르거니와 알고 싶지도 않은 것은, 왜 이렇게라도 존재하고 싶은지에 대한 것이었다. 월나군에 근거를 둔 상대포상단의 이름으로만 살자 하면 겪지 않아도 될 위험을 무릅쓰면서 왜 한사코 구해국의 잔영을 걸치고 사는지, 그 까닭을 알고 싶지 않을 뿐이다.

"상단 사람들, 즉 장사꾼들이잖아. 장사꾼들이 모이는 까닭이 뭐겠어. 재산을 지키고 키우고 싶어 그 방법을 의논하려는 것이지."

"그러지 말고 말해줘. 궁금해."

"그런 게 어째 궁금해? 그대가 궁금해 하여도 나는 해줄 말이 없어."

"그대가 해줄 말이 있어. 해줄 말 해줘."

황제의 환도 선단에 끼어 대양을 횡단했던 뱃길 열여드레에 비하면 월나악에서의 며칠은 새 발의 피였다. 뱃길에 취운파에게서 얼마나 시달렸던지, 한시도 떨어지려 하지 않는 그에게서 달아나기 위해 황제가 타고 계신 어진함(御陳艦)으로 날아가고 싶었다. 바다로 뛰어들고 싶을 때도 있었다. 취운파는 눈 뜨고 있는 동안에는 질문을 해댔다. 월나악에서의 취운파는 스승 보륜사의 기에 눌려 입이 비교적 조용했다.

─너, 취운파라고 했겠다? 쓸데없이 나불대지 말고 학동들한테 네 춤이나 보여줘라.

보륜사는 그렇게 대번에 취운파를 제압한 뒤 어린 무사들 앞에서 무예 시범을 보이게 하였다. 그 덕분에 취운파는 하릴없이 미르의 사형, 사제들과 몇 차례의 대련을 함으로써 무동(武童)들의 선생 노릇을 했다.

"해줄 말 해줘. 응? 어?"

"못해."

"왜 못해?"

"그대가 이림인이 아니라 광릉인이자 백제인이기 때문이야."

"그럼 그대도, 아니 나도 광릉 백제인 안 하고 이림인 할게."

"어렵더라도 잘 들어, 취운파. 이림은 진단어, 백제어로는 숲속의 너라는 뜻이야. 그건 숲처럼 눈에 띄지 않게 살아야 하는 사람들의 마을이라는 의미이기도 해. 숨어 사는 사람들이 이림인이라는 것이지."

"왜 숨어 사는데?"

"그건 너무 복잡해서 말하기 싫어. 언젠가 내가 대방말을 그대만큼 하든지, 그대가 진단어를 나만큼 할 때 말해줄게. 아무튼 그래서 이림인이란 말이지, 하겠다고 해서 저절로 맘대로 되는 게 아니야. 이림인은 무서운 게 많아야 될 수 있어. 그대는 하늘 아래 무서운 게 없는 사람이지. 헌데, 이림 사람들은 천지간에 무서운 게 많아. 이 이림에 자신의 목숨과 바꾸고서라도 지키고 싶은 무언가가 있을 때, 이림인이라고 할 수 있는 거라고. 목숨과 바꾸고 싶은 무언가가 있는 사람들은 무서운 게 많은 법이잖아. 그대는 여기 이림에 뭐가 있어. 닷새 뒤에 대장과 그대와 나는 여길 떠나. 대장이나 나는 이림을 떠나도 떠나는 게 아니지만 그대는, 대륙조차도 비좁아하는 그대는, 넓은 세상 맘대로 돌아다니면서 여기 이림쯤은 까맣게 잊게 될 테지. 그런데 그대가 이림인이 되겠다는 건 어불성설이야. 그러니까 오늘 밤에는 그저 달 보러 나와서 놀고 있는 거라고 여겨."

"나도 있어. 이림에. 지켜야 할 거. 그래서 무서운 거."

"여누하가 무섭지?"

"아니, 너야."

자신의 농담에 따른 취운파의 말이 진정임을 미르도 알았다. 백제분지 무술대회장에서 최후의 두 사람으로 만나 승자를 가릴 수 있는 마지막 한 합을 앞두고 목검을 내려뜨렸던 취운파였다. 승부란 우선적으로 상대에 대한 적의가 있어야 하는데 경기장 안에 두 사람이 남은 순간부터 둘 사이엔 적의 대신 연대감이 생겼다. 아니 연대감이 아니라 난생처음 비로소 맞수를 만난 듯한 희열이었다. 저편에 있는 그가, 그가 아니라 나처럼 느껴지는 일체감. 때문에 둘의 대결은 대결이 아니라 춤이었다. 상대가 나와 똑같은 희열을 느끼고 있음을 느끼는, 환희였다. 취운파가 이 이립까지 오게 된 까닭은 순전히 그 때문이고 미르 때문이었다.

"여누하보다는 내가 무섭다니 나이대접을 해주는 게로군. 내가 취운파 그대보다 네 살이 많은 것을 알지?"

"어."

"그럼 예, 해야지."

"예."

미르는 모처럼 웃음을 터트렸다. 사람을 얻은 기분이 이런 것이었다. 막혔던 숨통이 트이는 듯한 시원함, 기쁨. 오래전에 자신의 눈앞에서 친족들이 한꺼번에 학살되었다. 멀기는 했으나 분명히 눈앞이었다. 부모와 숙부모와 형제들과 조카들과 유모와 선생들과 가솔들이 스러질 때, 스러진 그들이 마구 치솟는 불덩이에 휩싸여 재가 되어 가는 동안 무덤 위에서 오줌을 지리면서 떨었던 그날 이후 처음 웃어보는 듯했다. 웃는 미르가 좋은지 취운파가 미르의 옆구리에 주먹을 질렀다. 미르가 그 주먹을 막으며 취운파의 발을 걸었다. 발이 걸린 취운파가 넘어지지 않기 위해 미르의 어깨를 붙들었다. 두 사람의 가슴이 맞닿았다. 허공에 뜬 망월정 마루에서 두 사람이 어우러져 넘어졌다. 넘어져 미르를 깔고 엎어졌던 취운파가 미르의 목에 입술을 댔다. 미르가 취운파의 고개를 들어 올려 그의 입술을 물었다. 두 혀가 얼크러진 찰나, 취운파가 문득 고개를 들더니 중얼거렸다.

"미르야, 저기 불났다."

미르가 취운파를 밀쳐내고 일어나 불이 났다는 방향을 살폈다. 해안을 따라 반월형으로 펼쳐져 있는 포구의 오른편 큰 선착장 안쪽에서 불길이 치솟고 있었다. 무엇인가가 타는 광경은 그의 몸을 떨게 만들었다. 어린 날엔 오줌을 지렸지만 그 이후엔 미르의 피를 싸늘히 식혔다. 머리가 냉철하게 움직였다. 불길이 이는 곳은 큰 선창 안쪽 두불 영감이 운영하는 객점 부근이었다. 어쩌면 두불 영감의 객점일 것이었다. 그렇다면 이건 공격이 시작됐다는 의미였고 이구림 수비대의 시선을 그쪽으로 모아들이기 위한 함정이었다. 이림 부근에 이미 적병들이 당도해 있다는 의미이기도 했다.

미르는 망월정 한켠에 매달린 종을 세 번씩 세 번 천천히 울렸다. 이림 곳곳에서 반짝이던 불빛들이 아홉 번의 종소리가 채 끝나기 전에 모두 스러졌다. 이림당의 불빛도 사위었다. 이림을 중심으로 사방 십 리쯤에 펼쳐져 있는 구림 마을들의 불빛들도 차츰 스러질 터였다. 이구림이 쥐죽은 듯 적막에 잠겨가는 대신 한곳이 불타고 있는 포구의 불빛들은 점점 더 밝아지고 있었다. 종을 친 미르는 꼼짝도 하지 않은 채 달빛에만 푹 잠긴 이림을 내려다보았다. 취운파가 옆에서 속삭였다.

"미르야, 우리 저기 안 가?"

미르도 나지막이 말했다.

"기다려. 잠시 뒤에 우리가 어디로 가야 할지 알게 될 거야."

"정말 침입자가 있는 거야?"

"그래. 대장을 죽이고 싶어 하는 세력이 있어. 그래서 대장이 집에 돌아오면 이런 일이 생겨."

"누가 우리 대장을 죽이고 싶어 해?"

"태자!"

"어? 우리 태자? 대방에 있는?"

"대방에 계시는 태자님이 아니라 한성에 있는 태자님의 외가, 황후님의 친족들이야. 즉, 본국 황실에서 이 이림을 죽이고 싶어 해."

"왜? 대, 대체 왜?"

"이 이림을 죽이고, 저 포구와 저 포구에 연결된 모든 것들을 빼앗고 싶은 거지. 이림을 죽이면 구림과 저 상대포항은 저절로 죽을 거거든. 원래이 월나는 이림 것이었는데 황실이 뺏어간 거야. 나머지는 차차 말해줄게. 지금은 우리가 어느 쪽으로 가야 할지를 알아차리는 게 중요해."

"가면, 살생도 해?"

"필요하다면. 대신 소리가 없어야겠지. 여긴 대륙이 아니고 공식적인 전쟁터가 아니니까. 그리고 우리 이림은 대놓고 황실과 맞서면 안 되니까."

"음, 미르야 고백할 게 있는데 말이지, 나는, 전쟁이, 아니 전투가 좋아. 백병전 벌일 때 그 한가운데서 무기 휘두르면 춤추는 거 같이 아무 생각이 안 나."

미르도 그랬다. 공격 명령에 의해 적진으로 뛰어들고 나면 그다음엔 아무런 생각이 나지 않았다. 살생에 대한 일체의 가책이 없었다. 아마 무절

(武節)들이 다 그러할 것이다. 멀기는 하지만 마침내 신호가 들렸다. 이림 남동 방향 구림팔리(鳩林八里) 쪽이었다. 포구에서 가까운 방향이기도 했다. 놈들은 포구를 통해 들어온 해적으로 가장하고 침입하는 것일지도 모른다.

"그건 나도 마찬가지야. 아마 태자도, 대장도 그러실걸? 어쨌건 지금 가자, 취운파."

중얼거린 미르는 사다리가 아닌 난간 밖으로 곧장 뛰어내렸다. 같이 가요, 중얼거린 취운파가 난간 밖으로 몸을 날렸다. 사월 보름달이 그들의 뒤를 숨 가쁘게 좇았다.

패하(沛河)를 넘어

늦가을 패하(沛河)는 강이라기보다 습지였다. 갈대와 수초에 뒤덮인 광활한 늪이었다. 패하를 가운데 두고 북서쪽은 진(秦)나라로 열렸고 북쪽은 고구려였으며 남쪽은 백제의 패하성이었다. 진왕 왕맹이 연왕(燕王) 모용위를 사로잡고 연을 멸망시켰다는 소식이 패하성에 전해져 온 게 석 달 전이었다. 진왕의 군대가 북진하는 백제를 치기 위해 준비 중이라는 소식에 이어 고구려도 패하를 넘어 백제로 향할 것이라는 첩보가 입수되었다. 진의 군사는 오만이라 했고 고구려군이 삼만이라 했다. 패하성에 자리한 휘수태자에게도 삼만의 정예군이 있었다. 휘수가 삼만의 군사로 진의 오만군과 맞서자면 패하를 등지고 진의 영토인 용성 쪽으로 나아가야 했다. 고구려와 맞설 곳은 백제의 영토인 패하였다. 패하성은 깎아지른 듯한 첨산(尖山)을 등에 지고 패하를 오른쪽 옆구리와 앞에다 펼쳐두고 있었다. 왼쪽 옆구리는 패하벌이었다.

휘수의 진영에서는 패하에서의 하상전(河上戰) 대신 용성 쪽에서의 육지전(陸地戰)을 먼저 준비했다. 진나라 왕맹의 군대가 치고 내려올 시점이 구월 중순이라 했기 때문에 그들을 패하벌에서 맞지 않고 아예 용성까지 진격하여 맞이하겠다는 작전이었다. 한편으론 시월 중순에 패하의 물이 말랐을 때 패하를 건너올 것이라는 고구려를 대비해 대륙백제의 모든 성에 소집령을 내렸다. 각 성에서 보내올 군사들이 모이면 그 수가 칠만에 이를 것이었다. 휘수는 삼만의 군사로 연의 용성을 접수하고 난 뒤 곧장 돌아서 용성에서 합류하게 될 대륙연합군을 이끌고 아예 평양성으로 진격할 계획을 세웠다. 대장정이라 준비가 단단해야 하는 만큼 준비기간이 길었다. 군량미가 모여들고 무기가 만들어졌다. 무기들이 만들어지매 이전 전쟁과는 비할 수 없는 신무기들이 속출했다. 각종 물산들이 인근의 성에서 몰려와 성 안팎에서는 저자가 날마다 열렸다. 저자에는 언제나 새로운 물건들이 출현했다. 전쟁 준비기간은 잔치 준비기간과 같이 들떴다. 각국의 세작들은 그 모든 소식들을 갖가지 방법으로 자국 진영에 전하기 바빴다.

팔월 하순이었다. 물이 줄어가는 패하변에 십 척 높이로 자라난 갈대들이 한꺼번에 꽃을 피워 망망대해의 수평선처럼 아스라해졌다. 고구려에서는 패하의 물이 거의 말라 도하가 용이한 때에 치고 들어올 것이므로 휘수는 그에 대한 대비 대신 용성으로의 진격을 위해 전열을 가다듬었다. 작년 치양성에서의 승리로 인한 사기가 높은 데다 지난봄 연의 계미성을 점거한 여운으로 기세가 충천했다. 계미성 너머 계현성까지 진격하지 않고 철군한 것은 용성전을 준비하기 위해서였다.

여유가 있었으므로 느슨했다. 출격 전에 간소하고 엄숙하게 치르던 승리 기원제를 떠들썩하게 치르기로 한 것도 그런 연유였다. 작년 초봄 황제께서 본국으로 이거하신 뒤 휘수태자는 그동안 명령전달 수단으로만 썼던 대북과 징과 소북의 숫자를 대폭 늘려 아예 고고대(鼓鼓隊)를 만들었다. 고고대를 만듦으로 하여 명령전달이 훨씬 세분화되었을 뿐만 아니라 여타의 시간에는 군사들의 흥취를 돋우는 놀이패 노릇도 했다. 다음 대 제왕이 될 것이매 이미 제왕인 휘수태자는 그렇게 기발하고 분방했다. 하여 그가 머문 곳에는 언제나 사람이 넘쳤다. 사람 끌어들이는 일을 벌이기 때문이었다. 대륙의 삼십여 성이, 그 이질적인 삶과 문물이 이 성 저 성을 휘몰고 다니는 태자 덕분에 마구 뒤섞이면서 새로운 것으로 태어나곤 했다. 고고대의 웅장한 장단과 더불어 해질녘에 시작되었던 기원제가 장단과 함께 끝났다. 북소리가 그치고 사위가 고요해진 성 안의 광장에서 태자 휘수가 선언했다.

"내일은 대장정에 나설 것이니 오늘은 맘껏 먹고 마시며 춤추도록 하라."

둥둥, 둥둥. 대북과 징과 소북이 동시에 울려 패하성을 들썩이고 어둠에 잠겨가는 패하로 퍼져나갔다. 중앙 성루로 아들 부여부와 함께 올라온 휘수태자가 하안(河岸)을 내려다보았다. 그믐이 가까운지라 하안도 온통 캄캄한데 별들이 화살로도 너끈히 맞출 수 있을 것처럼 낮게 떠 있었다.

"성안 사람들이 모두 술을 마시며 노는데 전하께서는 술을 드시지 않나이까?"

아들 부여부의 물음에 휘수가 루사기를 향해 씩 웃었다. 제가 아직 소년이라 하여도 내내 함께 있었는데, 함께 있던 사람이 모를 정도면 이번 작전이 성공한 것 아니겠냐는 득의의 미소였다.

"아비는 원래 전투 중에는 술을 마시지 않는다. 아비뿐만 아니라 군대를 지휘하는 모든 수장들은 그러해야 하는 법이다. 너도 그걸 명심해야 하느니."

"아직은 전투가 시작되지 않았지 않습니까?"

"아니다. 전투는 진나라군이 치고 내려오리라는 소식이 전해진 석 달 전부터 시작되어 있었다. 전쟁은 맞부딪쳐 싸울 때뿐만이 아니라 그 전투를 위한 준비부터 전쟁인 것이다. 부야, 저기 저 새까만, 별빛뿐인 허공이 보이느냐?"

"예, 전하."

"저 어둠 속으로 시방 고구려가 스며들어 오고 있다. 고구려의 삼만 군사가 어둠인 양 바람인 양 소리 없이 들어오고 있어. 아비는 저들이 저 어둠 속, 저 지점으로부터 들어오게 하기 위하여 석 달 전부터 아니, 작년 봄부터 고심하며 준비했느니라. 진왕의 군대가 북진하는 우리 백제를 치기 위해 준비 중이라는 소문을 조작한 때부터 전쟁은 시작되었던 것이지."

"그 소문이 조작된 것이었나이까?"

"그렇다. 그리하여 마침내 이 밤에, 저들이 오고 있는 게다. 겨울이 가까우면 물이 말라 패하의 바닥이 드러나는 곳, 이편과 저편의 하안 폭이 가장 좁은 곳. 그곳이 바로 패하성 앞이다. 이 성이 여기 세워진 이유 또한 그것이다."

"저들이 그렇게 다 알고 몰려오는데 이리 놀고 있어도 되나이까?"

"우리가 이리 놀아야, 노는 듯이 보여야, 저들이 저 어둠 한가운데로 들어올 것이기 때문이다."

"하오면 전하, 저들은 지금 함정으로 들어오고 있는 것 아니옵니까?"

"그렇지. 아비가 아주 오래 걸려 넓게 판 함정 속으로, 저들 또한 아주 오래 걸려서 들어오고 있는 게다. 갈대가 자신들을 숨겨줄 거라 여기면서, 우리가 술에 취해 놀고 있을 거라 여기면서. 자신들이 시월이 아니라 지금 닥칠 걸 우리가 모를 거라 여기면서."

"틀림없이 말입니까?"

"틀림없지. 저들이 우리를 향해 시월에 패하에 닿을 것이라는 헛된 첩보를 흘린 건 오늘 밤의 급습을 위한 것이었다. 하지만 우리는 지난 새벽에, 저들이 패하 저편에 당도했다는 첩보를 들었느니. 저들의 급습은 이 밤에 시작될 것이야. 그 시각이 언제쯤일까. 두어 시간 뒤, 이경쯤이 아닐까 예상하고 있느니라. 더 이를 수도 있고 더 늦을 수도 있겠지. 저들의 선봉 부대가 이쪽 하안에 막 발을 디딜 때를 아비와, 저리 놀고 있는 듯이 보이는 우리 성 안팎의 사람들이 모두 기다리고 있다. 허니 너도 기다리거라."

"소자는 겁이 약간 나옵니다, 아바님."

"아무렴 당연하다. 수많은 생명을 거느리게 될 자가 겁이 없으면 무모해지기 마련이고 무모해지면 그대로 끝인 게다. 겁을 내야 신중해지고 신중히, 끝없이 고심해야만 자신을 지키고 자신이 거느린 목숨들 또한 지킬수 있는 게야. 아직 어린 네가 너의 두려움을 부끄러워할 까닭이 없다. 더구나 시방은 이 아비가 네 곁에 있지 않느냐? 두려움에 떨어도 좋고 철없이 놀아도 좋다. 그러면서 전쟁이 어떻게 치러지는지 그 한 장면을 지켜보는 게다. 그리고 배우는 게다."

"소자는 좌불안석, 가만히 있기가 어렵사옵니다."

"그럴 수도 있지. 허면, 어떡한다? 그래, 놀이 삼아서 네 스승에게서 배우는 검술을 이 아비와 함께 한번 겨뤄 보려느냐?"

"그건 불가하옵니다. 부끄럽거니와 감히 아바님께, 전하께 칼을 겨누겠나이까."

"허면, 네 스승 미르하고 한번 해보려무나."

"그도 불가하옵니다. 군사부일체라 배웠사온데, 놀이라 할지라도 스승께 어찌 감히 덤비겠나이까."

"허면?"

"취운파는 무섭지 않나이다. 부끄럽지도 않을 듯하고요."

태자와 루사기가 동시에 하하 웃음을 터트렸다. 성루 난간을 에운 채 밖을 향해 서 있는 측위대들이 웃음을 참느라 어깨를 들썩였다. 취운파만 웃지 못했다. 쑥 씹은 얼굴이 되었다.

"허면 취운파하고 해야지. 이봐, 취운파!"

금세 치르게 될 전투를 앞두고 한껏 긴장하며 전투에 대한 기대에 부풀어 있던 그였다. 느닷없이 열세 살 왕자의 놀이 상대가 되어버린 취운파가 볼이 잔뜩 부어 앞으로 나섰다. 두툼한 솜에 감싸인 목검 한 자루씩을 받아 든 왕자와 취운파가 마주서자 바깥을 향해 있던 측위대들이 몸을 반쯤씩 돌려 섰다. 부와 취운파의 대결을 구경하려는 것이다. 왕자가 먼저 의젓하게 인사했다.

"취운파 좌품, 부탁하오."

"소신도 부탁드립니다, 저하."

취운파의 백제 말은 작년 봄 본국 행 이후 급속도로 발전해 말법이 어지간히 맞아가고 있었다. 그럼 어디 한번 시작해보라 할 줄 알았던 태자가 미르를 불렀다. 미르가 나서서 예를 올리자 태자가 싱글싱글 웃으며 물었다.

"미르, 나하고 내기를 해보려는가?"

"무슨 내기를 어찌 하자 하시오는지요, 전하?"

"그대가 부의 스승이니 부에게 걸고, 나는 취운파에 거는 것이다. 부가 취운파의 옷깃이라도 건드릴 수 있으면 그대가 이기는 것이고, 부가 그리 못할 시면 내가 이기는 것이지. 이긴 쪽이 지는 쪽의 소원 한 가지를 들어주는 것이다. 어떤가? 해볼 텐가?"

미르가 부를 돌아보았다. 얼굴이 발개진 부가 제 스승을 향해 고개를 살래살래 흔들었다. 루사기가 부에게 다가들어 속삭였다.

"이겨도 져도 공부가 되는 놀이입니다. 놀이이므로 이기거나 지거나 아무 상관없습니다. 한다 하십시오, 왕자님. 그리고 힘껏 해보세요. 재미있을 겁니다."

루사기의 속삭임을 들은 부가 심호흡을 하고는 미르를 향해 고개를 끄덕였다. 미르가 태자를 향해 내기를 하겠노라 하면서 단서를 붙였다.

"전하, 취운파는 한 합에 한 발만 움직일 수 있도록 해주십시오."

"그거 재미있겠는걸? 들었겠지, 취운파? 그대는 한 합에 한 발만 움직이는 것이다. 그러면 어디, 시작!"

부가 목검을 꼬나들고 먼저 달려들었다. 취운파가 걸음을 떼지 않고 슬쩍 상체를 틀었다. 금세 닿을 수 있을 듯해 달려들었던 부가 저만치까지 미끄러져 가서야 멈추고 돌아섰다. 돌아서 목검을 옆으로 쥐고 검을 넓게 그리며 취운파에게 다가들었다. 취운파가 한 발을 옆으로 빼면서 부의 목검을 제 목검으로 밀어냈다. 제 검을 힘껏 붙들고 있던 부가 사정없이 나동그라졌다. 나름대로 다가들어 긋고, 올려 찌르고 내려 찌르고 휘두르는 왕자의 품새는 일 년여 동안 제법 배우며 훈련한 티가 났다. 한 발 움직이거나 한 발도 움직이지 않고 피하기만 하는 취운파의 몸에 닿을 수 없을 뿐이었다. 영민하고 속 깊은 부는 무사로서의 감각은 타고나지 못했다. 그걸 루사기는 지난해 대륙으로 건너오던 배 안에서 알아보았다. 그럼에도 그때 미르와 취운파를 부에게 붙였던 까닭은 유사시에 자신의 몸을 보호할 정도의 기본기는 갖추게 하기 위해서였다.

둘러서서 보는 사람들에게는 그야말로 놀이였다. 하지만 소년에게는 부끄러움을 안겨줄 수도 있는 일방적인 것이었다. 그래서 미르가 취운파를 움직이지 못하게 한 것은 적당할 때에 져주라는 명령이었다. 취운파가 스스로는 쓸 필요도 없는 목검을 슬쩍슬쩍 들어 부의 목검을 밀어내는 까닭도 적당한 때에 져주기 위함이었다. 문제는 취운파의 성정이 왕자 부보다 어린 탓에 놀이를 길게 끌고 있다는 점이었다. 어린 왕자를 놀리는 재미에 빠져든 것이다. 벌써 한 식경이나 지나고 있지 않은가. 놀이가 고역이 된 부가 숨이 턱까지 차서 씩씩거리니 미르가 얼굴을 찡그렸다. 동시에 소맷부리 속에 들어갔는가 싶던 그의 오른손이 나와 손가락을 튕겼다. 딱. 취운파가 제 이마를 치고 간 게 무엇인지 몰라 잠시 주춤하는 사이 부의 목검이 그의 옆구리를 여지없이 찌르며 들어갔다. 윽, 소리와 함께 취운파의 몸이 옆으로 기울어졌다. 취운파의 머리를 스친 구슬은 성루 밖으로 벌써 날아간 뒤였다. 짝짝짝, 측위대원들이 박수를 치며 일제히 왕자의 승리를 즐거워했다. 소년을 길게 곯려먹다가 호되게 당한 취운파를 고소해 하는 것이다. 왕자가 어떻게 이겼는지를 모르는 사람은 물론 부 자신뿐이지만 소년은 제가 이겼음으로 자랑스러워하고 태자는 나름대로 몹시 애를 쓴 아들이 자랑스러워 유쾌하게 웃었다.

"부가 이겼으니 미르, 그대가 나를 이겼는데 약속을 이행해야지? 내가 무엇 한 가지를 해줄까?"

"하오면 전하, 취운파의 입을 내일 아침 해 뜰 때까지 막아 주십시오."

"오늘 밤 취운파를 벙어리로 만들어 달라고? 저 사람이 말을 못하면 숨 막혀 죽을지도 모르는데?"

"설마 하룻밤 입을 닫는들 죽기야 하겠나이까?"

"그건 그렇지. 취운파, 그대가 안되었구나. 안쓰럽다만 이 순간부터 내일 아침까지 그 입을 닫으라. 대답도 말라."

언제 전면전이 터질지 몰라 잔뜩 긴장한 삼만 군대 진영의 지휘루인가 싶은 웃음판이 성루에 벌어졌다. 취운파는 잠시 자신이 처한 상황을 파악하지 못해 어리둥절해 하다가 웃어대는 사람들을 보고서야 지레 숨이 막히는 얼굴을 했다. 그 얼굴을 보며 또 한차례 웃음을 터트리던 성루 위 사람들의 웃음소리가 어느 순간 뚝 그쳤다.

신호입니다, 하는 누군가의 외침 때문이었다. 패하 저 건너에서 일곱 줄기의 불길이 치솟아 오르고 있었다. 고구려군의 후미가 도하를 시작했다는 의미였다. 그건 고구려군의 선봉이 이쪽 하안에 당도할 즈음이라는 아군 척후병들의 신호였다. 성루 난간에 다가들어 척후병들의 신호를 살피던 태자가 낮게 말했다.

"성내 우군의 전열을 바꾸라. 양편 하안에 신호를 기다리라 명하라."

호각수(號角手)가 호각을 길게 한 번, 짧게 두 번 불었다. 지금까지 연신 흥겹게 울리던 고고단의 북소리가 뚝 그쳤다. 이어 서른 기의 대북소리가 하나인 듯 동시에 길게 한 번, 짧게 두 번 울리고 난 뒤 같은 신호가 반복되었다. 태자의 명을 받았다는 것이며, 성안의 우군(友軍)과 이편 하안의 좌군(左軍)과 저편 하안의 중군(中軍)에 태자의 명령을 하달하는 것이었다. 휘수는 드넓은 하안과 광막한 패하를 잠식한 캄캄한 허공을 뚫어져라 노려보았다. 영원처럼 느껴지는 짧은 동안에 저들의 숨결이 느껴졌다. 하안과 하안 주변 언덕과 산에 숨어 명령을 기다리는 아군들의 숨결도 잡히는 듯했다. 성내에 우군 일만이 있었고 이쪽 하안에 좌군 일만이 대기하고 있으며 중군 일만은 저들의 뒤쪽 좌우편으로 저쪽 하안에 당도해 있었다. 고구려군이 저쪽 하안에 당도했던 지난 새벽 즈음 첨산을 돌아나가 저들의 후방에서 숨죽이며 때를 기다렸던 막고해 대장군의 군대였다. 그가 지금 자신의 군대를 이끌고 고구려군이 도하하며 비운 자리에 반원형의 대열로 들어선 것이었다. 어둠 속에서, 물이 말랐다고는 하나 찐득이는 흙탕을 밟고 갈대 사이를 헤치고 오던 저들이 당황하고 있었다. 저쪽 하안에 남아 있었을 고구려 태자의 친위군도 흔들리고 있었다. 매복을 눈치 채고 이미 패하 깊숙이 들어서버린 대열을 되돌리기 시작했다. 저쪽의 북소리가 다급하게 울렸다.

"시작하라."

호각수가 호각을 길게 불었다. 긴 호각소리가 그치기 전에 고고단이 둥, 둥, 둥 태자의 공격명령을 내렸다. 저편과 이편의 하안에서 동시에 오천 개씩의 불화살이 서로를 맞추려는 듯 날아올랐다. 별이 일제히 그 빛을 감춘 자리에 눈부신 불꽃이 피었다. 화공임에 이토록 간단한 화공이 있을까 싶을 만큼 준비가 쉬웠던 화공이었다. 습지에 물이 줄어들기 시작하면서 갈대 잎들이 마르고 꽃이 피어 해면의 물결인 양 남실거렸다. 적진에서 이쪽의 매복을 알지 못했던 것도 화공에 대한 준비를 하지 않은 듯이 보였기 때문이었다. 허공에서 피어난 불꽃들이 눈송이처럼 갈대꽃을 향해 낙하

했다. 하상에, 광활한 하상의 갈대숲에 불길이 번져 치솟았다. 불의 늪이었다. 불꽃의 늪이었다. 그 뜨거운 늪에 빠진 고구려군은 물이 남아 있는 하상의 양옆으로는 퇴각할 수 없었다. 그곳은 빠지면 헤어 나오기 힘든 늪이었다. 그들은 전진하거나 후진해야만 했다. 저쪽에 남아 있었을 구부태자의 친위군은 저쪽에 있던 막고해 장군의 중앙부대와 맞붙었을 터이다. 때문에 저들은 불의 늪에 빠진 저들의 아군을 도울 수 없었다. 전진하여 이쪽 하안으로 밀려 나온 저들을 이쪽 하안에 매복해 있던 백제군의 화살이 맞이했다. 불바다였다. 불바다 속에서 불과 사람과 말이 뛰쳐나오다가 넘어졌다. 넘어진 사람과 말이 일어나 넘어진 사람과 말을 넘으며 계속 전진했다. 후진할 수 없어 전진하는 그들을 휘수의 창기대가 나아가 맞이했다. 맞붙은 그들에게서 피가 튀고 목이 날았다. 오만의 목숨이 뒤엉켜 움직이는 지옥도였다.

휘수태자는 성루 끝 난간 앞에서 미동조차 없이 자신이 만들어낸 지옥도를 내려다보았다. 루사기는 그 곁에서 태자와 왕자 부를 바라보았다. 아들에게 한없이 자애로운 휘수태자는 전쟁광이었다. 그에게는 일단 전투가 시작된 뒤의 군사들이란 피아에 관계없이, 태자 자신까지도, 움직이는 무생물이었다. 그 순간의 그에게는 생명에 대한 의식이 없었다. 하여 그는 써늘한 시각으로 장기판의 말을 움직이듯 전투를 내려다보며 지휘를 하는 것이다.

그런데 열세 살의 아들에게 태자가 보여주고 있는 그림은 그 아들 부에게 어떤 그림으로 남을 것인지. 삼십여 년 전쯤, 태자가 부의 나이였을 쯤에 그는 자신의 부황에게서 어떤 그림을 보았던 것인지. 황제는 큰아들 충수를 본국에 두고 작은 아들 휘수를 한사코 전쟁판에 이끌고 다녔다고 했다. 지금의 태자는 부황의 젊은 날 그대로였다. 그렇다면 아직 이구림을 벗어나보지 않았을 여섯 살짜리 아들 누왕인에게는 이 뜨거운 광경이 어떤 의미로 작용할 것인가. 작용하게 해야 하는가. 누왕인의 아비인 바, 그에 대한 생각을 해야 할 것 같은데 루사기의 머릿속은 자꾸 먹먹해졌다. 백제가 준비하여 끌어들이지 않았더라도 치고 내려왔을 고구려였다. 백제가 준비하여 끌어들이지 않았더라면 저만큼 뜨거운 기세로 고구려로 끌려들어가 불지옥에 빠져들었을지도 몰랐다. 끌려들어가 당하지 않고, 끌어들일 수 있었던 것은 태자 휘수의 능력이었다. 제국 백제의 위세였다. 루사기가 생각할 수 있는 것은 현재 거기까지였다.

어느 결에 다가와 밖으로 나가겠노라 시늉하고 허락이 내려지든 말든 전투판으로 뛰어 내려가던 미르와 취운파를 말리지 못했다. 그들은 전쟁을 즐긴다는 면에서 휘수태자와 같지만 미르와 취운파는 저희들의 신분에 걸맞게 직접적이고 야만적이었다. 전투가 개시되는 순간 사람의 피가 멈추고 무생물이 되는 듯한 그들은 역시나 무생물로 보이는 저들의 한복판으로 뛰어들어 무생물을 베어 넘겼다. 전투에서의 그들은 전사나 무사가 아니라 살인귀들이었다. 둘의 그 성향이 한 몸인 듯 닮았음을 작년 봄 이구림에서 깨달았다.

그날 밤 망월정의 경계종이 울렸고 이림당 밖으로 새어나갈 불빛을 가린 채 회합을 계속하면서도 전혀 걱정하지 않았던 건 그 둘이 있었기 때문이었다. 그쯤 너끈히 쫓아 보내려니. 두 사람에게 놀라 달아날 월나 담로성의 병졸들을 오히려 걱정했다. 그들이 담로성 병졸들이 아니라 이전에 그랬듯이 담로성의 지시를 받은 무뢰배들이길 그래서 바랐다. 해적들이길 바랐다. 그들이 무뢰배들인 한 그들의 침입을 막는 것은 정당한 일이었다. 미르와 취운파가 꼭 같이, 전투가 시작되면 제정신을 잃는 살인귀라는 걸 그때까지 몰랐다. 보통 때는 그저 시키는 대로 묵묵히 따르던 미르였다. 그전까지 지켜본 미르는 그저 솜씨 좋은 무사였다. 과묵하고 냉정하지만 단정하기도 한 그였다. 담로성에서 보낸 이백여 명이 이림당을 겨냥하고 침입했다가 어둠 속에서 저희들의 동료가 마구 사라지는 것에 놀라 도망을 쳤던가 보았다. 저들이 도망친 뒤 상황이 정리되었다는 보고가 이림당에 들어왔고, 정리된 상황을 살피기 위해 루사기는 나가 보았다. 미르와 취운파가 어둠 속에서 독사처럼 움직여 앗아버린 목숨이 서른일곱이나 되었다. 주검으로 변한 그들은 월나성에 소속되었을망정 월나 백성들이고 오래지 않은 옛날에는 구해국 백성이었던 자들의 후손들이었다. 죽일 것까지는 없는 자들이었다. 루사기는 미르에게 침입자들을 죽이지는 말라는 명을 내리지 않았던 자신이 어이가 없었다. 취운파는 그렇다치더라도 미르의 실체를 그렇게 몰랐다니, 심장이 떨렸다.

지금 저 뜨거운 불의 늪에서 두 살인귀가 신들린 듯 춤을 추고 있었다. 허락받은 싸움판에서, 아무 생각 없이 그저 날뛰고 있을 것이다. 그 둘뿐이랴. 저 수만의 인종들 안에 미르와 같은, 취운파와 같은 살인귀들이 셀 수도 없이 섞여 있을 터였다. 제 목숨이 안중에 없으므로 남의 목숨을 베고, 베고, 또 베면서 희열을 느끼는 종자들. 살아남기 위해서만 벌이는 것이라면 전쟁이 이토록 잦을 수는 없을 것이다. 살아남기 위해서라면 싸우지 않고도 살아남을 방법을 찾으려 애를 쓸 터였다. 사람이란 종족은 태생적으로 전쟁을 즐기는 게 틀림없었다. 태자는 태자의 방법으로 미르와 취운파는 그들의 방법으로 제각기 즐기는 것이다. 사루사기 자신도 다르지 않았다. 이구림에 머물기보다, 한성에서 움직이기보다 대륙이, 대륙에서 벌이는 전쟁판 가운데에 있을 때 삶이 생생하지 않은가. 이구림도 구해국도 백제조차도 자신과는 무관한 저세상인 듯이 아득해지고 현재만이 중요한 들끓음을 즐기지 않는다고 자신할 수 없었다.

"저들의 퇴로를 열라."

태자의 명령이 울려나가자 패하벌 쪽을 막고 있던 부대가 슬금슬금 흩어지기 시작했다. 퇴로를 여는 까닭은 아군의 피해를 줄이기 위함이고 그곳에 준비한 함정으로 저들을 몰기 위함이었다. 봇물이 터진 듯 저들이 패하벌 쪽으로 나아가고 있었다. 구부태자를 감싸고 있을 친위대가 어느 쪽에 있는지, 혹은 벌써 퇴로를 찾아 빠졌는지는 파악되지 않았다. 휘수태자는 이번엔 구부태자를 잡겠노라 벼르지 않았다. 무리할 필요가 없을 만큼 일방적으로 우세한 전황을 즐기며 다음 전쟁을 그리고 있었다. 이 여세로 평양성으로 밀고 올라갈 것이었다. 고구려의 폐부 깊숙이까지 나아가 보는 것이다. 구부태자를 잡든지 사유왕을 잡든지 저들의 영토 안에서 승부를 겨뤄볼 참이었다.

"퇴로를 막으라."

성안에서 거짓 잔치를 벌이다가 하상전이 시작되는 순간 대열을 짓고 성을 빠져나갔던 우군에 내리는 명령이었다. 뒷문을 통해 성을 나갔던 기중술 장군의 우군은 성의 측면을 돌아 패하벌 저편에서 진을 쳤던 참이었다. 이미 패잔병이 된 저들 일만여 수가 패하벌에서 태풍처럼 몰아닥친 백제군과 맞닥뜨렸다. 이미 전세가 기울었으므로 저들은 퇴각로만 찾을 수밖에 없었다. 달아나지 못함에 살길을 찾기 위해서는 무기를 내던지고 두 손을 뻗어 엎드리며 항복을 표시해야 할 것이었다. 물결처럼 패하 양안을 따라 끝없이 번져가는 불길에 천지가 대낮처럼 밝았다. 이미 마무리되고 있는 전황이 멀리서도 다 보였다.

"전열을 정비하라."

호각수의 긴 호각소리에 이어 둥, 둥, 둥, 느린 대북소리가 퍼져 나갔다. 하나인 듯 울리는 서른 기의 대북소리는 사방에 흩어진 아군들에게 추격과 살상을 멈추고 포로들을 거두라는 명이었다. 아군 부상병과 적군 부상병들을 모아들이고 병기들을 모아들이라는 뜻이었다. 아군 피해가 얼마나 되는지 적군 살상자가 얼마나 되는지, 시신의 숫자를 세는 일은 내일 날이 밝았을 때에야 시작될 것이었다. 이제 밤이 깊은 참이었다. 루사기는 시각이 궁금해 밤하늘을 올려다보았다. 달이 없으므로 시각은 알 수 없었다.

저기, 평양성이 있어

한 달여 전, 군사 일만을 잃은 참패로 인한 손실을 미처 메우지 못했을 것이라 여겼던 고구려치고는 기세가 여간한 게 아니었다. 군사 삼만에 관내 백성 이만여를 다 쓸어 담아 안고 있는 평양성은 요지부동이었다. 이미 네 차례의 전투를 치렀음에도 평양성을 열지 못했다. 고구려 태왕이 거하는 도성이라 그 방비가 그만큼 단단하였다. 시일을 더 끌면 광활한 고구려의 영토 각처에서 원군이 당도할 것이었다. 원군을 기다리는 평양성은 오히려 여유로웠다.

대륙에는 겨울이 찾아오고 있었다. 휘수태자의 삼만 군사들이 엿새째 진을 치고 있는 곳은 겨울바람이 휘몰아쳐 오고 있는 평양벌이었다. 모레쯤엔 휘수의 대륙연합군 삼만이 당도하여 합류할 것이었다. 평양성을 치고 나서 합류한 대륙군과 진의 용성으로 진격할 작정이었다. 그런데 지금으로선 용성은커녕 평양성도 넘지 못할 판이었다. 저들을 밖으로 끌어내지 않는 한 육만으로도 승산이 없는 것이다. 어떻게 저들이 치고 나오게 할 것인가. 어제 또 한차례 공격을 시도했다가 물러난 뒤 휘수와 휘하의 장수들은 내내 그것을 고심했다.

대장군 막고해와 그의 부장들, 좌군대장 연기와 그의 부장들, 우군대장 기중술과 그의 부장들, 측위군대장 사루사기와 그의 부장들, 휘수태자와 부왕자와 측위대원 몇 명까지, 삼십여 명이 모인 초저녁 지휘소에 깊은 침묵이 흘렀다. 어제 전투를 마친 뒤부터 갖은 전략과 전술과 책략을 거론해보지만 한결같이 마땅치 않았다.

평양벌에 도착한 이후 회의 때마다 내내 있는 듯 없는 듯 잠잠했던 왕자 부여부가 이 저녁 회의의 긴 침묵이 무료하다는 듯 기지개를 켜며 나섰다.

"전하, 소자가 한 말씀 올려도 괜찮나이까?"

"해보아."

"자객을 들여보내면 어떻사옵니까? 힘으로 열지 못한다면, 힘을 쓰지 않는 듯이 보이게 하면서 새인 듯, 쥐인 듯, 거미인 듯 숨어 들어가면 되지 않겠나이까?"

열세 살 소년의 엉뚱한 말에 침묵에 가라앉아 있던 장군들이 설핏 웃으며 몸을 세웠다. 태자는 짐짓 심각했다.

"자객이든 척후든 들여보내자면 문을 열어야 하지 않겠느냐? 자객이든 척후든 사람인 바 새처럼 날아 들어가겠느냐, 쥐처럼 파고 들어가겠느냐? 거미처럼 기어 들어가겠느냐?"

"오늘 밤에 전투를 벌여야지요. 그리해서 저들의 시선을 끌고 그 틈에 새처럼 쥐처럼 거미처럼 들어갈 방법을 찾아야지요."

"새처럼 쥐처럼 거미처럼 들어가서는 무얼 하지?"

"저들의 왕을 잡지요."

아들의 말에 태자가 하하 웃음을 터트렸다. 웃는데 속은 쓰렸다. 과욕이 부른 무리한 출정이었다. 단숨에 평양성을 함락시킬 수 있을 것 같았던 자신감. 그건 오만이었다. 오만은 어리석음에서 비롯되는 것. 네 차례의 전투를 통해 평양성에 적지 않은 피해를 입히고 그들의 자존을 일부 꺾었을 망정 아군의 손실도 이미 천여 명이었다. 양국의 각처에서 오고 있을 원군이 이 평양벌에서 합류하면 그 숫자가 십이만이었다. 십이만이 맞붙게 되면 백제와 고구려 양쪽이 다 궤멸할 때까지, 그리하여 양쪽이 다 회생 불능의 극한 상황까지 가게 될지도 몰랐다. 그렇게 되면 진왕 왕맹이 회심의 미소를 지으며 유유자적, 두 나라 중 어느 쪽을 먼저 삼킬지 오히려 고민할 것이었다. 그전에 물러나야 했다. 물러나야 하는데, 물러남에도 명분이 필요했다. 이대로 빈손으로 물러나기에는 도저히 체면이 서지 않았다. 물러날 명분을 찾지 못하는 까닭에 전쟁에 체면이 무슨 소용인가, 스스로를 조롱해 보기도 하지만 전쟁은, 전쟁을 일으키고 끝내는 자들에겐 그게 중요했다. 휘수는 자신이 일으킨 이번 전쟁에서 맨손으로 돌아서기가 죽기보다 싫어 고집 피우는 참이었다.

"왕을 잡는다, 왕을!"

아직 어린 아들이 새처럼 쥐처럼 거미처럼 들어가서 왕을 잡자고 하지 않는가. 왕을 잡는다고 그 나라를 잡는 것은 아니었다. 진의 왕맹이 연의 모용외를 잡아 연을 잡았다지만 연은 이미 망하기로 되어 있었던 나라였기에 그리 된 것뿐이었다. 고구려는 그렇지 않았다. 대백제의 태자 휘수가 혹시 오늘 죽게 되면 태손 부여벽이 다음 황제위에 즉위하게 될 것이듯 고구려도 그러했다. 태왕을 잡으면 태자가 태왕이 되고 태자를 잡으면 태손이나 태제가 태왕이 될 뿐 고구려를 잡는 것은 아니었다. 그러니 지금 들어가 고구려왕이나 태자를 잡는 건 물러나야 할 태자 휘수의 명분 획득일 뿐이었다. 평양성을 그냥 두고도 철군할 명분은 생기는 것이었다.

"묘안이다. 헌데 부여부, 묘안이란 그것을 받칠 수 있는 근거가 확실해야 참 묘안인 법이다. 우리가 이 밤에 전투를 시작한다 치자. 저들이 응전하게 하여 저들의 혼을 빼놓는다 하자. 헌데 저 높고 단단한 평양성벽을 누가 새처럼 쥐처럼 거미처럼 넘어갈 수 있으랴? 들어가서는 저들의 왕을 어떻게 찾는다지? 찾는다 해도 저들의 왕은 이 아비처럼, 아비보다 훨씬 더 많은 범 같은 장군들과 독수리 같은 호위들을 거느리고 있을 텐데 어찌 잡지?"

아이가 문득 생각해낸 것이 뜻밖의 묘안 같기는 하나 실현은 가당치 않는 것인지라 그저 물어보는 것이었다. 어차피 뾰족한 수도 없는 하루가 또 저물어가고 있지 않은가. 이대로 해산하여 다시 맞아야 할 아침이 전혀 반갑지 않은 밤이었다.

"저 평양성 내에 우리 사람은 없나이까?"

"당연히 있지. 몇 십 명은 될 게다. 물론 우리 진영에도 저들의 사람이 그만큼, 혹은 그보다 더 많이 있을 게고. 그건 어찌 묻는 게냐?"

"그중의 누군가는 평양성 내 저들의 왕이 현재 어디 있는지 알 것 아니옵니까? 그를 길잡이로 삼지요."

"그다음엔?"

"예?"

"누굴 들여보내느냐 그 말이다. 누가 새처럼 쥐처럼 거미처럼 저 높은 성으로 들어갈 수 있겠느냐는 것이지. 그 생각도 해보았느냐?"

"그야 소자의 스승이신 백미르와 취운파이지요."

소년 왕자의 귀여운 생각이 뜻밖에도 묘안이라 싶어 경청하고 있던 사람들이 일제히 웃음을 터트렸다. 소년이 아는 한 새처럼 쥐처럼 거미처럼 평양성으로 들어갈 수 있는 자들은 결국 저와 노상 붙어 지내는 제 측근이었던 것이다. 지휘소 밖에 있는 미르와 취운파는 안에서 무슨 일이 벌어졌는지 모르는 채 새나오는 웃음소리만 들을 터였다.

좌군대장 연기가 웃음을 그치고 정색하며 발언했다. 그는 위례성 사람으로 태자의 어린 날부터 함께 전쟁을 치러온 인물이었다.

"소신이 듣잡기에 왕자님의 묘안보다 나은 방안은 현재로서는 없지 않나 싶습니다. 내일이든 모레든 우리는 전투를 해야 하는 바, 이 밤에 못할까닭이 없습니다. 오늘 밤을 결전으로 삼는 겝니다. 그 결과가 어떻든지 오늘 밤의 결전을 끝으로 철군을 하는 게지요."

연기는 태자에게 철군할 수 있는 명분을 만들어주고 있었다. 태자의 명분이 지휘소에 모인 사람들 모두의 명분이기도 했다. 누가 먼저 거론하는가, 그게 문제였는데 거론에도 또 명분이 필요하던 차였다. 그 명분을 왕자 부가 만들어준 것이다.

"좌군대장 말씀이 옳습니다. 왕자님의 발상이 기특하시기도 합니다. 전하, 어떠하십니까. 소신은 왕자님 말씀대로 해봄직하다 생각하옵니다만."

대장군 막고해가 단정하듯 말했다. 그가 이 지휘소의 최연장자였다. 그가 황제와 더불어 대륙을 누벼온 세월이 사십여 년이었다. 그의 말은 곧 결정이기도 했다. 휘수태자는 전투 계획을 수립할 때 그의 의견을 존중했다.

"좋습니다. 부여부의 생각을 바탕으로 오늘 밤 전투를 하지요. 지금 시각이, 어찌 되었지?"

루사기가 유후시경이라고 아뢨다. 태자가 자시 초에 전투를 개시한다고 선언했다. 두 시진 뒤였다. 재빠르게 작전이 세워졌다. 군사들에게 두 시진 뒤의 전투를 알려 준비를 시키되, 미르와 취운파를 비롯한 여섯 명의 측위대가 평양성 안으로 잠입한다는 사실은 함구되었다. 루사기는 재작년에 평양성에서 몇 달을 지낸 적이 있었기에 직접 들어가려 했으나 태자가 불허했다. 하는 수 없이 루사기는 잠입조를 모아놓고 지도를 그려가며 평양성 내의 지리를 설명했다. 지리를 설명하기는 하나 사유왕이나 구부 태자가 어디에 있을지 모르는 터라 성안으로 잠입한 뒤의 모든 결정은 조장이 된 미르에게 맡겨졌다. 아군에 속한 저들의 세작들이 이쪽에서 야밤 전투를 준비하고 있음을 저쪽에 알리기 위해 모색하고 있을 터였다. 마찬가지로 이쪽 진영에서도 평양성 내에 있는 아군 척후대 소속의 세작에게 신호를 올렸다. 수많은 불길들 중의 한 가지라 아군조차도 알아보지 못하지만 척후병들은 알아보는 신호였다. 신호를 보내고 난 뒤 한 식경 만에 북서문 쪽에서 불화살이 올랐다. 전투가 개시된 직후 평양성의 북서문 쪽으로 잠입하라는 전언이었다.

자시 무렵 고고단의 북소리와 함께 화공이 시작되었다. 고구려엔 불운하게도 바람의 방향이 평양성 쪽이기에 선택된 방법이었다. 바람을 탄 불화살이 먼저 일제히 날았다. 뒤이어 일천 대의 화차가 동시에 평양성을 향해 화탄을 날렸다. 불화살보다 멀리 가지는 못하나 그 위력은 일백 배에 이르는 화탄은 떨어진 자리를 불덩이로 만들 수 있었다. 화살보다 훨씬 근접하여 날려야 하므로 적군에 준하는 아군의 피해는 감수할 수밖에 없었다. 저들 또한 이쪽의 화공에 대비한 터였다. 화살이 날아가고 날아오고,

돌이 날아가고 날아왔다. 사다리를 놓고 성벽을 오르던 병사들이 떨어져 내리고 성곽 안쪽에 있던 저들이 저들의 자리에서 넘어지거나 성벽 아래로 떨어져 내렸다. 양쪽 진영 어디서건 끊임없이 불덩이들이 튀어 다녔다.

그 와중에 미르를 대장으로 한 잠입조는 평양성의 서쪽을 에둘러 북서문 근방에 도착했다. 취운파, 근장, 무처수, 산구노, 채방으로 이루어진 육인조였다. 동서남, 성의 삼면이 공격을 받고 있는 터라 성의 북쪽인 북서문 쪽의 경계는 허술할 수밖에 없었다. 북서문의 성곽은 산과 어우러져 축성되어 있었다. 북서문이 올려다보이는 지점에 이른 미르는 당장 보이는 병사가 몇인지를 헤아렸다. 칠팔십여 명 남짓했다. 그 안쪽 언저리에 열 배쯤의 병사가 있을 것이라 가정해야 할 터였다. 그들을 넘어서야 길잡이를 만날 수 있었다. 새처럼 날아오를 수 없고, 쥐처럼 파고 들어갈 수도 없으니 거미처럼 타고 넘을 수밖에 없었다. 새처럼, 쥐처럼, 거미처럼! 부가했다는 말이 어처구니없었으나 왕자가 천생 지휘관이라는 것을 깨닫기도 했다. 어쩌면 왕자 부여부는 왕재일 것이었다. 태자 휘수가 둘째 왕자이었음에도 태자가 되었고 황제가 될 것이듯, 현 황제가 그 자신의 선선황의 차남이었음에도 즉위했듯이, 태자 후비의 아들인 부여부도 언젠가는, 어쩌면 황제가 될 수도 있을 것이었다.

거미처럼 오르려니 발이 여덟 개인 거미와 달리 발이 네 개뿐인 사람이라 잠긴 성문 옆 성벽에 이른 잠입조는 서로를 사다리로 삼았다. 관건은 잠입하여 길잡이를 만나기까지의 과정이 순식간에 이루어져야 한다는 것이었다. 네 사람이 두 사람을 발판으로 하여 먼저 올랐다. 나머지 두 사람 산구노와 채방이 오르고 끌어올리는 사이 먼저 오른 미르와 취운파와 근장과 무처수는 숨 돌릴 새 없이, 북서문의 수비병들 사이로 뛰어들었다.

사방에서 난리가 난 터라 어차피 소음은 신경 쓰지 않아도 되었다. 여기저기 불 폭탄이 터지고 성에서 켠 불들도 많지만 그늘도 얼마든지 있었다. 여섯 명의 무절들은 그늘에서 그늘로만 옮겨 다니며 자신들을 발견한 수비병들을 제거했다.

태자호위군은 일천 명이지만 그를 최측근에서 호위하기 위해 만들어진 측위대의 숫자는 대장까지 아울러 서른세 명이었다. 취운파가 끼어들어 대장을 제외하고 서른세 명이 되었다. 그들은 오로지 태자를 지키기 위해서만 존재하는 사람들인지라 태자를 지키기 위해 하는 모든 일은 결국 살생으로 이어졌다. 살생을 위해 일 년을 하루같이 훈련하며 사는 사람이었다. 때문에 그들에겐 일당백이 당연했다. 북서문의 백여 명 수비병들쯤은 그들에게 장애가 되지 못했다. 일단의 상황이 삽시간에 종료되었다. 그들은 그늘 속에서 수비병들의 옷을 벗겨 걸치고 어디엔가 숨어 있을 길잡이에게 신호를 보냈다. 손바닥으로 만들어낸 북소리의 신호를 쫓아 길잡이가 나타났다.

길잡이는 구부태자가 어느 성루에서 전투를 지시하고 있는지를 파악하지 못한 상태였다. 구부태자는 초저녁부터 여러 성루를 옮겨 다니고 있다는 것이었다. 전투가 시작된 뒤 사유왕이 옮겨 앉은 성루는 알 수 있었다. 평양성 남동쪽 성곽 위의 성루였다. 성 바깥의 전황을 훤히 내려다볼 수 있는 높은 성루이나 바깥에서는 그곳이 오늘 밤 왕의 자리인 것은 알 수 없었다. 성 안쪽에서 왕이 있는 곳을 보려면 위치를 잘 잡아야 했다. 태왕이 있는 성루의 맞은편 전각 지붕 위에 오르니 태왕은 한결 가까이 건너다보였다. 태왕은 백발이 성성하나 그 위엄이 만인지상, 대고구려의 태왕다웠다. 태왕은 성루의 대좌에 앉았다가 일어났다가, 단순한 행동을 반복하고 있었다. 우열을 가릴 수 없는 전황 때문에 안절부절못하고 있는 것이다.

태왕이 있는 성루와 이쪽 지붕의 직선거리가 이백오십 보쯤 될 듯했다. 몸을 숨기면서 태왕을 살피기 위해 접근한 최단거리가 이 지붕 위였다. 이쪽과 저쪽 이백오십 보 사이, 땅에서 움직이는 사람은 삼천은 될 듯했다. 불을 끄느라, 돌을 나르고 화살을 나르느라 난리를 피우고 있는 후방군들이었다. 당장 보이기만도 성곽 밑에 오백여 명 정도의 군사가 있고 성곽 위에 오백여 명, 성곽에서 성루로 오르는 계단에만 백여 명, 성루 위에서 태왕을 둘러싼 호위대가 오십여 명이었다. 새처럼도 쥐처럼도 거미처럼도 태왕에게 다가갈 방법은 없었다. 진영을 나오기 전 왕자 부는 총기가 반짝이는 천진한 눈빛으로 미르에게 명했다.

─고구려의 왕을 잡아오세요, 스승님. 그래야 이번 전투를 끝낼 수 있다 하지 않습니까. 전투가 끝나야 대방으로 갈 수 있는데, 저는 대방으로 돌아가고 싶습니다.

부 왕자는 제 스승 미르가 못하는 게 없는 사람이라고 여겼다. 새처럼 날 수 없고 쥐처럼 파고들 수 없고 거미처럼 기어오르지 못하는 사람임을 생각지 못했다. 어떡한다? 미르가 속으로 궁리한 소리를 취운파는 알아들었다.

"날아가는 방법밖에 없는데 날지 못하니, 대장, 날리는 게 어떠해?"

측위대 내에서 활 솜씨가 으뜸인 무처수가 취운파의 말을 먼저 알아듣고 응답했다.

"그래, 화살!"

활과 화살통을 지고 다니면 금세 눈에 띄는지라 맨몸으로 온 터였다.

"그렇다면 활과 화살을 구해야지? 내가 구해올게요."

취운파가 슬슬 뒤로 기더니 지붕 아래로 휙 뛰어내렸다. 의논이고 뭐고 없이 제 맘대로이지만 그 수밖에 없기도 했다. 하지만 활은 궁수의 몸인 바 아무렇게나 굴러다닐 리가 없었다. 성곽에 올라가 넘어진 궁수 곁에서 활을 주워오지 않는 한 누군가는 취운파에게 활을 내놓기 위해 목숨을 내놓아야 한다는 의미였다. 반 식경도 지나지 않아 밑에서 뛰어 올랐을 취운파가 지붕 위로 털썩 떨어졌다. 기와가 와사삭 바스러졌다. 난리 통이 아니었더라면 우리가 여기 있소, 사방에 고하는 꼴이었고, 취운파의 행동은 징치해야 마땅할 것이었다. 세 기의 활과 삼십 촉의 화살이 그의 손에 들려 있었다.

"저쪽에서 활과 화살을 수선하는 곳이 있어서 쓱 들어갔어. 여인들이 많았어. 불쌍한 얼굴로 활이 망가졌다고 했더니 막 주던데? 내가 구해왔으니까 나도 하나 쏠래요. 대장 괜찮지?"

때로 아이 같고 때로 천치 같은 취운파였다. 세 촉이든 한 촉이든 기회는 한 번 뿐이었다. 검과 창과 도끼와 사슬과 표창까지 어지간한 무기를 귀신처럼 다루는 취운파는, 그러나 화살을 과녁에 제대로 맞히지 못했다. 열 가지가 넘는 말을 하면서도 글자를 읽지 못하는 것과 같은 성질이었다. 제가 하고 싶으면 기어이 해야 하는 것도 같았다. 화살 한 개는 버리는 것이 될지라도 제가 쏘게 해야 하는 것이다. 미르는 취운파와 무처수와 채방에게 활을 잡게 하고 세 촉의 화살을 뽑아냈다. 평양성에 잠입하기 직전 루사기가 엄지손가락만 한 병 한 개를 건네주며 말했다.

—신궁에서 얻은 독이다. 유사시에 쓰도록 해.

루사기가 유사시에 쓰라 할 때 미르는 유사시의 의미를 물어보려다 그냥 병을 받아 갈무리했다. 안주머니에 넣어왔던 병을 꺼내 마개를 연 미르는 세 촉의 화살 끝에다 병뚜껑 안쪽에 묻어 있을 독을 묻혔다.

"손에 화살촉이 닿지 않게 조심하도록."

독화살을 세 사람에게 나누어준 미르는 위치를 잡기 위해 일어섰다. 성 안 모든 사람들의 시선이 성곽 쪽으로 향해 있긴 하나 높은 성곽 쪽에서는 낮은 지붕 위에 서 있는 사내들을 금세 발견할 것이었다.

"기립!"

이백오십 보. 세 사람의 화살이 이백오십 보씩이야 너끈히 날아가겠지 만 성루에서 호위대들에 싸여 있는 태왕을 맞출 수 있을지는 자신할 수 없 었다. 한번 날리고 난 뒤에는 결과야 어떻든지 깊숙이 몸을 숨기면서 성을 빠져나가야 했다. 들어오기는 맘대로였지만 맘대로 빠져나갈 수 있을지는 모를 일이었다. 북서문 쪽에서는 이미 내부에서 일어난 살생사태를 알아 챘을 것이다. 백제의 공격이 미치지 않는 곳에서 백여 명의 군사가 넘어져 있음에 그 원인을 벌써 찾아나섰을 수도 있었다. 길잡이가 일러준 탈출로 는 북동문 쪽이었다. 구부태자가 그쪽의 수비병들을 서쪽 성곽으로 몰아 간 탓에 허술하다는 것이었다. 빠져나가기로 한다면 그러했다. 들어온 목 적을 달성하지 못한 채 나갈 수 있을지. 어쨌든 탈출은 나중 문제였다.

"준비."

취운파와 무처수와 채방이 두 걸음씩의 거리를 두고 서서 활시위를 한 껏 겨눈 채 미르의 명을 기다렸다. 그들이 선 방향과 미르가 선 방향은 어 차피 다를 터여서 쏘라 명령할 시각은 미르의 감각에 따라야 했다. 성루의 태왕은 여전히 앉았다 일어나기를 느리게 반복하고 있었다. 호위들에 의 해 가려졌다가 나타나기도 반복되었다. 태왕을 향한 시야를 가렸던 호위 가 성 밖에서의 공격이 성루 가까이 미치자 성곽 쪽으로 자리를 이동한 순간이었다. 태왕이 대좌에서 벌떡 일어났다.

"쏴!"

미르의 신호에 세 발의 화살이 동시에 날았고 활을 쏜 세 사람이 엎드렸다. 미르는 활시위에서 떠나는 순간 시야를 떠난 화살들이 어디로 갔는지를 보기 위해 선 채로 성루를 지켜보았다. 화살이 보일 리는 없었다. 맞는 사람이 보일 뿐이었다. 벌떡 일어나 난간 쪽으로 나가려다 그만두고 자리에 앉으려던 태왕이 자신의 목을 붙잡으며 휘청했다. 다른 한 발이 가슴에도 닿은 듯했으나 그건 갑주에 박힌 듯했고 다른 한 발은 태왕 곁에 있던 호위의 이마 쪽에 박혔다. 아수라장이 된 태왕의 성루에서 일군의 무사들이 뛰어내렸다. 화살이 날아온 방향을 금세 짚어낸 것이었다.

"각자 흩어져서 한 식경 뒤 북동문에서 만난다. 해산."

각자 다른 방향으로 기던 잠입조가 지붕 아래로 뛰어내렸다. 미르도 재게 움직였다. 후방군 틈새로 끼어들었다가 빠져나와 사방에 불이 붙은 민가들의 거리로 들어서서 북동방향으로 길을 잡았다. 어디론가 사라지는 듯했던 취운파가 뒤에서 쫓아오고 있음을 눈치 챘지만 어차피 나란히 다닐 수 없기에 혼자인 듯이 나아갔다. 태왕이 방금 맞은 화살로 인해 어떻게 되든 한차례의 전쟁이 또 지나가고 있었다. 자신을 비롯한 여섯 명이 귀환을 하든 못하든 공격이 멈추면 철군 준비가 시작될 것이고 철군 준비가 끝나면 철군할 것이었다. 겨울이 깊어가고 있지 않은가. 미르의 가슴에도 겨울이 스며들었다. 그렇지만 평양성 내는 아직 뜨거웠다.

첫 항해

큰 선창은 상대포구 전체를 아우르는 방파제이기도 한 터라 상대포만 (灣)을 두 마장 가로질러 뻗어 있었다. 이백여 년 전 구해국 아로왕성 시절 에 온 나라 백성은 물론 인근 나라 백성들까지 몰려들어 일 년여에 걸쳐 만들었다고 하였다. 이구림을 감싸고 있는 월나악과 피리산에서 수만 개 의 큰 바위들을 굴려다 바닷물 속으로 투하하고 큰 바위 사이에 수십만 개 의 작은 바위들을 던져 넣었다. 두 마장 길이, 십 장 폭으로 쌓인 바윗길이 바다 속에서 솟아올랐을 때 그 사이사이에 나무 기둥을 세우고 목판을 깔 아 큰 선창이 만들어졌다. 그 백년 뒤쯤에 큰 선창 안쪽, 만의 반대쪽에서 뻗어 나온 중선창이 만들어졌다. 중선창 안쪽에 세로로 뻗은 작은 선창이 제일 오래되었다. 태풍에 큰물이 일어 기둥과 목판이 소실되거나 부서지 면 새로 만들거나 갈아 끼우지만 선창들은 끄떡없었다. 덕분에 먼 바다 배 들과 인근 바다 배들도 여일하게 상대포만을 드나들었다. 지난겨울에 돌아간 석기 할아범이 들려준 선창의 역사가 그러했다.

─우리 소군, 앞으로 백 년쯤 사시다 소인 있는 곳으로 오소서. 허면 그 때는 오래오래 주군으로 모시오리다.

할아범이 죽기 며칠 전에 그리 말했을 때 왕인은 그에게 어디로 가는지 물었다. 죽는 것을 돌아간다 하는데 어디로 돌아간다는 것인지 문득 궁금해서였다. 할아범이 낯을 찡그리며 웃었다.

─소인도 가봐야 아나이다. 소망하기로는 바다로나 갔으면 합니다만.

그게 왕인이 들은 그의 마지막 말이었다. 그가 죽은 뒤 이림 뒷산에 묘지를 만들었으므로 그가 돌아간 곳은 산일 터였다. 이림 뒷산은 월나악의 동쪽 끝자락이라 동녘뫼라 불렀다. 동녘뫼로 감은 곧 월나악으로 갔다는 뜻일 것 같았다. 석기 할아범은 삼도국에서 태어났다고 했다. 젊을 때 상대포구로 와서 내내 사루한소를 모셨다. 그가 섬나라에서 태어났지만 동녘뫼에 묻혔으므로 월나악으로 돌아간 게 맞는데 왕인은 꼭 그가 바다로 돌아간 것만 같았다. 그가 그렇게 소망했으니.

목판 아래서 바닷물이 바위 틈새를 핥으며 찰랑거렸다. 왕인은 목판에 쪼그리고 앉아 목판 틈새를 비집고 올라오는 바닷물을 손으로 만져보았다. 할아범이 그리웠다.

"거기 잘 있어? 할아범?"

석기 할아범의 손을 잡듯 바닷물을 향해 중얼거렸다.

"그런데 혹시 대방에 가봤어? 위례성에 아버님이 계신다잖아. 태자 전하도 계시고."

여덟 살의 왕인은 다섯 살 때 보았던 부친 얼굴이 자세히 기억나지 않았다. 외숙 미르와 그 곁에 늘 있던 취운파의 모습은 생각나는데 아버지 얼굴은 감감했다. 부친이 어렵고 무서워 자세히 바라보지 못했던 탓이었다. 부친을 떠올리면 그때 어머니 버들 부인 품속으로만 파고들던 자신의 수줍음이 먼저 생각나 부끄러웠다.

"야, 거기서 뭐해?"

낯선 아이였다. 머리를 한 가닥으로 묶거나 땋고 두건이나 띠를 두르는 이구림의 아이들과 달리 그의 머리카락은 아무렇게나 흩날리고 있었다. 바람에 날리는 머리카락이 검지 않고 갈색이다. 검은 옷은 소금기와 때에 절었고 얼굴은 햇볕에 그을려 검었다. 옆으로 쭉 째진 듯 자그만 눈매 속에서 눈동자가 검게 빛났다. 키가 인보다 작은데 몸피는 댕돌처럼 단단해 보였다.

"바다 생각을 하고 있었어. 그러는 너는 에서 뭐해?"

"이 포구의 사람들처럼 일하고 있지. 다들 바쁘잖아."

"넌 우리 곳 사람이 아닌 것 같은데, 어디서 왔어?"

"난 바다에서 왔지. 곧 다시 바다로 갈 거고."

"바, 바다에서 왔다고? 어느 바다? 발해? 황해?"

"바다는 그냥 바다야. 세상의 모든 바다는 하나라고. 내 이름은 해리(海狸)야. 바다살쾡이. 넌?"

"나, 난 인이야."

"너 말더듬이냐?"

"아, 아니."

"말더듬이 맞구만 뭐. 어쨌든 인아, 곧 바람이 불거래. 우리 배는 그 바람 타고 나갈 건데, 넌 그 바람에 날려갈지도 모르니 그만 집에 가라."

바다살쾡이 해리가 몸을 획 돌리더니 정말 살쾡이인 양 날렵하게 선창

끝으로 갔다. 그의 등에 지워진 검은 봇짐이 그 등보다 컸다. 봇짐 아래 그의 옆구리에 매달려 달랑대는 건 검집인 듯했다. 잘해야 여덟 살, 누왕인과 같은 나이일 것인데 그는 칼을 차고 있었다. 이구림에서는 무사가 되기 위해 운무대에 오르려 해도 아홉 살이 되어야만 했다. 두 살 많은 학당 동무 서비구가 운무대로 올라간 것도 작년 정월, 아홉 살이 됐을 때였다. 이구림 십오리 와장(瓦匠) 마을 출신인 서비구는 이림학당에서 문자를 익힌 뒤 마을로 돌아가서 기와를 굽는 대신 월나악 운무대로 올라가 무예를 익히고 있었다. 그 스스로 원했고 그의 부친도 원했기 때문이었다. 오늘 아침에 노스승들의 심부름으로 책을 가지러 운무대에서 내려온 서비구는 몇 달 전의 그가 아닌 듯 커져 있었다. 훌쩍 자라 동무라 부르기에도 멋쩍었던 탓에 그를 따돌리고 홀로 선창으로 온 참이었다.

멀어져 간 해리가 한 배 안으로 쑥 들어가더니 사라졌다. 짐을 싣느라 수십 명 선부들이 바삐 움직이는 그곳에 천마호(天魔號)라는 깃발을 펄럭이는 중거선(中巨船)이 있었다. 하늘 마귀라는 범상치 않은 이름이니 사람들이 모여 사는 보통 지명을 가리키는 것은 아닐 터이다. 그렇다면 아주 험한 지형을 가진 천마산에서 왔을 텐데, 천마산이 어디 있을까. 중거선이니 대륙에서 오지는 않았을 것이다. 대륙을 오가는 배들은 거의 거선들이었다. 그렇다면 천마호는 본국 어딘가에 있는, 바다와 가까운 산일 것이다. 바다는 하나라고 선언한 해리는 천마호를 타고 바다에서 와서 바다로 다시 나간다고 했다. 그의 바다, 그의 천마산이 어디에 있을까. 인은 그걸 물어보기 위해 해리를 따랐다.

다님은 간밤에 누왕인 처소의 불이 꺼지는 것을 보지 못하고 잠들었다.

새벽에 깨어났더니 아이 방의 불이 아직 켜져 있었다. 불을 켜놓고 잠들었나, 들여다보았더니 아이는 그때까지 등잔대 아래서 책을 베끼고 있었다. 요새 인이 빠져있는 책은 순자(荀子)의 저작이었다. 《예론(禮論)》과 《천론(天論)》 등. 다님은 시늉으로만 읽었던 책이라 그 내용을 자세히 몰랐다. 천지가 화합하여 만물이 생겨나고, 음양이 접촉하여 변화가 일어난다는, 알 듯도 하고 모를 것도 같은 내용이 《예론》이었다. 《천론》에서는 하늘의 직무가 이미 서고, 하늘의 업적이 이미 이루어짐에 따라 형체가 갖추어지고 정신이 생겨난다는 말을 하고 있다는 것을 어렴풋이 알 뿐이었다. 고학(古學)들이 책으로 써놓은 글을 읽으면 참 당연한 말씀들만 하는 것 같았다. 그런데 다시 생각해 보면 너무나 어마어마한 말씀들이라 계속 생각하기가 쉽지 않았다. 읽고 잊어버리는 것도 그 때문이었다.

누왕인은 그런 말이 쓰인 책을 수십 번 읽다가 수십 번 필사했다. 스승들에게도 수시로 묻지만 어린 탓에 내용을 이해하지 못하면 통째로 외울 때까지 그것에 매달렸다. 다님은 인이 학당의 공부가 끝나고 집에서 밥을 먹은 뒤 서고로 가서 그곳에서 제 몸피만 한 대나무책자에 엎어져 있는 걸로 여겼다. 아니, 사실은 오후 내내 작은 선창 안쪽에 있는 단주당(團主堂)에서 사람들을 겪었다. 아이에 대해 생각도 하지 않았다. 집에 돌아왔다가 간밤에 아이가 잠을 자지 않았던 게 문득 생각났고 아이 방을 들여다보았는데 인이 없었다. 서고에서 잠들었겠구나, 하여 시녀 월이에게 인을 데려오라 하였더니 월이가 돌아와 아이가 보이지 않는다고 했다. 뿐더러 점심 이후에 아이를 보았다는 사람이 아무도 없다는 것이었다.

해질녘부터 아이 찾기를 시작해 해가 완전히 저물었는데 이림 안 어디에도 아이가 없었다. 각 집의 창고나 헛간은 물론 다락들까지 뒤졌음에도 아이가 나타나지 않았다. 이림 안의 칠십여 호 식솔들 오백여 명이 이림당 마당으로 모여들었다. 누왕인이 사라졌다는 소식에 몰려온 당주들이며 구림 사람 일백여 명이 가세하니 이림당 안팎이 터질 듯 시끌벅적했다. 모두, 자신들이 언제 소군(小君)을 보았는지 떠들고 있는 것이었다. 수백 개의 횃불들이 초저녁 바람 속에서 흔들렸다.

집사 자승진이 한 아이를 끌고 다님 앞으로 나섰다.

"단주님, 이 아이는 와장촌(瓦匠村) 충희의 아들 서비구입니다. 운무대 학동으로 책을 가지러 아침에 내려왔습니다. 점심 뒤 서고에 들르셨던 소군께서 서고를 나서시어 포구 쪽으로 걸어가시는 걸 뵈었다 하니다."

"그래요? 그랬느냐, 서비구? 누왕인을 보았느냐?"

"서가 사이를 거니시다가 바람 좀 쐬야겠다 하시면서 서고를 나가셨나이다. 제가 뒤를 따라 나갔더니 마을 입구에서, 나 금방 올 거니까 가서 공부하고 있어, 하셨나이다."

"그러면서 간 방향이 포구 쪽이었다고?"

"예, 단주님."

"그게 정확히 언제, 몇 시쯤이었더냐?"

"미시는 넘었사옵고, 신시는 되기 전이었으니 미중시쯤이 아닐까 하나이다."

"말하는 품새로 보건데 네가 몹시 영특하구나, 서비구야. 그러고는 인을 못 보았느냐?"

"예, 단주님. 제가 소군을 쫓아가야 했는데, 죄송하나이다."

"아니다. 누왕인의 고집을 누가 말리겠느냐. 네 탓이 아니다."

서비구를 다독인 다님은 덜덜 떨리는 몸을 기를 쓰며 가누면서 이림당 마루로 나섰다. 다님이 서자 사위가 차츰 고요해졌다.

"이 아이, 서비구가 미중시쯤에 누왕인을 보았다 하오. 이후 그를 본 사람이 있소?"

없음을 알면서도 확인해 본 것이었다. 역시나 아무도 왕인을 보았다고 나서지 않았다. 기가 막혔다. 어떻게 아무도, 포구로 가는 아이를 못 볼 수가 있는가. 자식 셋을 놓친 뒤 간신히 하나 건진 아이였다. 간신히 하나 건졌으므로 이구림 사람들은 누구나 자신들의 주군이 될 누왕인을 자신들의 친자인 양 형제인 양 어여삐 여겼다. 먼먼 대륙에 있는 사루사기가 이구림의 현재이듯 여덟 살 왕인은 이구림의 미래였다. 그만치 귀히 여기며 마음으로 받들었다. 그가 이구림 안 어디에서 무얼 하건 걱정할 필요가 전혀 없었다. 석기 할아범이 돌아간 뒤 아이에게 시위를 붙여놓지 않은 것도 그 때문이었다.

"누왕인은 어젯밤에 밤새 책을 읽으며 잠을 자지 않았어요. 미중시 이후에 인은 아마도 어드메서 정신없이 잠들어 있을 것이오. 다시금 흩어져서 그를 찾아주시오. 한 시진 뒤, 술시 말까지 아이를 찾지 못하면 이구림의 모든 영토를 향해 망월정의 종을 울리게 될 것이오. 담로성에서 우리 이구림에 무슨 일이 생겼는지 알게 될 것이고, 월나악에 가 계시는 영주님께서도 누왕인의 실종에 대해 아시게 되겠지요. 허니 어디엔가 잠들어 있을 아이를 속히 찾아내어 주시기 바랍니다. 영주님께서 아시기 전에, 속히요."

사루한소는 다님에게 단주석을 이양한 뒤로 한번 운무대에 오르면 한두 달씩 내려올 줄 몰랐다. 근자에는 귀향한 사고홍 박사까지 어울려 노인들의 말년이 현실에서 한층 더 유리되었다. 그런 어른들에게 하룻밤일지라도 아이를 잃어버린 적이 있다는 말씀을 어찌하랴. 아니, 하룻밤으로 끝나지 않은 사달이 난 것이라면.

마당의 사람들이 흩어지려는 참에 말발굽 소리가 나더니 수비대장 대만이 이림당 마당으로 들어왔다.

"단주님, 두불객점의 칠득이가 소군을 뵌 것 같다는 말을 하더이다. 검은 깃발이 펄럭이는 배에 파란 옷을 입은 아이가 오르는 것을 보았다는 것으로 짐작컨대 소군께서 천마호에 오르신 것 같나이다."

"천마호라면, 신시에 떠나간 압주상단 배가 아니오. 압주상단이 우리 아이를 왜 싣고 가지요?"

압수나루에 본거를 둔 압주상단에서 이번에 선적한 물품은 종이 일천 접과 건어물 오천 쾌였다. 압주가 본국백제의 북단이라 산이 첩첩해도 닥나무가 자라지 않는 바 종이를 만들지 못했고, 산이 첩첩이라 생선 접하기가 쉽지 않으므로 매년 이른 봄이면 그 두 가지 물건을 구하러 상대포구에 왔다.

"천마호 선장이나 수부들이 소군이 배에 오르신 걸 몰랐겠지요. 설마 일부러 태워가지는 않았을 것입니다. 호무 선장이 그럴 사람이 아니지 않습니까."

그의 말대로 십 수 년 전부터 상대포에 들르는 호무는 그런 사람이 아니었다. 몸집이 크고 큰 몸집을 다듬지 않아 거칠어 보여도 사리가 분명하고 호방했다. 아이를 납치해 갈 사람이 아닌 것이다. 누대로 압주상단과 척진 일이 없었고 다님이 상대포상단을 맡은 이래로도 그들이 원한을 가질 만한 일은 없었다. 이번에도 덤으로 종이 오십 접과 건어물 일백 쾌를 얹어 주었다. 선장 자신에게는 자당과 부인에게 전해 드리라며 무명 두 필을 선물했다. 천마호가 사흘 만에 떠나간 것도 거래가 무난했던 덕분이었다. 하지만, 아이를 일부러 태워가지 않았다면 어찌 이런 사태가 어찌 일어날 수가 있는가. 왕인은 영민했다. 나이에 어울리지 않은 고집을 지녔어도 그만치 속이 깊었다. 제가 이렇게 사라지매 온 이구림이 어떤 상태에 빠지리라는 것을 알고도 남는 아이였다.

"어쨌든 지금 솔재당주가 구림호를 몰아 포구를 나갔습니다. 천마호는 익주나루에서 선주를 태우기 위해 기항할 예정이라 하더이다. 순풍이 불고 있으니 천마호는 늦어도 내일 아침에는 익주나루에 도착할 것입니다. 아침에 도착한 그들이 선주를 태우고 짐을 싣자면 최소한 반나절쯤은 그곳에서 머물 터이고, 구림호는 짐 없이 나갔으니 그들이 익주나루에 머무는 동안에 천마호를 만날 수 있을 것입니다. 혹은 ㄱ전에 천마호 안에서 우리 소군의 승선을 발견하고 배를 되돌려올지도 모르고요."

납치되었다면 차라리 나았다. 납치도 입에 걸기 무서운 판이나 사고를 당해 바다로 들어가버린 것이라면 어찌할 것인가. 대만이 하지 못한 말이 그것이었다. 다님은 덜덜 떨리는 몸을 가누며 이림당 마루를 내려섰다. 두불객점의 칠득이라는 아이라도 만나봐야 할 것 같았다. 대만이 칠득을 데려오지 않은 것은 그 아이가 칠뜨기이기 때문이었다. 아이가 어떻게 포구로 들어왔는지는 모르나 일 년 전 두불객점 앞에서 발견된 아이는 열 살쯤이나 되었을 법한데 일곱 달 만에 태어난 배냇병신인 양 말을 제대로 못했다. 때문에 아이 이름이 무엇인지 어디서 왔는지 알 수 없었다. 아이를 거두어 칠득이라 이름 짓고 두불객점에다 아이를 붙여 놓았으나 아직 잔심부름조차도 못한다고 했다. 그저 먹고 자고 선창을 어슬렁거릴 뿐이었다. 멀쩡한 아이였다면 제 눈에 띈 푸른 옷의 왕인이 큰 선창에서 타곳 배에 오르는 걸 멀거니 보고만 있었을 까닭이 없었다. 그래도 다님이 지금 할 수 있는 일은 고작해야 칠득이라도 만나보는 것뿐이었다. 대만이 사람들에게 다시 흩어져서 소군을 찾으라 지시하며 몰고 나갔다.

이림당에는 시녀들과 아기 아직기를 업은 버들과 다님과 여누하만이 남았다. 아기 아직기는 한성에서 왔다. 작년 초 소야궁의 시녀 개미가 갓난아이를 안고 나타나 루사기의 아들이라 했다. 누가 낳았다고는 말하지 않았으나 루사기의 아들이라 하였으므로 다님은 아이를 받아들여 아직기라는 이름을 지어 버들의 품에 안겨주고 유모를 붙였다. 일 년여 만에 젖을 뗀 까닭은 유모였던 장구어멈에게 새로 태기가 생기는 바람에 젖이 마른 탓이었다.

"밤바람이 아직 차오, 버들. 아이들 데리고 안에 들어가 계시구려. 내 두 불객점에 잠시 다녀오리다."

다님이 자신의 시위들과 나가며 말했다. 돌잡이 아이를 업은 버들은 완전히 넋이 나가 있었다. 시녀들을 지휘하여 집안 살림을 하고 여누하와 누왕인과 아직기를 보살피는 일은 버들의 몫이었다. 점심 때 밥을 먹다가 꾸벅꾸벅 조는 인에게 밥을 떠서 먹였다. 밥을 먹인 뒤 자라고 했더니 서고에 다녀와서 자겠다고 나갔다. 그리고는 지금이었다.

"아씨, 아기씨를 제가 안겠습니다."

시녀 부나가 버들의 등에서 아직기를 빼갔다. 등에서 자고 있던 아기가 자지러지게 울었다. 누왕인을 잃어버렸다고 느낀 순간부터 떨기만 했을 뿐 멍해 있던 버들은 아기 울음소리에 비로소 사태를 깨달았다. 자신이 사루를, 아들을 놓쳐버린 것이다. 울음이 터졌다. 어미가 우니 여누하도 울기 시작했다. 여누하는 사실 낮에 포구로 나가던 인을 보았다. 비단촌에 사는 학당 동무 앵무를 따라 그의 집에 놀러가던 길이었다. 구림 이십일리 비단촌으로 가는 지름길은 큰 선창 안쪽의 숲 속에 나 있었다. 그 길로 들어섰더니 희고 노란 민들레들이 송송 피어나 있는 게 보였다. 여누하가 "민들레가 많다!" 외쳤는데 앵무가 "머슴달래가 많지!" 고집을 피웠다. 둘이서 잠깐 민들레니 머슴달래니 꽃이름을 가지고 실랑이를 하는데 인이 혼자 걸어가는 게 보였다.

또 큰 선창에 가려는 게지? 속으로 생각했다. 작년에 돌아간 석기 할아범이 생전에 끄덕하면 인을 업고 큰 선창으로 간다는 걸 옛날부터 알았기에 그리 여겼다. 하지만 아는 체를 하면 따라온다고 할까봐 못 본 듯했다. 인은 책벌레이면서도 귀찮을 정도로 질문을 해댈 때가 있었다. 어디에 왜 가는지 물을 게 뻔했다. 비단촌에서 염색하는 날이라 구경 간다 하면 따라 붙어서 꼬치꼬치 물어대다가 급기야는 비단염색을 배우겠다고 달려들지도 몰랐다. 에구 귀찮아. 여누하는 고개를 흔들고는 앵무를 채근하여 달아났다. 달아나면서도 저리 홀로 나다니면 어른들께서 걱정하실 터인데, 싶기는 했다. 그때 인을 데리고 비단촌으로 갔어야 했던 것이다. 여누하는 제가 인을 마지막으로 보았다는 사실을 발설치 못하고 어미 곁에 붙어서 울기만 했다.

왕인은 문득 잠이 깼다. 몸이 붕 떠 있는 낯선 느낌이었다. 주변이 어둑사한데 파도소리가 들렸고 저쪽에서 작은 말소리가 들렸다. 그들이 들어오는 기척으로 잠이 깬 모양이었다. 여기가 어딘가. 발딱 일어나던 왕인은 짐짝에 부딪쳤다. 방수천에 감싸인 종이 짐 틈새였다. 해리를 좇아 천마호에 올랐고 해리를 만나 배 안을 구경했다. 해리는 천마호 선장의 아들이었다. 장차 선장이 될 것이라는 해리는 네 살 때부터 배를 탔다며 으스댔다. 으스댈 만했다. 해리는 배 위에서 자유로웠다. 한창 물건을 싣던 선부들은 다람쥐들처럼 구석을 통해서 배 안을 훑고 다니는 두 아이에게 시선을 주지 않았다. 왕인을 발견하고 눈을 크게 뜨던 선부들도 금세 내릴 아이거니 웃고 말았다. 이림호나 구림호와 비슷한 구조의 천마호는 배의 맨 아래칸에 노잡이들이 있었고 중간에 짐이 쌓였고 맨 위가 선장실이며 선부들의 쉼방이 있는 갑판이었다. 짐칸을 구경하던 참에 해리가 누군가의 부름으로 금세 다녀오겠다며 나갔다. 왕인은 종이가 잔뜩 쌓인 짐짝을 손으로 쓸어보고 냄새도 맡아보다가 짐짝에 기대어 앉았다. 앉았더니 졸렸다. 그래서 해리가 올 때까지만 졸기로 했다. 그러다 잠들고 만 것이다.

얼마나 졸았을까. 배가 출렁이고 있는 것을 보아하니 얼른 내려야 할 것 같은데 저쪽에서 속삭이는 사람들이 짐짝 사이에 있는 왕인의 존재를 모르는 것 같았다. 그들이 나간 뒤에 나가는 게 좋을 성싶어 왕인은 짐짝에 몸을 붙인 채 가만있었다. 그들의 말소리가 들렸다.

"그러니까 익주에 도착하기 전에 일을 끝내야 한다는 것이지."

"정말 단주가 속아주시리까?"

"그래서 사고로 위장하자는 거 아닌가."

"해리는요?"

"사고로 위장하자면 해리도 치워야지 어째. 자네, 맘이 흔들리고 있는 거 아니야?"

"배가 이리 순항할 줄 몰랐지 않습니까. 계획을 변경하는 것이 찜찜해서 그렇지요."

"계획이란 게 상황 따라 달라지기 일반이라 계획이지. 선장과 단주를 한꺼번에 해치우는 것보다 따로따로 하는 게 쉽다는 건 분명하잖아. 선장 부자가 일어나기 전에 행하자고."

"혹시 지금 깨어나 계시면요?"

"아니야, 간밤에 갑판장과 늦도록 마신 술의 양으로 보자면 아직 깰 수 없어. 지금 가자고. 자연스럽게 가서 상황을 살피고 가능할 것 같으면 해치우자고. 혹시 이미 깨어 있다면 원래 계획대로 단주를 태운 뒤에 결행키로 하고."

"허면 일단 가보지요. 무리하기는 없깁니다, 절대로."

"일이 틀어지면 내 목숨도 없는데 어떻게 무리해."

저들이 누구일까. 그들의 말을 듣는 동안 왕인은 오금이 저렸다. 오줌도 마려웠다. 익주나루가 가까운 모양이었다. 그러니까 꼬박 밤을 달려와 새벽이 된 것이다. 이 일을 어찌할까. 오줌도 마렵고 이구림에서 말도 없이 사라지는 큰일을 저질렀다. 그보다 당장은 해리와 그의 부친에게 큰일이 나게 생겼다. 이 어둠 속에서 저 두 사람보다 앞서서 선장실에 닿을 방법이 무엇일까. 방법을 알 리 없었다. 해리가 죽을지도 모른다는 조바심이 앞서 아무 궁리도 생기지 않았다. 왕인은 그들이 종이짐칸을 나가자마자 배자와 두건과 신발을 벗었다. 옷자락을 펄럭이지도, 신발 소리도 없이 그들보다 앞서서 선장실로 가자면 그래야 할 것 같았다. 짐칸은 선적한 물건들이 덜 움직이게 하기 위해 칸칸이 나뉘어 있었고 가운데로 통로가 나 있었다. 통로 끝에 위로 올라가고 아래로 내려가는 계단이 있었다. 그 계단은 배의 앞머리로 통해 있었다. 얼굴도 이름도 모르는 두 사내가 나간 곳은 그 큰 계단이었다. 왕인은 통로 반대편의 비상계단으로 더듬더듬 걸었다. 비상계단은 배 밑창까지 심어진 돛대에 넝쿨처럼 감겨 있었다. 어제 해리와 사다리로 되어 있는 비상계단을 타고 짐칸으로 내려온 참이었다.

갑판 위 뚜껑을 힘겹게 밀어 올리니 들려졌다. 돛이 펄럭이는 소리가 먼저 들렸다. 이제 날이 막 밝으려는 참이었다. 회청빛 새벽이 갑판 위에 드리워지고 있었다. 펄럭이는 돛의 뒤편에 누각처럼 지어진 선장실이 있었다. 왕인은 저만치서 돛줄을 잡고 있는 선부 둘을 확인하고는 선장실로 뛰었다. 선장실은 다섯 계단 위에 있었다. 기왓장 넓이만 한 유리창이 달린 문이 있었고 유리에는 가리개가 내려졌다. 문이 쉽게 열리지 않았다. 왕인은 두 손으로 힘껏 문을 잡아당겼다. 발칵 문이 열렸다. 그 바람에 어제 잠깐 뵌 선장이 발딱 일어났다. 왕인은 문을 힘껏 잡아당기고 안에서 고리를 걸었다. 고리를 걸고는 유리창 가리개를 확인하고는 다짜고짜 선장의 무릎 앞으로 무릎걸음을 걸었다. 선장이 사태를 파악하느라 눈을 비비더니 말했다.

"너, 어제 그, 그놈 아니냐. 너 내리지 않았더냐? 이런 어처구니없는 놈을 보았나. 너, 집을 나온 게냐?"

"쉿, 선장님. 제, 제가 어제 짐칸에서 잠이 들어 내리지 못했습니다. 하여 좀 전에야 잠에서 깼나이다. 깨다가 어떤 두 사람이 속삭이는 소리를 들었어요. 이, 익주나루에 도착하기 전에, 선장님과 해리가 잠에서 깨기 전에 치우고 사고로 위장하자는 것이었습니다. 선장님이 이미 깨어 계시면 오늘 밤 단주가 타신 뒤로 일을 미루자 하였고요. 치, 치우자는 것이 죽인다는 뜻이지요?"

"네 말이 분명하니 잠이 덜 깬 것은 아니로구나. 어찌 생긴 자들이더냐?"

"어, 어둡고 무서워서 모, 목소리만 들었나이다."

"해서 시방 그들이 온다고? 이리로?"

"예, 선장님. 자연스럽게 보이도록 다가든다고 하였어요. 저는 그냥 비상계단으로 막 왔고요."

"그래? 그렇담, 어디 보자."

선장이 왕인을 번쩍 안더니 잠들어 있는 해리 곁에다 뉘고는 이불을 덮어 주었다.

"너는 꼼짝 말고 있거라."

왕인의 이마를 톡톡 건드린 선장이 돌아서 머리를 추스르더니 궤에서 장검을 꺼내들었다. 검을 검집에서 꺼내지는 않고 왼손에 잡았다. 문으로 가 창문 가리개를 슬쩍 올려 밖을 살폈다. 이구림의 중선과 거선에도 선장실에는 유리창이 달려 있었다. 유리는 한성의 왕귀족들만 사용하는 물품이라 했다. 배에서 선장은 왕귀족과 같았다. 선원 모두의 목숨을 책임지고 있거니와 선주의 재산을 지키는 사람이기 때문에 그와 같은 대접을 받는 것이고 선장실에서 밖을 내다볼 수 있어야 하기 때문이었다. 그런 것을 왕인은 석기 할아범에게서 배웠다. 석기 할아범은 책에 쓰여 있지 않은 모든 것들을 가르쳐주는 스승이었다. 그는 산으로 돌아가지 않고 바다로 돌아간 게 맞는 것이다.

"나와 해리를 해치우고 사고로 위장하려는 자들이 누군지 알겠다, 꼬마야."

창을 내다보다 중얼거린 선장이 가리개를 내려뜨리며 인을 돌아보았다.

"헌데 네 이름이 뭐라고 했느냐?"

"저는 이구림의 사루왕인입니다."

"사루, 왕인? 이구림 영주, 사루한소 님의 손자, 다님 단주의 아드님이라고?"

"예. 제가 철이 없어 큰일을 저지르고 말았나이다."

"도련님이 사루한소 님의 손자이시라면 큰일을 내신 건 맞소이다. 더불어 소인도 큰일을 내고 만 것이고요. 어쨌든 도련님, 우선 저놈들부터 잡아놓고 봅시다. 잠든 체하십시오. 소인도 잠든 체하여 저놈들이 실제로 나를 해치우러 들어오는지 볼 참입니다."

왕인이 해리 곁에서 몸을 웅크리며 눈을 감았다. 선장이 문의 고리를 풀어놓고 자리에 눕는 기척이 느껴졌다. 선장님의 무예는 어느 정도일까. 보륜사 스승님만큼 깊을까. 외숙 미르만큼 높을까. 아버님은 태자 전하의 측위대장이시고 태자친위군의 장군이신데, 아버님 무예는 어느 만큼이실까. 왕인의 가슴이 콩닥콩닥 뛰었다. 꿈을 꾸는지 해리가 곁에서 움직였다. 왕인은 그를 끌어안았다. 해리를 안으니 뛰던 가슴이 잔잔해졌는데 문이 움직이는가 싶다가 살며시 열렸다.

왕인의 가슴이 다시 쿵쿵 뛰었다. 해리와 선장이 저들에게 죽는다면 자신도 죽을 것이다. 나도 바다로 돌아갈 수 있을까. 할아범처럼 칠십이 년을 살지 못했어도 그럴 수 있을까. 왕인은 해리를 끌어안은 채 떨리는 몸을 가누려 애썼다. 차라리 해리처럼 잠들어 버렸으면 싶은데 선장이 움직이는 소리가 들렸다. 휘릭 소리에 이어 억, 하는 비명이 났고 챙, 칼이 떨어지는 소리가 나더니 연이어 털썩, 퍽 무너지는 소리들이 들렸다. 이어 선장실 밖에서 종소리가 마구 났다. 선장이 실내에 연결된 종 줄을 잡아당긴 것이었다. 왕인은 더 이상 참지 못하고 벌떡 일어났다. 그 바람에 해리도 움직이더니 눈을 비비며 일어나 앉았다. 문 앞에 두 사람이 쓰러져 신음을 흘리고 있었다. 쓰러진 그들 주변으로 피가 낭자했다. 한 사람의 손목이 댕강 잘려나가 손이 피 속에서 혼자 움직이다 부르르 떨었다. 또 한 사람은 제 다리를 끌어안은 채 피를 줄줄 흘렸다. 온몸이 피투성이였다. 왕인은 비명을 지르려는 자신의 입을 두 손으로 막았다.

선장실 문이 벌컥 열렸고 선부들이 들어오다 놀라 고개를 돌리거나 엎드렸다.

"이놈들을 끌어내어라. 나를 죽이고 이 배를 장악한 뒤 익주포구에 닿아 단주님을 태운 뒤 해하려던 놈들이다. 배후가 있을 것인즉, 죽지 못하게 지혈을 해주어라. 돛을 접고 닻을 내려라. 방을 치우고. 도련님, 이 방을 치우는 동안 도련님께서는 나가 계셔야겠습니다. 일어서십시오. 이놈, 해리야. 너도 따라 나오너라."

갑판으로 나가자마자 선장이 난간에 서서 바다를 향해 소변을 봤다. 선장과 멀찌거니 선 채 왕인도 바다를 향해 오줌을 눴다. 해리가 곁으로 바싹 다가와 바다를 향해 고추를 겨눴다. 오줌을 누고 괴춤을 추스르던 해리가 속삭였다.

"미안해, 인아. 어제 내려갔더니 네가 쿨쿨 자더라. 좀 있다가 깨워서 보내야지 하고 나왔는데 배가 뜨는 바람에 널 잊어버렸어. 너 큰일 났지. 부모님이 걱정하실 건데."

"큰일 났지. 이구림이 뒤집혔을 거야. 어쩌면 지금쯤 이쪽으로 우리 배가 오고 있을 거고."

"우리 배? 이구림이 뒤집혔을 거라고? 왜에?"

"내가, 안 하던 짓을 아무도 모르게 했으니 그렇지."

"네가 누군데?"

"나? 나는, 나는 사루왕인이지."

"사루왕인이 뭔데?"

왕인은 말문이 막혔다. 사루왕인이 뭘까. 내가 하루나 사흘쯤 사라지매 이구림 영토에 속한 모든 백성들이 찾아나서는 걸 당연하게 여기고, 그걸 걱정하고 있는 나는. 이구림을 한 번도 떠나본 적이 없으면서 대륙을 상상하는 나는? 구해국의 십오 대 사루이면서 백제의 역사와 현재를 공부하고 있는 나는?

"사루왕인은 이구림 상대포상단의 아이야. 우리 곳에서는 아이가 사라지면 모두 찾아나서. 때문에 열 살이 되기 전에는 혼자서 선창 같은 곳에 나다니지 않아야 해. 그런데 내가 금기를 어겼어. 선장님께서 우리 곳으로 배를 돌려주실까?"

"넌 말을 참 어렵게 하는 놈이구나. 암튼 나 때문에 네가 큰일 났고, 너 때문에 나도 큰일 났어."

"네가 왜?"

"두고 보면 알아. 에구, 이놈 해리야!"

제 이름을 부른 해리가 까치집처럼 엉킨 제 머리통을 툭툭 쥐어박았다. 미끄러지듯 익주나루를 향해 달리던 배가 돛을 내렸다. 닻도 내려졌다. 배가 함지박 물에 뜬 바가지처럼 움직이지 않았다. 선부 이십여 명과 노잡이들 칠십여 명이 모두 갑판으로 나왔다. 일백여 명이 갑판에 옹기종기 모였다. 두고 보면 안다는 해리의 말은 그가 돛대에 묶이는 벌을 받는 것이었다. 그렇게 오늘 해질녘까지 묶여 있을 것인가, 묶인 채 밧줄로 스무 대를 맞은 뒤 풀려날 것인가. 해리가 소리쳤다.

"맞겠습니다, 선장님."

배에 타지 않아야 할 사람이 탔으매 그가 누구인지 알아보지 않은 게 해리의 잘못이었다. 타지 않아야 할 사람을 내려놓지 않고 출발해버린 게 두 번째 잘못이고, 태우고 잊어버린 게 세 번째 잘못이었다. 추가로, 장차 선장 될 놈의 주의력이 그만큼밖에 되지 않는 게 잘못이었다. 갑판장이 밧줄로 해리를 네 번째 치는 동안 선장이 해리의 잘못을 조목조목 일렀다. 짐승 가죽으로 꼬인 긴 밧줄이 해리의 작은 몸을 사정없이 휘감았다. 얼굴이며 목에 핏줄이 새겨졌다. 해리는 비명을 지르지 않았다. 대신 왕인이 비명을 질렀다. 더는 지켜볼 수 없었다. 왕인이 해리 앞으로 뛰어들었다. 두 팔을 벌려 해리의 몸을 막으며 소리쳤다.

"제, 제 잘못입니다, 선장님. 제가 혼자 멋대로 승선한 거예요. 해리는 저한테 집으로 가라고 했사온데, 제가 천마산이 어디 있는 산인지 궁금하여, 그걸 물어보려고 배에 올랐던 겁니다. 그리고 제가 잠들어 버리는 바람에 못 내린 겁니다. 해리를 용서해 주세요."

"도련님 몫의 잘못은 이구림으로 돌아가서 그쪽 어른들께 벌을 받으심이 마땅하십니다. 해리의 잘못은 해리가 감당함이 마땅하고요. 비키십시오."

"아, 아니오, 못 비킵니다. 해리를 용서하실 수 없으면 저도 함께 때려주세요."

"맞아본 적이 있으십니까?"

"아, 아니오."

"헌데 맞겠다고 나서십니까?"

"저로 인해 시작된 일이지 않습니까. 해리가 혼자 감당하게 함은 제가 비, 비겁합니다. 저는 사루입니다. 사루는 비겁하면 아니 됩니다."

왕인이 스스로 무슨 소리를 하는지도 모르는 채 외치는데 뒤에서 해리가 소리쳤다.

"야, 사루왕인. 너 대체 뭔 소리를 하는 거냐? 골샌님같이 희멀겋게 생겨가지고. 야, 나는 괜찮아. 몇 대 맞는다고 안 죽거든. 그러니까 너 얼른 비켜. 얼른 맞고 끝내게."

멀찌감치 둘러선 선부들이 크크 웃었다. 밧줄을 손에 감아쥔 채 해리를 치려던 갑판장도 돌아서서 웃고 있었다. 선장은 웃지 않았다.

"허면 내가 해리를 용서해 주어야 할 까닭을 다시 말씀해 보시오. 나를 설득해보라, 이 말씀이오."

"처, 첫째로, 해리가 저질렀다는 잘못은 저로 기인한 것이라 저에게 책임이 있습니다. 둘째로는 이구림의 사루인 제가 선장님께 청원 드리고 있기 때문이고요. 셋째로는 해리와 저로 인하여 이 천마호에서 생겼을지도 모를 소, 소요를 선장님께서 다스리셨기 때문에 저와 해리를 용서해 주서도 무방합니다. 아니, 무, 무방하실 것 같나이다."

선장이 재채기를 하듯 웃음을 터트렸다.

"다들 들어라. 예 계신 사루왕인 공자는 이구림 영주님의 손자이시자 상대포상단 다님 단주의 아드님이시다. 사루공자를 이구림으로 모셔가야 한다. 때문에 우리는 한 식경 뒤에 배를 움직여 익주나루로 들어갈 것이고, 거기서 단주님께 연통할 자를 내려놓고 곧장 돌아서 상대포로 갈 것이다. 항로가 뻔하니 가다가 상대포에서 사루 공자를 찾아 달려오는 그쪽 배를 만날지도 모른다. 가는 동안 눈을 부릅뜨고 상대포의 배를 찾아라. 해리를 풀어주고, 두 아이를 선장실로 데려다 놓아라. 그리고 반역한 두 놈을 끌고 오너라."

선부 둘이 다가오더니 한 사람이 왕인을 번쩍 안아들었다. 또 한 사람이 해리를 묶은 밧줄을 풀고는 해리를 안아냈다.

"여기 꼼짝들 마시고 계십시오. 보기 좋잖은 일이 벌어질 것이니 굳이 바깥 내다보려 하시지들 마시고요."

두 선부가 왕인과 해리를 선장실에 내려놓고 그렇게 말하고 나갔다. 문이 닫히자마자 해리가 창 가리개를 열어젖혔다. 왕인도 그 곁으로 다가들어 창밖을 내다보았다. 아침 해가 눈부시게 떠오르는 참이었다. 눈부신 아침 햇살 속에 한 팔과 한 다리에 시뻘겋게 물든 천을 감은 두 사내가 널브러져 있었다. 왕인은 아까 보았던 저 혼자 움직이던 손이 어디 있을까 하여 돌아보았다. 잠깐 사이에 선장실은 아주 말끔히 치워져 있었다. 피비린내만 약간 남은 듯했다.

"사루왕인, 네 덕분에 목숨을 구하고 네 덕분에 매를 감했다."

"그건 내 덕이 아니라 네 덕이지. 암튼 저들은 누구야?"

"저 왼쪽에 있는 한손잡이는 부갑판장이고, 오른쪽에 있는 쩔뚝이는 항해사야. 항로를 읽는."

"부갑판장과 항해사가 왜 선장과 단주를 해하려 했을까?"

"이제 곧 알게 될 테지 뭐."

"저들은 어떻게 돼?"

"나도 몰라. 나도 이런 일은 첨이거든. 아무튼 네가 상대포 단주님 아드님이라면서? 그럼 나중에 너는 상대포상단의 단주가 되겠네?"

"아니, 나는 아마 단주가 되지 못할 거야. 우리 어머님의 뒤를 이어 단주가 될 사람은 따로 있을 거야."

"그게 누군데?"

"여누하. 여누하는 내 누이야."

"혹시 어제 노란색 옷을 입고, 노란색 댕기를 매고 있던 아이야? 너희 학당에서?"

"어제 우리 학당에 왔었어?"

"어. 이틀 동안 피리객점에 머물렀는데, 도무지 애들이 보이지 않아서 주인한테 대체 이 동네는 왜 애들이 없냐고 물었더니 주인이, 애들은 전부 다 학당에서 공부하고 있을 때라잖아. 학당에서 무슨 공부를 하느냐고 했더니 글공부한대. 난 글자를 배워본 적이 없잖아. 갑자기 학당이 궁금해서 도둑놈처럼 이림 안으로 들어가봤어. 학당을 엿봤고. 넌 못 봤지만 그 애, 샛노란 옷을 입고 노는 계집애를 봤어. 샛노래서 개나리꽃같이 잘 보였거든. 거기다가 그 애가 대장이더라고. 네가 이미 대장이니 네 누이라면 그 애도 대장이겠지? 그렇지?"

"어제 여누하가 무슨 색 옷을 입고 무슨 색 댕기를 드리고 있었는지 나는 잘 생각나지 않지만, 너한테 대장처럼 보였다면 그 애가 여누하 맞을 거야. 네 말대로 여누하는 이미 대장이거든. 말재주, 손재주가 좋아. 벌써 옷을 지을 줄도 알고. 그래서 여누하가 나중에 우리 상단의 단주가 될 거야."

"여누하가 단주하면, 넌 뭐 하고?"

"나? 나는 글쎄, 내 아버님처럼 대방과 한성과 이구림을 오가면서 살게 되지 않을까."

"네 아버님은 대방에서 뭘 하시는데?"

"태자 전하를 모신대."

"왜?"

"왜? 왜라니?"

"상대포와 이구림의 주인이시면서 왜 가솔들을 내버려두시고, 백성들도 내버려두시고 머나먼 대방에서 태자님을 모시고 있어? 가솔들과 백성들은 누가 지키는데?"

"가솔은 가솔들끼리 지키는 거 아니야? 아버님은 큰 뜻을 펼치시는 거고."

"무슨 큰 뜻? 큰 뜻이 뭔데?"

왕인은 또 말문이 막혔다. 아버님은 큰 뜻을 펼치시느라 집에 계시지 못하는 것이라는 말은 어마님에게서 들은 말이었다. 큰 뜻이라는 말이 워낙 커서 아버지의 큰 뜻이 무엇인지 여쭤본 적이 없었다. 큰 뜻은 그냥 큰 뜻이었던 것이다.

"몰라, 나도. 나중에 알게 되면 말해줄게."

"우리 나중에도 만나게 될까?"

"넌 선장이 될 건데, 모든 바다를 다 돌아다닐 건데, 나 만나러 오는 건 쉽잖아."

"그건 그렇지. 알았어. 네가 어디에 있든지 내가 찾아갈게. 만나서 놀자."

"그래."

그래, 하며 창을 통해 갑판을 내다보고 있던 두 아이가 동시에 아, 비명을 질렀다. 손목을 잘려 한손잡이가 된 부갑판장이 수부 네 사람에게 사지가 들려 바다로 내던져졌던 것이다. 풍덩 소리가 선장실까지 들렸다. 선장의 칼에 다리를 베어 절룩발이가 된 항해사가 멀쩡한 두 손을 부여잡고 살려달라고 울부짖었다. 사실대로 다 고하겠노라 외쳤다. 맞잡은 그의 두 손이 피칠갑이었다. 온몸이 피투성이였다. 왕인은 눈을 감았다. 눈을 감은 채 고개를 푹 숙였다.

흰여우바위

한성 고천궁의 서실에는 책이 겨우 이백여 권뿐이었다. 그 대부분이 이림의 서고에 있는 것이었고 간고(簡古)한 책 십여 권 정도가 왕인에게는 새로웠다. 새롭다고는 하나 종이가 없거나 드물었던 시절에 대나무쪽으로 엮인 그것들은 쓰인 문자가 예스러울 뿐 벌써 읽은 《서전(書傳)》과 《역경(易經)》의 〈단사(彖辭)〉와 〈설괘전(說卦傳)〉, 《사기(史記)》 등이거나 그 일부들이었다. 그리고 스무 책의 《백제서기》. 《백제서기》는 작은 할아버지 고흥께서 이림으로 귀향하면서 가져오시어 이미 여러 번 읽었다. 고천궁 서실에서 발견한 새로울 것 없는 새로운 책들의 내용도 다 해독해 읽은 터였다. 고천궁에 온 게 오늘로 다섯 번째였고, 황비께서는 서실을 맘대로 사용해도 좋다고 첨부터 허락하신 덕이었다.

황비님의 혈족이라는 건 참 좋은 일이었다. 궁의 서실을 맘대로 드나들 수 있을 뿐만 아니라 서실에서 살짝 빠져나와 뜰을 맘대로 거닐어도 뭐라는 사람이 없지 않은가. 군데군데 수비병들이 있기는 해도 그들은 석상인 양 선 채로 자신 앞을 어정거리는 왕인을 지켜만 보거나 뜬금없이 눈을 찡 긋하며 웃을 뿐이었다. 공주 유리나와 누이 여누하의 수다는 정말이지 귀가 따가웠다. 둘이 만나면 무슨 웃을 일이 그리 많은지 둘이서만 소곤거리다가 숨이 넘어가지 싶게 깔깔대곤 하였다. 왕인은 서실에 더 있기 무료해서 나왔지만 그들을 피하고 싶어 뒤뜰로 나온 참이었다. 황비께서 장미화를 좋아하시어 몇 해 전에 조성되었다는 장미원에는 장미화가 만발해 있었다. 봄부터 가을까지 계속 꽃이 피어난다 하였다. 요즘 천신도(天神圖)를 그리신다는 황비께서는 날마다 한 차례씩은 장미원에 나오셔서 손수 꽃을 가꾸신다고 했다. 유리나와 여누하도 장미화를 좋아한다는 걸 보면 가시 달린 장미화는 어인들만의 꽃인 모양이었다.

왕인은 장미원보다 그 건너 숲 속에 숨은 가파른 샛길에 관심이 있었다. 열흘 전 왔을 때 발견한 그 샛길은 가팔랐다. 샛길이라기보다 가풀막 길이었다. 가파른 길 끝에 나타날 정상을 기대하며 한 식경쯤 올랐더니 뜻밖에도 드높은 옹벽이 앞을 막아섰다. 고천신궁의 옹벽이었다. 옹벽엔 쪽문이 박혀 있었는데 쪽문임에도 벽처럼 단단하게 잠겨 있었다. 하늘을 치어다보듯 옹벽 위를 올려다보곤 되돌아 내려왔고 그곳에 간 적 없었던 듯 시치미를 떼었다. 유리나는 어쩌면 알고 있는 가풀막길이고 그 끝의 옹벽과 쪽문일지도 몰랐다. 왕인이 거기까지 갔다 왔노라 하면 또 여누하와 더불어 마구 놀려먹으려 들 터였다.

─사내인 네가 신녀가 될래? 신궁은 왜 얼쩡거리고 그러실까?

전날에 고천궁 앞의 대로가 신궁으로 이어져 있다기에 괜히 그쪽으로 걷다가 그리 놀림감이 되었다. 막둥이 아직기는 누이들을 따라 덩달아 형을 놀리는 한편으로 저도 데리고 가라고 졸라댈 것이었다. 그들이 보지 않은 이때가 기회였다. 점심참은 아직 한 시진 정도 남았으므로 그 안에 후딱 올라갔다가 내려오면 되지 않겠나. 왕인은 주변을 슬쩍 둘러보곤 얼른 숲 속으로 들어섰다. 길이 좁고 가파르긴 하나 수백 년 묵은 소나무 숲인지라 소나무 밑 관목들의 키가 높지 않았다. 소나무 숲의 향은 담백하고 정온했다. 오 리 길의 중간쯤에 오르니 평평하여 쉴 만한 지점이 나타났다. 길가에 너른 바위가 있어 지난번 하산 길에 거기 잠깐 앉았기도 했다.

바위에 올라앉으니, 사방에 보이느니 소나무들과 도토리나무 등의 관목들뿐이었으나 새들이 날개를 치고 있었다. 가만 보니 희고 노란 나비도 난다. 나비가 나는 어름에는 흰빛, 보랏빛의 제비꽃이며 노랗고 하얀 민들레들이 피어 있다. 꽃잎들이 나비가 되어 날아다니는 것 같다.

"이리 와봐."

까딱까딱, 나비들을 향해 하릴없는 손짓을 해보던 왕인은 자신의 두 손을 들여다보았다. 월나악 운무봉이 떠올랐기 때문이었다. 지난 이른 봄 부친과 더불어 올랐던 운무대 뒤편 운무봉. 운무봉 동편 바위 틈새에 바위굴이 있었다. 그냥 보기로는 굴이 있는 줄 모르게 가려놓은 바위를 부친께서 지렛대를 써 옆으로 밀자 나타난 굴이었다. 운무봉 바윗굴에 들어선 부친께선 준비해 간 횃불을 만들어 왕인에게 들게 하셨다. 그리고는 굴 안쪽에서 평평하게 놓여 있던 바위 몇 개를 들어내시더니 사각의 기다란 나무함을 꺼내셨다. 검게 옻칠된 함이 열리자 그 안에 다시 옻칠함이 나타났고 그 함 속에 백화수피로 촘촘히 싸인 나뭇가지 형상의 물건이 들어 있었다. 부친은 그 물건에 싸인 백화수피를 천천히 조심스럽게 벗겨냈다. 투박하게 다듬은 나뭇가지 형상의 물건이 나오자 부친이 뚜껑을 열었다. 그 안에 날렵하게 깎은, 나뭇가지 같기도 하고 날이 일곱 개인 검 같기도 한 게 있었다. 그걸 들어 올린 부친께서 말씀하셨다.

—이 검은 이름의 형상대로 목지형검이라 한다. 다르게는 소서노 성모 검이라고도 부른다.

부친께선 그 검에 기와가루를 묻혀가며 공들여 닦으셨다. 밑동부터 위로, 날 하나하나를 골고루 닦으며 검에 얽힌 이야기를 하셨다. 사백여 년 전, 소서노 성모로부터 시조 사루를 거쳐 온 검의 기나긴 역사와, 그 검에 담긴 무수한 피와, 앞으로도 흘릴 수 있는 피에 대해. 신물이라 전해지고 있으나 신물이 아니라 의미인 것이라고. 상징인 것이라고. 왕인은 듣기만 하였다. 부친께서 어쩌라는 말씀을 하시지 않았기에, 절더러 어쩌라는 것이냐고 되묻지는 못했다. 한편으로는 묻지 않아도 될 것 같았다. 눈앞을 흐릿하게 가리고 있던 너울 같은 것이 벗겨져 나간 듯 무엇인가가 확연하였다. 이 구름을 덮고 있는 무엇, 사루왕인을 감싸고 있던 어떤 것들의 실체 같은 것. 그건 스스로 잘 알지 못하는 슬픔 같은 것인 듯했으나, 알고 있었던 듯도 하였다. 목지형검, 성모검.

저 옛날, 배달의 후손이 또 하나의 새로운 나라를 세웠다. 그 환희로 검을 빚어 만세를 기원하였다. 그러나 오래지 않아 소서노 성모는 자신의 영토로부터 내몰렸다. 내몰리며 검을 지니고 나왔던 소서노에게는 두 아들이 있었다. 다시 돌아오고야 말리라, 다짐하며 어머니와 두 아들이 남으로 내려와 대방성에 나라를 세웠고 다시 또 남하하여 마한 땅에 이르러 도읍을 정했다. 그러다가 형제간에 다툼이 일었다. 한 아들이 형을 죽이고 그 어머니를 죽였다. 고흥 박사가 편찬한 《백제서기》〈온조〉 편에는 당시의 상황이 은유적으로 표현되어 있었다.

온조 즉위 십삼 년 이월에 서울의 한 노파가 남자로 변하매 호랑이 다섯 마리를 이끌고 도성을 침범했다. 왕의 어머니 소서노가 육십일 세로 세상을 떴다. 모후의 서거소식을 들은 왕형 비류군이 미추홀에서 도읍으로 달려와 부끄러워하며 후회하다가 죽었다. 비류군 부인 연씨의 행방은 모호하였다.

오월에 왕이, 동쪽에 낙랑이 있고 북쪽에는 말갈이 있으매 그들이 변경을 침입하여 편안치 못하다. 더구나 근래에는 요사스러운 징조가 자주 보이고, 어머니마저 세상을 떴으니 장차 한수 남쪽의 비옥한 곳으로 도읍을 옮기리라 하였다.

사내로 변한 노파가 소서노 성모였고 호랑이 다섯 마리는 그의 신하들을 뜻하는 것이었다. 온조가 자신을 죽이려던 모후를 죽인 사건을 그대로 표현할 수 없어 고흥 박사를 비롯한 태학의 학자들은 모자간의 다툼을 그렇게 썼던 것이다. 어쨌든 어머니에 앞서 죽은 아들에게 후손이 남았으매 그 끝에 현재의 사루왕인이 있었고 소서노의 목지형검이 있었다. 언제 어떻게 알았는지 모르나 그 모든 역사를 왕인은 이미 알고 있었다. 자신이 알고 있음을 깨달았다. 목지형검을 두 손에 받쳐 들었을 때였다. 오랜 세월 어둠 속에서만 지내왔던 탓에 검은 그 빛을 잃고 힘을 잃은 듯하였으나 검을 받쳐 들고 동굴 밖으로, 햇빛 아래로 나섰을 때 검은 차츰 그 빛을 되찾았고 마침내 빛을 뿜었다. 목지형검은 왕인의 두 손에서 푸르게 살아났다. 낱낱의 문자(文字)들 또한 선명하게 떠올랐다.

持此劍者逐百災而致萬全 永傳我後裔哉.

이 칼을 지닌 자 백 가지 재앙을 물리쳐 만사형통케 되리니 나의 후세에 길이 전하노라. 부친께서 그렇게 글귀의 뜻을 읊어주시었다. 왕인이 다섯 살에 글을 읽기 시작했으니 부친의 읊으심은 곧 선조의 말씀을 전하시는 일종의 예식이었다.

휘익.

휘파람 같은 소리와 함께 후다닥 새들이 날아올랐다. 위에서 내리닫는 바쁜 기척에 뒤를 돌아보던 왕인은 저도 모르게 몸을 굽혔다. 흰여우가 나타난 것 같았다. 흰여우가 저만치서 가파른 길을 내려딛는 기색에 새들이 놀라 깃을 치고 있었다. 월나악에 이따금 드나들고 가끔 짐승을 만나기는 해도 여우는 처음이었다. 달아나기는 늦었으니 숨결이나 다스리며 죽은 체할 수밖에 없었다. 흰여우가 사람을 홀린다는 말은 물론 옛사람들이 그냥 지어낸 말이었다. 여우는 그저 이빨과 발톱이 날카로운 날랜 짐승일 뿐이다. 배가 고프면 제 앞의 먹이를 사냥하고 배가 고프지 않으면 그냥 지나치는. 왕인은 지금 여우가 배가 고프지 않기를 바랐다. 그가 배고파 자신을 먹이 삼아 달려든다면 물리칠 수 있는 재간이 없지 않은가.

서비구가 있으면 얼마나 좋을까. 서비구는 두세 길 높이의 바위를 훌쩍 뛰어넘을 만큼 벌써 몸이 날랬다. 흰여우쯤 그에게 아무렇지도 않을 터였다. 해리라도 있었으면. 해리는 지난 정월에 운무대로 올라갔다. 벌써 활쏘기를 잘한다고 했다. 하지만 지금 왕인은 혼자였다. 잔뜩 굳어 엎드린 채 여우가 어서 지나가 주기를 바라며 눈을 질끈 감고 기다렸다. 작년 봄에 운무대에 올랐다가 노스승 보륜사와 산책 중에 활터를 지나게 되었다. 사흘을 궁리하고서야 활쏘기를 처음 해보았다. 가까운 과녁에 열 촉을 쐈는데 일곱 촉이 과녁 밖에 떨어졌다. 보륜사께서 허허, 웃더니 말씀하셨다.

―소군, 문사가 될 그대이매, 문사의 여기(餘技)로 활쏘기는 맞춤할 것
이오.

활쏘기를 계속하라는 말씀이신지 하지 말라는 말씀이신지 애매했고 왕
인은 부끄러웠다. 부끄러움 때문에 운무대에서 보낸 며칠 동안 활쏘기를
부지런히 했으나 과녁 한가운데를 한 번도 맞히지 못했다. 화살이 과녁판
바깥으로 달아나지 않는 것만도 다행이었다.

여전히 눈을 감은 채 엎드린 왕인의 곁으로 뭔가가 휙 지나간 것 같았
다. 사위가 고요했다. 눈을 뜨며 슬그머니 몸을 일으켰다. 일으키다 눈부
신 흰빛에 펄쩍 놀랐다. 흰여우가 면전에서 들여다보고 있지 않은가. 더구
나 여우가 말을 했다.

"뭐 해?"

느리게 말하는 여우는 사람이었다. 여누하보다 작고 깡마른 몸에 너울
같은 흰 옷을 머리에서부터 쓰고 있는 계집아이였다. 정수리에서 늘어뜨
려진 진주방울이 아이의 이마에서 반짝였다.

"그대는 누구야?"

"예서 뭐 해?"

"잤어?"

"여기서?"

"왜?"

"집이 없어?"

"왜?"

"부모가 아니 계서?"

여누하와 다르게 느린 말투로 연신 해댄 질문이 사뭇 많은지라 인에게

질문은 들리지 않고 아이의 목소리만 들렸다. 목소리가 계집아이 같지 않게 낮아서 환청 같았다.

"그대 이름이 뭐야?"

이름이 뭐냐는 질문만이 또렷이 들렸다.

"인이야, 와, 왕인, 누왕인, 사루, 사루왕인이라고도 해. 그, 그러는 그, 그대는?"

계집아이가 웃었다. 그의 이마에서 진주방울이 달랑거리고 정수리에서부터 어깨를 거쳐 발등까지 드리워진 너울이 웃음을 따라 하늘거렸다.

"이, 이름이 뭐냐 묻는데 왜, 왜 웃지?"

"지금 막, 더듬더듬 자기 이름을 줄줄이 읊는 그대를 보면서 그대가 엎드려 있던 까닭을 깨달았거든. 그대는 내가 백호(白狐)인 줄 안 게지? 여우인 줄 알아 숨은 게지?"

흰옷의 아이가 또 웃어대지만 그의 말이 사실인지라 왕인은 부정을 못했다. 또 말을 더듬다니. 재작년 봄 해리를 처음 만났을 때도 말더듬이냐는 말을 들었지 않은가. 얼굴이 달아올랐다. 사람을 여우로 착각하고도 무서워 엎드려 있었던 건 물론이고 말을 더듬은 자신이 부끄러운 것이다. 부끄러우나 명색이 사내인 바 인정할 것은 해야 덜 부끄러울 것이었다.

"차, 참말 백호인 줄 알았어. 무서워 숨어 있었던 거야. 그러게 산중에 그런 차림으로 나타나면 안 되는 거 아냐? 사람 놀래게."

"여기는 내가 곧잘 다니는 내 길인걸. 그대가 침입한 것인데, 주인을 책하면 안 되지."

"그, 그래? 그렇다면 사과할게. 미안해."

"사과까지야. 나는 백호가 아니라 설요야. 엉겅퀴의 혀. 설요(舌夭). 여우나 엉겅퀴나 그대에겐 한가지긴 하겠네. 사루왕인, 나는 저 위에서 내려왔는데, 그대는 어디서 왔어?"

"나는 저 아래 소야궁에 온 손님이야. 그대는 신궁 사람이야?"

대답하려던 설요가 고개를 돌려 위쪽을 바라보았다. 인에게 들리지 않는 어떤 기척이 설요에게는 들리는 듯했다. 뒤늦게 왕인에게도 설핏한 인기척이 느껴지기는 했다. 설요가 속삭였다.

"진짜 백호들이 날 잡으러 오고 있어. 사루왕인, 어서 내려가."

"지, 지켜줄게. 같이 있을게."

짧은 동안 둘의 눈이 마주쳤다. 설요의 큼지막한 눈동자가 새까맣게 빛나는가 싶은데 금세 눈물이 맺혔다. 맺힌 눈물이 흐르지 않고 웃음으로 피었다. 그 난해한 웃음에 인의 가슴 어딘가가 아팠다.

"배, 백호들이 잡으러 온다며?"

"그렇기는 하지만 걱정 마. 그대가 소야궁에서 왔다니 우린 금세 다시 만나게 될 거야. 정말이야. 그들에게 보이지 않게, 사루왕인, 어서 뛰어가."

왕인이 일어난 자리에 설요가 앉으며 손짓했다. 왕인은 돌아서서 내리달렸다. 달리면서 잡으러 온다는 사람들에게서 설요를 지켜주지 못하고 달아나는 자신이 부끄러웠다. 아무래도 활쏘기라도 부지런히 익혀서 용기를 키우기는 해야 할 것 같았다.

목지형검이거나 칠지도이거나

지난해인 을해년(乙亥年, 375년) 동짓달 초하루 저녁참에 대백제 십삼
대 황제가 승하하시었다는 서른세 번의 조종(弔鐘)이 한성 각처로 울려나
갔다. 삼십 년 가까운 치세를 통해 제국백제의 영토를 몇 배나 확장시키고
백성들의 삶을 윤택하게 하셨던 황제의 승하 소식과 더불어 밤이 깊었다.
이미 준비 중이던 장례 절차가 국상 선포와 함께 시작되었다. 석 달 전 황
상의 환후가 돌이킬 수 없게 깊다는 소식에 환도했던 휘수태자는 이튿날
인 동짓달 초이틀 아침에 새 임금의 등극을 알리는 서른세 번의 종소리와
더불어 조용히 즉위했다. 진작부터 사실상 대권을 행사해 왔던지라 새로
운 황제 즉위식은 간소함으로 인하여 오히려 빛났다.

휘수황제는 몇 년 전부터 고천원의 능원에 조성 중이었던 황제 묘원에
부황을 안장하고 능의 이름을 태수(太首) 근초고황제릉이라 붙였다. 태수
황제릉의 부장품에 선황제들과는 다른 물목 한 가지가 들어갔는 바 그것

은 지난해에 편찬이 끝난 《백제서기》 열세 권이었다. 총 이십 책으로 엮인 《백제서기》를 태수황제릉에 부장한 까닭은 돌아온 곳으로 돌아가는 황제를 통해서 선황제들에게 대백제의 현재를 올리고 선대의 가호로 백제가 무궁하기를 빈다는 의미였다. 신녀 일백 명을 거느린 제일신녀 효혜의 기원이 하늘에 닿았던가. 한수로부터 때 아닌 바람이 일더니 무지개가 피어올라 고천릉원까지 드리워졌다.

선황제의 승하와 새 황제의 즉위로 어수선하고 들뜬 가운데 을해년이 가고 병자년(丙子年) 봄이 왔다. 천지간에 꽃이 피었다 지고 또 피어나 있었고 황후궁 대안전(大岸殿)의 꽃밭이 그중 으뜸으로 화려했다. 봄이 거의 지나고 초여름 사월이 되었건만 아이황후의 가슴속은 아직 겨울이었다. 황후는 이제 마흔다섯 살이었다. 황상보다 두 살 아래였다. 철들기 전부터 휘수 왕자의 짝으로 정해졌던 탓에 그가 대륙에서 돌아오기를 기다려 혼인을 했다. 태손을 낳은 몇 년 뒤 뜻하지 않게 태자비가 되었고 권력을 누렸으며 마흔다섯 살에 황후에 올랐으니 일인지하 만인지상, 여인으로서는 더할 나위 없는 생이었다. 모자랄 것이 없었다. 다만 한 가지가 모자랐다. 아니 모자란 정도가 아니라 아예 없었다. 지아비는 있으되 지아비의 마음을 가져본 적이 없었다. 일순간도 받아본 적 없는 지아비의 마음은 언제나 이궁의 것이었다. 작금에는 황궁이 이 한성궁이 아니라 고천원인 듯했다. 황제가 행차하시는 곳이 곧 황궁이매 환도한 이후 황상이 사흘이 멀다 하고 삼십여 리 길인 고천이궁으로 행차하여 그곳에서 밤을 나니 고천이궁이 황궁 같은 것이다. 황제가 그리 자주 행차하니 원래도 넓었던 황궁과 고천원 사이 고천대로의 폭이 두 배로 넓어졌다.

황상은 즉위하면서 소야를 황비로 올리고도 그를 황궁 안으로 들여놓지 않았다. 그리곤 말을 타고 소야비를 몸소 찾아다녔다. 마흔일곱 살이나 되었건만 나이조차 의식치 않는 듯했다. 소야비에게도 그렇지만 요즘 황상은 공주 유리나의 재롱에 푹 빠졌다고 했다. 계집아이가 어찌나 귀살스러운지 열 살이나 먹고도 황상의 무릎에도 올라앉는다고 했다. 몇 달 전에 처음 만난 부녀인지라 그리 애틋하고 다정한 것이었다. 사실 유리나를 미워할 수 없기는 황후도 마찬가지였다. 황후 앞에서도 어려워하기는커녕 꾀꼬리처럼 지저귀며 어리광을 피우는 아이였다.

─전하, 소녀가 전하께 가장 어여쁜 꽃을 드리려고 고천궁 장미원을 다 헤집어 놓았답니다. 그러다 가시에다 손을 여러 군데나 스쳤지 뭐예요? 보시어요.

누가 시켜서 하는 짓이 아니라, 눈치 보며 하는 일이 아니라 문안을 하러 들를 때마다 제 마음에서 우러나 그런 짓을 하는 아이였다. 아이가 고천궁 꽃밭을 다 헤집어 꺾어왔다는 연홍빛 장미화 한 다발을 받아들 때, 가시에 찔렸다는 그 여린 손의 상처를 들이밀 때, 딸을 낳았더라면 얼마나 좋았을까 하였다. 여덟 살의 황손녀 아사나 공주가 있으나 유리나에 비하면 심심하였다. 황후에게 미운 사람은 그래서 소야비보다 오히려 황상이었다. 딸 하나라도 더 낳게 해주었더라면 대안전의 주인이 된 이 나이에 심신이 이리 쓸쓸했으랴.

지아비인 그의 몸이 어떠했는지 황후는 기억조차 하기 어려웠다. 태손벽을 수태한 이후 그의 몸에 닿아본 적이 없었다. 그 태손이 작년에 태자가 되었고 올해 스물여섯 살이었다. 태자비가 또 수태했다는 소식을 들은 게 사흘 전이었다. 후손이 또 생겼으므로 기뻤다. 기쁜데 한편으로는 울적하고 화도 났다. 이궁의 소야비는 이제 마흔 살이었다. 얼마든지 더 생산할 수 있을 것이었다. 더구나 황상이 그리도 자주 찾으니 금세라도 수태 소식이 들려올지도 몰랐다. 자신은 늙었다. 하지만 진정 늙었는가 싶으면 늙은 것도 아니었다. 몸에도 마음에도 남아 있는 젊음이 시시로 소스라치 며 솟구쳤다. 생산도 얼마든지 할 수 있을 듯했다. 명경에 비친 모습은 젊 다 할 수는 없으나 아직은 여인이었다.

"전하, 고우십니다."

머리채를 단장해 준 늙은 시녀 약지가 상전의 맘을 다독여 주었다. 약지 는 황후의 왕자비 시절부터 머리 시중을 들어온 시녀였다. 후는 고개를 끄 덕이며 명경 속의 자신을 향해 짐짓 미소를 지었다. 신궁에서 만든 미안액 (美顔液)과 미안분(美顔粉)과 미안수(美顔水)는 사뭇 쓸 만했다. 십 년쯤은 젊게 만들어주지 않는가. 미안수 향기는 은은하면서도 싱그럽다. 후는 미 안수 병의 마개를 닫아 손수 화장구(化粧具) 궤에 넣었다. 한두 방울만 써 야 하는 미안수 병은 한 손아귀에 들어올 만큼 앙증맞았다. 아름다운 향기 를 담은 작은 병이 독약병으로 둔갑할 수도 있다는 건 모순이었다. 후의 문갑 안쪽에는 바다처럼 푸르고 어여쁜 색깔의 독약병이 있었다. 깊은 바 다에서 산다는 푸른점박이 문어가 죽기 전에 내뿜는다는 독액을 모아놓 은 병이었다. 독을 지니게 된 뒤 후는 마냥 지아비를 기다리는 여린 계집 에서 벗어나 강해졌다.

"전하, 숙위군 상장군 사루사기와 폐하측위대장 백미르가 영빈실에 들 었나이다."

황제가 환도하면서 따라온 그의 측근들이 본국 조정에 대거 등용되었 다. 사루사기는 삼품인 은솔 품계를 받으면서 위시부(衛侍部) 황성 숙위군 대장이 되었다. 백미르는 오품인 한솔 품계를 받고 황제측위대의 대장이 되었다. 두 사람 다 파격적인 인사였다. 사루사기는 이왕 소야비의 집안사람인 바 그럴 법은 했으나 백미르의 품계 한솔은 천지가 개벽하는 것만큼이나 특별한 것이었다. 일품인 좌평에서 육품인 나솔까지는 거의 황족이나 귀족 가문 사람들로 이루어져 있었다. 그들은 시과도 치르지 않았다. 하는 일이라곤 국고를 축내는 일뿐으로 무위도식을 일삼았다. 그래도 그들이 거의 모든 고품계 관직을 차지했다. 백미르는 가문조차 없는 혈혈단신이라 했고 품계는 십이품 문독이었던가 하는 황상 측위대원이었을 뿐이었다. 문독 품계도 어린 날 시과 무사시에서 장원하여 얻은 십오품 진무에 기사년(己巳年) 백제분지 무술대회에서 우등하여 세 품계를 승격했기 때문이라 했다. 그런 그가 단번에 일곱 품계를 뛰어올라 한솔 품계를 받으며 황제측위대의 대장이 된 것이다. 몇 년 전 그는 수하 몇 명과 고구려의 평양성으로 들어가 왕을 죽였다고 했다. 그 공이 자못 크거니와 그를 향한 황상의 총애는 그보다 큰 덕분에 조정에서는 그에 대한 파격적인 대우에 아무도 이의를 달지 못했다. 황상이 자신의 측근들을 등용하기 위해 조정 사람들을 제압할 때 하던 말씀이 걸작이었다.

—경들 중 직접 전쟁터에 나가본 자가 있는가? 단 한 명의 적군의 목이라도 직접 베어본 자가 있는가? 단 한 뼘의 백제라도 늘려본 자가 있는가?

후는 영빈실로 나섰다. 오늘 황후가 두 사람을 불러들인 명분은 황상이 언제 대륙으로 나가시려는지를 물어보련다는 것이었다. 황상이 가는 곳엔 언제나 그들 두 사람이 있지 않은가.

"어서들 오세요."

예전에도 드물게 한 번씩 본 적이 있거니와 황상 환도 이후에는 여러 번 마주쳤던 두 사람이다. 하여 사루사기는 익숙한데 백미르는 여전히 낯설다. 나이 든 사내들이 대개 달고 사는 수염도 그는 기르지 않는 듯했다. 늘 선뜻한 얼굴을 하고 다녔다. 해질녘이건만 오늘도 그는 방금 세수한 듯한 얼굴이다.

황후가 백미르를 처음 본 것은 십 년 전쯤이었다. 당시 환도했던 태자가 대륙으로 되돌아가기 직전. 태자 곁에 측위대가 있는 건 당연했는데, 당시 엔 이름조차 알 필요가 없었던 미르가 측위대에 끼어 있는 게 기묘했다. 아니 그때 태자비 자신의 마음이 그렇게 기묘했다. 난생처음 보는 사내가 아니라 그렇게 생긴 사내를 처음 보았다고 해야 맞을 것이다. 당시 스무 살이 갓 넘었을까. 대번에 눈에 띌 만큼, 살얼음이 맺힌 듯 얼굴이 희었다. 그리 보였던 것이리라. 그때 태자비였던 황후는 서른다섯 살이었다. 자신 에 비하면 아직 어린이라고 해야 할 그를 보는데 얼굴이 달아오르면서 가 슴이 마구 뛰어 고개를 들기가 어려웠다. 자신처럼 그를 발견하고 그에 대 해 수군거리며 히히대는 궁녀들의 입을 찢어놓고 싶었다. 이후 그가 자주 궁금했다. 그가 궁금할 때마다 어찌하여도 그를 볼 길이 거의 없다는 사실 에 서럽다가 울적하다가 화가 나곤 했다.

"전하, 소신들 부르심 받자와 들었나이다."

소신들이라면서 인사말은 사루사기만 한다. 그 곁의 백미르는 그저 허 리만 깊이 숙여 예를 차릴 뿐이다. 태수황제릉을 봉인하고 그 제를 올리던 두 달 전에 능원에서 황상 곁에 바싹 붙어 다니는 백미르를 보았다. 육 년 전 선황의 환도 당시 슬쩍 본 뒤 처음이었다. 그의 시선은 여전히 아무것 도 보고 있지 않은 듯 늘 허공 낮은 곳에 머물러 있었다. 그런데 그가 모든 것을 다 보고 있는 것 같았고 황후 또한 보는 듯하였다. 후의 가슴속이 능 원 행사에 걸맞지 않은 다홍빛으로 물들었다. 그 빛이 어여쁘고 따뜻하기도 하였다.

"몇 가지 물어볼 것이 있어 들러주시라 했습니다. 우선 앉으세요, 들."

"하문하소서."

"어디서들 오시는 길입니까?"

"의논할 일이 있어 함께 숙위군청에 있다 온 길이옵니다."

"현재 폐하께서는 어디 계시오?"

"백세전(百歲殿)에 태자 전하와 좌평대신들과 함께 계시나이다."

이미 알고 있었다. 환도한 뒤부터 황상은 아침마다 조정을 열었다. 즉위한 뒤론 아침 조정은 물론이고 매일 유시(酉時)마다 대신들과 태자를 불러들였다. 때문에 태자는 물론 내신, 내두, 내법, 위시, 조정, 병관좌평이 날마다 하문에 상답하느라 진땀을 흘린다고 했다. 황상이 새삼 내치에 골몰하는 까닭은 물론 대륙으로 가기 위함이었다. 비우기 위해 다져놓자는 의도일 터인데 황후는 상(上)의 그런 행사가 솔직히 가소로웠다. 본국 정세가 그리 염려스러우면 대륙으로 가지 않으면 될 터였다. 가더라도 한참 더 지낸 뒤여도 무방할 것이었다. 대방엔 그리 잘나게 장성하고 있다는 부여 부가 있지 않은가. 대방성 황비가 자식을 낳지 못하여 그의 자식으로 자란 부는 거기서 태자 행세를 하고 있을 게 뻔했다. 태자 벽을 좌현왕에 봉하면서 부를 우현왕으로 명한 까닭이 무엇이랴. 그래보아야 열일곱 살 아이한테 대륙을 맡겨놓고 와서 저리 태평할 수 있는 것은 대륙이 그만큼 안정되어 있다는 뜻이었다. 대륙이 안정된 만큼 본국도 그러했다. 황상이 아니어도 잘만 굴러가게 되어 있는 것이다. 어쨌든 황상이 대륙으로 가매, 기색을 보아하니 소야비와 유리나를 데리고 갈 참인 듯했다. 상의 모든 행사를 다 용인하나 소야비를 대방으로 데려가는 것만은 용납할 수 없었다. 용납지 않을 것이었다.

"곧 대황전에 수라가 들어갈 시각이니 경들도 저녁을 하셔야 할 것 같아서, 내가 그 준비를 시켜놨어요. 과인이 대접하는 것이니 사양치 마시고 예서 저녁을 드세요. 저녁을 드시고 여길 나서시면, 보름달이 떠 있을 것이니 퇴궁 하시는 길이 어둡지 않을 테고요."

"전하, 소신들이 대안전에서 저녁을 먹음은 법도에 어긋나는 일이옵니다."

"황후가 황상의 측근들에게 치하의 의미로 저녁 한 끼 내리기로 법도에 어긋날 까닭이 뭡니까? 더구나 궁내에서 황후가 하는 일이매 그 자체가 법도입니다. 사양하심이 외려 불경일 겝니다."

황후가 자신의 궁으로 황제의 측근들을 불러들여 밥을 먹였다는 일화를 들은 바가 없는 터라 사실 법도에 어긋나는 일인지 아닌지, 루사기는 알기 어려웠다. 지금 황후가 벌이는 회담의 목적이 무엇인지도 의아했다. 정치적인 것일 리는 없었다. 사루사기와 백미르는 후(后)가 벌이는 정치 대상이 아니므로 그가 두 사람을 경계할 까닭이 없었다. 사루사기는 정치 기반이 없었으며 그의 숙부인 태학박사 고홍은 작년 《백제서기》 편찬을 끝으로, 끝내 조정에는 발 들이지 않고 고향인 월나군으로 귀향한 터였다. 귀향한 그는 이림의 학당에서 학동들 스승 노릇 하면서 연로한 가형과 더불어 바둑돌이나 놓고 있었다. 황후가 황비인 소야를 권력에서의 경계 대상으로 여기지 않는 것은 그 때문이었다. 후는 태자비 시절에 이미 황궁 살림을 관장하는 내경고(內瓊庫)를 장악했고, 진씨 일족에 의한 든든한 정치기반을 가지고 있었으며 지금까지 그걸 쌓아왔고 그 덕으로 황권에 버금가는 권력을 행사해왔다. 앞으로도 그러할 것이었다. 그렇다면 이 저녁 회담의 목적은 사사로운 것인데, 그렇게 여기기에는 또 후와 사루사기의 관계가 불편한 것이었다. 태자비가 황후가 되었듯 태자이비에서 황비가 된 소야는 사루사기의 사촌아우이고 후는 그걸 잘 알고 있지 않던가. 그렇다면 뭔가.

대안궁의 시녀들이 저녁상을 차려 들이는 광경을 보면서 루사기는 후의 얼굴을 넌지시 살폈다. 두 사람이 들어선 뒤부터 곧잘 후의 시선이 머무는 곳, 외면하려 기를 쓰면서도 자꾸 시선이 되돌아가는 그곳에 미르가 있었다. 수염을 기르지 않은 흰 얼굴에 짙은 눈썹을 달고, 크고 깊어 컴컴한 눈을 반쯤만 내리 뜨고 모든 것에 무심한 듯 서 있는 사내. 그랬다. 후가 오늘 저녁 사루사기와 백미르를 부른 것은 실상 미르를 부른 것이었다. 사루사기는 그 명분을 세워주기 위한 들러리였던 것이다.

이를 어쩐다!

후의 수라상에서 세로로 마주보게 차려진 상에 앉으면서 루사기는 곤혹스러웠다. 미르는 앉으라는 후의 명에 따라 루사기 건너편에 앉은 참이었다. 언제나 그렇듯이 미르는 말 없이 제가 할 바, 해야 할 바 행동만을 할 뿐이다. 후의 시선은 그런 미르에게 사로잡혀 있지만 미르는 그걸 모르고 있었다. 알아차린다고 해도 모를 때와 하나 다를 것이 없을 그였다.

"드세요, 들."

"황송하옵니다, 전하."

미르에겐 세상 모든 사람이 두 부류였다. 자신이 지켜야 할 사람과 지키지 않아도 될 사람. 자신이 지켜야 할 사람들을 향한 마음이 어떠한지는 알 수 없으되 자의든 타의든 지키기로 되면 지키는 것이다. 그 나머지는 그와 일체 상관없을 뿐더러 필요하다면 대번에 눈도 깜짝하지 않고 죽일 수도 있는 사람들이었다. 지금까지 미르에게 후는 일체 상관없는 사람이었다.

"헌데, 측위대장의 이름이 미르라 했소? 혹시 미르는 벙어리입니까?"

루사기는 쓴웃음을 삼키며 아니라고 대답했다.

"허면 왜 말을 하지 않습니까? 그가 말하는 것을 과인은 본 적이 없는데, 폐하 앞에서도 그러하답니까?"

"소신들과 같은 무관들의 습관이 그러한 바, 전하께오서 하문하시면 상답할 것이옵니다."

"그래요? 허면 미르 대장!"

"예, 전하."

"말 잘하는구려, 미르 대장!"

"예, 전하."

"폐하께오서 대방으로 환도하시기는 할 터인데 그때가 언제쯤이오?"

"소신이 상답키 불가한 하문이시옵니다, 전하. 소신들은 폐하의 거동을 따를 뿐 그 성중을 미리 헤아리지 못하나이다."

"대략이라도?"

"대략이라도 헤아리지 못할 뿐더러 헤아리려 하여서도 아니 되나이다. 명을 내리시면 소신들은 받들 따름이나이다."

"충직한 신하들이시구려. 징모야, 시중을 들어드려라."

후의 명에 탁자 주변에 시립했던 궁녀들이 두 사람의 잔에 술을 그득히 따랐다. 사실 황상의 거취를 미리 알자 하면 내신좌평 진세에게 물어보면 되는 것이었다. 그는 태후전으로 물러나신 태후의 오라버니이시자 황후의 숙부이기도 했다. 그 아무리 황상이시라 해도 조정의 최고대신인 내신좌평에게 본국 비우는 일정을 의논치 않을 리는 없었다. 태자도 있었다. 태자 벽은 계집질은 제멋대로 할지라도 모후의 말을 거역하는 일은 아직까지 없었다. 지금까지 거역할 까닭이 없었던 탓에 그런 생각을 하지 못하는 것이다. 황상이 다시 대륙으로 환도하고 태자가 본국을 치세하게 되면 본국백제가 황후의 세상이 되리라는 것은 황성 사람들이라면 누구나 아는 사실이었다.

황후가 미르에게 황상의 향후 거취에 대해 물은 까닭은 순전히 그의 목소리를 듣고자 함이었다. 이제 그도 서른 살은 넘었을 터였다. 목소리는 높지도 낮지도, 맑지도 탁하지도 않은 중간이다. 눈빛은, 눈길을 정면으로 마주쳐 본 적이 한 번도 없으니 어쩐지 잘 모르겠거니와 어스름이 내리는 저녁나절이라 처소 가득히 등불이 밝혀져 있어도 읽을 수 없다. 그게 아쉽고 안타깝다. 사루사기를 돌려보내고 미르와만, 옆면으로가 아니라 정면으로 마주 앉아서 밥을 먹고 술을 마셨으면 싶으나 사루사기만 돌려보낼 명분이 없었다. 이와 같은 생각을 하는 스스로도 명분 없고 체면 없기는 일반이라는 생각에 낯이 간지러운 듯도 했다.

"사루사기 대장, 왜 폐하께서는 본국에 접해 있는 신라와 가야는, 그 조그만 부용국들은 그냥 둔 채 대륙의 영토 확장에만 그리 골몰하시는 것 같습니까?"

왜 그러하신가. 사루사기는 그에 대해 깊이 생각해 본 적이 없고, 황상과 그에 대해 이야기 나누어 본 적도 없었다. 황상을 지켜보며 고구려를 운명적인 상대로, 숙적으로 여기는 바, 그 어떤 경쟁 심리가 작동하는 것이라고 생각한 적은 있었다.

"소신은, 소신 같은 자들은 폐하의 그 깊은 성중을 헤아릴 길이 없나이다, 전하."

"그리 답하실 줄 알았어요. 과인이 느끼기에 황상께선 전쟁을, 그리 드넓다는 대륙에서의 전쟁을 즐기시는 듯해요. 신라나 가야쯤은 폐하의 눈에 들어오지도 않는 게지요. 그렇지 않습니까?"

"황송하옵니다, 전하."

"그렇지만 대장이 폐하의 최측근에 계시니 기회가 되면 간언하세요. 후세들을 염두에 두신다면, 백제의 무궁을 원하신다면, 본국의 주변도 돌아보시라고요. 본국이 본국인 까닭이 뭡니까? 본국이 튼튼해야 하지 않나요? 신라가 가야를 병합해 나가고 있어요. 작금의 저들이 우리의 부용국이라고는 하나 장차는 어찌 커나갈지, 하여 우리에게 어떤 위해를 가해올지 누가 알겠습니까?"

"명심하겠나이다."

"내가 폐하를 흉보는 것 같아, 듣기 싫으신가요?"

"흉보시다니요, 그렇지 않으셨나이다. 영민하신 고언이시었습니다, 전하."

"아첨을 잘 못하는 분이시군요, 대장께선."

"예?"

후 스스로는 농담이라고 했는지 웃고 있다. 전작이 계시었는가, 루사기는 하는 수없이 후의 웃음에 맞춰 웃는다.

"사루사기 대장, 칠지도라고 들어보시었겠지요?"

"예, 전하. 선황제께오서 팔 년 전인 기사년(己巳年)에 제작하시어 사 년 전인 임신년(壬申年)에 제국의 각 성에 하사하신 신물이라 들었나이다."

"허면 그 칠지도가 저 옛날 소서노 성모께서 부여로부터 대방을 거쳐 남하하시면서 지니고 오신 목지형검의 현신인 것도 아시오?"

"그 엇비슷한 이야기는 들은 바 있사오나 자세히는 모르나이다."

"그러하셨답니다. 그 칼을 지니면 모든 재앙을 물리치고 만사형통케 되리라 하여 신물이라 불리게 된 것인데, 만사형통이 무슨 뜻이겠습니까? 천하통일을 의미하는 것 아니겠소이까? 소서노께서 그 검을 지니고 오시어 아드님 온조와 백제국을 여셨는 바, 현재의 백제가 있는 것이겠지요. 헌데 소서노께서 지니고 오신 그 진검이 어디에 있을까요? 혹시 황상께서는 그런 의문에 대해 말씀하시지 않으십디까? 십 수 년 황상을 모시며 사셨던 경이시라 물어보는 겝니다."

"소신, 폐하께 그런 말씀 들은 적이 없나이다."

"상께선 그런 것에 무딘 분이시긴 하시지요. 헌데 황후인 나는, 태자비 시절부터도 그걸 이따금 생각하곤 하였습니다. 그 진검 신물을 찾아 지니게 되면 우리 백제가 지금보다 훨씬 강성하고 윤택한 제국이 되지 않을까. 황실 또한 훨씬 번창하지 않을까. 때문에 이왕이면 전국을 뒤져서라도, 필요하다면 신라와 가야까지 수소문해서라도 저 옛날 온조폐하의 형제이셨던 비류군의 부인, 연화개의 족적을 찾아 그 진신을 찾아야 하지 않을까. 왜, 《서기》 〈온조〉 편 십삼 년 조에 나오지 않습니까? 미추홀에서 비류군과 함께 당시의 황성으로 오던 연화개의 행방이 묘연하다구요. 아, 《서기》는 읽으셨습니까?"

"예, 전하. 다만 유의하지 않고 읽었던 터라 소신은 그 대목을 자세히는 기억치 못하옵니다."

"오늘 귀가하시어 다시 읽어보세요. 그런 대목이 나옵니다. 비류군 부인 연화개의 행방이 묘연하였다! 나는 연화개가 성모의 진검을 지니고 있었을 것이라 봅니다. 그걸 지니고 미추홀에 그냥 숨었거나 남하하였을 것이라 여기는 것입니다. 그가 당시 수태 중이었는지는 아무도 모르는 일이나 혹시 그러했다면 어딘가에 그의 후손들이 살고 있을 터이고, 진검은 그들에게 있겠지요."

"삼가 한 말씀 올리자면 전하, 그러한 신물을 지녔던 분의 족적을 태학에서는 이십여 년에 걸쳐 찾으며 《서기》를 쓴 것으로 아옵니다. 작금에 이르러서도 그 흔적조차 찾을 수 없다면, 하여 태학에서 그리 쓴 것이라면, 그 신물은 이미 백제국의 황성 안 어디에 들어와 있음이 아닐까 하옵니다. 덕분에 황실과 황성이 이러한 번창을 이루며 만방으로 뻗어나가는 게 아니겠나이까? 또 그리하여 한 개의 검이 서른세 개의 검으로 늘어난 것 아니오리까."

"선조들께서도 모두 그리 여기셨겠지요. 그렇지만 나는, 이왕이면 진신을 찾아야 한다는 생각이 든다는 것이고요. 그렇지 않습니까? 없다면 모를까, 미추홀에든 바다 건너 탐라에든, 분명히 존재하는 것을 어딘가에 묻어둔 채로, 그럴 것이라 자위만 하는 것은 어리석거니와 아깝지 않습니까?"

심심파적으로 시작된 회담치고는, 밥상 앞에서의 회담으로는 너무 심각했다. 무심한 표정으로 후와 사루사기의 담화를 들으며 상 위에 차려진 음식들을 느리게 먹고 있는 미르의 심사가 어떠한지는 알 수 없으되 루사기의 마음은 사뭇 불편했다. 수백 년 동안 그 진검으로 인하여 매몰당한 인명이 얼마던가. 이십여 년 전까지 백제 황실이 자행한 일이었다. 그런데 황후는 그걸 찾기 위해, 그걸 빙자하여 백제 황실이 저질러온 그 많은 참살에 대하여는 모르는 체하고 있지 않은가. 그런 한편으로 그걸 찾고 싶다고, 찾겠다고 선언하고 있는 셈이었다. 새 임금이 등극할 때마다 벌여온 학살극을 새 임금이 등극하자 또 벌일 수도 있다는 말을 하필이면 백미르와 사루사기 앞에서 하고 있는 것이었다.

"하여 누대에 걸쳐서 찾아보시기도 하셨겠으나, 그 행방이 영 모호한 것은 기왕 백제의 것인 바 찾지 않아도 무방하다는 뜻 아니겠나이까?"

"그렇기도 하지요. 하기야 목지형검이면 어떻고 칠지도면 어떻겠습니까? 다 백제의 것인 것을요. 그저 해본 말입니다. 염두에 두지들 마세요."

그저 해본 말이라 그저 지나갈 수도 있을지 모르나 내심 이미 모종의 결정이 이루어진 끝에 나온 말일 수도 있었다. 월나군에는 황실 직할영지가 있고 이구림이 있었다. 이구림에 속한 사람들은 황실 영지 밖에서 상대포를 거점으로 하여 살았다. 월나군의 영토 팔 할이 황실에 속해 있듯 상대포상권의 팔구 할은 이구림에 속해 있었다. 후가 황제의 명을 가장하여 목지형검의 진신을 찾고자 눈에 불을 켜게 된다면, 그 근원을 쫓아 올라간다면 월나군에 닿을 것이고 이구림에 닿을 것이며 이구림에는 또다시 피바람이 몰아칠 것이었다. 목지형검의 진신의 문제가 아니라 그걸 빙자한 이구림 죽이기가 벌어지는 것이다. 담로성 병졸 이삼백 명 정도는 상대할 수 있을지라도 한성군 오백이나 일천이 예고 없이 들이닥치면 한 식경 안에 결딴 날 수도 있는 게 이구림이었다. 그 빌미를 제공하지 않기 위해 이구림은 팔십여 년 간 숨죽이며 살아왔고 살고 있었다.

본국백제와 이구림의 향후를 한 손에 쥐고 있는 황후는 느긋하다. 방금 자신이 무슨 말을 했는지도 잊은 듯 시녀가 따라주는 술을 천천히 그러나 꾸준히 마시고 있다. 황후가 태자비 시절부터 술을 즐긴다는 것은 황궁에 속한 사람들이라면 누구나 알았다. 나이가 들면서는 술을 마셔야 잠이 든다고도 했다. 그럴 수도 있으리라 대개들 수긍하는 듯했다. 사내를 불러들여 시중을 들게 하는 것도 아니고 특별히 사치를 부리지도 않는 그였다. 황후가 권력에 집착하는 까닭 또한 술을 마시는 이유와 같을 것이라, 황궁 내 사람들은 오히려 황후를 동정했다. 황후는 만인에 둘러싸여 그 만인을 움직일 수 있으나 혼자였다.

"전하, 창을 열게 하심이 어떠하시온지요. 동편 하늘에 보름달이 오르기 시작했을 시각 아니옵니까."

"그렇기도 하겠군요. 바람을 좀 들여도 좋겠지요. 보아라, 창을 훤히 열어라."

시녀들이 창을 여니 바람이 먼저 들었다. 등불들이 약간 흔들렸다. 어느 결에 취한 듯이 보이는 황후의 눈빛이 흔들리는 불빛 따라 흔들리는 듯했다.

"예서 아직 달은 보이지 않으나 바람이 좋군요. 얼추 드신 것 같은데, 술 동무를 해달라 계속 붙잡고 있는 것도 낯 뜨거울 노릇이고, 그만들 물러가셔도 좋습니다."

"소신은 숙위청에 다시 들러야 하온지라 이만 물러가겠나이다. 헌데, 측위대장은 오늘 밤 번이 아닌지라, 전하께오서 허락하시면 미르가 잠시 더 머물 수 있을 줄 아옵니다. 어찌 하오리까?"

황후와 미르의 시선이 동시에 루사기에게 쏠렸다. 미르의 시선은 보지 않아도 그 의미를 알 수 있었다. 저한테 어쩌라는 것이냐 묻고 있을 테고 동시에 되어가는 대로 하면 되리라는 명을 알아들을 것이었다. 황후의 시선이 휘청, 흔들리다 옅게 미소를 짓는다. 그 웃음이 쓸쓸했다.

"통 말을 하지 않는 사람이니 말동무는 어렵고, 한 식경 술 동무나 하다가 보내리다."

루사기가 짧은 인사와 함께 미르를 한 차례 쳐다보곤 나갔다. 미르는 위
례성에 있을 취운파를 떠올렸다. 당분간 황제를 대리하여 대륙백제를 떠
맡은 우현왕 부여부는 열일곱 살이었다. 그는 총명하고 대범하였으나 열
일곱 살 왕에게 대륙백제는 지나치게 넓었다. 측위대와 호위군과 황제친
위군 오만에 감싸여 대륙백제를 거느리고 있을 그에게 취운파를 남기고
왔다. 부는 취운파를 형인 양 따랐다. 취운파는 부의 측위대장이었다. 그
를 대방에 남겨두고 떠나와서야 미르는 그가 곁에 없음을 실감했다. 쉼 없
는 그의 말들이 혼자 있을 적이면 귀에서 징소리인 양 미풍인 양 울려나오
곤 했다. 생각해보니 백제분지에서 만난 이후 그와 한 달 이상 떨어져 있
어 본 적이 없었다. 그의 부친 광릉성주의 서거를 즈음하여 그가 광릉성으
로 갔을 때, 취운파가 한 달 만에 돌아왔으매 그때가 가장 길었다.

"그대는 여전히 말이 없구면?"

각자의 곁에서 시녀들이 따르는 술잔만 들었다 내렸다 반복하는 것이
후는 무료하였다. 약간 취하기는 했으나 정신은 말짱했다. 사루사기가
미르를 두고 먼저 나갔다. 칠지도에 관한 이야기 끝이었다. 무료한 참에,
어찌해야 할지 난감한 참에 문득 떠오른, 예전에 생각한 적이 있던 생각
이 불쑥 말로 나온 것이었다. 사루사기의 표정이 약간 굳는 걸 분명히 느
꼈다. 월나군은 그의 본향이었다. 삼대 전에 멸족된 마한 구해국 왕족의
성씨가 아마 사씨였을 것이다. 왕족 가까이 살던 원주민들이 왕족들의
성씨를 따라 쓰는 일이 드물지 않으므로 사루사기 일족도 아마 그러했을
터였다.

"하문하소서, 전하."

사루사기는 목지형검에 관한 대화를 피하고 싶어 했다. 작금의 사씨 일족이 상대포구에다 이루어놓은 세력 때문이었다. 모든 지방 호족들이 그러하듯 사씨족의 일원인 사루사기도 황권이 자신들의 세력을 침탈하려 들지 않을까 경계하는 것이다. 대화를 피하려 백미르를 놓고 나가겠다 한 것이었다. 하지만 그건 사루사기의 오해였다. 목지형검이든 칠지도든 그게 무슨 상관이랴. 목지형검이거나 칠지도이거나 이미 백제의 것이고 황실의 것이고 황후 자신의 것이었다. 물론 황실에 실존하는 것이라면 당연히 좋을 것이나 없는 바에 어쩌란 말인가. 그래서 만들어 대륙의 각 담로성들에 하사하였지 않은가. 그 덕분에 대륙 사람들과 왜의 사람들이 한성에 무시로 드나들고 한성 사람들 또한 대륙으로 왜로 익숙히 건너다녔다.

"그대는 처자가 있는가?"

"혼인치 아니하였는지라 처가 없사옵고 자식도 없나이다."

"왜? 나이가 몇인데 혼인을 아니 하고 자식을 낳지 않았어?"

"소신, 서른두 살이옵고 연분이 닿는 여인을 만나지 못하여 혼인치 못하였습니다."

미르는 여인에 관심이 없다기보다 혼인하여 거느릴 처와 자식에 관심이 없었다. 관심 두고 싶지 않았다. 하여 여인들을 품을 때도 그들의 몸 안에 씨를 남기지 않았다. 사내들끼리의 교접 시에는 일체 쓰지 않아도 되는 신경을 여인들과의 교접 시에는 신경 썼고 사뭇 조심했다. 단 한 점의 얼룩도 세상에 남기지 않고 아무 날, 아무 데서나 죽기 위함이었다.

"그렇구먼. 사루사기 대장과의 인연은 오래되었겠지?"

"소신 어린 날에 사루사기 대장의 원향인 월나군으로 우연히 흘러든 목숨이었나이다. 그의 부친께오서 저를 거두어 주셨는 바 사루사기 대장과 인연을 맺게 되었나이다."

"저런 그랬어? 생부, 생모에 대한 기억은 없고?"

"예, 전하."

"그렇구먼. 그리 된 거였어. 하여 그대의 표정에 때로 그러한 비애가 어리는 게로구나."

후의 혼잣말이므로 미르는 대답치 않는다. 여인들의 맘을 잘 모르고 잘 알고 싶지도 않은 그였다. 황제측위대장을 불러들여놓고 그 얼굴의 비애를 운운하는 황후의 비애에 대해서도 알고 싶지 않았다. 나가서 황성 앞의 강변이나 하릴없이 걸었으면 싶었다. 달빛에 이끌려 강변으로 나온 사람들을 지나 느릿느릿 걷다보면 가부실에 닿을 것이다.

가부실에는 살아본 적 없는 미르의 집 한 채가 있었다. 누이 다님이 알려주어서야 알게 된 그 집은 오래전에 불미국 발라성의 소유였다고 했다. 구해국의 사루들이 한성 송산에 거점을 만들었듯 불미국의 후손들인 백씨들도 한성 가부실에 집을 지었다. 백제 백성으로 살기로 했으니 한성에도 터를 닦자는 의미로 널찍한 터에 공들여 집을 앉혔다. 불미국의 후손들이 번창하여 많은 사람이 거할 수 있도록 넓게 지은 집이었다. 하지만 백씨들은 아무도 그곳에 살아보지 못한 채 멸족을 당했다. 자신도 그때 죽었다. 미르는 그리 여겼다. 멸족을 당했노라고. 어쩌다 한성에 오면 그 집에 가보곤 했다. 도둑처럼 월담을 하여 들어선 집은 계절 따라 홀로 꽃을 피우고 눈에 싸이고 바람에 잠겨 있었다. 후원의 시내는 철마다 색깔 다른 나뭇잎들을 띄운 채 고요히 흘렀다. 다님이 송산집사 유술로 하여금 집을 돌보게 하는 터라 허물어진 데는 없었지만 그곳에 쌓인 적막은 태산만치나 무거웠다. 유일한 집주인인 백미르조차도 그 적막을 견딜 수 없어 다시

담을 넘어 나왔다. 그리고 송산으로 갔다.

지금 송산에는 왕인이 잠들어 있을 터였다. 누이인 백다님에 따르면 어처구니없게 백미르의 외양을 닮아간다는 아이였다. 다님의 그 말은 아우를 닮아가는 아들이 반갑잖다는 뜻이었고 곧 아우의 삶이 마땅치 않다는 뜻이었다. 왕인이 자신을 닮았든지 닮아가든지 그리 관심두지 않으나 근래 밤이 되면, 집에 돌아가는 날이면 아이가 있는 송산이, 그 아이가 잠들어 있을 자신의 방이 집 같기는 하였다. 그 집을 향해 걷다보면 하루가 또 이렇게 지나갔구나 싶었다. 그 밤길이 좋은 듯도 하였다.

하지만 나가라 허락이 떨어지기 전까지는 나가지 않아야 할 책무가 지워져 있었다. 루사기가 그리 명했기 때문이었다. 어린 날부터 그의 말을 거슬러 본 적이 없었다. 하지 않아도 될 일을 하라 명한 적 없기 때문이고 하고 싶지 않는 일을 억지로 하라 명하지 않았기 때문이었다. 오늘 밤은 해야 할 일이라 명하고 그가 나갔다. 그런데 무슨 일을 하라는 것인지. 황후를 여인으로 계집으로 삼아 안으라는 명이, 자신이 알아들은 그 명이 맞는지 모호하기도 했다. 황후가 사통할 수도 있단 말인가. 그럼에도 미르가 무언중에 알아들은 루사기의 명은 분명히 그러했다.

되어가는 대로 따르되 후가 그런 상황을 만들면 좇으라.

그건 황후의 권위를 스스로 무너뜨리게 하자는 것이었고 총기를 흐려놓아 목지형검 따위는 잊게 하라는 것이었다. 후가 목지형검을 찾겠다고 나서는 순간, 그런 빌미로 상대포구를 장악하리라는 욕심을 부리는 순간 이구림엔 폭풍이 몰아치리라는 것이었다. 사내 때문에 여인의 총기가 흐려질 수도 있는지는 알 수 없으나 후의 시선이 미르 자신에게만 머무르고 있음은 이 대안전에 들어선 순간부터 느꼈다. 익숙한 시선이었다. 축복인지 저주인지, 여인들은 백미르에게 쉽게 이끌렸다. 그러니 못할 것도 없었다. 이왕 할 바에는 길게 끌어갈 필요도 없으리라.

"전하, 달이 떠올랐습니다. 대안전 후원의 월출이 곱다 하기로 소문이 자자하온데 잠시 나가시어 거닐지 않으시렵니까?"

"그렇구나, 달이 떴어. 곱구나."

"예, 곱습니다. 바람은 더 고운 듯합니다. 잠시 걸으시면 침수 드시기에 좋을 터입니다."

"그래, 그렇겠지. 나가 보자꾸나. 밤이 한없이 기니 잠시 거닐어도 좋겠지. 징모야, 밖으로 나가자꾸나."

미르가 먼저 일어섰다. 황후가 시녀 징모의 부축을 받으며 일어났다. 휘청하는 품이 약간이 아니라 제법 취한 듯했다. 일어선 후의 시선이 미르에게 맞닿았다. 미르는 황제와 황후의 시선을 맞받으면 아니 되는 금기를 깨고 후의 시선을 맞받았다. 후의 눈동자에 물기가 그득했다. 여인들의 속내는 참으로 복잡한 듯했다.

한성의 밤

이구림을 벗어나 본 적이 없는 여누하와 누왕인과 어린 아직기까지 도성 집인 송산으로 데리고 왔다. 두 달여 전, 선황릉의 봉인제 직전이었다. 아직기는 누왕인과 마찬가지로 버들의 품에서 자랐으나 효혜가 낳은 아이였다. 아직기가 누구 소생인지 이구림에서는 몰랐고 루사기는 말하지 않았다. 효혜가 나서지 않는 한 말할 필요가 없는 일이었다. 효혜가 어떻게 밖으로 일체 알려지지 않게 아이를 낳았을까. 루사기는 환도 이후 효혜를 사사로이 만난 적이 없었다. 선황의 장례며 능제 등으로 먼발치에서 여러 번 보기는 했으되 서로 찾지 않았다.

버들보다 아이들이 먼저 문간에 나와 퇴청한 루사기를 맞았다. 아비의 처소로 졸래졸래 따라 들어와 아비가 옷을 벗고 소세하는 모습을 지켜본다. 루사기가 세 아이를 끼고 사는 이 생활이 신기하듯 아이들 또한 곁에 있어 날마다 볼 수 있는 아비라는 존재를 신기해하였다. 각기 어미가 다른

지라 세 아이도 제각각이었다. 천방지축이었다던 여누하는 근래 들어 새침을 떨기는 하나 여전히 명랑하고 손재주가 좋아 무엇이든 만들기를 즐겼다. 너무 조용하여 있는 줄도 모르기 일쑤였다던 누왕인은 필요한 인사를 할 줄 알 만큼은 입을 떼게 되었으나 여전히 과묵했고 아직기는 개구쟁이였다. 다님을 제 친어미로 알고 버들의 품에서 자라는 지라 누구에게나 맘껏 어리광을 피웠고 누이와 형을 곯려먹기 일쑤였다. 여누하와 아직기 틈에서 왕인이 번번이 골탕을 먹는 듯했다.

"오늘은 무엇을 하고들 놀았느냐?"

한성으로 데려온 세 아이들에게 이구림으로 돌아갈 때까지, 날마다 도성을 될수록 멀리까지 돌아다니며 놀라 했다. 무엇이든 눈여겨보고 말을 걸어보고 도성 사람들이 어찌 사는지 보라 하였다. 그리고 집에 들어오는 날의 저녁마다 아이들에게 물어보았다. 세 아이에게 동시에 물으면 늘 여누하가 대답했다.

"오늘은 아버님, 고천궁에 다녀왔사와요. 고천궁에서 마차를 보내오셨던 덕분에요."

소야비가 아이들을 불러간 게 벌써 여러 번째였다. 여누하가 저와 나이가 같은 유리나 공주와 동무가 되었노라 재미나 한 게 처음 갔을 때부터였다.

"그래 고천궁에서는 무엇을 하고 놀았어?"

"저는 유리나 공주랑 황비님 그림방에서 그림 구경을 하고 놀았지요. 황비께선 요즘 고천궁에서 제일 넓은 방에다 두툼한 소청을 펼쳐놓으시고 천신님을 그리고 계셔요. 그런데 아직 천신님 형상도 채 못 그리셨어요. 그림이 어찌나 큰지요, 앞으로도 몇 년이 걸릴지 모르신대요. 그래서 그림 구경은 사실 별로 할 것이 없어서 유리나 공주방에서 신녀 놀이를 하며 놀았어요. 사람들 명운을 살펴주고, 아픈 사람들을 돌봐주고요. 제가 유리나 공주한테 신녀의 너울을 만들어 주었지요. 가지가 일곱인 나뭇가지에다 꽃을 만들어 달아주었고요. 그건 아버님, 제일신녀님들만 드실 수 있는 신궁의 신물이라고 해요. 칠지화(七枝華)라고 부르고요. 유리나 공주는 칠지화를 든 신녀가 되고 싶었다나요. 그래서 흰옷이 많아요. 그런데 신궁으로 들어갈 수 있는 나이가 지나버렸다고 한숨을 쉬어요. 신궁엔 아홉 살까지만 들어갈 수 있다 해요, 아버님. 아시어요?"

"그건 들어 알고 있다. 헌데 공주께서 신녀가 되고 싶으셨다 해?"

"예, 그러셨대요. 그래서 유리나 공주가 제일 부러워하는 사람이 누구냐면요, 설요래요."

"설요가 누군데?"

"아, 아버님은 설요를 모르시는 거네요? 설요는 신궁의 예비신녀라 해요. 공주님하고 저하고 나이가 같다나요. 아기신녀 시절 담에 예비신녀가 되고 그담에 진짜 신녀가 되는 건데요, 아버님. 설요는 나중에 제일신녀가 될 거라고 하던데요? 그래서 유리나 공주가 설요를 부러워하는 거죠. 진짜 칠지화를 가지게 될 거니까요."

작년에 고천신궁에서 효혜를 이을 신이궁 신녀를 정했다더니 그 이름이 설요였던가.

"그런 일이 있었구나. 인이와 직기는 뭘 하고 놀았던고?"

"공주님하고 제가 그리 놀 때 인이는 고천궁 책방으로 들어가서 깜깜해졌지요, 뭐. 인이는 책 냄새만 맡으면 파먹으려 드는 책벌레잖아요. 직기는 황비님하고 시녀들 사이에서 장난거리가 되어서 놀았지요. 황비님은 유리나 공주가 커버려서 직기가 몹시 귀여우신가 봐요. 아참, 아버님, 점심 뒤에 글쎄요, 온통 하얀 비단 옷을 선녀인 양 날리면서 신녀님들이 궁으로 들어오셨지 뭐예요. 저는 그리 하얀 옷을 입은 여인들이 무리지어 있는 모습이 처음이었답니다. 눈이 참말 황홀했어요. 그리고 드디어 유리나 공주가 부러워하는 설요를 봤어요. 저보다 몸도 작고, 눈만 댕그래서 예쁘지도 않고 말도 하지 않고, 수줍은 것처럼 가만히 있더라고요. 유리나 공주가 왜 그 꼬맹이 신녀를 부러워하는지 저는 잘 알지 못하겠던데요. 참, 그리고 신녀들 가운데 제일신녀께서 계셨는데, 황비께서 저희들한테 그분께 큰절을 하라 이르셨어요. 절을 했지요. 그런데 아버님, 저는 그분이 무서웠답니다."

"그분이 어째 무서웠지?"

"저희들을 뚫어져라 쳐다보시는 그분 눈빛이 심히 형형한지라 약간 겁이 났지요."

"인이, 너도 그분이 그리 무섭더냐?"

여누하에게 효혜가 왜 그리 비치는지가 문득 궁금하여 왕인에게도 물어보는 것이었다. 훌쩍 자란 왕인은 신기하리만치 미르를 닮아가고 있었다. 외탁을 한 것인데 용모만이 아니라 성정도 흡사히 자라는 듯했다.

"소자는 그분이 무섭지 않았습니다. 창백하신 게 오히려 슬퍼 보이셨습니다. 왜 눈에 슬픔이 어리셨나, 잠시 생각했지요."

"왜 그분 눈빛이 슬퍼 뵈시는 것 같더냐?"

"하늘과 소통하시는 분이라, 너무 높이 계신 분이라 사람과 닿지 못하시어 그런 게 아닐까, 잠시 그리 생각해 봤지만 그뿐이었습니다."

"그래, 그러했구나. 그러면, 막둥이! 직기는 어떠했느냐? 그 선녀 같으셨다는 신녀님이 너도 무섭더냐?"

"저는 몰라요!"

저는 모른다면서 아직기가 버들의 품으로 뛰어들었다. 두 아이가 웃고 루사기도 웃었다. 버들도 아직기를 싸안으며 싱긋이 웃는다. 세 아이를 키워가면서 아이들의 어미로서, 루사기의 지어미로서 품이 어엿해졌다. 한정된 기간일망정 세 아이를 모두 데리고 이구림을 떠나와 루사기와 함께 지내게 되면서 버들은 비로소 자신의 영토를 가져보는 듯이 넉넉했다. 이림에서의 버들은 사실 아이들의 유모로만 사는 셈이었다. 집 안의 큰일은 집사가 운영했고 집 밖의 큰일은 다님이 운영했다. 이구림 사람들에게 세 아이는 모두 다님의 아이들이었고, 아이들을 가르치는 사람들은 따로 있었다. 고흥 박사뿐만 아니라 월나악의 보륜사, 이림학당의 선생들, 포구에서 드나드는 당주들까지 모두 아이들의 스승이었다. 뿐인가, 왜말을 가르치는 왜국 사람에 대방말을 가르치는 대방 사람까지 이구림엔 사방에 아이들의 선생들이 있었다. 어린 날 이림학당에서 글자 몇 개를 익혔다고는 해도 버들은 아이들에게 해줄 수 있는 일이 거의 없어지던 즈음이었다. 그런 참에 돌아온 지아비가 아이들을 한성으로 데려오면서 버들도 데려왔다. 나날이 지아비와 아이들의 밥상에 무엇을 차려낼지를 궁리하고 그들의 옷을 수발하는 요즘 버들은 새로운 세상을 만난 것 같았다. 이구림의 다님 부인이나 황궁에 계시다는 황후님이나, 신궁에 계시다는 제일신녀나, 소야비도 부럽지 않았다. 그저 아이들의 아버지가 대방이라는 저 먼 곳으로 가지 않고 이곳 한성에서 살았으면 싶었다. 폐하께서 그저 한성에 계셨으면 싶은 소망이 커져가고 있었다.

"아버님, 외숙께서는요? 외숙께선 오늘 밤 아니 돌아오십니까?"

왕인은 몇 년 만에 만난 미르를 몹시 따랐다. 미르는 한성에 왔을 때도 가부실의 제 집에 들지 않았다. 그가 딴살림을 내지 않고 늘 루사기 곁에서 사는지라 그의 현재 거처도 이 송산 집이었다. 왕인은 미르의 방에서 그와 함께 지내고 있었다. 몇 대 전부터 사씨 집안사람들이 거해왔고 태자의 후비였던 소야가 살았던 집이라 규모가 커졌으나 왕인은 빈방을 놔두고도 미르의 거처로 들어가 지냈다.

"네 외숙은 오늘 밤 번이시다. 글쎄, 내일 아침참에나 들어왔다 가실지 모르겠구나. 기다리지 말고 먼저 자거라."

누왕인이 미르를 닮은 것이나 따르는 것은 괜찮았다. 다만 루사기는 왕인이 미르에게서 무술 배우기를 바라지는 않았다. 왕인이 그 누구에게서도 무술을 배우지 않고 스스로 그런 욕망도 일으키지 않기를 바랐다. 무사가 아니라 문사로, 문장을 아는 이구림의 영주이자 상단의 단주로 자라주기를 소망했다. 다님을 비롯하여 부친, 숙부인 고흥, 스승 보륜사에게도 그걸 은근히 주지시켰다. 어떤 것이든 배우면 세상으로부터 인정받고 싶고, 써먹고 싶고 써먹을 수밖에 없는 상황에 직면하게 되는 법 아니던가. 물론 루사기 자신이 그러했듯 스스로 무사가 되고자 하는 열망을 갖게 된다면 어쩔 수 없는 일이긴 했다. 무기에 한번 눈길이 가면, 그것을 쥐고 쓰는 법을 배우기 시작하면 단계를 밟고 싶어지기 마련이었다. 더 빨리, 높이, 멀리. 그건 포기가 안 되는 그 어떤 것이었다. 미칠 듯이 질주하고 싶고 훨훨 날고 싶은 그런 것. 그건 막는다고 되는 일이 아니었고, 부자가 노상 떨어져 사는지라 막을 수도 없었다. 그러한 바람 덕분인지 타고난 기질이 다른지는 알 수 없으되 아직은 아이가 무기들에 눈을 두는 것 같지는 않았다. 노상 책을 붙들고 사는 듯했다.

"그만 물러들 가서 각기 할 일 하다가 자거라. 부인께서도 아이들 재우고 쉬시구려."

지금까지 아직기를 끼고 자는 버들이라 그렇게 물리는 것인데 버들은 번번이 지아비의 처사가 서운했다. 아이를 재우고 나서도 하마 루사기가 자신의 처소로 들어오지 않을까 기다리지만 그의 처소에서는 그냥 불이 꺼지곤 했다. 불이 꺼진 그의 처소 앞을 서성거린 밤이 여러 번이었지만 그는 알지 못했다. 때로 그는 밤에도 외출을 했다. 궁에서 불러서 가기도 하고 아무 기척이 없는 채로 슬그머니 나가기도 했다. 오늘 밤에도 그에게 나갈 일이 생기는가 보았다. 아이들과 물러나오는데 대문 쪽에서 기척이 일지 않은가. 집사 유술이 문간으로 나가는 걸 보며 버들은 자신의 처소로 그냥 들어왔다. 지아비라곤 해도 루사기는 너무 높고 어려웠다. 그가 하는 일들은 자신이 알 수 없었고 그 또한 알려주지 않았다. 밤이 여전히 길 듯했다.

효혜는 큰나루 왼켠에 위치한 벅수골의 한 민가에 있었다. 큰나루에 인접해 외지지 않은 듯했지만 마당으로 들어서니 전면을 제외하고는 모두 숲에 싸여 있다. 루사기가 알지 못했던 장소였다.

"여기는 사람이 일상으로 사는 집 같지는 않은데요?"

"여기는 제 선대 성하들께서 이따금 쉬시던 안가입니다. 저도 일 년이면 두어 차례 칭병하고 칩거할 때 내려와 쉬지요. 신궁의 별채 격이긴 하나 측근들 몇 명밖에 모르는 곳입니다. 그나저나 측위대장을 대안궁에 남겨두고 나오셨다지요?"

술을 따라주며 빙긋 웃는 효혜는 여염여인 복색을 하고 있다. 머리에도 아무런 장식이 없다. 늘 검거나 희거나 검고 흰 복색이매 그 단색들이 빚어낸 화려함을 두르고 사는 그가 연홍색과 연청색으로 이루어진 옷을 입고 있으니 오히려 소박하다.

"초경 초에 제가 그곳을 나와 시방 삼경쯤이나 되었을 텐데, 그 소식이 벌써 신궁까지 전해졌습니까?"

"숙위대장께 연통을 드리려 엿보던 참이라 대안전으로 불려 가시는 걸 보았고, 대안전에서 혼자 나가셨다는 소식을 들었지요."

"대안전에, 후 측근에 신궁 사람이 있는 게로군요."

"신궁에 대안전 사람이 있는 것과 같지요. 후께서는 대안전 후원의 연월당(蓮月堂)에 계시다는 전갈까지 들은 참입니다. 연월지(蓮月池)에 드리운 달빛이 곱겠지요. 그 달빛 함께 보는 사람이 있으매 영롱하고 아련할 것이구요. 헌데 어쩌실 요량으로요?"

루사기는 술을 마시고 그 잔을 채워 효혜 앞으로 건넸다. 효혜는 망설임 없이 그 술을 마신다. 마시곤 또 잔을 채워 루사기 앞에 놓았다.

"칠지도 때문에 그리 되었을 뿐, 요량 없습니다."

"황후께서 칠지도의 진신을 거론하시던가요?"

효혜는 칠지도의 진신인 목지형검을 본 적이 없으나 그것이 사루한소를 거쳐 사루사기에게 있다는 정도는 짐작하고 있었다. 그 검이 실제로는 무용지물일지라도 그 상징하는 바가 어떠한지, 하여 이구림에 어떤 파란을 몰고 올 수 있는지도 알았다. 때문에 둘 사이에도 이구림에 숨어 있는 목지형검에 대한 이야기는 금기였다.

"그러시더이다. 해서 그렇게 되었고 앞으로 어떻게 될지는 알지 못합니다. 효혜께서 짐작해 보시지요."

"미르, 그 사람이 어찌 처신하느냐에 따라 다르겠지요. 그는 어떤 사람입니까? 후의 마음을 받아 다독여줄 수 있는 사내인가요?"

"그에 대하여서도 잘 모릅니다. 제가 아는 미르는 명을 따르매 제 목숨에 연연치 않는다는 것뿐입니다. 제 목숨에 연연치 않으니 남의 목숨에도 연연치 않지요."

"그렇다면 외려 후를 걱정해야 한다는 것인데, 그건 결국 이후의 미르, 그 사람을 걱정해야 한다는 뜻이기도 합니다. 간 마음이 돌아오지 않았을 시 사람의 마음이, 여인의 마음이 어떻게 움직이는지, 얼마나 연약해지고 한편으로 잔혹해질 수 있는지 아신다면요."

"여인으로서의 후는 어떤 사람입니까?"

"후를 일개 여인으로서는 가늠할 수 없고 가늠하려 해서도 안 됩니다. 그는 절대 권력을 가진 사람입니다. 황상께서 환도해 계시기는 하나 작금의 본국에서 후만큼의 기반은 갖고 계시지 못하지요. 본국백제는 상의 나라라기보다 후의 나라입니다. 후는 태자를 수태한 이후 아마도 상을 사내로서는 만나지 못했을 것입니다. 사내 없이 이십육칠 년을 살아온 셈입니다. 그래도 여인인 바 그 마음에 사내에 대한 그리움이 없었을 리 없는데 후는 사내를 탐하지 않고 나이가 들었습니다. 지금 마흔다섯 살이지요. 마흔다섯이란 여인의 나이는, 일반적으로 생산이 가능한지 불가능한지가 좌우되는 즈음입니다. 생산할 수 없는 몸은 노년에 든 것으로 봐야지요. 때문에 소년과 노년의 경계입니다. 소년과 노년의 혼성이기도 합니다. 스스로 젊다 하면 아직 젊고, 스스로 늙다 하면 늙은 것이지요. 제 짐작으로 후는 스스로 젊은 사람입니다. 사내를 겪지 않고 지낸 때문에 늙지 못한 것이지요. 어쩌면 태자를 낳았던 그즈음의 젊은 마음이 생생히 살아 있을

지도 모릅니다. 걷잡을 수 없을지도 몰라요. 그 걷잡을 수 없음이 미르한 테 어떻게 작용할지, 미르와 연결된 사람들에게 어떤 영향을 미칠지 아무도 모른다는 것이지요."

"법에, 혼인한 여인이 사통할 시 사형에 처한다고 했는데, 혹시 후가 사통을 하고 그러한 사실이 세상에 알려지면 어떻게 됩니까."

"그건 백성들에게나 적용되는 법이지요. 황실 사람들에게서는 그런 전례가 알려진 바 없기에 짐작할 수 없습니다. 황상께서 모르시고, 신궁인 제가 알아도 모르는 체할 터이고, 후의 측근에서야 알게 되면 쉬쉬하기 바쁠 터이니 황실 체면을 따질 사태는 일어나지 않을지도 모르지요. 그렇기 때문에 후의 마음의 결이 어떻게 작용할지가 관건이 되는 것입니다. 미르 그 사람이 후를 어떻게 다독일 수 있느냐가 중요한 것이고요."

"미르가 연월당에 같이 들었다 하더이까?"

"예."

"그렇다면 이미 벌어진 일이니 지켜볼 수밖에요. 후 스스로 하고 계신 일인 바, 절대 권력을 지니신 분의 행사이시매 제가 어쩝니까."

"몇 잔 드시었다고 그새 취하셨어요? 어울리지 않게 무책임한 어투이십니다."

"불러 취하게 만드신 분이 누구이신데 취한 자를 책하십니까?"

젊은 날 효혜를 어여쁘다 여긴 적이 없고 그를 여인으로 여긴 적도 없지만 이 밤, 마주 앉아 웃는 효혜는 루사기에게 고운 여인 같았다. 효혜가 그리하고 있기 때문일 터였다. 둘 사이에 아이가 존재하기 때문일지도 몰랐다. 그에 관해 한마디 말도 나눠본 적 없는 터이나 오늘 효혜는 낳은 직후 떼어 보낸 자신의 아이를 처음으로 보았을 것이었다. 하여 그의 심사가 여느 날과 다른 것일 수도 있었다. 루사기의 마음도 이전과는 달랐다. 지어미가 둘이나 있지만 지어미 지아비를 떠나서 효혜는 지금 한 여인이었다. 사내로서 수시로 솟구치던 욕구들이 나이를 따라 많이 수그러져 가는 즈음이라 오히려 편하게 여기는 나날이지만 효혜의 부름에 집을 나설 제 설레었다.

"아까 저녁참에 퇴청하여 집에 갔더니 아이들이 오늘 소야궁에 다녀왔다 하더이다."

아이들 이야기를 기다렸는가, 효혜의 어깨가 곧추서고 눈이 동그래진다.

"아이들이 소야궁에서 선녀 같은 제일신녀를 뵈었는 바, 그 소감이 각기 다르더이다."

"어떻게요?"

"여누하는 제일신녀님의 눈빛이 심히 형형하여 무섭다 하였습니다. 여누하가 궁주를 무섭게 여긴 까닭이 뭘까요? 아이의 아비로서 묻습니다. 혹시 여누하에게 신녀가 될 만한 자질이라도 발견하신 겝니까?"

신궁 신녀는 아홉 살 이전에 신궁에 들었다. 그 부모들이 아이에게서 자질을 발견하고 신궁으로 데려가는 일이 흔했다. 부모가 발견하는 신녀로서의 자질은 신궁에서 대개 아닌 것으로 판명되기 마련이었다. 신궁 앞 소도(蘇塗)에 버려지는 아이들도 있었다. 소도는 신궁에 드는 자들이 속세의 먼지를 떨어내며 스스로를 정갈히 하는 곳이되 속세 사람들이 자식을 유기하는 장소이기도 했다. 그와 같은 아이들은 신궁이 거두어 키우되 사내아이들은 신궁 영지로 보내어 키우고 계집아이들은 그 자질에 따라 신녀가 되거나 궁인이 되는 것이었다. 신녀들이 스스로 찾아내는 경우도 있다 하였다. 신녀들이 찾아내는 건 곧바로 아이의 신녀로서의 자질일 수밖에 없었다. 설요라는 후계신녀는 아마도 신녀들이 찾아낸 아이일 것이었다. 그래서 집에서 여누하가 제일신녀가 무섭다 할 때 혹시나 했던 것이다.

"여누하가 아니라 유리나 공주를 보고 있었을 겝니다. 황후를 어려워할 법한데 대안전을 무시로 드나든다 합니다. 대안전 궁인들이 유리나를 몹시 귀애하는 한편으로 공주를 태자비보다 높이 섬기는 것 같다 하기로 신기하여 눈여겨보았습니다. 그래서 여누하에게 그리 보인 듯합니다."

효혜는 여누하에 대한 이야기를 피해가고 있다. 그가 피해간다면 묻지 않는 게 피차 좋을 것이었다. 아이는 어느새 면포에다 제가 원하는 색깔의 물을 들여 제가 원하는 형상의 옷을 지어 입을 줄 알았다. 재주가 승한 것이다. 제 손으로 하지 않아도 될 일이매 이미 즐기고 있는 아이의 재주는 바라보기에 어쩐지 위태로웠다.

"유리나의 기질이 남다르게 느껴지십니까?"

"그가 대백제국 황제의 유일한 딸인 바 태생적으로 이미 여느 여인과 같지 않으나 여인으로 보자 하면 유다르게 보이는 게 사실입니다."

"어떤 유다름입니까?"

"권력이겠지요."

"훗날 공주가 성장하여 부마를 들이게 되면 그 부마가 권력을 가지게 되지 않겠습니까? 하여 공주도 자연스레 권력을 갖게 되고요."

"그건 유다를 것이 없는 것 아니겠어요? 그것과는 다른 양상인데 더는 보이지 않아서 유심히 살폈던 것입니다. 물론 더 못 봤구요. 헌데, 혹시 폐하께서 소야비를 대방으로 데려가시려 하십니까?"

"소야비가 그리 말씀하시더이까?"

"폐하께서 직접 언질하시지는 않았으나 눈치로는 그러하신 것 같은지, 소야비가 들떠 계시더이다. 천신도를 그려보시겠느냐, 제가 운을 뗀 이후 그에만 매달려 계시더니 폐하를 따라 대방에 가실 수 있을 것 같은지, 천신도를 끝낼 수 있을지 모르겠다고 하셨어요. 폐하께서 그런 의중을 지니셨습니까?"

"직접 말씀하시지는 않으셨기에 저도 짐작만 해볼 따름입니다."

"말리셔요."

"말려야 하리까?"

"폐하께서 작정하시면 소야비와 유리나를 데리고 가실 수 있을지는 모르나 백제는 대방과 진단으로 나뉘고 말 터입니다. 거듭 말씀드리거니와 황상께서는 본국에 기반이 없습니다. 상의 기반이라면 황후 자체입니다. 그런데 상께서 소야비와 유리나를 데리고 대방으로 건너가시면 황후는 상을 지아비로 여길 근거조차 없어집니다. 본국과 대방이 하나일 필요도 없어지지요. 백제가 둘로 나뉘기 십상입니다. 소야비는 황후의 볼모이자 황상의 본국 근거입니다. 소야비가 안쓰럽기는 하나 그 또한 그의 운명이지요."

황상의 의중을 느꼈을 때 어렴풋이 황후가 달가워하지 않을 것이라 생각하기는 했으나 여인들의 삶의 일면이라 여겼던 참이었다. 효혜의 말을 들으니 여인들의 삶이 나라의 삶임이 확연해졌다. 효혜의 판단은 적확한 것이었다.

"그 말씀, 명심하겠습니다. 폐하와 말씀을 나누어 보겠구요."

"아까 하던 이야기 계속하지요. 오늘 소야궁을 다녀간 둘째는, 누왕인은 저를 본 소감이 어떻다 하더이까?"

"왕인은 신녀님의 낯빛이 창백하시어 그 눈빛에 슬픔이 어리신 거 같다 하였는데, 까닭을 물었더니 하늘과 소통하시는 분이라, 너무 높이 계신 분이라 사람과 닿지 못하시어 그런 것 같다고 했습니다."

"셋째는 뭐라 하였는데요?"

"저는 모른다 하면서 몸을 숨기더이다."

순간 효혜의 눈시울이 붉어지는가 싶었으나 눈물을 흘리지는 않는다. 술 한 잔을 더 마시는 것으로 자신의 속내를 삼켜버리곤 잔을 내려놓더니 입을 열었다.

"한 어리석은 신녀에 대한 이야기를 하리까?"

"해보세요."

"나이가 들대로 든 한 신녀가 있었어요. 신녀이매 사내의 몸을 모르고 늙어가던 이였지요. 그가 어느 날 명상 기도를 하던 중 한 가지 계시를 받았어요. 받은 듯했지요. 자식을 낳으라는 것이었어요. 딸을 낳을 것이고, 그 딸이 세상 사람을 넓고 따스하게 어루만져 줄 수 있는 신기 높은 신녀가 될 것이라 확신할 만한 뚜렷한 계시였어요. 하여 오래도록 동무로만 지냈던 한 사내를 처소로 끌어들여 씨를 받았답니다. 아무도 모르도록 무던히도 애쓰면서 몸속에서 키운 자식을 낳았지요. 열 달 동안 일순간도 딸이 아닐 것이라 의심해 본 적이 없는 자식을 안가에 숨어 낳았는데, 그 자식은 아들이더랍니다. 딸을 낳으면 소도에 버려 다시 주워 들일 참이었지요. 그리하여 신궁에서 키울 작정이었던 게지요. 헌데 아들이었던 겝니다. 어쩝니까. 아들을 소도에 버리면 영지로 보내져 궁노로 살아야 하지 않습니까. 그렇다고 그 아들을 키우기 위해 신녀의 옷을 벗을 수도 없는, 벗으면 아니 되는 그런 신녀였던지라 강보에 싸인 아들을 멀리 내다버릴 수밖에 없었다고 해요. 그런 신녀가 있었다 합니다."

말을 마친 효혜는 술 한 잔을 마셨다. 생살을 떼어내듯 갓난아이를 보내고 난 뒤에야 정작 인연이 따로 마련되어 있음을 알았다. 계시는 정확했다. 지독한 가뭄으로 굶는 백성들이 많았고 아이들을 팔아먹는 일이 다반사로 일어나던 즈음이었다. 팔리지도 못할 아이들은 아무 데나 버려진 채 죽어가기 일쑤라 하였다. 그즈음 소도에도 거의 날마다 아이들이 들어왔다. 또 한 아이가 소도에 들어와 있음을 느낀 건 이월 스무사흘 새벽기도 때였다. 섬광처럼 지나가는 아찔한 기운이 소도로부터 천신단으로 올라왔다. 무시로 아이들이 들어오매 그걸 느낀 건 처음이었다. 천신단에서 기도를 하다 말고 벌떡 일어나 소도(蘇塗)로 내리달려 갔다. 설요는 거기 있었다. 추레한 무명보자기에 싸여 소도에 버려져 있던 아이의 앙상한 몸이 사늘했다. 효혜가 느낀 기운은 아이가 살려 달라 보낸 비명이었던 것이다. 죽어가매 살려 달라 외칠 수 있었던 건 아이의 특별한 능력이었다. 효혜가 아직기를 낳아 이림으로 보내고 난 두 달 뒤였다. 효혜는 아이에게 자신의 젖을 물렸다. 자식을 낳았으되 물리지 못하여 스스로 말라가던 젖을 물리자 죽어가던 아이가 빨았다. 굶주린 살쾡이 같고 가뭄에 목마른 엉겅퀴 같았다. 효혜의 젖뿐만이 아니라 온몸이 아이에게 빨려드는 듯했다. 전신이 쑤시고 저릿저릿하였다. 아픔이 찬란하였다. 그건 환희였다. 하여 아이 이름을 엉겅퀴의 혀, 설요라 지었다.

삼켜버린 눈물이 또 비집고 나오려 하는지 효혜는 술 한 잔을 또 마신다. 루사기는 그런 효혜가 안쓰러워 손을 뻗어 그의 눈을 만졌다. 그 손을 효혜가 잡아 제 입술에 대었다. 입술의 촉감이 술 마신 사람답지 않게 사늘하였다. 그 사늘함이 오히려 루사기의 몸을 뜨겁게 하였다. 아이들에 관한 이야기를 한참 더 나누려던 참이었다. 세 아이를 이 한성에서 키울지 이구림에서 키울지, 대륙으로 데려갈지, 백제의 미래가 어떠할지 이야기 나누면서 아이들을 어떻게 키우는 것이 아이들의 앞날과 이구림의 앞날에 도움이 될지.

이야기는 나중에 나눠도 될 것 같았다. 손을 잡힌 채 루사기는 탁자를 돌아 효혜를 끌어안았다. 길어야 서너 달 한성에 있게 될 것이고 대륙으로 돌아가면 용성에서 고구려와 맞붙게 될 터였다. 진의 용성과 수곡성을 대륙백제의 영토로 만든 지 삼 년이 되었지만 고구려의 도성인 평양성과 가까운 탓에 언제든 전쟁이 일어날 수 있었다. 고구려가 용성이나 수곡성으로 내려오면 막고, 막은 뒤에는 다시 평양성으로 가야 하는 게 순서였다. 대륙백제엔 황상이 필요했다. 대륙이 건재하여야 본국도 안전했다. 황상이 대륙으로 가면 루사기도 따를 수밖에 없었다. 아이들과의 일상이 생애 마지막일 수 있고, 다른 모든 일들이 그렇듯 효혜와도 마찬가지였다. 오년 전 신궁 안에서의 교접이 마지막일 수 있었듯 오늘 이 안가에서의 조우가 사내로서, 계집으로서는 마지막일 수도 있었다.

그대 말씀이 아름다워

子曰 加我數年 五十以學易 可以無大過矣.

二三子 依夫子之言 橫論大百濟國時政大體.

(공자께서 하늘이 나에게 수년의 기간을 더 주어서 《역경》을 배우게 한다
면 세상일에 큰 허물이 없어질 것이라 말씀하시었는 바, 너희들은 공자의 말
씀을 빌어 대백제국의 정세와 미래를 논하여 보라.)

계미년(癸未年, 383년) 삼월 초사흘, 백제 시과시(試科試) 문사부(文士部)
의 시제(試題)가 그러했다.

누왕인은 문사부 시과시가 치러지는 태학 문산당 안마당에 늦게 도착
하여 문이 닫히기 직전인 진후시(辰後時)에야 겨우 들어왔다. 때문에 그가
앉은 자리는 닫힌 문 바로 앞이었다. 시제가 걸린 문산당(文山堂)의 현판
이 까마득했다. 사시(巳時) 종이 울리면서 시제가 문산당 현판 앞쪽의 걸

개에 막 나붙은 참이었다. 멀기는 하나 다행히 글귀들이 보이기는 했다. 시험을 치르기 위해 줄 맞춰 앉은 자들은 삼백여 명 정도 될 듯했다. 지난 가을의 예시를 통과하여 이 마당에 이른 사람들이었다. 수십 년씩 학문을 닦아온 사람들도 많은지 옆모습 뒷모습으로만 보기에도 나이들이 각양각 색이었다. 왕인은 조금 전 태학 정문에 들어설 때 오늘이 무슨 날인데 어린놈이 얼쩡거리느냐고 쫓겨날 뻔했다. 열여섯 살이던 작년 가을 예시를 통과한 예비문사의 증서를 보여주면서 자신이 증서에 이름 쓰인 왕인임을 몇 번이나 강조하고서야 들어올 수 있었다.

시험 시간은 오후시(午後時)까지였다. 두 시진, 네 시간 동안 삼백여 명의 사람들은 그동안 자신이 갈고 닦은 학문과 보고 듣고 생각한 백제의 모든 것을 문장으로 표현해내야 했다. 왕인은 작년 가을 예비시험 때 그러했듯 이번 본시험도 연습 삼아 치러보기로 한 터였다. 어차피 언젠가 한 번은 거쳐야 할 과정이라면 연습이라도 해보는 거지, 했다. 부친과 외숙은 무사시에서 장원을 하셨다. 오십여 년 전 작은할아버지 고흥께서는 문사시에서 장원을 하셨다고 했다. 평민들이 시과 각부에 장원을 해봐야 평생 동안 오를 수 있는 최고 품계가 12품 문독이었다. 황족들이나 귀족들은 시과를 치르지도 않았다. 그들은 시과를 치르지 않아도 자신들이 물려받은 품계로 온갖 관직을 나누어가졌다. 왕인은 부친 덕에, 소야 황비 덕에 귀족에 준하는 신분이긴 하였다. 황비가 났다고는 하나 월나군 사씨 집안은 그저 지방의 자그만 호족으로 취급받을 뿐이었다. 하지만 그렇게라도 이 구림을 유지해 가려면 왕인도 스스로 무언가를 이뤄야만 했다. 울타리 노릇이든 기둥 노릇이든 해야 할 책무가 왕인에게도 지워져 있었다.

자신의 공부가 어느 만큼인지 시험해보고 싶기도 하였다. 여누하도 그래서 기술사 시과를 치르는 게 아닌가. 여누하는 지금 태학 기술원에서 비단염색 기술사 시험을 치르고 있을 터였다. 재작년 부친께서 다니러 오셨을 때 모친께서 함께 상경하시어 송산에 있던 집을 처분하셨다. 어머니가 말씀하셨다.

—이 송산에서 너무 오래 살았다. 이제 이 집을 버릴 때가 되었어.

새로 옮긴 한성 집은 황궁에서 북서쪽으로 십여 리 거리에 있는 가부실에 있었다. 가부실 집의 여누하 처소는 온통 옷감들 천지였다. 시냇물이 흐르는 후원엔 수십 개의 장대가 선 채 줄이 매였다. 물들인 천들을 거기다 널어 말렸고 그것들을 저자에 내다 팔면서 재미나 했다. 돈을 버는 재미보다 제 솜씨가 남들이 사줄 만한 것임을 즐기는 것이다. 그런 여누하의 기술사 시험은 순전히 스스로의 재미 때문이었다. 제 솜씨를 뽐내고 싶은 욕심에 굳이 하지 않아도 될 일을 하는 것이다. 왕인 자신도 어쩌면 그와 같은 욕심일지 몰랐다. 뽐내기. 하지만 뽐낼 만한 지경에 닿기에 턱없이 모자란 공부임을 모르지는 않았다. 책이라고 읽어온 지 겨우 십여 년인데 무슨 뽐을 내랴. 더구나 공부가 깊어 보이는 사람들이 저리 많은데. 그저 생각나는 대로, 써지는 대로 써놓고 나갈 참이었다.

삼짇날은 일 년에 한 번 신궁이 공식적으로 열리는 날이었다. 신궁이 천혜당(天惠堂)을 열어 아픈 백성들에게 시료를 베풀기는 하나 그건 일상이었고 삼짇날은 잔치와 비슷했다. 시과가 일제히 치러지듯 신궁에서도 신녀들의 장기를 뽐내는 것이다. 신녀들의 최대 장기는 병자들 구제였다. 신녀들은 신녀가 된 날로부터 병자를 구제할 방법을 공부하기에 그들 중 다수가 의원이었다. 신녀이매 무사가 된 신녀들도 있었다. 신궁을 지키고 신녀들을 지키는 이들이었다. 오늘 신궁으로 백성들이 모여드는 까닭은 신궁무사들의 춤을 보고자 함이었다. 신궁에서 자신들을 내보이는 건 물론 신궁의 위엄을 과시하는 것이나 백성들은 흰옷 입고 칼춤 추는 신궁무사들의 행사를 보고 싶어 했다. 삼짇날의 신궁은 사시에 열려 유시 말에 닫힌다. 태학과 신궁 사이 거리가 이십 리는 될 터였다. 신궁이 닫히기 전에 가려면 여기서 시험시간 끝까지 붓을 놀리고 있으면 안 되었다. 설요를 먼 발치에서라도 한번 보려면 잽싸게 써내고 달려가야 했다.

子曰, 加我數年 五十以學易 可以無大過矣. 二三子 依夫子之言 撰論大百濟國時政大體.

왕인은 시제를 입속에서 굴려보며 갈아 담아온 먹물을 벼루에다 부었다. 공자께서 하늘이 나에게 수년의 기간을 더 주어서 《역경》을 배우게 한다면 세상일에 큰 허물이 없어질 것이라 말씀하시었으니 너희들은 공자의 그 말씀을 빌어 대백제국의 정세와 미래를 논하여 보라. 하늘이 자신에게 몇 년의 수명을 더 허락하여 역경 속에 담긴 진리를 완전히 익히게 하였더라면 세상의 큰 재난을 면할 수 있는 방법을 생각해낼 수 있었으리라. 공자가 그리 한탄하시었다는 의미에 붙여 백제의 현재 정세와 백제 세상의 사람들의 삶과 그들의 미래를 논하라는 것이다.

공자께서는 생애 말년에 주역 연구에 몰두하시어 수시로 서점(書占)을 치고 그것을 하루 행동의 표준으로 삼으셨다고 했다. 주역을 통해 천지, 자연의 이치를 학문적으로 밝히고자 했던 것이다. 그러나 천지음양의 진리가 너무 깊은 탓에 그 진의를 다 파악하지 못함을 안타까워했음을 알려주는 그 글귀는 《논어(論語)》〈술이편(術而篇)〉에 표현되어 있었다. 왕인이

《논어》에 이어 《주역》을 읽게 된 건 그 글귀 덕분이었다. 천지, 자연의 이치와 진의를 깨닫지는 못했을지라도 주역의 문구들은 어느 정도 기억했다. 기억하고 있는 문구가 시제로 나온 것은 다행이었다.

제국백제는 발해와 황해를 가운데 두고 대륙과 본국으로 나뉘어져 있었다. 영토가 활처럼 길게 연결된 한 나라라고는 하나 부친께서 한번 가면 몇 년씩 돌아오지 못할 만큼 넓었다. 그만치 멀리 퍼져 있었다. 재작년에 다녀가셨으니 또 몇 년 후에 오실지 모르는 일이었다. 지난번에 오셨을 때 드넓은 대륙백제의 각 성의 문물이 얼마나 다른지, 언어가 얼마나 다른지에 대해 말씀해 주셨다. 그리고 대륙에서 틈만 나면 벌어지는 전쟁들과 생성하고 소멸하는 나라들에 대해 말씀하셨다. 그 나라들이 전쟁을 벌이는 까닭은 살아남기 위한 것이나 한편으로는 사람들의 본성 안에 살육을 즐기는 야만성이 있기 때문일 것이라 부친과 대화를 나누기도 하였다. 본국도 다르지 않았다.

태자와 황후께서 다스리시는 본국은 말갈과 신라와 가야와 접경하여 접경지에서는 끊임없이 다툼이 일었다. 그렇게 다투지 않기 위해 통일을 하고자 하지만 천하 통일은 있을 수 없는 바, 전쟁은 결국 전쟁만 부를 뿐이었다. 때문에 백성들은 전쟁 때가 아니어도 전쟁을 대비한 축성에 동원되기 일쑤였다. 《주역》에 의하면, 저 하늘 우주에서 보자면 사람이 사는 땅이란 모래 한 톨 같은 것일 수도 있다고 했다. 밤하늘에 무수히 빛나는 별들이 다 그 모래 한 톨 같은 땅일 수도 있는 것이다. 우주가 그리 넓은데 그중 모래 한 톨만 한 땅, 같은 하늘 아래 살면서 이렇게 다툴 까닭이 무엇일까. 공자께서 《주역》을 연구하시며 고민한 것도 그것이었을 터였다. 끝없이 서로를 죽일 필요가 무엇일까. 서로를 허물하며 싸우지 않고도 살 수 있지 않겠는가. 이왕 나누어졌는 바, 그 경계 안에서 서로의 언어를 이해하고 소통하면서 문물을 나누며 함께 살면 될 터였다. 백제만 하여도 대륙과 본국이 상통하며 산다면, 그런 방법을 궁구해 나간다면 백성들의 삶이 얼마나 윤택해지겠는가. 국가를 통치함에 있어 공자가 의미하시는 바《주역》에 담긴 천문과 인간사를 잘 살펴 상생의 정책을 편다면 대과(大過) 없이 국운이 만세로 이어지지 않을까.

마음은 벌써 신궁에 가 있었다. 필체는 스승들께 어느 정도 인정받은 바였다. 시과 기술사부 시험에 필사과(筆寫科)가 따로 있다는데 문사부 시험에 필체가 그리 크게 작용할 리도 없을 것 같았다. 작용한다 해도 지금 그걸 재고 있을 때가 아니었다. 왕인은 생각나는 대로 쓰고 싶은 대로, 앞도 옆도 돌아보지 않고 써댔다. 쓰는 중에 오시 종이 울렸던 것 같고, 미시 시작종도 울렸던 것 같았다. 이름은 맨 끝장에 별지로 쓰게 되어 있었다. 어디 사는 무슨 품계를 가진 누구의 손자이며 아들인지, 몇 살인지 쓰고 예시 합격증서를 덧붙이라 했다. 왕인은 성을 빼고 부친도 뺐다. 그리고 예시 때 쓴 대로 삼 년 전에 돌아가신 할아버지의 함자를 빌어 월나군 한소의 손자 왕인이라고만 썼다. 이름을 써 불어 말리는데 마침 종이 울리고 말았다.

"그만들 제출하시길 바라오. 답지를 제출하시오."

문산당 시제 걸개 앞에 선 감독관이 큰 소리로 외쳤다. 남았던 사람들이 주섬주섬 일어나 시험지를 제출했다. 일찍 끝내기는커녕 간신히 시간을 맞춘 왕인도 서둘러 제출하고는 문산당 마당을 나왔다. 몇 명을 뽑는지는 알 수 없으나 급제한 사람의 이름은 사흘 뒤 태학 정문 앞에 방으로 나붙는다 하였다. 거기 이름이 있어야 십육품 극우 품계를 받고 태학의 학사가 되는 것이었다. 왕인이 학사가 되고자 하는 목적은 사실 단순하였다. 한성에 머물러 살 핑계 만들기. 왕인은 이구림이 답답하였다. 문밖을 나서면 모든 사람들이 다 서로를 아는 그곳. 산에 들어도 바닷가로 나가도 언제나 누군가가 따라다녔다. 여덟 살 때 저지른 실수 때문이었다. 그때 사흘 만에 집으로 돌아갔다. 난생처음 매를 맞았고 마지막으로 맞았다. 종아리에서 피가 줄줄 흘렀으나 가죽밧줄로 맞으면서 비명을 지르지 않던 해리처럼 왕인도 신음을 삼켰다. 눈물을 흘리시며 이를 악물고 아들의 종아리를 치시는 어머니께 깊이 용서를 빌었다. 그때 이후 왕인이 혼자 있으려 함은 곧 어머니의 걱정을 샀다. 어머니의 걱정은 이구림 사람들의 그것이었다. 늘 어깨가 무거웠다. 그 무거움에서 탈피하기 위하여 책에 파묻혀 사는 습관이 들었는지도 몰랐다.

마장(馬場)을 향해 뛰려는 왕인의 앞을 말이 막아섰다. 서비구의 말 호추(虎雛)였다. 근래 들어 마구 돋기 시작하는 수염을 새벽마다 파르라니 깎는 호추의 주인 서비구의 얼굴이 짐짓 굳어 있다. 그에게 행선지를 말하지 않고 몰래 나와버린 탓이었다. 왕인이 시위(侍衛)인 서비구를 집에 두고 그냥 나온 것은 사실 그에게도 무사시를 치러보라는 뜻이었다. 문사시, 기술사시와 달리 무사시는 예비시험이 없으므로 시험장에 가보면 시험을 치를 수 있다 들었던 것이다. 왕인은 서비구가 내미는 자신의 말 용추(龍雛)의 고삐를 받아 말에 올라앉았다.

"무사시 과장에 갔다 왔어?"

"거기 갈 생각 없었습니다."

"왜?"

"내 소임이 있는데 다른 일을 모색하리까?"

"그거 한다고 소임 못하나?"

"그거 하면 소임을 못할 수도 있을 뿐더러, 등한시하게 되는 건 분명하지요."

그가 무사시 과장에 나아가 급제를 하면 관등을 지니게 되고 그건 왕인의 호위를 할 수 없게 된다는 뜻이었다. 그의 어투에 급제에 대한 자신감이 배어 있듯이 왕인도 서비구가 무사시 과장에 나서면 장원급제할 것이라 믿었다.

"어쨌든 그건 나중 일 아니야? 한번 해보기라도 할 것이지. 나도 여누하도 그렇잖아."

"저는 나중에 어른들께 고하고 허락받고 나서 할 겁니다. 그나저나 신궁엔 왜 가시려는 겁니까?"

"내가 신궁에 가려는 걸 어찌 알았어?"

"태학에서 신궁까지의 지름길을 아느냐고 물으셨지 않습니까, 어제."

"아, 그랬지. 장서각 구경하려고. 신궁 장서각에 황궁 장서고보다 책권이 많다 하잖아."

서비구가 웃음기 없는 눈으로 인을 건너다보았다. 그런 쓸데없는 소리를 하고 있을 때이냐는 눈빛이다. 하지만 신궁 장서각(藏書閣)이 궁금한 것도 사실이었다. 장서각과 황궁 장서고(藏書庫)와 태학 서장고(書章庫)에는 책권이 얼마나 있을까. 늘 그게 궁금했다. 태학의 학사가 된다면 서장고에 들어갈 수 있을 터였다. 황궁의 장서고와 신궁의 장서각은 청원하여 허락을 받은 자들만 들 수 있다 하였다.

"참내, 농담 좀 했기로 그리 정색을 해? 봐야 할 사람이 있어. 신궁에."

"만나는 게 아니라 봅니까?"

"어."

서비구는 더 이상 묻지 않고 말머리를 돌렸다. 작년 가을 운무대에서 이림으로, 왕인의 호위로 온 것은 그 자신이 원한 일이었다. 어차피 호위를 달고 다녀야 할 처지라면 서비구가 옆에 있는 게 왕인도 좋았다. 그가 동무인 듯 형인 듯 듬직하거니와 그의 성정이 곧으면서도 온화하기 때문이었다. 무겁지도 가볍지도 않은 그의 말버릇도 좋았다. 보아하니 여누하가 서비구를 연모하는 듯했다. 남매가 자리하였을 때 서비구가 함께함을 당연스레 받아들이면서도 안절부절못했고 그러면서도 눈을 반짝거렸다. 서비구가 여누하의 그 맘을 눈치 챘는지는 아직 알 수 없었다.

황성처럼 성벽으로 둘러싸인 신궁은 맨 위 북쪽에 천신단을 모셨다. 천신단 계단 아래엔 천인각이 있고 천인각 앞마당은 좌우로 지수각과 화풍각을 거느린 대신전이었다. 대신전 좌우 건물 뒤편으로 각기 여섯 동씩의 전각이 있었다. 그 아래로 가운데 큰마당이 있고 큰마당 한가운데는 커다란 향로가 놓인 원형 제단이 있었다. 큰마당 양옆으로 큰 전각이 있으며 그 전각들 뒤로 아홉 동씩의 전각이 있었다. 성벽 안쪽으로 셀 수도 없을 기둥들이 주랑을 이루고 있고 주랑의 안쪽엔 방들이 들여져 있었다. 아마도 궁인들이 거기서 살 터였다. 때문에 신궁이 열린 날이라고는 해도 궁 밖 사람들에게 열린 곳은 큰마당과 그 어름뿐이었다. 더구나 원형 제단엔 붉은 금줄이 쳐져 들어갈 수 없었다. 그래도 그 터가 워낙 넓은 지라 큰마당과 그 어름에만 수천의 사람들이 모여 있었다. 유후시(酉後時)에 시작될 무사신녀들의 춤을 보기 위해 몰려든 이들로 신궁 큰마당 어름은 발 디딜 틈이 없을 만큼 북적였다. 잔칫날 한가지인지라 먹고 마시고 울고 웃고 떠드는 사람들 천지였다. 말을 타고 부리나케 왔음에도 이미 유후시가 가까 웠다.

"봐야 할 사람은 어떻게 찾지요?"

서비구의 물음에 왕인은 대답 대신 대신전으로 난 계단을 올려다보았 다. 대신전은 천신단이 그렇듯 전각이 아니었고 아홉 개의 기둥만 하늘을 떠받치듯 서 있을 뿐이었다. 큰마당에서 대신전으로 오르는 계단이 아흔 아홉 개라 했다. 큰마당 어디에 있어도 대신전은 올려다보이는 것이다. 설 요는 대신전 앞, 계단 위에 나타날 것이다. 얼굴을 가렸을지라도 그를 알 아볼 수 있을 것이었다.

등! 대북소리가 울렸다. 먹고 마시고 울고 웃고 떠들던 사람들이 차츰 고요해졌다. 다시 등, 북소리가 나자 신궁이 빈 듯이 적막해졌다. 자그만 아이들조차 적막에 놀라 숨을 죽이는데 갑자기 눈앞이 환해졌다. 흰옷을 나풀거리며 신녀들이 나비인 듯이 날아 내려와 계단 양편으로 줄지어 섰 다. 그들 손에 들린 검집들이 꽃가지인 양 화사했다. 손에 칼을 든 신녀들 은 무절(武節)들이었다. 신궁을 지키고 백성을 지키매 백성들의 흠모의 대 상이 되는 여인들. 등, 북소리가 나자 계단 양편에 일렬로 선 무절신녀들 이 동시에 칼집을 들어 올렸다. 다시 들린 북소리에 그들이 한 가지의 꽃 인 듯 검집에서 검을 빼 받들었다. 일백구십팔 기의 칼날이 하늘로 치솟자 칼날들에 반사된 석양이 날카롭게 반짝였다. 그 아찔함에 수천의 사람들 이 동시에 눈을 감았다. 감은 눈을 뜨니 대신전으로 오르는 계단 끝에 두 신녀가 나타났다. 온통 흰 너울을 휘감고 눈만 내놓았다. 그 모습이 검을 받치고 선 신녀들과 똑같았으나 왼손에 든 칠지화를 오른편 가슴에 댄 듯 이 들고 있는 이가 제일신녀이고 칠지화관을 쓴 이가 신이궁이라는 것을 사람들은 알았다. 신이궁의 흰 칠지 화관에서 일곱 색깔의 보석들이 요요히 빛났다.

신이궁이 사르르 계단을 내려왔다. 보이지 않는 그의 발이 계단을 딛지 않고 나는 듯했다. 그가 내려오자 양편에 갈라섰던 무절신녀들이 위에서부터 칼을 칼집에 꽂으며 그를 앞서 내려와 큰마당 가운데의 원형 제단을 둘러서기 시작했다. 근방에 있던 사람들이 황급히 물러섰다. 무절들이 원형을 갖추는 것에 맞춰 신이궁이 원형 제단을 한 바퀴 돌고는 향로대로 올라서 향로 앞에 다가섰다. 둥둥, 둥둥. 느리고 깊게 울리는 북소리에 맞춰 신이궁이 춤을 추었다. 향로를 돌면서, 수천의 사람들을 숨 막히게 하면서 춤을 추었다. 그의 양손에 늘어진 너울이 그의 몸짓에 따라 하늘을 감았다가 풀듯이, 사람을 감았다가 풀어놓듯이 감겼다가 풀리고 모였다가 흩어졌다. 그의 화관에 박힌 보석들이 그의 몸놀림에 따라 영롱하게 빛났다.

칠 년 전부터 저리 춤추는 그가, 해마다 조금씩 커지는 몸과 화려해지고 유연해지고 깊어지는 춤사위로 움직이는 그가 큰마당의 백성들은 모르는, 누왕인만 아는 설요였다. 아니 왕인 스스로 설요일 것이라 여겨왔다. 칠 년 전 숲 속에서 만났을 때 흰여우 떼들로부터 그를 지켜주지 못했으매 마음이 아팠다. 하여 그날 편지를 썼다.

오늘 나의 힘이 약하여 그대를 지키지 못했어.
힘을 기르도록, 용기가 높아지도록 애쓸게.
그리하나 어찌 다시 만날지는 알 수 없으니
매년 신궁이 열리는 날, 반드시 그대를 지켜봐줄게.

그 편지를 아직기에게 들려 그때 소야궁에 와 있던 설요에게 전했다. 개구쟁이 아우에게 들려 보냈던 그 편지가 그때 그에게 전해졌는지 확신할 수 없었다. 그저 믿었다. 스스로 믿었으므로 봄이 되어 신궁이 열릴 즈음이 되면 이구림에 있을 수 없었다. 매년 봄을 한성에서 지내는 습관이 생긴 것도 그 때문이었다.

아! 사람들이 일제히 탄성을 올렸다. 향로에서 불기둥이 솟아오른 때문이었다. 솟아오른 불기둥이 차츰 사위어 연기로 피어날 제 새로운 북장단이 울리면서 원형 대열로 섰던 무절신녀들이 일제히 춤을 추었다. 그들의 춤은 움직인다기보다 나부꼈다. 그들이 든 칼집과 칼은 눈부신 꽃이었다. 그들의 칼날에는 신궁이 만들어낸 맹독이 묻었으매, 그 칼에 스치기만 하여도 즉사한다는 세간의 속삭임은 허언일 것이었다. 저토록 아름다운 몸짓과 영롱한 빛이 어찌 사람의 목숨을 앗으랴. 무절들과 더불어 춤추던 설요가 대신전 계단으로 사뿐히 올라가 제일신녀 곁에 섰다. 햇빛이 수그러들기 시작했고 춤이 끝났고 신녀들이 계단 위로 승천하듯 사라졌다.

낮은 북소리가 느리게 연하여 울렸다. 신궁을 나가야 할 자들이 강물처럼 신궁 정문 방향으로 걸었다. 북소리가 그치기 전에 모두 나가야 하기 때문이었다. 사람들이 움직이기 시작하고서야 비로소 향로대 앞으로 다가선 왕인은 향로대에 다시 둘러진 붉은 금줄을 어루만졌다. 부드러웠다. 설요가 어찌 생겼던지 사실 가물가물했다. 큼지막하게 열린 채 눈물을 머금던 눈빛만 기억날 뿐이었다. 너울로 전신을 감추고 눈만 내놓는 설요와 마주친다면 알아볼지도 몰랐다. 하지만 그가 여염의 낭자인 듯 평이한 복색으로 앞에 나타난다면 알아볼 수 있을지 자신하기 어려웠다. 그래도 늘 그를 꿈꿨다. 문장을 읽을 제 그와 함께 읽기 일쑤였고 길을 걸을 때 그와 함께 걷고 있기 일쑤였다. 때론 함께 밥을 먹고 때론 잠도 함께 잤다. 설요는 인의 몸 안에서 인의 몸피만 하게 자라 있었다.

"혹시 여기 사루님 계시어요?"

나가려 몸을 돌리는 참에 불현듯이 나타난 계집아이였다. 예닐곱 살쯤이나 되었을까. 흰 깃을 단 검은 복색인 걸 보니 아기신녀였다. 왕인의 가슴이 덜컥 내려앉았다.

"제가 사룹니다, 아기님."

아이가 반으로 접힌 봉서를 손에 들고는 다른 한 손을 내밀었다. 무얼 달라는 것이고, 받아야 편지를 내주겠다는 뜻인 듯한데 동그란 눈에 장난기가 잔뜩 서렸다. 왕인은 엉겁결에 두건을 벗어 주었다. 두건을 받아 든 아이가 싱긋 웃으며 봉서를 건네주고는 큰마당 오른편의 건물 쪽으로 괭이처럼 사라졌다. 왕인은 편지를 펼쳐보지 못한 채 신궁을 나왔다. 소도 앞을 지나 천혜당 앞을 거쳐 소야궁 정문 언저리에 당도했을 때는 이미 어둑했다. 말을 소야궁 문 안쪽에다 매어놓고 신궁으로 올랐던 참이었다. 바로 앞에 소야비와 유리나 공주가 있으므로 들러 인사를 해야 마땅하였으나 왕인은 그냥 말을 끌어내어 내려왔다. 큰나루 한쪽의 어느 점포 앞에 이르렀다.

"읽어보지 않으십니까? 혹여, 긴박한 내용이면 어쩌시려고요?"

서비구의 말이 아니라도 더 이상은 참을 수 없게 된 참이었다. 왕인은 용추에게서 뛰어내려 점포 앞에 매달린 등불 밑으로 들어섰다. 봉지를 뜯고 편지를 펴는 인의 손이 떨렸다.

해마다 그대를 찾아내곤 하였습니다.

그대 오심으로 하여 저의 몸과 마음이 자랐습니다.

이번에도 그대가 오신다면 이 편지가 그대에게 전해질 것입니다.

저의 마음도 그대에게 전해지겠지요.

그곳을 기억하시는지요.

그대와 제가 처음 마주쳤던 곳.

이제금 흰여우를 무서워하지 않게 되시었다면

이 편지를 받은 밤 자시에 그곳으로 오시어요.

아무 이름도 거론되지 않은 편지였다. 아무도 내용을 알 수 없는 편지였다. 사루왕인만 알아볼 수 있는 것이었다. 왕인은 편지를 접어 봉투에 넣고 품속에 갈무리했다. 칠 년 만에 받은 답장이었다. 발바닥에서 불꽃이 일었다. 손가락 끝에서 가슴에서 정수리에서 불꽃들이 마구 피어났다. 저릿저릿한 환희였다.

대추씨

태학의 기술학사를 꿈꾸었던 여누하는 집으로 돌아온 이후 시시로 아랫입술을 잘근잘근 깨물었다. 그따위 일을 벌이는 게 아니었다. 태어나 지금까지 하고 싶은 일을 못해 본 예가 없고, 하고 싶은 일을 하고 나서 후회해 본 일이 없었다. 오늘은 난생처음 후회로 가슴을 치고 머리통을 쥐어박았다. 태학 기술원 마당에 가득 쳐진 차일 밑에서 흰 비단을 펼칠 때까지는 좋았다. 거기 시험을 치르기 위해 모인 사람들은 대개 나이들이 많았다. 남정네는 너덧 명이고 거의 여인들이었으나 남녀를 불문하고 직물에 관한 온갖 솜씨들을 겨룸에 그들은 이미 경지에 닿은 이들이었다. 그들의 몸짓, 손놀림만 보아도 그들이 고수임을 느낄 수 있었다. 욕심을 접었다. 접고 나니 편안했다. 단 세 명을 뽑을 뿐이라 하지 않는가. 뽑혀도, 뽑히지 않아도 괜찮았다. 할 수 있는 만큼만 하면 되었다.

태학에서 한 사람에게 나누어준 비단은 열 자씩이었다. 황후께서, 여인들이 잘하는 일이 많으니 여인들도 시과에 참여할 수 있게 하라 하시었다. 거개의 비단이 대륙에서 건너오므로 본국에서 양질의 비단을 생산하기 위해서는 기술사가 필요하다고 하시었다고 했다. 하여 시제(試題)인 비단 열 자는 황후의 특별한 하사품이었다. 여누하는 그 비단에 일곱 가지 색을 들일 참이었다. 무지개처럼 세로로 길게 물들인 비단을 펼치면 얼마나 고우랴. 유리나 공주에게서 태학기술사부 시과에 대하여 들은 날로부터 상상했다. 상상만으로도 황홀했다. 비단 염색 장면을 처음 보게 된 건 여덟 살 봄이었다. 구림 이십일리에 학당 동무 앵무가 있어 그의 집엘 따라갔을 때였다. 햇볕이 연하고 바람이 적당한 날이라 온 마을이 일제히 염색을 한 것이었다. 백여 호에 이르는 동네가 온통 색색의 비단으로 나부끼고 있었다. 그때의 영롱함을 무어라 형용할까. 그때를 상상하면 아직도 가슴이 설레고 뛰었다. 하필이면 누왕인이 실종되는 바람에 이구림이 발칵 뒤집혔던 날이었다.

시녀 병이와 더불어 백반을 넣고 물을 끓여 식히며 매염제를 만들었다. 비단은 매염 시에 보통 주황빛이 되었다. 주황빛 위에 원하는 색을 들이기 위해 쪽과 잇꽃과 홍화 등에서 추출한 염료를 풀고 색을 가늠했다. 한창 그러고 있는데 주변이 소란해졌다. 유리나 공주가 잠깐 들린다 하더니 왔나 했다. 유리나 공주가 시관은 아니나 황후 전하를 대신해서 과장을 둘러볼 것이라는 말을 들었던 것이다. 반가운 마음에 일어났는데 공주가 아니라 태자였다. 그의 호위들이 태자 전하이시라 하여 태자인 줄 알았다. 비쩍 마른 몸피에 길고 수염 없는 붉은 얼굴을 일별하다 고개를 숙였으므로 자세한 모습은 볼 수 없었다. 무사부 과장도 아니고 기술사부에서도 사내들이 주로 시험을 치르는 이웃 과장도 있는데 여인들이 태반인 과장에 나타나 여누하를 빤히 쳐다보던 태자는 대낮임에도 취한 것 같았다.

—몇 살이지?

여누하를 바라보던 그의 첫마디가 그러했다. 취해 묻는 그가 태자 전하이시라 하니 고개 숙이며 열일곱 살이라 아뢰기는 하였으나 세 가지 색을 갓 들여놓은 비단을 함부로 만지는 그에게 달려들어 마구 패주고 싶었다.

—예 와서 이런 일을 하고 있으매 가문을 물을 까닭은 없겠고, 이름이 무엇이야?

과장(科場)에 나온 백성들의 가문이 보잘것없으리라 단정하는 태자가 한심했다. 가문을 운운할 것이면 시과 따위가 무슨 소용이 있으랴. 대답하기 싫어 못 들은 체했더니 재차 물었다. 대답치 아니할 수 없어 여누하라고 아뢰었다. 과장에 좌현왕이라는 태자가 납신 건 백성들의 삶의 한 양태를 지켜보기 위한 것일 터였다. 그렇다면 고루 둘러봐야 할 게 아닌가. 태자는 다른 차일 밑의 다른 이들의 솜씨를 보러 가기는커녕 되레 여누하의 차일 밑으로 좌대를 가져오게 하여 앉았다. 그리곤 여누하에게 하던 일 계속하라고 했다. 그렇게 두 식경쯤이나 지났던가. 앉은 채 조는 듯 마는 듯 하던 태자가 일어서 나가며 말했다.

—이 시과가 다 끝나거든 태자궁으로 찾아오라. 그대의 차일 밑에서 나를 쉬게 하여준 값으로 상을 내리겠다.

상 좋아하시네!

여누하는 태자의 말을 비웃었다. 그의 명은 관심도 없었다. 그런데 머릿속은 이미 뒤엉킨 뒤였다. 머릿속이 뒤엉키니 손놀림도 엉켰다. 빨강, 주황, 노랑 등의 밝은 색을 먼저 들이고 초록과 파랑과 남빛과 보랏빛의 짙은 색을 나중에 들이려 했는데 나중 들인 색들이 무지개가 아니라 먹구름에 가까웠다. 엉망인 채 말리고, 접어 내놓고 달아나듯 돌아왔다. 돌아오는데 부끄러움에 진저리가 쳐졌다. 사흘 뒤 태학 기술원 앞에는 가볼 필요도 없었다. 그게 미칠 듯이 화가 나 집에 있던 비단을 방바닥 가득 펼쳐놓은 채 질근질근 밟고 다니는 것이다.

"아씨, 저녁 진지 상 차려왔나이다."

병이의 목소리가 문밖에서 조심스레 울리는데 그 조심스러움이 여누하의 부아를 돋웠다.

"생각 없다. 너희들이나 먹어라."

"하지만 어찌 굶으시겠어요?"

"생각 없다 하지 않아!"

"알겠사와요."

"누께서는? 아직 기척이 없으시냐?"

"예."

"서비구는?"

"그야 누 계시는 데 있겠지요."

하긴 바늘 가는 데 실이 안 가랴. 아침에 왕인보다 훨씬 일찍 집을 나섰다. 그들이 나간 시각은 몰라도 종일 어디에 있었을지는 알고 있다. 그렇다면 벌써 집에 와야 할 게 아닌가. 왕인을 상대로 태자의 작태에 대해 한바탕 성토를 하고 나면 시원할 것 같은데 그들은 바깥에서 무얼 하기에 돌아오지 않을까. 왕인을 향해 하는 여누하의 말은 서비구를 향해 하는 말도 되었다. 왕인이 집에 들면 서비구가 들었다. 왕인이 한성으로 향하니 그도 향했다. 바늘에 꿰인 실처럼 여누하도 그들을 따라왔다.

이림의 어머니께서는 여누하가 그곳에서 얌전히 상단의 일을 배우기를 바라셨다. 장차 왕인을 도와 이구림과 상단을 이끌어 나가기를 바라셨다. 여누하도 그리할 생각이었다. 그리하지 않을 수도 없었다. 책벌레인 왕인이 장사를 알겠는가. 그가 누인 바 그는 이구림의 주군으로 사는 것이고 상단 운영은 여누하 자신의 몫이었다. 누구와 혼인을 하더라도 지아비의 집에 가서 살기보다 지아비를 이구림으로 데려와 살 터이고 그리만 할 수 있는 형편이 아니라면 양쪽을 오가며 경영할 것이다. 어쨌든 그건 나중 일이었다. 지금은 서비구가 와 있는 한성으로 올 수밖에 없었다. 작년 가을 그가 왕인의 시위로 이림에 들어선 순간부터 두근대는 가슴이 여태도 두근거렸고 그를 볼 때마다 부끄러웠다. 날마다 한 지붕 아래 있음에도 날마다 그가 그리웠다. 그가 그리울 때마다 가슴이 저렸다. 그와 혼인하겠다 하면 어른들께서 어찌 나오실지, 그걸 생각하면 입술이 빠짝 말랐다.

사실 어른들이 몇 년 전부터 염두에 두고 있는 여누하의 짝은 미추홀에 있었다. 미추홀 염전과 포구를 운영하는 정씨 일족의 후계자로 이름이 긍휼이라 했다. 그가 이제 열네 살이므로 어른들은 긍휼이 열일곱 살이 되기를 기다리고 있는 것이었다. 여누하는 어른들 앞에서 내색은 못했으나 내심 코웃음을 쳤다. 열네 살짜리한테 무슨! 그에 비하면 서비구는 얼마나 사내다운지. 서비구를 생각하노라니 비로소 화가 가라앉았다. 우선은 왕인과 서비구의 옷이나 한 벌씩 만들어주자 싶으니 짓밟고 다녔던 비단이 비로소 안쓰러웠다. 더구나 대방에서 왔다는 자홍색 비단은 유리나 공주가 준 것이었다. 황후께서 하사하신 것이라던가. 유리나 공주는 왕인을 사모하는 듯했다. 그렇다고 말하지는 않아도 만날 때마다 왕인의 소식을 듣고 싶어 간지러운 표정을 지었다. 물론 둘이 혼인할 수는 없을 것이었다. 왕인이 유리나를 좋아하는지 모르거니와 유리나는 공주이므로 그의 혼인은 그 스스로 결정할 수 없었다. 지난달 황후께 문후 드리러 갔을 때 황후께서 공주한테 조정좌평 진이필의 아들 진광과 혼인을 하겠느냐 물으시었다고 했다. 진광은 열일곱 살인데 가온나래에 속해 있었다. 가온나래란 황족과 귀족 가문의 자제들로 이루어진 동아리로 일명 치우(雉羽)라 불렸다. 치우들이 장차 백제를 짊어지고 나갈 젊은이들이라지만 백성들에게 그들은 성가시기만 한 사람들로 유명했다. 공주가 질색을 하니 황후께서 깔깔대며 웃으셨다고는 하나 전해 듣는 것만으로 여누하는 진저리가 났다.

"공주 아닌 게 다행이지."

중얼거린 여누하는 구겨진 비단을 손바닥으로 문질러가며 접었다. 마구잡이로 싸돌아다니는 사내들이니 비단보다는 물들여놓은 무명으로 옷을 짓는 게 좋을 터이다. 무명이나 모시나 삼베는 비단보다 물드는 시간이 오래 걸렸다. 대신 원하는 무늬를 만들기는 더 용이했다. 여누하는 근래 한 장의 천에 각기 다른 색으로 무늬를 만드는 일이 재미있었다. 무명에도 같은 색의 염도를 달리해 물을 들였다. 그렇게 물들인 걸 가져가 나루터 큰 저잣거리 대진상단 직물 점포에 보인 게 작년 이맘때였다. 여누하가 무늬를 만들어놓은 무명을 뜯어보던 점포 주인이 시험 삼아 팔아보겠다 하였다. 며칠 뒤에 궁금하여 가보았더니 팔렸다고 했다. 장차 어머니를 이어 상대포상단의 단주가 될 여누하가 스스로 만든 물건의 판로를 스스로 개척한 것이었다. 그에 자신감이 생긴 여누하는 자신이 만든 직물들을 큰나루의 이구림 점포에 내놓기 시작했다.

두 사람 옷을 똑같이 지어줄까 싶다. 왕인은 천생 서생인 듯 희멀겋게 생겼으나 성정은 꽤나 집요하고 투철하였다. 서비구는 사내답게 거친 듯이 생겼으나 그 성정은 온화하였다. 그들은 생김새의 다름에도 불구하고 몸집이 비슷해 때로 쌍둥이 같았다. 그러니 같은 형상의 옷을 지어 입히면 얼마나 재미있으랴. 여누하는 등불을 두 점 더 켜놓고 물들여 세워놓은 무명 두루마리를 펼쳤다. 푸른색과 붉은색과 회색과 자색의 천을 한 자 넓이씩 풀어놓으니 한 색깔에서도 색의 농도들이 다른지라 방바닥이 꽃밭 같아진다.

"아씨!"

집사인 유술의 목소리였다. 병이가 그의 딸이었다. 병이가 사주하여 또 밥을 먹으라는 소린가 싶은데 그의 목소리가 심상치 않았다. 그러고 보니 창에 비치는 바깥의 불빛이 너무 밝았다. 방 안에 등불을 넉 점이나 밝혔을 만치 진작 어두워진 때가 아닌가.

"말씀하세요."

"나, 나오서 봅시오."

불이 났나? 불길한 느낌에 퍼뜩 일어선 여누하는 손에 들었던 가위를 내려놓으려다 오히려 꽉 잡고는 대청으로 나섰다.

"무슨 일이에요?"

묻다가 안마당에 펼쳐진 광경에 우뚝 섰다. 머리카락이 곤두섰다. 유술을 비롯한 시자, 시녀 일곱 명이 다 대청 아래 엎드려 떨고 있고, 마당에는 군사들 수십 명이 도열해 있는 게 아닌가. 군사들 손에 횃불들이 들렸고 그 횃불 사이에 낮에 보았던 태자가 서 있었다. 그러고 보니 늘어선 군사들의 복색이 낮에 보았던 태자측위대의 그것이었다. 태자가 납시었으니 내려가 엎드려야 하는데 여누하의 몸이 굳어 움직이지 않았다.

"그 가위로 이 침입자를 찌르려는가?"

여누하는 그제야 손에 든 가위를 내려놓고 대청 아래로 나아가 마당으로 내려섰다. 엎드리는 대신 허리를 숙였다. 숙이는 고개만큼 분기는 역으로 솟쳤다.

"낮에 보았으니 말하지 않아도 내가 누구인지는 아는 게지?"

"예."

"불청객은 안으로 들이지 않는가?"

"예."

얼떨결에 한 대답에 태자가 하하 웃었다. 여누하는 허리를 수그린 채 그냥 있었다.

"안으로 들이지는 않더라도 그대가 주인인 바 불청객한테 어떻게 왔느냐 묻기는 해야 할 터인데?"

여누하는 허리를 펴고 고개를 들었다. 태자를 정면으로 마주보면 안 된다는 정도는 아는지라 고개를 시늉으로 숙인다.

"어쩐 일로 예에 납시었나이까?"

"낮에 분명히, 과장이 끝나면 태자궁으로 찾아오라 했지 않았나? 왜 아니 온 게지?"

"그걸 따지시려 대백제국 태자 전하께오서 소인의 집까지 납시셨나이까? 소인의 집이 예인 줄은 어찌 아시고요?"

"대백제 태자의 명을 거스른 그대가 심히 궁금하여 왔고, 그대 집이 예인 건 그대가 과장에 남겨놓은 흔적으로 알게 되었겠지. 가부실의 여누하. 왜 그뿐이지? 부와 조부의 이름을 함께 적어야 하는 게 아닌가? 지아비가 있다면 그 이름도?"

"소인의 부와 조부의 성명이 궁금하시옵니까?"

"과장의 형식이 그러하지 않은가 그 말이다."

"조부께오선 연전에 돌아가시었고 부친께선 아주아주 먼 곳에 계신지라 그저 소인의 이름만 밝혔나이다."

"그대가 이 집의 주인인가?"

태자 벽이 여누하에게 네가 이 집의 주인이냐 묻는 것은 지아비의 유무에 대한 질문이기도 했다. 그걸 알아들은 여누하도 찰나지간 고민했다. 차라리 지아비가 있다 할까. 하지만 태자가 여기까지 쳐들어온 내막이 훤한데 장차의 지아비를 미리 곤경에 처하게 할 수도 있을 터였다.

"현재는 그러하옵니다."

"언뜻 보니 바깥마당에 과녁이 세워져 있는 듯하던데?"

"바깥채에 손님인 양 들어 사는 식구들이 있사옵고 그들이 재미 삼아 활쏘기를 하옵니다. 소인도 이따금 하옵고요."

"그대가 활쏘기를 한다고?"

"예."

"왜?"

"계집이 무슨 활쏘기냐, 하문하시는 것이나이까?"

"그렇지."

"소인은 계집이 활을 쏘면 아니 된다는 말을 들어본 적이 없사옵고, 바깥마당에 과녁이 세워졌기로 해보는 것뿐이옵니다."

"잘 쏘나?"

"못 쏘지요."

태자가 또 웃음을 터트렸다. 그가 웃으니 여누하에게 솟구쳐 있던 분기가 누그러졌다.

"그래서 현재는 그대가 주인이다? 현재 그러하면 된 게지. 나를 끝내 안으로 청하지는 않을 셈이야?"

"안으로 드시어 무얼 하실 것인지요."

"안에 들어 무얼 할까. 안으로 들어봐야 알 터이지?"

"소인이 드시라 아니하면 전하의 권력을 행사하실 것이옵니까?"

"그럴 수도 있고 아닐 수도 있지."

"하오시면 권력을 행사하오소서."

"자의로는 들이지 않겠다?"

"예."

"과인이 무섭지 않은가?"

"설마 대백제국 태자 전하께오서 이 밤에 백성을 겁박하러 오시었겠나이까? 무섭지 않사옵니다."

"과인이 무섭지 않다면, 들여놓으라. 차 한 잔 얻어 마시고 고이 물러가겠다."

그의 목적이 무엇이든 더 이상 고집을 부리는 건 우둔한 짓이었다. 왕인이 없는 게 천만다행이었다. 그가 있었으면 얼마나 곤욕스러웠을 것인가. 여누하 또한 사루집안의 사람이었다. 부친만큼, 왕인만큼은 아닐지라도 사루집안 사람이 아는 것과 느끼는 것을 알고 느꼈다. 고흥 할아버지께서 알고 느끼면서도 수십 년에 걸쳐 《백제서기》를 지어 황실에 바쳤듯, 고모이신 소야황비가 알고 느끼면서 백제 황실의 여인으로 살아가듯 여누하도 아는 것이다. 그 복잡하고 서글픈 역사들. 다만 여누하는 소야비처럼 살고 싶지 않았다. 황비께서 아무리 폐하의 사랑을 받으신다 하여도 폐하와 함께하는 시간은 잠깐씩일 뿐 황비께선 평생 고천궁에 홀로 유폐되어 계시었다.

여누하는 태자를 향해 드시라 하고는 먼저 마루에 올라 자신의 방 앞에 섰다. 문은 나온 그대로 열린 채였다. 태자가 마루로 올라서자 그의 측위대들이 바깥마당 쪽으로 물러났다. 여누하는 아직도 엎드려 있는 가솔들을 일어나라 하고 병이어멈 순기에게 다과상을 준비하라 일렀다. 태자는 문이 열린 방 앞에서 방 안을 들여다보고 있었다. 지아비가 있는 여인의 방인지 살피는 것 같았다. 픽, 터지려는 실소를 삼키며 여누하는 그를 앞서 들어가 방바닥 가득히 널려 있는 옷감들을 말아 한쪽으로 밀쳐놓고는 방석을 꺼내 놓았다. 태자가 방석 위로 올라앉았다.

"무얼 하고 있었던 게지?"

"옷을 지으려 궁리하고 있었나이다."

"그대가 직접 옷을 짓는다고? 왜 수하들을 시키지 않고서?"

"소인이 그들보다 옷을 잘 짓기 때문이옵고, 그들에게는 옷 짓는 일이 노역인 바 소인에게는 놀이가 되는 까닭입니다."

"옷을 짓는 게 재미있어? 옷감에 색을 들이는 게?"

"그렇사옵니다."

"그런 게 왜 재미있지?"

"사람마다 재미를 느끼는 일은 다르다 알고 있나이다. 전하께오선 무슨 일이 재미나시온지요?"

"나? 나는, 재미있는 게 하나 없지. 무얼 해도 재미가 없어. 하여 끊임없이 찾아다니는 게지. 그러다 오늘 그대를 보았다. 입술을 꼭 다물고 얼굴이 발그레 하고 두 손은 시커먼데, 그 손끝에 걸린 비단은 몹시도 화려하였지. 그게 재미나 보였어. 해서 그대의 차일 밑으로 들어간 게다. 일하는 모습이 재미나 보여서."

"전하께서 제 차일 밑으로 드시는 바람에 소인은 오늘 과장의 일을 망쳤나이다."

"왜?"

"기분이 몹시 언짢았던지라 손길이 엉키고 말았습니다."

"설마, 나 때문에?"

"예."

"허! 미안케 되었구먼. 헌데, 오늘 과인으로 하여 망치지 않았더라면 비단염색 기술사로 뽑힐 자신이 있었던가?"

"거기 모인 이들이 하나같이 빼어난 솜씨를 지닌 이들이라는 걸 첫눈에 알아보았기에 그건 포기하였던 참이옵니다."

"그렇다면 결과는 마찬가지 아니야? 더구나 자신의 일이매, 내가 하지 못하게 그대 손을 붙든 것도 아니고, 그만한 정도 기분은 스스로 다스려야 진정한 장인인 게지. 그렇지 않은가?"

태자의 말이 맞기는 했다. 그 정도는 다스릴 수 있어야 남 앞에서 뽐낼 만한 재주를 지녔다 할 것이고, 그만한 재주를 지닌 사람들은 남 앞에서 뽐내지 않아도 저절로 빛나게 되는 것이었다.

"그건 그렇지요."

여누하의 기어들어가는 말에 태자가 내기에서 이긴 사람처럼 웃어댔다.

태자 벽에게 오늘 발견한 여누하는 신기하였다. 여누하를 계집으로 탐하였더라면 이 밤에 여길 오고 싶었을 까닭이 없었다. 태자궁에서, 가는 곳마다에서 건드리고 싶은 여인들은 죄 건드려왔다. 열여섯 살 때부터 서른두 살이 된 지금까지. 태자비와 후비까지 지어미가 둘이었고 두 비에게서 난 자식이 여섯이었다. 비로 들이지 않은 채 사가에 내버려 둔 부인도 셋이었다. 그들이 생산을 하게 되면 비가 될 것이나 그들을 찾지 않은지가 오래되었다. 다른 여인들이 무수히 많지 않은가. 그나마 재미있는 일이 그 뿐이어서 그리하였다. 헌데 요새는 그조차 시들했다. 무사부 과장에 들렀 다가 여인들만의 과장이 펼쳐져 있다기에 들어섰을 때만 해도 여전히 시 들했다. 그러다 발견했다. 아직 앳된 여인이 나이든 여인들 틈바구니에서 무지개처럼 영롱하게 빛나고 있는 것을. 용모가 유난히 어여뻐서가 아니 었다. 용모만으로 보자면 오히려 평범한 축에 속할 아이는 그 스스로 발광 체인 양 빛나고 있었다. 저 빛이 어디서 나오는 것일까. 그게 신기하고 궁 금하였다. 태자궁으로 오라 하였다. 상을 내리고 말을 시켜볼 참이었을 것 이다. 어이하여 어린 사람이 그런 일을 하느냐. 그를 오라 하면서도 스스 로는 그를 잊을 줄 알았다. 그런데 술이 깨어가도 그를 잊지 않음은 물론 이고 그를 기다리고 있었다. 오지 않을 아이임을 뒤늦게 깨달았다. 과장에 서 보았던 아이에 대해 알아오라 명했다. 가부실에 사는 아이라 하였다. 알아오라 하면서도 찾아가리라 생각지는 못했다. 헌데 찾아왔다. 찾아와 말을 주고받음에 그 재미가 유별났다. 낮에 무지개 같던 아이는 이 밤에 금강석 같이 단단하고 야무지게, 낮보다 더 빛나지 않은가.

다과상이 들어왔다. 강정 네 알, 곶감 쌈 네 알, 대추 네 알, 은은히 빛나 는 다기들. 소박하나 격 있는 상이었다. 차를 따르는 여누하의 손은 미처 지우지 못한 물감으로 꺼뭇꺼뭇하였으나 그 손을 부끄러워하지 않는다. 신기하다. 신기한 그 손을 잡아보고 싶으나 신기루처럼 사라질까 저어하 는 맘이 컸다. 저리 다부지고 어여쁘게 말하는 입이 닫혀 버리면 어찌하 나. 태자는 강정 한 알을 먹고 차 한 모금을 마시고 곶감 쌈 한 알을 먹고

차 한 잔을 마셨다. 그때마다 여누하가 빈 찻잔을 채워놓았다.

"그대의 집에 술은 있는가?"

"없나이다."

"왜?"

"소인이 아직 술을 마셔본 적 없는 데다 술 마실 손님이 드신 적도 없어 술을 빚지도 술을 사지도 않았사옵니다."

"술을 빚을 줄도 아는가?"

"그 또한 특별한 기술이라 아직 그건 배운 바가 없나이다."

"그럼 화살을 쏘고, 옷감을 물들이고 옷을 짓는 일 이외에 또 무엇을 배웠어?"

"제 또래의 여인들이 보통 배우는 것들을 저 또한 배웠겠지요. 밥을 짓고, 반찬을 만들고, 사람을 읽고. 장차 제가 만든 옷감들을 널리 내다팔 수 있게 하기 위해서 셈을 배우기도 하였지요."

"그대가 장사치가 되겠다고?"

"그게 이상하시옵니까?"

"이상하지. 이상한 게 당연하지 않은가? 옷감을 만들고 옷을 짓는 건 여인들이 흔히 하는 바, 그에 더하여 특별한 재주를 가질 수도 있을 터이나 그걸 내다 파는 일은 보통 사내들이 하는 게 아니야?"

"전하께오선 큰나루, 중간나루, 작은나루 등에 있는 저잣거리에 나가보신 적이 없으시나이까? 솔실이며 마대평 등의 저자를 보신 일이 없으시어요?"

"있지, 왜 없어. 큰나루 안쪽의 저잣거리는 나도 이따금 구경하는 곳인걸."

"허면 자세히 살피시진 못하신 듯하옵니다. 어느 저자나 자세히 보시오면 장사치들 중에 여인들이 드물지 않음을 아시었을 텐데요. 소인 또한 그들처럼, 제가 물들인 옷감들을 저자의 점포에 내놓는 장사치이기도 하옵니다."

"그래? 그렇다고? 그대가 장사를 어찌 하는 게지?"

"가령, 소인이 생 비단 한 두루마리를 은전 한 냥에 구입하는 겁니다. 그 생 비단에 제가 색깔과 무늬를 만들어서 한 냥 닷 전에 점포에 내놓지요. 그러면 점포에서는 한 냥 팔 전이나 두 냥에 그걸 파는 겁니다. 소인은 닷 전을 벌고 점포에서도 삼 전이나 닷 전을 버는 거지요."

"그러했어?"

"예. 재미있는 일이 하나 없다, 하지 마시고 전하의 백성들이 어찌 사는지 보시오면 그도 재미있을 것이옵니다."

"그대가 태자를 가르치려 드는군."

"감히 그러하겠나이까. 사는 게 재미없으시어 이 밤에 한 어린 백성의 집까지 납신 전하가 안쓰러워 제가 아는 재미를 알려드리는 것뿐입니다."

대백제국 태자가 안쓰럽다 말하는 저 입을, 저 입이 달린 얼굴과 얼굴을 받들고 있는 저 몸을 당장 품겠노라 하면 어찌 될까. 태자 벽은 대추 한 알을 깨물며 궁리했다. 대추씨는 깨물 수 없어 뱉어내야 하는데 뱉기가 싫어 삼키고 말았다. 그 작은 씨앗이 따끔, 목에 걸리는 것 같아 태자는 차를 마셨다. 소반 위 접시에는 대추 한 알, 강정 한 알, 곶감 쌈 한 알이 남아 있다. 그것들은 여누하의 몫이니 자신의 몫은 다 먹은 것이다. 가야 하는데 이제 어찌할까. 이 아이를 그저 두고 갈 수가 있을까. 갈 수 있을 터이나 가고 싶지 않아 문제였다. 가고 싶지 않아 머무르겠다 하면 저 아이가 어찌 나올까.

"그대는 왜 아니 먹지?"

"이 상에 차린 것은 전하께서 드실 것이옵니다."

"그럼 과인이 여기 더 머물러도 된다는 뜻인가? 내가 밤새 이것들을 먹지 않고 이 방에 머무르면 어찌 되지?"

"온 나라가 전하의 것이온데 소인이 무슨 힘이 있어 전하를 내쫓겠나이까. 소인이 물러나야지요."

"과인이 그대에게 물러나라 허락지 아니하면?"

"전하의 권력을 그리 행사하시오면 못 물러나겠지요."

"나의 권력이 아니면 그대가 나의 사람이 될 수는 없는가?"

황제와 황후 이외엔 누구도 정면으로 태자를 쳐다보지 못하는 법이었다. 여누하는 쳐다보았다. 그 눈매에 서려 있던 웃음기가 말끔히 가셨다. 태자의 가슴이 서늘하여졌다. 아니 가슴에 대추씨가 걸린 듯이 따끔거렸다.

"물었지 않아?"

"하문하시니 상답하옵니다. 전하의 권력으로 소인이 전하의 사람이 될 수는 없나이다. 전하의 백성이매, 억지로 취하고자 하신다면 전하의 한 계집이 될 수는 있겠지요."

억지로 취할 양이면 왜 여기까지 왔을 것이며 와서는 제 눈치 보며 연연하고 있을 것인가. 그걸 몰라주는 여누하가 서운하였다. 서운해 하는 자신의 마음이 놀라웠다. 부황의 사랑을 받지 못한다 여겼던 어린 날이나, 성년이 된 뒤로도 대방을 다녀가라 하시지 않는 부황을 의식했을 때도 서운하다 여기지 않았다. 모후께서 장성한 아들을 허수아비로 만들어 권력 행사를 즐기심에도 서운타 여겨본 적 없었다. 황실 사람들이란 으레 그런 것이거니 여겼을 뿐이었다. 여인들의 마음을 받고 싶었던 적이 없으므로 그 마음을 못 받아 서운했을 리도 없었다.

"허면, 나의 권력을 차치하고 그대를 나의 사람으로 만들 수 있는 방법이 뭐지?"

"낮에 잠깐, 길가의 선 나무 한 그루 보시듯 보셨을 뿐인 소인을, 왜 전하의 사람으로 삼고 싶어 하시나이까?"

"낮의 그대는 나무가 아니었던 고로 그대가 신기하였다. 이 밤의 그대 또한 나무가 아닌 고로 신기하다."

"어떤 신기한 것도 세 번이면 길가의 나무와 같아지지 않나이까? 어떤 신비로운 물건도 사흘간 옆에 두면 시냇가의 돌멩이와 다를 것 없지 않나이까? 소인이 신기하실 까닭이 없사옵니다. 소인은 셀 수 없을 많은 전하의 백성들 중 하나일 뿐이옵니다."

"허면, 세 번을 보아 길가의 나무와 같아지는지 지켜봐야지. 시냇가의 돌멩이가 되는지 알아봐야지. 그건 허락하는가?"

"제 허락의 가부가 중요하시나이까?"

"그러하다."

"하오면 싫나이다. 이미 두 번을 보시었으나, 나머지 한 번도 보시올 양이시면 전하의 권력을 쓰시옵소서."

"이같이 쳐들어오라?"

이번엔 대답치 않는다. 눈매에 서렸던 서릿발 같은 기운이 걷힌 것만도 다행이었다. 하기야 서두를 필요가 무에 있으랴. 허구한 날들이 앞에 놓여 있지 않은가. 대방의 황상께서는 연치 창창하시어 수십 년 더 백제를 거느리실 터였다. 모후께서도 못지않게 창창하시어 본국을 운영하시는 바, 근자에는 대륙 남방의 진나라에서 부처라는 신을 모셔다가 황궁에 놓으시고 그 부처를 받드는 승려와 담소하기를 즐기고 계셨다. 대륙도 본국도 웃전들께서 다 꾸려 가시매, 태자에겐 시들하게 살아야 할 허구한 날들이 놓여 있었다. 서둘 필요가 없었다. 대추씨처럼 씹히지 않는 것. 하여 그냥 삼키고 만 것. 그것처럼 몸에 담은 채 며칠이라도, 오늘 밤이라도 지내보는 것이다. 난생처음 맛보는 이 따끔함을 그냥 지니고 있어 보는 것이다.

"하면, 쳐들어오든 잡으러 보내든 나중으로 미루고 오늘 밤은 고이 물러가지. 내 물러갈 터이니, 그대의 소회, 아니, 내게 바라는 것 한 가지만 말하라. 그리 즐기는 옷감을 한 수레 실어 보낼까? 아니면 오늘 낮의 과장에서 과인으로 하여 망쳤다는 그대의 비단이 뽑히게 해줄까?"

풋, 고개를 숙이며 웃는다, 여누하가. 나의 말의 어디가 잘못되었나. 태자는 자신이 방금 내뱉은 말을 떠올려보려 애썼다. 네가 바라는 것을 주겠다, 해주겠다고 했을 뿐이었다. 왜 여누하가 어처구니없어 하는지 이해할 수가 없는 것이다. 이해할 수 없는데 여누하의 웃음에 가슴속에 따뜻한 물이 차오르는 듯하다.

"왜 웃지?"

"전하가 귀여워서 웃나이다."

"내가 귀엽다고?"

"예. 귀엽나이다."

"왜?"

"그건 환궁하시면서 생각해 보사이다."

귀엽다, 귀엽다. 태자는 일어서며 속으로 뇌까렸다. 아기였을 때 그런 말을 들어본 적이 있을지는 모르나 기억에 없으므로 난생처음 듣는 소리였다. 왜 귀엽다는 것일까. 공주 아사나가 열다섯 살이고 황태손인 여해가 열세 살, 그 밑으로 열한 살의 홍해와 여덟 살의 훈해가 있었다. 또한 후비가 낳은 묵과 고을나와 윤이 열두 살, 여덟 살, 세 살이었다. 일곱이나 되는 아이들이 귀엽던가. 잘 알 수 없었다. 아이들이 귀여운지 모르매 자신이 여누하에게 귀여운 까닭을 알 수 없다. 태자는 여누하의 방을 나와 안마당을 거쳐 대문간으로 나섰다. 저들의 예상보다 너무 일찍 나온 것일까. 여누하의 대문이며 담장을 둘러서 있던 측위대들이 도열하느라 부산을 떨었다. 말에 올라 돌아보니 여누하는 문간에 배웅도 나오지 않았다. 그의 시자들만 벌벌 떨며 문 안쪽에서 허리를 수그리고 있을 뿐이다. 아까 삼켰던 대추씨가 여태 걸려 있는 듯 가슴 어딘가가 연신 따끔거렸다.

열일곱 살

신궁에서는 술시(戌時) 말이면 그날 하루치의 일과가 모두 끝났다. 일 년 한 차례 사절부(事節部), 무절부(武節部), 의절부(醫節部) 소속 신녀들이 동시에 대중 앞에 나섰던 삼짇날이라 해도 다를 게 없었다. 해시(亥時)를 알리는 징소리와 함께 신궁 안 각부 곳곳을 밝히던 큰 불빛들이 모두 사위어 들었다. 새벽 인시(寅時)면 일어나 움직여야 할 거개의 궁인들이 해시 징소리와 함께 잠자리에 들면서 불이 꺼지기 마련이었다.

"그만 물러가 쉬세요."

설요의 명에 이부자리를 쓰다듬던 머리시위 호금이 쳐다보았다. 태연하려 애쓰는데도 말투가 어색했는지도 모른다.

"아기씨, 혹시 어디 편치 않으십니까?"

설요의 보모신녀였던 호금은 둘만의 대화에서는 아직도 설요를 아기씨라 불렀다.

"곤해 그래요. 어서 눕고 싶어서."

설요는 응석부리듯 호금의 볼을 쓰다듬고는 이부자리 속으로 서둘러 들어갔다. 호금이 싱긋 웃고는 이부자리를 여며주고 침상 맡의 등불 한 점만 남겨놓고 소등을 하고는 수하시위들을 데리고 나갔다. 그들이 나가자마자 설요는 발딱 일어났다. 사위가 고요했다. 반면 설요의 가슴은 뛰기 시작했다. 가슴이 뛰니 등 위쪽에 새긴 칠지화가 가렵다. 신도혈 자리였다. 신도혈은 심장과 직접 교통하는 혈로 마음을 편하게 하고 담을 녹여주며 인체의 열을 내려주고 풍기를 잠재우는 데 효과를 보는 혈이다. 예비신녀 과정을 끝내고 정식신녀가 될 제 그 징표로 신도혈 위에 칠지화가 새겨졌다. 스스로는 볼 수도 없는 그 칠지화를 받기 위해 칠 년이라는 장구한 시간을 보낸 예비신녀들에게 각인의 고통쯤은 아무것도 아니었다. 아직 덜 아문 탓에 근지러운데 함부로 긁어대다간 칠지화가 이지러질 수 있다는 게 문제였다. 설요는 진정제를 발라놓은 각인 자리에 손을 대지 않으려 등을 비틀며 궁리했다. 어떤 문을 어떻게 열고 궁 밖으로 나갈까. 사람의 수명을 볼 수 있고 사람의 마음을 읽을 수는 있어도 홀로 궁 밖으로 나갈 방법을 알지 못했다. 남쪽 옹벽의 쪽문을 염두에 두고 있기는 했다. 칠 년 전, 사루왕인을 만났던 즈음 드나들던 원로원 후원의 쪽문이었다. 그날 이후 그 문으로 나가보지 못했으나 오늘 밤은 그 문으로 나가야 했다. 문이 세 겹이나 되므로 쉽게 열 수는 없을 것이나, 문을 열지 못한다면 성벽이라도 넘어야 하는 것이다.

아기신녀가 사루왕인에게서 청록색 두건을 받아다 주었다. 그의 두건에는 손톱만 한 붉은 수정 한 알이 박혀 있었다. 그리고 왕인의 체취가 완연히 스미어 있었다. 처음 맡아보는 왕인의 체취였다. 사내다움이 어떤 것

인지 모르나 그의 체취는 설요의 가슴을 두근거리게 했다. 그로 하여 마구
설레었다. 신이궁이 되었던 이듬해에 그를 만났다. 매년 신궁이 열리는 날
지켜봐 주겠노라 쓴 편지를 받았고 이듬해 삼짇날 행사에서 그를 발견했
다. 그가 설요 자신을 곧바로 바라보고 있음을 느꼈다. 그에게 어여쁘게
보이고 싶었다. 하여 어린 신녀 설요의 모든 수련 과정은 오직 삼짇날 큰
마당에 나타날 왕인에게 어여뻐 보이고 싶은 소망이 응집된 훈련이었다.
글을 읽고 글자를 쓰고 신기를 다스리고 말법을 익히고 무술과 춤사위를
익히고, 의술을 익히고 궁의 역사와 백제의 역사를 익히는 모든 과정의 저
편에 언제나 사루왕인이 있었다.

　"예하(猊下), 소인, 미하수입니다."

　야행을 위한 간편한 옷을 찾는 참에 들려온 목소리였다. 들어오라 허락
하기 전에 미하수가 문 안에 들어와 있었다. 검은 무사복에 검은 두건을
쓰고 들어온 미하수는 설요보다 세 살이 많은 신궁무절이었다. 그는 일곱
살에 모친 손에 이끌려 신궁으로 왔다. 아비가 대방을 오가던 상선의 선부
였는데 풍랑을 만나 사라졌다고 했다. 어미는 넷이나 되는 어린 자식들을
먹여 살릴 재간이 없었던 바 큰딸아이였던 미하수를 신궁에다 맡겨버린
것이었다. 신궁으로 들어온 계집아이들이 모두 신녀가 되는 것은 아니었
다. 능력과 의지와 인내에 의하여 만들어지는 신궁의 계급체계는 엄격했
다. 신녀(神女)가 될지 수녀(修女)가 될지는 열 살에 정해졌다. 신녀가 상위
였다. 아기신녀는 신체가 멀쩡해야 하고 아무리 어려도 제 입으로 신녀가
되고 싶다고 말할 줄 알아야 예비신녀가 되어 새 이름을 받을 수 있었다.
예비신녀가 되면서 각자의 특기를 정해 수련하게 되는데 미하수는 무사
신녀가 되었고 그 재주가 특출하다 인정받아 두 해 전부터 신이궁의 호위

장이 되었다. 설요는 사뭇 떨리는 가슴을 짓누르며 심상한 체 홀로 들어온 미하수에게 물었다.

"왜, 아니 주무시고?"

"아까 저녁참에, 아기신녀를 통해 어딘가에 편지를 전하시고 답을 들으신 줄로 아나이다."

"그 편지 내용을 그대가 아신다구요?"

"내용은 모르지요."

"헌데요?"

"오늘 밤 예하 기색이 평소와 다르시기에 혹시 나가시려는 게 아닌가, 짐작했나이다."

"그리 티가 났어?"

"예."

"호금 님도 아셨을까?"

"호금 신녀께서 아셨다면 말렸겠지요?"

호금을 비롯한 다섯 명의 시위와 미하수를 비롯한 다섯 명의 호위를 다 따돌렸다 자신했는데, 미하수는 따돌리지 못한 것이다.

"그대는 말리지 않을 테고?"

"말리면 마실 터입니까?"

"아니."

"소인이 기어이 말리겠다 하면요?"

"지화합에 가서 출타하겠다 말씀드리고 허락을 받아야지."

"성하께오서 허락을 아니 하시면요?"

"하실걸!"

허락하실지도 몰랐다. 십여 년 전, 서너 살쯤에 거의 죽은 상태로 소도에 버려진 설요를 새벽 기도하던 제일신녀께서 몸소 달려 나가 구했는 바, 그에게서 젖이 나와 설요를 살렸다는 기적 같은 일화는 성 밖까지 유명했다. 제일신녀의 젖을 먹고 살아나 그의 딸이 된 설요였다. 그러니 신궁께서는 신이궁의 밤나들이 목적이 무엇이든 일단 허락을 하실 터였다. 문제는 지화합 사람들도 신이궁의 나들이를 다 알게 된다는 것이고, 그건 신이궁의 나들이가 무산되는 것과 같았다. 그러니 혼자서라도 나가고야 말리라고 설요는 지금 미하수를 협박하고 있는 것이다. 사실 그리 협박하지 않아도, 설요가 나갈 방법을 찾으라 명만 내리면 미하수는 나갈 방법을 찾을 수밖에 없었다. 주령합(珠鈴閤)의 주인인 설요는 아직 제 힘의 범주를 미처 다 깨닫지 못하고 있는 것이다.

"홀로 나서실 작정이셨다면, 어찌 나가시려고요? 궁문 수위들에게 문을 열어라, 명하시게요?"

"원로원 후원 쪽문을 열고 나가던가, 열 수 없다면 성벽을 넘을까 하는데."

"성벽을 뛰어넘으시겠단 말씀이세요?"

"내 그대들처럼 몸이 기민치 못하니 성벽을 뛰어넘을 재간은 없으나, 사지가 멀쩡하니 어찌어찌 기어 넘을 수는 있지 않을까?"

"성벽의 높이가 칠 척입니다. 성벽 위에 오른대도 그 아래는 가파른 숲이라 절벽에 가깝지요."

"그럼 어찌하지?"

"예하, 기어이 나가시렵니까?"

옅은 불빛 속에서 두 사람의 눈빛이 마주쳤다. 불빛이 옅은지라 서로의 눈빛이 하는 말은 알아볼 수는 없으나 두 해 동안 가장 가까이서 지내온 터라 미하수는 제 상전을 말릴 수 없다는 걸 인정했다. 사실 설요가 야밤 출타하려는 기미를 느낀 순간부터 알았던 사항이나 호위의 소임인 바 한 번 더 말려본 것뿐이었다. 설마 그 푸른 두건의 공자를 만나러 나가는 건 아닐 터이다. 그렇지만 그 일이 아니라면 야밤에 출타할 까닭이 무엇이랴. 하지만 또, 대체 언제 그 공자를 알았기에 그와 편지를 주고받고 약속을 할 수 있단 말인가.

"음."

설요의 짧은 응답에 미하수는 입고 왔던 무사복을 벗었다. 이리 될 줄 알았기에 아예 한 벌을 더 껴입고 들어왔던 참이었다. 미하수가 옷을 벗으니 설요가 싱긋 웃으며 제가 입고 있던 자리옷을 벗고 무사복을 입었다. 미하수가 설요의 머리카락을 갈무리하여 두건을 씌워주고 양 귀에다 복면을 걸쳐주었다.

"목적지가 어디십니까."

"원로원 후원 쪽문에서 소야궁으로 난 샛길 중간의 여우바위로 갈 거야."

"그 샛길에 그런 이름의 바위가 있나이까?"

"어린 날, 내가 이름 붙인 거야."

"그러셨더라도 지금, 몇 년 동안 열린 적이 없는 원로원 후원 쪽문을 열수는 없습니다. 정문을 통해 소야궁 쪽으로 내려간 뒤 소야궁 뒤편으로 거슬러 올라야 합니다."

미하수는 설요의 복장을 다시 점검한 뒤 등불을 껐다. 설요가 달도 없는 이 밤에 그 깊은 숲 속에 무얼 하러 가려는 것이든 이미 작정하였으니 아무에게도 들키지 않고 다녀와야 했다. 이 주령합에만 해도 열두 명의 신녀와 스무 명의 수녀가 있었다. 설요를 데리고 주령합을 조심스레 나온 미하수는 전각들의 그늘을 통해 정문으로 나아갔다. 정문 수위들은 무절부 소속의 신녀들이었다. 오늘 밤 번을 서는 수위들이 누군지 미리 알아둔 참이었다. 정문에 이른 미하수는 설요를 어둠 속에 두고 수위당에 고개를 내밀었다. 오늘 밤 수위장 새오리는 미하수의 삼 년 선참신녀였다.

"웃전의 심부름이 생겨서 나갈까 합니다."

"예하께오서 심부름을 시키시었어?"

"예."

"혼자 나가오?"

"아니오, 제 수하와 함께 나갑니다."

"새벽까지는 돌아올 수 있고?"

"돌아와야지요."

"그럼 다녀와요. 근동에 치우(雉羽)들이 어슬렁거릴지도 모르니 조심하시고."

젊은 귀족자제들의 모자에 꿩의 긴 깃털을 꼽는 데서 비롯되었다는 치우는 백제국의 예비 조정(朝廷)이라 불렸다. 치우들 대개가 왕귀족과 조정 대신들의 자제들이기 때문이었다. 애국과 애민이 그들의 기치였다. 하지만 치우들은 오늘처럼 한성이 들뜬 밤이면 무리지어 다니면서 행짜를 일삼았다. 말이 좋아 백제를 짊어질 날개들이라지만 백제의 미래를 짊어지기는커녕 백제를 좀먹는 집단이었다. 그들이 삼짇날에 벌이는 놀이로 신궁성벽을 넘는 내기가 유명했다. 한 번도 성공해 본 적 없으면서 삼짇날 밤마다 신궁 주변을 얼쩐거렸다.

"눈에 띄지 않게 조심하겠습니다."

제일신녀 직속의 시위와 호위들의 웃전 심부름의 내역은 아무도 묻지 않는 게 불문율이었다. 신이궁의 심부름 내역도 묻지 않는 것임을 알고는 있었으나 미하수가 경험하기는 처음이었다. 설요가 신이궁에 오른 뒤 처음 벌이는 사사로운 일이기 때문이었다. 그럴 것이 설요는 나흘 전까지 예비신녀였다. 예비신녀는 어떠한 경우에도 궁 밖에 나갈 수 없었다. 미하수는 새오리에게 고개를 숙여보이고는 어둠 속에서 이편을 재미나게 바라보고 있는 설요를 궁 밖으로 이끌었다.

"마침내, 드디어 나왔네."

수위당 불빛이 멀어지고 천혜당과 소도 앞을 지나 소야궁으로 향한 길로 나섰을 때 설요가 중얼거렸다. 제일신녀를 뒤따르지 않는 단독 외출로는 처음이라 감회가 남다른 것이다. 유다른 감회가 생길 법한 나들이일지라도 어두웠다. 등불을 들고 다닐 수도 횃불을 켜고 다닐 수도 없기 때문이었다. 어둠에 눈이 익어도 어둠은 여전히 어두웠다. 설요 혼자서는 어림도 없었을 행보였다. 미하수는 설요의 손을 잡은 채 어둠 속을 그럭저럭 꿰고 다녔다. 고천능원 숲, 한산은 신궁무사들의 은밀한 훈련장인지라 미하수는 제 머릿속에다 지도를 담고 있었다. 나무 사이로 별빛만 언뜻언뜻 볼 수 있을 뿐인 길을 얼마쯤 꿰고 다녔는지 설요는 짐작이 되지 않았다. 시각이 어찌 되었는지도 전혀 가늠할 수 없었다. 그런데 저편 어둠 속에서 별빛이 아닌 불빛이 반딧불처럼 깜박거리는 게 보였다.

"저기인 모양입니다, 여우바위가."

미하수가 설요의 손을 잡은 채 중얼거렸다. 설요는 아무 말도 나오지 않았다. 불빛이 보이니 가슴이 떨리기 시작했다. 떠는 설요의 손을 미하수의 손이 꼭 잡고 이끌었다. 마침내 여우바위 앞에 도착했다. 바위 아래에 구덩이를 파고 그 안에다 자그만 송기로 모닥불을 피워놓은 채 두 청년이 기다리고 있었다. 작고 옅은 빛 속에서 네 사람이 누구에게랄 것 없이 고개 숙여 인사를 했다.

"소인은 서비구라 합니다. 사루 님의 호위입니다."

"소인은 미하수라 합니다. 설요 님의 호위입니다."

두 호위가 상대편 상전들을 향해 자신들을 소개하고는 나란히 물러나 짙은 어둠 속으로 들어갔다. 둘이 남자, 왕인은 잠시 어째야 할 줄 몰랐다. 꿈속에서만 그려오던 이가 생시의 눈앞에 있으매 여전히 꿈인 듯만 하였다. 눈을 감았다가 뜨면 설요가 사라져 있을 것 같아서 왕인은 잠시 눈을 감았다. 문득 하하, 낮은 웃음소리가 들렸다. 왕인은 놀라 눈을 떴다. 눈앞에 설요가 바짝 다가들어서 왕인을 바라보며 웃고 있었다.

"아직 백호가 무서운 게지요?"

"아, 아니오."

왕인은 도리질까지 해가며 설요의 말을 부정했다.

"아닌데 눈을 왜 감지요?"

"꾸, 꿈인가 해서, 확인하느라."

설요가 또 웃었다. 웃고 있는 얼굴이 비로소 또렷이 보였다. 어린 날과 그다지 달라진 것 같지 않았다. 말투가 여전히 느리고 낮았고, 여전히 깡말랐고 눈이 컸으며 눈빛이 반짝거렸다. 지난 오후 신궁제에서 춤추던 그가 꿈속 인물이었다면 시방 눈앞에서 웃고 있는 그는 실재하는 설요였다. 손을 뻗으면 만질 수도 있을 그였다. 왕인은 그래서 조심스레, 웃고 있는 설요의 볼에 손을 대보았다. 그의 얼굴이 선뜻했으므로 자신의 손이 뜨거운 것을 알 수 있었다. 꿈이 아니었다. 그의 콧등과 눈꺼풀과 이마와 검은 두건을 쓴 머리까지 다 만져졌다. 설요의 이마에 한 손을 놓은 채 왕인은 다른 한 팔로 설요의 몸을 가만히 안아 당겨보았다. 얇은 몸피가 가벼이 자신의 품속으로 들어와 안겼다. 구름 같고 안개 같고 너울 같던 설요가 품속에 있었다. 두 사람의 가슴이 맞대어지자 두 가슴이 동시에 뛰고 있는 게 느껴졌다. 꿈이 아님을 확인하는데 여전히 꿈같았다. 꿈이 아니라면 꿈 꾸기만 할 줄 알았던 이를 어떻게 이렇듯 안을 수 있단 말인가. 설요의 두 팔이 올라와 인의 목을 감았다. 왕인이 움찔했다. 꿈이 아니매 이리하여도 되는 것인가. 비로소 현실을 깨달은 것이다.

"왜에?"

설요의 목소리에 장난기가 배어 있었다.

"그, 그대, 괜찮을까?"

"괜찮지 않으면, 이리하지 않고 물러날 자신이 있어? 멀찍하니 서서 바라보기만 할 자신 있냐고?"

자신 없었다. 설요가 현실임에 그를 온전히 끌어안고 싶은 욕망도 현실이었다. 온몸, 온 맘이 터질 듯하였다. 때문에 무언가 생각을 해야 할 것 같은데 머릿속이 온통 뒤엉킨 것처럼 어지러웠다.

"정말 괜찮지?"

왕인의 속삭임에 맞추어 설요가 까치발을 딛고는 입술을 맞댔다. 설요의 입술에 웃음이 매달려 있었다.

설요와 왕인이 서로의 존재를 확인해 나가매 젊은 상전들이 보이지 않을 만큼의 거리로 물러난 미하수는 터지는 한숨을 내뱉지 못하고 안으로 삼켰다. 이 한 번의 만남으로 끝나지 않을 일인데, 이 사태를 어째야 할까.

오늘 밤 자신이 상전을 도와 한 짓이 어떠한 의미인지를 이제야 깨달은 것이다.

"여기 잠시 앉으시지요."

서비구가 샛길 옆의 그루터기를 가리키며 말했다. 미하수는 그가 가리키는 곳에 앉았다. 서비구는 그 옆의 땅에 그냥 앉더니 낮게 말했다.

"사루께서는 경솔한 분이 아니시고 스스로의 격정을 다스리지 못하는 분도 아니십니다. 걱정 마십시오."

"그대 상전의 품성을 걱정하는 게 아닙니다. 제 상전의 성정을 걱정하고 있습니다."

"그러시었다면 미리 좀 말리시지 그러셨습니까?"

"그대의 상전께서는 말리면 말려지는 분이신가요?"

"그건 아닙니다만."

"제가 어디서 온 줄은 알고 계시지요?"

"예."

"그렇다면 제가 걱정하는 게 무엇인지도 아실 텝니다."

"약간은 짐작합니다."

"제 상전은 그걸 걱정하시지 않는 분이십니다."

"허면 미하수 님도 우선은 걱정을 놓으십시오."

우선은 지켜보며 기다리는 것밖에 달리 방법도 없었다. 우선이 아니라 내도록 그리한다 해도 지켜보며 지켜내는 수밖에 도리 없을 것이다. 신이 궁의 호위가 된 순간 그와 운명을 같이하는 것으로 결정이 나지 않았는가. 미하수는 검은 나뭇가지 사이로 밤하늘을 올려다보았다. 북극성이 떠 있었다. 그 주위에 별 몇 개가 더불어 반짝였다. 신궁 사람들에게 설요는 북극성과 같은 존재였다. 그가 아홉 살에 신이궁이 된 것은 제일신녀의 딸로 자란 덕분이 아니라 그 자신의 특별한 능력 덕분이었다.

신이궁이 되기 위해서는 제일신녀와 중로원신녀들의 추천이 있어야 함은 물론 원로신녀들의 시험을 낱낱이 통과해야만 했다. 원로신녀들이 한 명이라도 반대하면 신이궁 시험에 임할 수도 없었다. 원로신녀들의 마지막 과제는 아흐레간의 굶주림이었다. 아흐레 동안 배고픔과 두려움을 이기지 못하여 포기하겠다 나서면 그만이었다. 그 아흐레간 어떤 신궁인도 천인각 주변에 얼씬할 수 없었다. 경문책자와 물 한 동이와 요강이 들여져 있을 뿐인 천인각에서 홀로 살아남아야만, 스스로 걸어 나와야만 신궁 사람들이 모두 모인 자리에서의 대중과제가 주어졌다. 대중이 보는 앞에서 세 가지 신물을 찾아내는 것이었다. 천인각의 독방에 갇혀서 꼬박 아흐레를 굶고 나온 아이가 큰마당 향로대 앞에서 눈을 가리운 채 기도를 하는 동안 원로신녀들 이십여 인이 제비를 뽑아 세 명을 추리고 그 세 명이 한 가지씩의 신궁 신물을 그 자신만 아는 곳에다 숨기는 것이다. 세 신녀가 팔주령(八珠鈴)과 신검(神劍)과 칠지화(七枝華)를 숨기고 돌아와 자신의 자리에 앉으면 아이는 눈을 가렸던 수건을 풀고 신물들을 찾아 나섰다. 그 모든 과정은 궁 안의 모든 사람들의 침묵 어린 시선 속에서 이루어졌다. 큰마당에 모여 앉은 어떤 사람도 소리를 낼 수 없었고 움직일 수도 없었다.

아홉 살 설요가 시험을 치르던 과정을 미하수도 지켜보았다. 그 아흐레 동안 천인각 대실 뒤편에 붙은 작은 방에서는 아무 소리도 새어나오지 않았다. 봄볕이 드세던 한낮에 천신단 아흔아홉 계단을 걸어 내려온 아이가 큰마당 한가운데로 들어왔다. 마당 한가운데 묶여 있다시피 했던 설요가 일어나 비실비실한 걸음으로 원로신녀들이 앉아 있는 대신전으로 다시 올라갔다. 그리고는 신물을 숨긴 세 원로신녀를 먼저 가려냈다. 그들 앞으로 다가들어 잠깐씩 쳐다본 설요가 맨 먼저 천신단 앞 향로의 재 속에서 팔주령을 찾아다 그걸 숨긴 신녀에게 가져다주었다. 두 번째 신검 찾기는 시간이 좀 걸렸다. 신검은 신궁 가장 안쪽 원로원 앞뜰 화단의 흙 속에 숨겨져 있었기 때문이었다. 설요가 세 번째 신물 칠지화를 찾아 나섰을 때는 신궁 전체가 긴장했다. 그 한 가지만 찾아내면 설요가 효혜를 이어 모든 신궁인들이 섬기고 따라야 할 존재, 신이궁이 되는 것이었다. 설요는 그때 큰마당으로 내려와 큰마당 동쪽으로 갔다.

한 식경 뒤 그가 어떤 존재가 될 수 있을지 몰라도 깡마른 아이의 걸음은 금세라도 넘어질 것처럼 위태로웠다. 그때 열두 살 예비신녀였던 미하수는 그를 부축해주고 싶었다. 하지만 아무도 도와줄 수 없는, 그 혼자서만 치러내야 하는 일이었다. 설요가 멈추어 선 곳은 외떨어져 있는 장서각 앞이었다. 장서각이 다른 건물들과 외떨어져 있는 것은 혹시 생길 수도 있는 화재를 대비한 것이었으므로 장서각 주변엔 나무 한 그루도 심겨 있지 않았다. 안으로 들어가려는가 싶었던 아이는 안으로 들어가는 대신 장서각 입구의 저수조를 살폈다. 화재 예방을 위해 언제나 물이 그득히 차 있는 수조 안을 까치발을 딛고 들여다보던 아이의 몸이 수조 속으로 사라졌는가 싶었다. 바라보는 이들이 일제히 신음을 삼키는데, 다시 일어난 그의 양손에는 칠지화가 든 함이 들려 있었다. 수조 아랫부분 흙 속에 묻혀 있던 함을 찾아냈던 것이다. 와아! 한숨인지 탄성인지, 사람들이 오래 참았던 숨을 내뱉으며 감격의 눈물을 훔칠 때, 설요가 그 함을 안아다 그걸 숨긴 원로신녀 앞에다 놓았다. 원로신녀는 함을 열어 칠지화를 꺼낸 뒤 제일신녀 효혜에게 바쳤다. 설요가 시험을 치르는 동안 자신의 자리에서 꼼짝도 하지 않고 앉아 있던 효혜가 마침내 일어나서 선포했다.

─이로써 설요를 신이궁으로 명하노니 이 순간부터 모든 궁인들은 설요를 미래의 신궁으로 섬기도록 하라.

미하수와 설요의 운명은 그때 이미 묶여졌는지도 몰랐다. 아니 그보다 앞서 자신이 궁에 들어왔을 때에 묶였을 수도 있었다. 이 밤에 설요는 또 새로운 운명을 엮고 있었다. 사루왕인. 그가 어떤 사람일까. 대체 언제 만난 어떤 사람이기에 설요가 자신의 운명을 걸고 그를 안는 것일까. 설요와 운명이 묶인 미하수가 오늘 밤 알아야 할 사항은 그것이었다. 사루왕인과 운명이 묶였을 게 분명한 서비구에게 그걸 물어야 할 터였다. 미하수는 좁은 샛길을 사이에 두고 건너편에 앉은 서비구를 돌아보았다. 그도 밤하늘을 올려다보고 있었다.

가부실의 큰대문집

　가부실은 황성 북서쪽 십 리쯤에 위치한 마을로 민가가 오십여 호쯤이
었다. 황성이나 관에서 일하는 서리의 집들이 십여 채 섞여 있으나 품계를
지닌 집이 없어 그야말로 평민들의 마을이었다. 야트막한 동산이 마을 서
쪽에 있고 동쪽으로는 시내가 흘렀다. 마을 앞쪽에 있는 큰대문집을 제외
하고는 기와집이나 초가집이나 규모들이 그만그만했다. 큰대문집은 처음
부터 비어 있었다. 삼십여 년 전 삼 년여에 걸쳐 집을 짓던 사람들이 있었
고 그때를 기억하는 가부실의 노인들도 있었으나 집을 다 지은 뒤 주인이
들어오지 않은 기이한 일이 생겼다. 그래서 황실 사람이 별궁으로 지었다
가 못 들어왔느니 신궁에서 지었다거니 하는 소문이 있었지만 주인이 든
적이 없이 처음부터 마냥 빈 채였다. 그러함에도 폐가가 되지 않고 늘 주
인들이 살고 있는 양 고즈넉이 유지되어 가는지라 마을 사람들에게 큰대
문집은 하나의 상징인 듯 존재해 왔다.

그 집에 어린 여인이 집주인으로 들어온 지 두 해가 되었다. 집주인 여누하가 남녘에 본거를 둔 큰 상단의 후계자라는 사실이 알려지고 대문이 열리면서 마을의 분위기가 확연히 달라졌다. 마을 앞쪽에 위치한 큰 집의 문이 노상 열리니 온 마을이 열린 듯 훤해졌고 사람들의 왕래가 그만치 잦아졌다. 더구나 여누하는 오래도록 비워뒀던 집의 적막을 걷어내기로 작심이라도 한 양 수시로 마을 안의 젊은 여인들을 불러들였다. 일을 시키고 품값을 옷감으로 쳐주는 것이다. 그리하여 큰대문집이 마을 사람들과 가까워진 근래에 이르러 온 마을이 떠들썩한 소문이 생겼다. 마을에 여누하의 아우로만 알려졌던 왕인이 지난 삼짇날의 문사부 시과에서 장원으로 뽑혔다는 것이다. 방이 나붙은 것도 아니고 조정에서 칙사가 행차하지도 않았으나 마을 안에 서리들이 있어 알려진 사실이었다. 그럼에도 큰대문집에서는 아무 일도 일어나지 않은 듯 여일했다.

삼월 말일. 오늘도 마을 안의 처자들이 여누하의 집 뒤뜰에 모여 염색을 하느라 소란했다. 여누하의 뒤뜰은 시냇가에 닿아 있어 물들인 옷감을 세척하기에 맞춤했다. 햇살이 좋은 날이라 여누하는 생무명을 내놓고 염색 작업을 지휘했다. 머릿속으로는 아침에 왕인이 했던 말을 되새김질 하는 참이었다. 설요가 올 것이라 했다. 왕인이 말하는 설요가 누구인지 여누하는 처음에 알아듣지 못했다. 어린 날 소야궁에서 보았던 그 설요를 까맣게 잊고 살았기 때문이었다. 그런데 왕인이 지난 삼짇날에 설요를 만났다고, 그와 혼인을 하고 싶으니 도와 달라지 않은가.

점잖은 괭이가 부뚜막에 먼저 오른다더니, 계집을 만난 것으로도 모자라 그 상대가 설요라는 말에 여누하는 입을 다물지 못했다. 왕인은 수줍어하면서도 제가 하고자 하는 말을 빼놓지 않았다. 요지는 혼인하겠다는 것이었다. 어이없었으나 그들이 이미 열 살에 만났다 하므로 가타부타 할 계제가 아니었고 오히려 가여웠다. 설요가 신녀이자 신이궁이므로 발설할 수도 없는 인연이 아닌가. 왕인이 어린 날부터 맘에 들인 여인이라 하므로 여누하는 그가 오기를 기다렸다. 한편으로는 그가 정녕 올 것인지 의심스러웠다. 왕인이 꿈을 꾸고 있는 게 아닐까. 보통 신녀라 해도 기함을 하게 생긴 판에 신이궁과 혼인을 한다니. 괭이가 알을 낳는다면 모를까, 그게 가당키나 한가. 그걸 진정 설요도 원한단 말인가. 대체 어찌하려고?

의심스러웠기에 예정된 대로 마을 처자들을 불러들여 일을 벌였다. 그러면서도 병이어멈에게 안채의 별실을 깨끗이 치우고 이부자리를 새로 들이고 사방의 문에다 색 고운 가리개를 드리우고 다기들을 손질하게 했다. 손님 맞을 채비는 갖춰졌으나 손님이 언제 올지는 몰랐다. 설요가 언제 올지는 왕인도 알지 못한 채 태학으로 나갔다. 오늘 태학에서는 새로이 등과한 학사들에게 소임이 부여될 것이라 했다. 왕인은 관직이 아닌 태학의 학사로 자원했다고 했다. 부친과 모친께서 송산집을 처분하고 이 가부실로 옮기실 제 유일하게 당부하신 말씀이 눈에 띄지 않게 살라는 것이었다.

그런데 왕인이 장원급제하는 사고를 쳤다. 왕인이 관직보다 태학에서 학인으로 살려는 까닭은 그 자신의 성정 때문이려니와 나름으로는 부모의 말씀을 따르기 위함이었다. 어쨌든 왕인의 시과 등과는 언젠가 지나야 할 과정이라 그러려니 할 수 있었다. 문제는 그가 신이궁과 혼인을 하겠다고 나선 것이었다. 세상 사람들이 모르게, 어른들조차 모르게. 그런 혼인이 가능할 것인가. 세상에 내놓지 못하고 함께 살지 못하는 혼인도 혼인이라 부를 수 있는가. 정말 설요가 올 것인가. 여누하는 일을 하면서도 그 생각에서 놓여나지 못했다. 시냇물이 온통 진달래빛과 연둣빛으로 흐르고 있었다. 무명에 두 가지 색으로 물을 들여 빨고 너는 참이기 때문이었다.

"아씨, 손님이 드셨나이다."

병이어멈 순기가 시냇가에 있는 여누하에게 다가와 말했다. 어떤 손님이시냐 물으려던 여누하는 고개를 끄덕이고 병이어멈을 자신의 자리에 세웠다.

"얼추 다 빨렸으니 널게 하세요. 다 넌 뒤에는 저들을 돌려보내시고요."

"아직 일이 덜 끝났는데 벌써요?"

하루치 품값을 지불하긴 똑같은데 벌써 일을 끝내고 돌려보내느냐는 질문인데 여누하는 시키는 대로 하라 명하고는 후원을 나와 안채 마당으로 향했다. 신시가 거의 지난 즈음이었다. 안채 마당가 느티나무의 그림자가 길어져 토방까지 닿아 있었다. 손님은 느티나무 아래에서 나무의 그림자가 닿은 토방을 향해 서 있었다. 분홍 치마저고리에 감색 배자를 걸쳐 입고 긴 머리채를 늘어뜨린 여인. 그가 설요였다. 어린 날 본 적이 있는 그가 저리 생겼었던가. 난생처음 햇빛 아래 나서본 여인처럼 낯이 희고 가녀린 저이가? 여누하는 그가 낯선데 그는 여누하를 알아보는 듯 살포시 미소를 짓는다. 설요 곁에 서 있던 감색 치마저고리에 청색 배자를 입은 여인이 여누하에게 다가와 고개를 숙였다.

"여누하 아씨, 저는 미하수라 합니다. 설요 님의 호위입니다."

"예, 미하수 님. 오실 거라는 말씀 사루에게서 들었습니다. 집 안에 이목이 많으니 우선 안으로 드시게 하시어요."

여누하는 앞장 서 두 사람을 별실로 안내했다. 미하수가 먼저 방 안에 들어갔다 나오더니 제 주인을 안으로 들게 했다. 별실이래야 안채 끝방으로 겨우 가로 두 칸, 세로 네 칸의 긴 방이었다. 세로로 긴 방 가운데에는 장지문이 있어 문을 양쪽으로 밀어놓아도 좁아보였다. 협소해 보이는 공간이 여누하는 설요에게 미안하고 안쓰러웠다. 오늘 아침이 아니라 열흘 전쯤에라도 이야기를 들었더라면 다른 궁리를 했을지도 몰랐다. 바깥채에 있는 왕인의 처소나 자신의 처소를 비우는 것은 자연스럽지 못해 감안하지 않았겠지만 아예 다른 집을 알아보았을지도.

"아침에 우리 누, 사루에게서 말씀 듣고 설요 님 처소로 마련해둔 방입니다. 편히 앉으시어요."

"이리 불쑥 찾아뵙게 되어 황송합니다, 아씨."

"아니오, 아씨. 아실지 모르겠지만 저와 왕인은 한 달 새로 태어난 남매입니다. 쌍둥이인 양 붙어 지냈지요. 그러면서도 다른 삶을 살아왔고 앞으로도 그럴 것입니다. 그렇게 다르지만 분명한 것은 저는 왕인을 섬기는 사람이라는 겁니다. 그가 원하는 모든 것, 그가 하고자 하는 모든 일들을 뒷받침해 줘야 할 존재이지요. 그런 제가 태어나 처음으로 왕인에게서 받은 부탁이 설요 님에 관한 것입니다. 오늘 아침에 그가 이리 말하더이다. 열 살에 소야궁 어름에서 그이를 처음 만난 순간부터 나는 그와 함께 자랐어. 그이 말고는 어떤 여인도 상상해 본 적 없어. 그런 그를 지난 삼짇날에 다시 만났어. 그와 혼인해야겠으니 도와줘, 여누하. 그리 간곡한 부탁을 들었으매 어떤 누이가 거절할 수 있겠습니까. 시간이 많지 않아 이 정도밖에 마련치 못했으나 정성들여 마련한 공간이니 당분간, 이따금이라도 편히 쉬어가실 곳으로 여겨 주세요."

"지금 편합니다, 여누하 아씨. 고맙습니다."

"누, 아니 왕인은 유시 말에야 태학에서 나올 수 있다 하더이다. 설요 아

232

씨께서는 오늘 그를 만나실 수 있겠나이까."

"그를 만나기 위해 여러 날을 준비해 나왔나이다. 그를 만나고 돌아갈 수 있도록 여누하 님, 부디 거듭 도와주세요."

"그렇다니 안심입니다. 혹 아씨께서 가시고 난 후에 우리 누가 돌아온다면, 아씨 빈자리를 확인하고 허망해 하는 모습을 아니 봐도 되지 않겠습니까. 우선 여기서 다리 펴시고 좀 쉬시어요. 입다심 하실 것들을 들여오겠습니다. 그리고 저녁상 차비를 하라 시키지요."

"혹여 오늘 저 말고도 이 댁에 오실 손님이 또 계십니까?"

"아니오, 어른들이 계시지 않아 예정되지 않은 손님은 거의 없으신데, 왜요?"

"곧 큰 손님이 드실 듯합니다."

"알겠어요, 아씨. 누가 올지 기다려보지요. 여기 계셔요."

여누하가 나갔다. 문을 닫고 돌아선 미하수가 미소를 지었다. 설요도 곁에 있던 방석을 당겨 앉으며 미소 지었다. 지난 삼짇날 밤에 함께 새벽까지 여우바위 밑에서 시간을 보낼 제 왕인이 여누하에 관한 이야기를 했다. 무불통지(無不通知). 아니 되는 것이 없고 통하지 않는 것이 없을 만치 화통한 사람이라 하더니 과연 그러했다. 신기한 사람이었다. 이만한 신분과 재력을 가진 젊은 여인이 두 손이 시꺼멓게 일을 하며 산다는 이야기를 들어본 적이 없었다. 뒤뜰에서 왁자한 웃음소리가 났다. 설요는 일어나 뒷창문을 설핏 열고 밖을 내다보았다. 높다랗게 걸린 빨랫줄에는 진달래빛과 연둣빛의 무명들이 나부꼈다. 그 새새에 삼십여 명은 됨직한 젊은 여인들이 치맛단을 괴춤에 붙들어 맨 채 맨발로 옷감 시중을 들고 있었다. 옷감들에 주름이 지지 않도록 당기고 늘이고 치어댔다. 눈부신 정경이었다.

"미하수."

"예, 아씨."

"혹 그대가 저들과 자리를 맞바꾸어 저들 중 하나가 그대 자리에 서고, 그대가 저들 중 하나의 자리에 설 수 있다면, 그리하겠어?"

"그리해야 할 상황이라면 하지요. 하지만 제가 선택할 수 있다면 저는 싫나이다. 현재의 제 자리를 버릴 수 없을 것 같습니다."

"왜에?"

"글쎄요, 저들은 자신들이 태어난 자리에서 살고 있고 스스로 태어난 자리를 밑천으로 삼아 앞으로도 살게 되겠지요. 헌데, 아씨께서나 저나, 우리들은 태어난 자리를 부정당한 존재들이지 않습니까. 속되게 표현하면 우린 밑천이 없지요. 현재 아씨나 제가 이 자리에 있는 까닭이 일정한 정도의 뭔가를 이룩한 결과라면 말이지요, 우린 우리 힘으로 우리 삶을 만들어내고 있지 않습니까. 저들, 가부실의 젊은 처자들이 한 생을 살고 난 뒤에야 깨달을 법한 사안이지요. 저는 여염여인으로 살기 위하여 제가 일구어왔고 일구어가는 제 자리를 스스로 부정하고 싶지 않나이다."

나지막하나 단호한 미하수의 말에 이어 방 밖에서 인기척이 났다. 미하수가 방문을 열자 젊은 여인이 다과상을 들고 들어와 제 이름이 병이라고 아뢰었다. 다과상에는 쑥 범벅과 잣을 띄운 오미자즙이 얹혀 있었다.

"푸르고 붉은 색이 곱네. 잘 먹겠소."

"아이, 말씀 낮추셔요, 별실아씨. 편히 계시라고 저희 아씨가 말씀 전하셨어요."

"내가 별실아씨인 게지?"

"예, 별실아씨."

"고맙구나. 나는 편하니 걱정하지 마시라고 아씨께 전하려무나."

"예, 아씨."

병이가 나가고 설요는 쑥 범벅을 두어 점 먹고 오미자즙을 몇 모금 마셨다. 미하수는 가능하다고 해도 신녀옷을 벗고 여염여인이 되고 싶지 않다고 했다. 나는 어떤가. 설요는 자신의 생각을 알 수 없었다. 당장은 왕인을 찾아 대낮의 미행을 감행한 스스로가 기이할 뿐이었다. 금기를 범하고 있다는 자책이 없지 않은가.

설요가 먹고 나자 미하수가 나머지를 먹는데 바깥의 동향이 심상찮아졌다. 미하수가 일어나 문을 슬쩍 열고는 바깥을 살폈다. 설요는 미하수가 열어놓은 문을 통해 바깥을 내다보았다. 조금 전 이 집에 찾아올 것이라 느껴진 어려운 손님의 정체가 궁금했던 것이다. 청신하고 발랄하던 여누하의 집 안에 무겁고 답답하고 속이 무른 기운이 드리워졌다. 별실이 안채의 세로 곳에 있어 마당의 손님은 보여도 대청으로 들어가 앉으면 엿보기 어려웠다. 설요는 마당에 서 있다 대청으로 오르는 손님을 아주 잠깐 보았다. 그가 만만찮은 신분의 사람이라는 사실은 마당가에 포진한 호위들이 증거하고 있었다.

"저들은 태자의 측위들입니다, 아씨."

여누하의 손님이 태자라니. 설요는 문을 등지고 앉아 눈을 감았다. 여누하와 태자가 인연이 지어진 듯한데 설요의 가슴이 몹시 답답했다. 태자의 기운이 너무 탁한 탓이었다. 그리고 허약했다. 여누하는 맑고도 강한 기운을 가졌다. 어디에도 얽매이지 않을 기개가 있었다. 두 기운이 얽히면 어찌 될 것인가.

여누하는 손님이 들 것이라는 설요의 말을 들었을 때 태자를 떠올리기는 했다. 그러면서도 설마 태자가 금세 또 오랴, 속으로 도리질을 했다. 삼 짇날에 왔고 열흘 전에 또 찾아와 차 한 잔 마시고 간 그였다. 태자가 그리 한가한 사람일 리가 없지 않은가. 헌데 그가 정말 왔다. 별실엔 설요가 있 고 뒤뜰엔 마을의 처자들이 서른 명가량이나 있었다. 될 대로 되어라. 여 누하는 태자를 방으로 들이는 대신 대청에 앉혔다. 안에 들이면 그가 집에 머무는 시간이 길어질 게 뻔했다. 그러면 설요가 얼마나 불편하랴.

"이리 불시에 들이닥치심은 전하의 위엄에 어울리지 않나이다. 집 안에 마을의 처자들이 수십 명이나 있습니다."

"위엄을 갖추고 싶은 위인이 그대를 찾아다닐까? 그대가 내게 마음을 여는지 아니 여는지, 열 때까지 찾아다녀볼 셈이야."

"전하를 향한 제 맘이 끝내 아니 열리면 어찌하시려고요? 그때도 이리 소인의 처분을 바라고 계실 텝니까?"

"그건 그때 가서 생각해 볼 테야. 헌데 이 요상하게 생긴 음식의 이름은 무엇이야?"

"그건 쑥 범벅이라 합니다. 부드러운 쑥을 캐서 깨끗이 씻은 뒤 소금간 한 보릿가루를 입혀 시루에 살짝 쪄낸 것이랍니다. 오늘 소인의 집에 와서 일하는 일꾼들에게 새참으로 내놨던 음식입니다. 드셔 보시어요. 백성들 이 이즈음에 즐겨 먹는 음식이랍니다."

"이것도 그대가 만들었나?"

"아니오, 부엌어멈이 만들었지요."

태자가 처음 만난 쑥 범벅은 쑥내가 진하고 쓴 맛도 진했다. 보릿가루의 고소한 맛이 어우러지긴 했으나 태자에게는 몹시 낯설었다. 꿀에다 찍어 먹는다면 나을 성싶은데 다과상에 꿀 종지는 올라와 있지 않았다. 한 입을 먹고 난 태자는 젓가락을 내려놓고 오미자즙을 마셨다. 그 시큼한 맛에 낯을 찌푸렸다. 여누하가 웃었다.

"아직 벌꿀 나올 철이 아니어서 단맛을 내지 못했답니다."

"하여도 찾아보면 작년의 꿀이 얼마든지 있을 터인데?"

"있겠지요. 하지만 보통 이렇게 먹고 사는 것을요. 보통 날에 전하께서 오신 것이니 하는 수 없구요."

"미리 연통하고 오면 꿀을 준비해 둘 텐가?"

"아니오, 전하. 소인이 전하의 행차를 막을 힘은 없으나 전하를 위하여 따로이 무언가를 준비하며 기다리지는 않을 것입니다."

"내가 꿀을 열, 백 단지쯤 싣고 온다면 나를 기다릴 것이야?"

"이리 오시며 꿀 백 단지를 실어오시면, 온 동네 집마다 한 단지씩 나눠주고 나머지는 약으로 쓰라고 천혜당에 가져다주지요. 하지만 전하를 기다리지는 않을 것입니다. 하오니 이 가부실을, 저 여누하를 잊으시어요."

태자는 대답치 않고 잔에 남아 있던 오미자즙을 다 들이켰다. 시고 쓰고 짜고 맵고 달았다. 여누하를 닮아 제멋대로인 맛이었다.

"다시 올지 말지는 나도 알 수 없으니 다시 오지 않으리라는 말은 못하겠어. 오늘은 그대의 집이 몹시 소란하고 그대가 바빠 보이니 물러가지."

"예, 전하."

"어디로 가는지는 묻지 않나?"

"전하께서 계셔야 할 곳으로 가시겠지요."

"비자화군으로 순행 가는 참이야."

"여러 날 길이 되시겠나이다."

"조심해서 잘 다녀오라고 해야지."

"조심히 잘 다녀오사이다."

어이없는 얼굴로 여누하를 바라보던 태자가 일어나 마루를 내려갔다. 집 안의 사람들이 모조리 숨어버려 마당에는 측위들만 있었다. 여누하는 안채 마당에서 바깥마당으로 나가는 중문 앞에서 태자를 배웅하고는 돌아섰다. 돌아서 별실로 향해 오면서 여누하가 혼자 중얼거렸다.

"저이를 대체 어쩐다니?"

제국의 태자를 향해 저이를 어쩐다니, 한 여누하가 별실로 들어와 설요를 향해 미소를 지었다. 설요도 마주 웃었다. 잠깐 사이에 보게 된 태자의 미래에 대해서는 여누하에게 말할 수 없을 것이었다. 하여 설요는 여누하에게 다른 말을 했다.

"저도 잠시 뒤뜰을 거닐고 싶습니다. 허락하신다면 뒤뜰에 널린 마른 옷감들을 거두어들이는 일을 돕고 싶구요. 허락하시렵니까."

"도와주시면 좋지요. 바람도 쐬실 겸, 가솔들하고 낯도 익히실 겸 나가시어요. 가솔들에게는 아씨가 유리나 공주님의 동무이시자 저의 동무이시고 조정대신 집안의 공녀님이신 것으로 말해 두었나이다. 앞으로도 이따금 놀러 오실 분이시라고요."

그리 말한 여누하가 앞장서 후원으로 향했다. 후원에서는 시자와 시녀들이 죄 모여 마른 옷감들을 두루마리에 감느라 바빴다. 마을 처자들은 태자가 머무는 새에 시내를 넘어 쪽문으로 빠져나간 참이었다. 가솔들은 주인아씨에 이끌린 설요가 들어섬에도 어려워하지 않고 저들 할 일을 하느라 여념이 없었다. 그들은 왕인의 식구들이었다. 석양빛 속에서 사람과 옷감이 같은 색깔로 눈부셨다. 설요는 눈을 가늘게 뜬 채 그 풍경을 자신의 눈 속으로 끌어들였다. 한 시진 쯤 지나면 그가 돌아올 것이었다. 지난 삼

짙날 밤 헤어질 시각이 되자 왕인이 물었다.

—다시 일 년을 기다려야 그대를 볼 수 있습니까?

설요는 일 년은커녕 하루도 기다리고 싶지 않아 말했다.

—이달 말일에 미행을 빙자하여 나들이를 하겠습니다. 어디서 만나오
리까.

그러자 왕인이 그 사이에 아무 기별이 없다면 가부실로 오라 하였다. 그
가 말한 기별은 아마도 둘만을 위한 집이었을 것이었다. 다른 기별이 없었
으므로 그는 다른 집을 만들지 못한 것이었다. 그가 사내라 하여도 그는
이제 갓 열일곱 살이었다. 무슨 수로 아무도 모르는 둘만의 집을 마련할
수 있었겠는가. 그리하여 오게 된 가부실 집이매 설요는 이 집이 좋았다.
여누하의 마음 씀은 다사롭고 식솔들의 풍경은 아름다웠다. 이들 사이에
끼어 있으니 스스로도 아름다워지는 듯했다. 설요는 소매를 걷어붙이며
식솔들 사이로 끼어들었다.

소나무가 마르는 뜻

재작년부터 지난겨울에 걸친 가뭄이 독하였다. 우물이 마르고 흉작이 들면서 자식을 종으로 팔고, 팔리지도 못할 자식임에 내다 버리는 일이 허다히 벌어졌다. 십여 년 전의 큰 가뭄 때와 비슷했다. 효혜는 나날이 하늘을 올려다보며 일기를 살폈다. 타들어가는 땅과 줄어가는 욱리하의 수위와 타들어가는 사람들의 갈증이 온몸에 느껴져 소용없는 일인 줄 알면서도 열흘이 멀다 하고 기우제를 올렸다. 천만다행으로 올봄 들어 비가 많이 내렸다. 목말라하던 천지간의 생물들이 퍼렇게 소생함에 기뻤다. 헌데 소생하는 생물들과 반대로 효혜의 몸은 급격히 쇠해 들었다. 직감과 예지력이 떨어졌고 기이한 현상을 보고 해석하기에도 힘이 부쳤다.

지난 초봄 오랜 가뭄을 해소할 단비가 천둥번개와 더불어 쏟아졌을 때 부아악(負兒嶽) 남쪽의 천신단 아래 큰바위가 둘로 쪼개지는 이변이 생겼다. 구름돈대와 어진봉우리와 만경돈대 등 세 높은 봉우리를 거느려 삼각

산이라고도 불리는 부아악은 사백여 년 전 온조가 올라가 새 도읍지를 찾던 봉우리였다. 만경돈대에 서면 욱리하 건너까지 훤히 보였다. 그리하여 북쪽으로는 한수, 욱리하가 흐르고 동쪽으로는 높은 산이 있으며, 남쪽으로는 비옥한 들이 펼쳐지고 서쪽으로는 큰 바다가 펼쳐진 욱리하 남쪽의 한성이 백제의 도읍이 되었다. 부아악 만경돈대에 천신단이 있는 까닭도 그토록 신성한 봉우리이기 때문이었다. 큰바위가 쪼개졌다는 보고에 효혜는 욱리하를 건너 만경돈대에 올라가 보았다. 천신단 아래 바위는 원래 따로 존재했던 듯이 멀찍이 물러나 파단면을 하늘로 향하고 있었다. 일부러 그렇게 놓으려 한다면 장정 수백 명과 수십 필의 우마가 동원되어야만 가능하리라 싶게 나란한 형세였다. 이게 어떤 징조일까. 효혜는 천신단에 제를 올리면서도 그 징조의 의미를 깨닫지 못했다. 내려오는 길이 몹시도 힘겨웠다. 만경돈대 아랫녘 부아악하 영지로 들어가 사흘이나 드러누웠다. 긴 몸살이 그때 시작되었던 것이다. 쉬는 도중에 설요에게 까닭을 알겠느냐고 물었다.

―백제가 둘로 나뉘리라는 뜻 아니겠사와요?

설요의 말이 너무 쉬워서 가슴이 철렁했다. 일곱 해 전에 효혜는 소야비의 대방 행을 말렸다. 소야비가 대방으로 가는 순간 백제는 둘로 나뉠 것이니 소야비를 데려 가시려는 황제를 말리라고 루사기에 말했다. 그런데 설요가 그 말을 다시 했다. 백제가 둘로 나뉘리라고. 아이에게 입을 다물라 하고는 추스르고 일어나 욱리하를 건너왔다.

한 달여 전에는 황궁 대안전 앞 큰 소나무가 말라간다는 소식을 들었다. 그게 상서롭지 못한 징후인 것만 알았을 뿐 그 의미를 몰랐다. 헌데 오늘은 신궁 대신전 앞의 소나무도 말라가는 성싶다는 보고를 받았다. 설요를 불러 나가보았더니 과연 그러했다. 수령이 사백 년쯤 되었을 소나무가, 앞으로도 사백 년은 거뜬히 그 자리에서 버틸 것처럼 청청하던 나무가 눈에 띄게 기운을 잃었다. 한창 물이 올라 윤택해야 할 초여름에 가시처럼 뻗쳐 있어야 할 이파리들이 늙은이의 수염처럼 늘어져 있었다. 지난 가뭄의 여파인가 치려 해도 다른 나무들이 한껏 푸르니 그리 여길 수도 없었다.

"왜 그러는 것 같으냐."

함께 대신전 앞 소나무를 살피고 지화합으로 들어온 뒤부터 설요는 향로 앞에서 눈을 감고 있는 참이었다. 아까 소나무에다 제 볼을 대고 눈을 감고 있을 때와 같이 몬존한 얼굴이다. 아이는 저러한 차분하고 무던한 얼굴로 나무가 하는 말을 듣고 사람의 죽음을 미리 보았다. 너의 죽을 날이 사흘 뒤라거나 한 달 뒤라거나 일 년 뒤라거나. 중로신녀들이 설요의 눈치를 보게 된 것도 어린 설요에게 그 능력이 있음을 알게 된 뒤부터였다.

설요가 후계신녀가 되었던 그해 섣달 초하루에 중로원 회의가 있던 날이었다. 십오 명의 중로신녀들이 천인각 큰방에서 회합을 가질 때 후계신녀인지라 어린 설요도 데려다 옆자리에 두었다. 신궁영지는 몇 곳에 나누어져 있었고, 영지를 운영하는 신녀는 삼년 주기로 교체하는데 중로신녀들은 대개 영지 경영자로 가고 싶어 했다. 영지에 부임하면 신궁 안에서보다 자유로운 것은 물론이고 사사로이 재물을 쌓기 쉬운 까닭이었다. 그날 회의에서는 쉰 살의 화미 신녀가 너도섬 영지에 부임하기로 의견이 모아졌다. 화미가 사전에 의견을 모아놓았음을 효혜도 눈치 챘으나 결론이 그리 났으니 어쩔 수 없었다. 화미로 결정되었다는 선언을 막 하려는 참에 곁에서 풀각시를 놀리고 있던 설요가 딴 세상을 향해 종알거리듯 말했다.

─화미 님! 화미 님은 올해 안에 돌아가실 건데, 거기를 왜 가시려고

242

해요?

화미의 얼굴이 백지장처럼 희어진 것은 물론이고 효혜도 가슴이 덜컥 내려앉았다. 아이의 신기가 넘치는 것보다 엉겅퀴 가시 같은 아이의 말버릇이 문제였던 것이다. 아무래도 이름을 잘못 지어준 것인가. 순간 후회했을 정도였다. 효혜는 화미에게 사과하고 시위들에게 설요를 데리고 나가라 명했는데 화미가 파리하게 질린 얼굴로 나섰다.

—제가 올해 안에 죽을 거라 예시하시는 예하께 여쭙습니다. 제가 거길 가면 죽고 가지 않으면 죽지 않습니까?

어린 네가 무슨 말을 하는지 보자는 심산이었다. 효혜가 너무 어린아이를 신이궁에 올려놓은 게, 그 신이궁이 효혜의 친딸 같은 아이여서 불만이었던 것이다. 누대로 중로신녀들에게는 자신이 키운 신녀를 신이궁으로 올리고 싶은 욕심들이 있었다. 하여 이따금 그 아이들에게 신이궁이 되는 기나긴 시험에 임하게 했다. 신이궁이었던 효혜가 신궁위에 오른 뒤 설요 이전까지 신이궁 시험에 임한 아이가 다섯이었다. 그 다섯 중에는 화미가 키운 아이도 있었다. 그때 설요는 저에게 쏠린 시선들에 어떤 의미들이 담겨 있는지 모르는 채 예의 느릿한 투로 말했다.

—너도섬에 가서도 죽고 아니 가서도 죽지요. 헌데요, 아니 가시면 얌전히 돌아가시고, 가시면 아프게 돌아가실걸요. 아프고 뜨겁게!

진저리를 치며 제 손의 풀각시를 흔드는 아이를 당장 데리고 나가라고 효혜는 시위들에게 으름장을 놓았다. 그리고는 화미에게 또 사과했다. 섣달 초하루인데 올해 안에 어쨌든 죽는다니. 화미가 한 달 안에 아프고 뜨겁게 죽는다는 아이의 말에 좌중의 아무도 그에 대해 거론하지 못했다. 믿을 수도, 믿지 않을 수도 없는 선언에 할 말을 찾지 못한 것이었다. 때문에 효혜는 아무 일도 없었던 듯 화미를 향후 삼 년간의 너도섬 영지 경영자로 임명했다. 너도섬은 신궁에서 멀지 않으면서도 한수 한가운데 있어 드나듦이 용이했다. 그곳엔 천여 명의 신궁인들이 보석이며 금속 세공을 하며 살았다. 그들이 만드는 장신구가 신궁 살림에는 크게 보탬이 되었다. 섬 밖으로 나가면 노예 신분인 그들이나 섬 안에서는 일반 백성들처럼 혼인하고 자식들을 낳고 부모를 봉양하며 살았다.

섣달 보름에 화미는 영지에 도착했다. 망설이고 망설이다 설마 그러랴, 오기 부리며 갔다. 그리고 이틀 뒤 너도섬 내에 있는 신당 처소에서 불에 탄 주검으로 발견되었다. 조사한 결과 한 궁노가 화미와 화미의 시녀 둘을 죽이고 처소에 불을 질렀고 그 궁노가 죽이려 했던 사람은 화미 이전의 너도섬 경영자 공도였던 것으로 밝혀졌다. 공도와 사통하던 궁노가 공도로부터 버려지자 신녀 처소로 쳐들어간 것이었는데, 그때 공도는 이미 너도섬을 떠나 신궁에 돌아와 있었다. 공도가 이미 떠난 걸 몰랐던 궁노가 저지른 일로 하여 다섯 사람이 목숨을 잃었다. 신녀 처소를 태우며 화미와 그의 시녀들의 목숨을 앗은 뒤 숨어 있던 궁노를 찾아내어 처형할 수밖에 없었고, 그 일의 원인이 되었던 공도 또한 자진시킬 수밖에 없었다.

그 사건 이후 효혜는 설요의 말법 교육에 특히 공을 들였다. 아이가 신기를 안으로 갈무리해 필요한 만큼만 표현하도록 애썼다.

"네게 이미 말했듯 어미는 이제 보지도, 듣지도, 느끼지도 못한다. 네가 말해보아."

설요가 눈을 떴다. 열일곱 살의 보송보송한 볼이 어여쁘고 눈은 맑기도 하다.

"그 까닭을 물으러 곧 대안전에서 사람이 올 듯합니다. 그들을 맞으셔야 할 테니 어머니, 우선 편히 앉으시어 기운을 보하시어요."

몇 달째 비실대는 효혜는 좌대에 앉았다. 설요는 앉지 않고 창 안쪽에 놓였던 장미 화분을 안아다 효혜 앞의 탁자에다 놓았다. 며칠 전에 유리나 공주가 문안선물로 보내온 진홍빛 장미였다. 진홍 장미를 보내온 고천궁의 유리나나 신궁의 설요나 가부실의 여누하나, 황궁의 아사나 공주까지도 모두 꽃보다 빛나는 청춘들이었다. 쉰세 살의 효혜는 자신의 생애가 잦아들고 있음을 깨닫는 즈음이었다. 몸이 부치고 마음이 부쳤다.

설요가 사방의 창문들을 일일이 확인하고 다녔다. 측근들조차도 경계할 만한 조짐을 대안전과 대신전의 두 소나무들에게 느끼는 것일 터였다. 효혜의 예지력은 젊은 날에도 설요에 미치지 못했다. 효혜가 모든 상황을 주도면밀하게 파악하고 분석하면서 제일신녀가 지녀야 할 예지력을 감당한 것이었다면 설요는 제 안에서 피어나는 즉각적이고 실제적인 신기로 주변 상황을 분석했다.

"대안전의 소나무를 보신 적이 계시지요, 어머니?"

"여러 번 뵈었지. 수령은 대신전 소나무보다 짧으나 그 형상이 크시어 웅장하였다. 말해보렴."

"대안전의 소나무가 마르는 것은 대안전 주인이신 황후 전하의 신변에 이상이 생길 조짐인 듯해요."

"황후께서 편찮으실 것 같아? 혹시는 승하하시게 될 듯해?"

"아니오, 황상 폐하께 일이 생길 듯합니다. 대안전 소나무가 완전히 말라 넘어질 즈음, 내년 이맘때쯤일 듯한데, 그즈음 황상께서 승하하시게 되지 않을까 싶나이다."

올해 황상의 연치가 쉰 넷이었다. 내년이라면 쉰다섯 살에 돌아가신다는 것인데, 애석한 일이나 설요가 그리 보았다면 그리 될 것이다.

"허면 우리 대신전 소나무가 말라가는 것도 그걸 예시하고 있는 게냐?"

"대신전 소나무는 대안전 소나무처럼 내년 이맘때에도 넘어지지는 않을 겝니다. 하지만 천천히 쇠해 갈 것입니다. 대신전 소나무는 신궁을 뜻하는 것이지요. 신궁은 곧 백제국을 의미하지 않습니까? 그러하매 대신전 소나무가 말라가는 것은 우리 신궁과 백제국의 앞날이 그러할 것이라는 뜻도 되겠지요."

작년 이맘때쯤 황후가 대안전에다 부처라는 신을 모셔 들였다. 부처를 따라 부처를 모시는 승려가 저 대륙 남방의 진나라에서 왔다. 승려의 이름이 마라난타라 하였다. 그가 처음 닿은 곳은 저 남녘 무시이군(武尸伊郡)의 바닷가였다고 했다. 한성에서 칠백여 리나 먼 그곳에 닿은 그가 십여 년 만에 한성에 입성한 것은 물론 황궁으로까지 들어갔다. 단군천신을 모시는 신궁이 엄연함에 대륙으로부터 부처가 흘러들어와 황궁까지 들어갔다는 것은 백성들 사이에 이미 부처라는 신이 퍼져 가고 있음을 뜻했다. 고구려에서는 부처 신을 진작 받아들여 백성들이 따르고 있다고도 했다. 그부처 신을 대안전 한구석에 모시어 들인 작금의 황후는 마라난타를 불러들여 경을 읊게 하고 부처신의 교리에 대해 듣는다 하였다. 황후가 신궁을 멀리하게 된 까닭도 그것이었다. 백성들 사이에 부처신이 퍼져가고 있는 즈음에 황후가 신궁을 멀리함은 신궁의 권위가 그만큼 낮아진다는 것이고, 권위의 낮아짐은 곧 신궁의 쇠락을 의미한다. 황후는 신궁의 힘을 없애려 하는 것이다. 부처신의 사원을 지으려 준비 중인 황후가 사원 부지를 신궁의 코밑이라 할 수 있는 한산 아래에다 잡은 까닭도 그 때문이었다.

"백제는 건국 이후 사백여 년 융성일로를 걸어왔다. 올라감에는 반드시 내려옴이 뒤따르는 법이니 백제국에 우환이 생길 법도 하겠지. 허나 설요 야. 내년에 상께서 승하하시어도 태자와 태손, 황손들이 건재한데 백제국에 큰일이야 생기겠느냐? 우리 신궁이, 이 어미가 이미 힘을 잃었으매 네어깨에 지워진, 우리 신궁이 나아갈 방향을 어찌 잡아야 할지가 문제인 것아니겠느냐?"

효혜가 자못 비감어린 말을 하는데, 설요는 조금도 심각하지 않았다.

"부아악 대암의 분리가 이미 그걸 예시했지 않습니까?"

아이에게 백제라는 나라는 어떤 의미일까. 어떤 의미이기에 백제의 가뭄과 분리를 저리 가벼이 말할 수 있는 것일까. 효혜가 의문에 차서 바라보고 있는 동안 설요는 사뿐사뿐 걸어 다니며 창문들과 출입문을 열어 주변을 살피고는 돌아왔다. 그러더니 탁자 건너편 좌대에 앉지 않고 다부닐게 효혜 옆으로 와서 속삭이듯 말했다.

"태자님 연치가 어찌 되시어요?"

"태자 전하는 현금에 서른둘이시다. 전하의 연치는 왜?"

"소녀가 지난달 말일에 궁 밖에 나갔던 것을 기억하시어요?"

"네가 변복하고 미하수만 대동하고 나갔던 날 말이냐?"

"예, 그날 소녀가 궁 밖에 나갔다가 우연히 태자 전하를 보게 되었나이다."

"그랬어?"

"그랬답니다. 그가 저를 모르니 제가 그저 그를 본 것인데요."

"그래서?"

"태자님 수명을 보았다는 것이지요. 그때는 그 수명이 어느 만큼인지 확신할 수 없어 어머니께 말씀드리지 않았사온데, 대신전 소나무가 말라 가는 걸 발견한 오늘에는 알겠사와요. 그의 수명이 길지 않습니다."

"짧다고? 얼마나? 즉위하시기는 하고?"

"즉위는 하실 거예요. 헌데 앞으로 길어야 삼 년쯤 사실 터이니 황상으로 계시는 기간은 두 해를 넘기지 못하시겠지요."

설요가 말을 채 마치기 전에 좌대에서 일어난 효혜는 조금 전 설요가 그러했듯 직접 창문과 출입문을 살피고 다녔다. 가슴이 뛰어 그저 앉아 있을 수도 없었다. 서른 해 전쯤 효혜도 충수태자의 급사를 예견한 적이 있었다. 충수태자의 아들이 아직 태손으로 책봉되기 전이었고 대륙에 있던 휘수 왕자가 돌아와 있을 때였다. 휘수 왕자가 아무런 잡음 없이 태자위에 오를 것을 짐작했기에 루사기에게 휘수 왕자를 소야에게 인도하도록 했다. 서른 해 전의 그 일의 결과가 지금에 이르러 나타나려 하고 있었다. 소야가 낳은 부여부가 황제가 될 수도 있는 것이다.

태자가 내년에 즉위하여 내후년에 돌아간다 가정하면 그때 태손 여해는 열다섯 살이었다. 즉위할 수는 있을 것이나 실권을 행사하기에는 아직 어리므로 여해가 즉위하는 것은 그때 당연히 태후가 되어 있을 작금 아이 황후의 섭정을 전제로 하는 것. 서른 살이 넘은 태자조차도 허수아비로 만들어놓은 채 권력을 놓지 않은 황후가 어린 손자가 등극함에 권력을 내어놓을 리 만무했다. 그 꼴을 어찌 보랴. 그쯤 효혜 자신은 이미 이 세상 사람이 아닐 수도 있으나 아이황후의 세상이 그리 오래 펼쳐지는 건 싫었다. 부처신을 모시어 단군천신을 부정하며 신궁을 무너뜨리려 획책하고 있는 황후가 아닌가. 효혜는 자신의 자리로 돌아와 앉았다.

"허면 설요야. 한 사주를 알려줄 터이니 그의 운명을 좀 살피거라."

대륙에서 부황을 보필하며 살고 있는 우현왕 부여부가 내후년에는 스물여섯 살이었다. 십여 년 전 그가 대륙으로 가기 전에 그에게서 왕재를 느낀 적이 있었다. 효혜는 현재 스물네 살인 부여부의 사주를 설요에게 알려주었다. 우현왕은 대방성에서 혼인을 했다. 첫째 왕비를 대방성에서 얻었고, 이비를 관미성에서 얻어 자식이 이미 셋이라 했다. 탁자 위의 진홍장미 꽃잎을 매만지며 눈을 감고 있던 설요가 눈을 뜨고 효혜를 바라보았다.

"이분이 누구이시어요?"

"대방에 계시는 부여부 님의 사주다. 어떠하시더냐?"

"부여부 님의 무엇을 보라 하시는지 구체적으로 말씀해 주시어요."

"그래. 그분이 왕좌를 지니고 나시었는지를 알고 싶다."

"그분의 왕좌는 애매하시어요. 딱 중간. 가령 이쪽에서 당기거나 밀면 이쪽으로 가고, 저쪽에서 당기거나 밀면 저쪽으로 향하는, 그런 중간지점이 현재 부여부 님 자리이신 듯하옵니다."

우현왕 부가 태자 벽에 이어서 황제가 되려면 주변에서 그를 상의 자리로 밀어 올려야 한다는 뜻이 된다. 부의 주변에 누가 있을까. 그의 어머니 소야황비는 자신의 궁실에서 그림 그리며 꽃밭이나 가꾸는 여인이었다. 부여부가 비로 삼았다는 대방성주의 딸과 관미성주의 딸은 본국말도 제대로 못할 여인들일 것이었다. 그 여인들의 친가이자 부의 척족이 되는 대방성과 관미성은 본국에서 만 리나 떨어져 있었다. 부에게 언덕이 되어주고 이정표가 되어줄 수 있는 사람은 루사기뿐이었다. 그렇다면 그가 먼저 돌아와야 한다. 황상이 대륙에서 승하하신다면 그곳에 가매장되었다가 백골이 된 뒤에나 고천릉원으로 오시게 될 터였다. 루사기가 본국으로 돌아오려면, 돌아와 한 시절이라도 한성에서 자신의 위치를 잡고자 한다면 그는 황상이 아직 멀쩡해 보이실 때 상과 함께 환도하여야 하는 것이다.

"한 가지 더 물으마. 부아악 대암의 분리가 백제의 나뉨에 대한 예시라면 말이다, 대방과 한성의 나뉨이라는 의미일 터인데, 그때가 가까이 느껴지느냐?"

"아는 만큼만 본다는 말이 있지요, 어머니? 제가 그렇습니다. 소녀는 대방백제를 모르기 때문에 지금 그것까지는 모르겠어요. 하지만 예시된 여러 가지 징후들과 그동안 어머니께 들은 말씀들을 종합해 볼 수는 있겠지요. 현재의 태자가 즉위하시어 두 해를 넘기지 못하고 승하하신다면, 하여 황후께서 태후가 되시어 섭정을 하신다면, 대방의 우현왕께서는 이미 왕으로서의 작위를 받아 실제로 대륙 경영을 하고 계시는데, 본국에 미련을 가지실 까닭이 없지 않나요? 물론 모후께서 여기 계시는데 왜 미련이 없으시겠냐, 하시겠지만 어머니, 소야비 님은 그리 오래 사시지 못합니다. 황상 폐하 붕어 뒤, 한두 해 안에 돌아가실 거예요."

"벼, 병이 드신다는 게냐?"

"황비께서 느끼지 못하실 뿐 이미 병들어 계실걸요. 그러니 모후도 계시지 않는 본국에 대방의 우현왕께서 무슨 미련이 계시겠어요. 본국보다 몇 배나 넓고 기름지다는 대륙을 스스로 경영하면서 사시면 되는데요."

"허면, 우현왕이 본국에서 즉위하시면 그럴 일이 없겠구나."

"글쎄요, 거기까지는 모르겠사와요. 그나저나 어머니, 나라 걱정이 자심하십니다."

"나라의 앞날이 곧 우리 신궁의 앞날 아니겠느냐? 어찌 걱정을 아니 해?"

"나라의 앞날이 신궁의 앞날이기는 하겠으나 어머니, 저는 나라의 앞날이 백성의 앞날인지는 의문입니다. 백제가 만백성의 것이 아니라 부여씨 족과 진씨족의 것인데, 나라를 걱정함이 황실 사람들에 대한 걱정인지 백성들에 대한 걱정인지 잘 모르겠어서요. 옛날 마한의 백성들이 백제 백성으로 살고, 대륙의 연나라 백성들이 진나라나 고구려나 백제의 백성으로 살듯이, 또 어머니나 저 대신 누군가 다른 이가 이 신궁을 경영해도 신궁인들이 살아갈 것이듯, 한 나라는 백성들의 것이지 황실 사람들 것이 아니지 않나, 싶구요."

대체 언제 어떻게 저렇게 기이한 생각들을 저 작은 머리통 속에다 담았을까. 각 분야를 책임진 수십 신녀들이 아이의 스승 노릇을 하고 있으나 그들 어느 누구에게서도 들어본 적 없는 말들이 아닌가.

"물론 그리 생각할 수도 있으나 나라가 흔들리면 피를 보는 것은 대다수 백성들이다. 우리 신궁은 그 때문에 나라의 앞날을 걱정하는 것이야. 때문에 너도 그걸 걱정해야 하는 것이고."

제가 내뱉은 말들에 대해 계속 논하지 않으려는 것을 느꼈는지 설요가 빙긋 웃었다.

"알겠어요, 어머니. 헌데요, 걱정한다고 일어날 일이 일어나지 않는 건 아니지 않습니까?"

"그렇지 않다. 그리만 생각하자면, 어차피 죽을 사람이 애써 살 필요도 없지 않겠느냐?"

"소녀는 어머니, 사람이 애써 산다기보다 살고 싶은 대로 사는 게 아닌가 싶어요. 그렇게 살며 움직인 결과가 여러 사람의 일생을 좌지우지할 수도 있고 제 한 몸만 건사하거나 못하거나 하는 것으로 나타나기도 하지만

251

그 어떤 일도 결국은 스스로를 위한 것이 아닌가. 때문에 타인에 대한 걱정, 나라를 위한 걱정도 결국 스스로를 위한 것이 아닌가. 그리 생각되어요."

"그건 너무 냉정한 생각이구나. 까닥하면 네 자신만을 위한 생각으로 비쳐질 위험이 있는 고로 신이궁인 너에게도 바람직하지 못해. 장차 네 손에 모든 신궁인들의 목숨이 쥐어질 테고, 그들의 삶을 다룸에 있어서 공정함이 우선이어야 하는데, 그때 공정함의 기준이란 이기가 아니라 이타심이어야 하는 법이야. 때문에 너의 그런 생각이 바뀌어야 하고, 겉으로 드러나지 않도록 해야 할 것이다. 특히, 누누이 했던 말이지만 네가 타인의 수명을 보게 되었을 때는 훨씬 신중해야 해. 알겠느냐? 그리고, 소야비의 수명, 백제의 분리 얘긴 너와 나도 나누지 않은 것으로 하자꾸나."

"예, 어머니."

이 생애 자신의 할 일이 다 끝났다 여겼더니 아직 남은 일이 많았다. 효혜는 장미 화분을 안아다 제자리에 놓고 창을 열었다. 날이 흐렸다.

"금세 비가 내리겠구나. 황궁에서 올 듯하다는 사람들이 비보다 먼저 오겠니?"

"앞서거니 뒤서거니 하겠지요. 천인각(天人閣)에서 맞으시겠어요?"

천인각은 천신단과 대신전 사이의 가장 넓은 전각으로 여느 때는 열지 않았다. 효혜는 보통 대신전의 양쪽에 위치한 지수각(地水閣)이나 화풍각 (火風閣)에서 손님을 맞았다.

"그래야 할 사람이 오는 거냐?"

"대안전 소나무가 말랐는데, 황후께서 몸소 납시지 않겠사와요?"

일 년 넘게 신궁을 찾지 않았을 뿐더러 제일신녀를 청하지도 않았던 황후가 직접 온다는 건 소나무의 마름이 상서롭지 못함을 그 또한 느낀다는 뜻일 것이었다.

"허면, 천인각에서 맞아야지. 그건 그렇고, 지난달 말일에 네가 변복한 채 미하수만 거느리고 나가서 뭘 했다 했지? 어디서 뭘 하던 차에 태자를 보았다고?"

효혜 곁으로 다가와 창밖을 내다보던 설요가 듣지 못한 척 꽃잎을 만지작거렸다. 얼굴이 약간 붉어져 있다.

"신궁 제일신녀로서 제이신녀 신이궁에게 묻는 게 아니다. 설요의 어미로 묻는 게야."

"어머니, 제가 칠지화를 포기하여도 신궁을 나갈 수는 없는 것이지요?"

"그리하고 싶으냐?"

"잘 모르겠사와요. 그리하고도 싶고, 지금처럼 어머니 그늘에서 어머니의 후광을 입은 채 살고 싶기도 하고."

신이궁의 자리가, 그 수련 과정이 그리 힘들었던가. 효혜는 자신의 수련 시절이 너무 오래전 일이어서 그 힘듦조차 잊고 살았으나 아이가 칠지화를 포기하고 싶다 하니 가슴이 아렸다.

"규율로야 네가 신녀의 옷을 벗겠다 하면 궁인으로 살아야겠지. 기어이 신궁을 나가 살자하면 멀리 담로성의 신당이나 본국 내 각 군의 신당으로 부임하여 신당신녀로 살 수도 있을 테고. 찾아보면 다른 방법도 없지는 않을 게다. 내가 너의 어미를 자청한 지 십여 년인데 네가 기어이 나가겠다 하면, 아무렴 널 그냥 내치기야 하겠느냐? 하지만 설요야, 너는 나의 자식으로 십삼 년, 신이궁으로 여덟 해를 살아왔다. 너의 심신이 이미 칠지화의 주인으로 자라 있는 게다. 속세로 나아가면 범인들 속에 묻혀서 범속한 여인으로 살아야 하는 바, 여염의 여인들은 사내들의 그늘에 살기가 일반이다. 이 진단을 좌지우지하시는 황후 전하마저도 그것에서 자유롭지 못해. 더구나 네 성정은 원래 그에 맞지 않을 뿐더러 지금은 더욱 맞지 않아. 어미가 느끼기엔 그러하다. 네 스스로도 잘 알고 있을 터이고. 그렇다면, 그런 생각을 하게 된 연유가 무엇이야. 혹시 어느 결에 맘에 들인 사내가 있는 게니?"

"예."

설요의 대답이 너무 쉬우니 효혜는 놀랄 겨를조차 없다.

"대체 언제 어느 결에, 어떤 이를 네 맘에 들였다는 게냐. 네가 홀로 궁 밖 나들이를 할 수 있게 된 게 겨우 지난 삼짇날 이후부터 아니냐?"

후계신녀도 수련신녀들이 치러야 하는 모든 과정을 다 치르며 수련을 해야 하거니와 설요는 신이궁인지라 그 과정이 훨씬 복잡하고 엄격했다. 때문에 아이는 지난 칠 년 동안 새벽 묘시에 일어나 해시 말에 잠들 때까지 한 시진도 혼자 쉴 짬이 없는 세월을 살아왔다.

"지난 삼짇날에 우리 신당이 신궁제를 치렀듯 태학 일원에서 시과가 치러졌지요?"

"그러했지. 헌데?"

"그날 태학 문사부 시과에서 장원했다는 이에 대한 소식은 들으셨어요?"

문사부 시과에서 장원한 이가 열일곱 살의 소년이라 태학이 떠들썩하였다고 했다. 그 소년이 소야황비의 조카이자 황제친위군의 상장군 사루사기의 아들임이 밝혀지면서 조정도 한차례 소란했다고 들었다. 그는 사루, 왕인이었다. 왕인이 이구림의 사루이자 아직기의 형이므로 효혜도 걱정하였다. 그가 너무 이른 나이에 사람들의 눈에 띄어버린 게 아닌가, 염려했다. 그러했는데 설요가 그를 말하고 있지 않은가.

"왕인이라는 소년이라지? 황제친위군의 상장군 사루사기의 아드님으로 밝혀져서 그의 품계를 어찌해야 하는가, 조정이 열렸을 정도라고 들었다. 헌데, 네가 그 왕인을 안다는 게냐? 어떻게?"

효혜의 물음에 설요가 후계신녀가 되었던 이듬해 봄에 고천이궁으로 난 숲길에서 그를 만난 이야기를 했다. 왕인이 해마다 신궁제에 왔으며 지난 신궁제에도 왔던 바, 마침내 그를 한밤중에 만났으며 지난달 말일에 가부실로 간 것은 그에 대한 그리움 때문이었노라 설토했다. 그러다가 여누하를 찾아온 태자를 보았다는 것이다.

"헌데, 여누하가 그리 말했어? 저이를 어쩐다니, 그렇게?"

"예, 어머니."

설요는 태평하나 효혜는 이 모든 일들을 어쩐다니, 내심 한탄하였다. 어린 날 여무지고 총명한 여누하의 미래가 신산할 것을 알아보았다. 왜인가 하였더니 이제 알겠다. 태자와 엮여 있었던 것이다. 태자비 목이나는 진씨였다. 황후가 태후의 질녀였듯 태자비는 황후의 질녀였다. 태자비 진목이나는 그렇지만 황제의 여인들을 용납한 황후와 같지 않게 사람 그릇이 작았다. 태자의 여인들이 그에게 곤욕을 당하기 일쑤라는 소문이 은밀한 듯 공공연했다. 그나마 태자의 여인들이 태자비에게 죽임을 당하지 않는 것은 지어미가 지아비의 여인들을 질투하면 사형을 당한다는 법률 때문이었다. 황실 사람들이 법률 위에 존재한다고 해도 태자비도 여인이라 지아비의 여인들을 다룸에 조심하는 정도가 그쯤인 것이다. 그런 지어미를 가진 태자가 여누하에게 사로잡혔는데, 태자 자신의 수명은 고작해야 두어

해 남았을 뿐이다. 여누하가 그의 뒷모습에 대고 저이를 어쩐다니! 한탄했다는 것은 이미 마음을 주고 있다는 뜻이기 십상이다. 그걸 재미나게 지켜본 설요는 왕인 때문에 후계신녀를 버릴 수 있음을 말하면서도 천연덕스럽기만 하였다.

"헌데 설요, 네가 하필이면 그때 어찌 여누하 처소에 있었어? 왕인하고 그러했듯 여누하하고도 어린 날 한 번 스친 게 고작이었지 않았어?"

이번엔 묵묵부답이다. 수줍어하지도 않고 난처해하지도 않으면서 그저 있다. 맙소사. 효혜는 또다시 탄식했다. 왕인과 설요는 그예 일을 치고 만 것이다. 여누하는 왕인에게 그걸 들어 알고 있었고 왕인이 제 누이에게 그걸 말했다는 것은 아이들끼리는 이미 소통이 이루어졌다는 뜻이다.

"여기 저기 보통 일이 아니로구나. 신중히 궁리하여 보자꾸나. 절대 가벼이 움직이지 말고. 황궁감찰대에 걸려들지 않아야 한다는 것이다."

신궁에 기밀대가 있어 필요한 모든 것들을 보고 듣듯이 황궁에는 감찰대가 있었다. 감찰대는 공식적으로는 황궁 내시부의 조직이지만 황후의 사조직이었다. 그 감찰대장 을나는 갓 마흔 살로 지략과 용단과 기민함을 다 갖춘 여인이었다.

"예, 어머니."

"거듭 강조하거니와 네가 신이궁 임에 네 거동이 네 일개인 것이 아님을 명심해야 해. 너의 그러한 거동이 알려지면 네가 신이궁에서 물러나는 것으로 그치지 못한다는 뜻이야. 신궁의 권위에 손상이 생기매 원로와 중로들이 들고 일어나면 어미도 어찌할 수 없어. 그리고 왕인, 그의 전정에도 전혀 좋을 것 없음을 알아야 할 터이고."

그 모든 것을 설요도 모르지 않았다. 황후의 눈이며 귀이며 수족인 을나의 휘하에는 알려진 것만도 백여 명의 첩자가 있었다. 알려지지 않은 첩자들은 그 수배에 달할 것이다. 그래서 황궁감찰대의 그물을 피할 방법을 찾고자 했다. 신궁께 왕인과의 인연을 털어놓은 것도 조심하기 위함이었다. 그리고 도움을 받고자 함이었다. 왕인도 그래서 누이 여누하에게 도움을 구했다. 덕분에 생긴 가부실 집 안채의 별실은 비밀한 장소이되 여러 사람의 보호 속에 있었다.

"알고 있사와요, 어머니. 비가 오시네요. 황후께서 소도에 거의 이르신 듯하지요?"

후두두 빗방울이 쏟아졌다. 황후가 소도에 이른 기운을 효혜는 느낄 수 없었다. 설요가 그럴 것이라 하니 황후를 맞을 준비를 해야 했다. 설요가 사절신녀들을 불러들여 명하였다.

"소도로 황후 전하를 마중하러 보내라."

"천인각을 열고 황후 전하를 맞아들여라."

"황후께 드릴 선물을 준비하고, 성하의 정복(正服)을 차비하라."

황후를 맞이하여 소나무의 마름에 대하여 말할 사람은 효혜이나 신궁은 이미 설요를 주인으로 섬기고 있었다. 설요는 신궁을 버리지 못할 터였다. 이미 권력의 맛을 익혀버린 설요 아닌가. 그렇다면 왕인의 앞날 또한 신산할 수도 있을 터였다. 청춘들이라니!

권력

　대안전 뜰의 소나무가 마르기 시작하매 아이황후는 자신의 신변에 이상이 생긴 것이라 짐작하였다. 자신의 나이가 몇인지 생각했고, 아픈 데가 없음에도 지레 어딘가가 아픈 듯하였다. 나무를 돌보라 명하였고 스스로는 전의를 불러들여 진맥을 했으나 나무는 여전히 시들하였다. 후의 몸도 더욱 시들해지는 듯했다. 신궁을 찾지 않을 수 없었다. 일 년여 만의 만남인데, 한 벽면을 그득 채운 천신도(天神圖)를 등에 지고 있는 효혜는 앙상하리만큼 말랐으나 여전히 꼿꼿했다. 황후 앞에서 고개를 숙이지 않는 세상 유일의 여인다웠다. 황후는 효혜의 그게, 효혜가 곧 신궁인 바 신궁이 지닌 그 권위가 고까웠다. 따지고 보면 황상이 부여한 적 없는 권위 아니던가. 먼 옛날 단군성조 시절에는 왕권과 신권이 한가지였다. 이후 둘로 나뉘었다. 단군성조 후손들이 세운 나라들마다 신궁이 황궁과 함께 상존케 되었다. 그리하여도 왕권이 천하를 다스림은 이미 자연의 이치가 아닌

가. 신궁이 황궁에 고개를 숙이는 것 또한 자연의 이치일 터인데 신궁은 여전히 고고한 것이다.

그러하나 신궁이 신궁인 까닭을 인정할 만하였다. 황후의 신변에 이상이 생기는 것은 맞으나 그 이상은 황상의 편찮으심에 대한 예시라 하지 않은가. 효혜가 황상께서 편찮으실 거라 하는 말의 이면에 상의 승하에 대한 예고가 담겼음을 어찌 모르겠는가.

"허면 신궁, 어찌하지요? 저 멀리 계시는 황상께, 장차 편찮아지실 터이니 미리 용체를 돌보시라, 봉서를 올리리까?"

"그리하심도 좋겠지요."

"신궁께서 기도를 올리시어 폐하의 용체를 돌보아주실 수도 있지 않습니까?"

신궁을, 효혜를 비꼬는 것이었다. 소나무가 마름이 자신의 죽음에 대한 예시가 아니라 황상의 그것이라는 사실에 여유를 찾은 덕분이기도 했다. 예시된 황상의 승하, 지아비의 죽음이 기쁠 것은 없으나 유난히 서러울 까닭도 없었다. 언제 한 번이라도 그에게 다사로움을 느낀 적이 있던가. 느끼게 해주었던가. 안타까울 일이 없는 바 그의 돌아감으로 하여 후 자신이 언걸입을 까닭이 없는 것이다. 오히려 더 나아질지도 몰랐다. 태후가 될 것이로되 자신은 태후전이 뒷방이 된 선태후와 달랐다. 자신이 태후가 될 제 황후가 될 태자비 목이나는 철이 없었다. 제 지아비의 계집들에 연연하는, 천생 계집이었다. 게다가 태자는 계집아이들 꽁무니나 쫓아다니는 사람이었다. 태자는 천생의 성정이 허랑하였다. 어섯눈뜨기로만 사는 그는 권력에 대한 집념이 없었다. 요새 미행이 잦아졌다 하는 걸 보아하니 또 새로운 계집을 발견한 듯했다. 그 계집이 누구인지 알아보라 하지도 않았다. 계집이 태자의 씨를 수태했다고 나서기 전까지는 지금까지 그러했듯 내버려두는 것이다. 그런 태자가 즉위한대야 당장 정신을 차리고 국사에 전념하겠다 나설 까닭이 없었다.

"전하, 신궁에서 매일 천혜당을 열어가며 백성들의 몸을 돌볼 방법을 찾을 시, 그건 영험함이 아니라 의술의 연구임을 아시지 않나이까. 진맥을 하고 눈동자를 살피고 환부를 진단하여 처방하는 것이지요."

몸이 아파 천혜당을 찾는 백성들은 도성에 거하는 자들뿐만이 아니라 했다. 온 나라 안 곳곳에서 공으로 병을 치료해 준다는 풍문을 들은 자들이 신궁의 천혜당을 향해 목숨을 걸고 오는 것이다. 신궁이 하는 일 중에 가장 쓸 만한 일이 그것이기는 하나 후는 천혜당도 곱지만은 않았다. 천혜당을 거쳐간 자들은 백제 백성이라기보다 신궁 백성이 되어버리는 것 같았다. 대자원(大慈院)을 거쳐간 백성들은 흔적이 없었다. 내경고(內瓊庫) 살림을 움푹 떼어내어 구휼을 하건만 그들이 황상이나 황후의 은혜를 아는 것 같지 않았다.

"신궁이 신궁인 이유는 그에 더한 영험함 덕분이 아니오? 허니 폐하를 돌보실 방법도 찾아내실 수 있으리라 믿어 드린 말씀이오."

"만 리 밖 이역에 계시는 용체이심에 신궁이라 하여도 그건 불가하나이다, 전하."

"허면, 폐하께서 환도해 오시면 되겠구려? 그만하시면 연치도 적지 않으신데 본국으로 드시어 좀 쉬실 때도 되시었지 않소?"

효혜가 후에게서 듣고자 하던 말이었다. 자신이 할 수 없는 말인지라 후에게서 그 말이 나오기를 기다렸다. 황후 또한 내년이면 황상이 돌아갈 수 있으리라는 말을 알아듣지 못할 턱이 없었다. 상이 황궁에서 승하하시면

임종을 지킨 태자가 이튿날 즉위하여야 일체의 잡음이 없는 것이고, 모든 절차가 순조로울 수 있었다. 그게 황후에게도 유리했다.

"폐하를 뵈오면 환후의 정도가 분명해지시기는 할 터입니다만 대방에도 화타에 버금가는 어의들이 숱하게 있을 것인즉 혹시 발병을 하신다 하여도 폐하께오선 거기서 환후를 다스리려 하시겠지요."

"거기는 신궁이 없질 않아요, 신궁이! 일개 신당신녀한테 폐하의 용체를 살피라 하리까?"

"황송하나이다, 전하."

고개 숙이며 황송하다 할 줄도 알게 된 것을 보니 제일신녀도 나이가 들기는 했나 보았다. 그의 나이가 올해 몇이더라. 황후는 잊고 있던 효혜의 나이를 따져보았다. 그러고 보니 후 자신과 동갑이었던 것 같았다. 쉰두 살. 여염여인이었다면 피차 노파로 불려도 무방할 나이들이었다. 하지만 효혜는 황궁보다 깊은 신궁의 주인으로 살아온 덕분에 여태도 고운기가 남아 있다. 화장으로 꾸며진 고움이 아니었다. 사나이를 겪지 않은 몸이라 그럴 수도 있을 터였다. 아니 그건 모르는 일이다. 황후 자신이 한 시절 미르라는 젊은이에게 미쳐 지냈으나 무탈하게 그 고비를 넘겼듯이 효혜도 그러했는지. 그러했음에도 감찰대의 을나에게조차 걸리지 않게 감쪽같이 지나간 것이라면 그건 효혜의 능력이었다. 십여 년 전에는 소도에 버려진 기아(飢兒)에게 젖을 물려 아이를 살려냈다고 했다. 굶어서 이미 다 죽은 서너 살 계집아이에게 젖을 물림에 유액이 나와 아이를 살렸다는 것이었다. 후는 미심쩍어 했으나 그 사건은 백성들 사이에 효혜의 영험함으로 소문이 났고 소도는 아이들의 유기장소로 더 유명해졌다. 소도에 버려진 아이들은 자라 신궁의 일꾼, 신궁의 재산이 되는 것이었다. 신궁의 위세가 한층 높아질 수밖에 없었다.

"고구려가 본국으로 쳐들어왔다 하리까? 말갈이 쳐내려왔다고 하리까?"

"고구려나 말갈이나 작년 재작년, 본국처럼 가뭄이 심하여 전쟁을 일으킬 여유가 없을 것이라 들은 적이 있나이다, 전하."

"허면, 소서노 성모검, 목지형검이 나타났다 하리까?"

"나타났나이까?"

"시방 폐하를 모셔 들일 허언을 지어내고 있는 참이 아니오?"

"참, 그렇나이다."

효혜의 표정이 맹하다. 맹한 저 얼굴이 다림보기를 위한 가장이라면 얼마나 음흉한 것이랴. 그리고 보면 선대로부터 목지형검을 찾아보지 않은 유일한 곳이 여기, 신궁이었다. 비류군 부인 연화개가 남하하였을 것이라 추정하여 수백 년 동안 마한의 왕성들만 뒤졌을 뿐 신궁이며 신궁 영지들은 먼지 한 톨 건드려보지 못했다. 혹시 성모검의 진신이 신궁에 있어 성모검 스스로 신궁을 보호하고 있는 것은 아닐까. 신궁 칠지화가 목지형검 형상인 까닭이 무엇이겠는가. 가느다란 황금가지 끝에 비단으로 꽃잎을 달고 보석으로 꽃술을 박아 꽃가지처럼 보일망정 칠지화는 분명 목지형검을 닮아 있었다. 그 검을 지니는 자 백 가지 재앙을 물리칠 수 있으리라 하였다. 재앙을 물리친다 함은 천하를 다스리는 힘을 가짐이다. 천하통일을 의미함이다. 황상이 그 검을 지녔더라면 그리 원하던 대륙통일을 이루지 못하고 겨우 쉰 몇 살에 천수를 마감하고 말 것인가.

"이왕 나온 말이니 신궁께 여쭤보리다. 혹시 목지형검의 행방에 대한 비밀이 신궁에 전설되는 것은 없습니까? 유추해 볼 만한 내용으로라도 말이지요."

또 시작하려는가. 황상의 천수가 다해감에 스스로 목지형검을 찾아 세상을 다스리시겠다? 이미 다스리고 있지 않은가. 효혜는 간신히 평정심을 유지하였다.

"제가 아는 바로는 없나이다. 선대에도 신궁들이 칠지화의 형상으로 인하여 그런 질의를 받은 적이 있다고는 합니다만 칠지화는 성모검 이전에 이미 생겼을 것이라 유추할 뿐입니다."

신궁의 역사가 황궁의 역사보다 오래되었노라 말하고 있었다. 그러하매 신궁을 건드리지 말라 황궁에 대서는 것이다. 실상 황궁보다 오랜 역사를 지닌 신궁은 그 스스로 한 나라이긴 하였다. 하늘과 소통함에 황제조차 건드릴 수 없고 건드리려 하지도 않는 나라. 스스로 무너지는 수는 있을 터였다. 백성들이 스스로 따르지 않게 되면 제 어찌 무너지지 않으랴. 후는 효혜처럼 미소를 지었다.

"그렇기는 하지요. 이야기가 엇길로 나갔어요. 아, 열 살배기 사내아이 값이 어떤지 신궁께서는 들은 적이 계시오?"

"은자 반 냥 값이 보통이라 들은 적이 있나이다."

"알고 계시는구려. 소도엔 그런 아이들이 저절로 들어온다 하던데 맞습니까?"

"팔아 은자 반 냥이라도 받을 수 있을 만한 아이들을 소도에 버리겠나이까. 소도에는 반 냥이 아니라 반 푼의 값도 못 받을 목숨들이매 그저 내버릴 만한 목숨들만 찾아들기가 보통이지요."

반 푼 값어치도 없는 목숨들일지라도 그 목숨들은 원래 황제의 것이고 황후의 것이었다. 그들이 소도로 들어가는 순간 신궁의 것이 되고 살아나

263

자라면 신궁의 재산이 된다.

"그럴 수도 있겠구려. 그건 그렇고, 대방에 계시는 폐하를 어찌 모셔 오리까? 소야궁이 병들어 죽을 지경이라고 할까? 아니면 그리 어여뻐하시는 유리나를 삼도국(三島國) 담로의 후비로 보내겠다 할까?"

"폐하를 겁박하시게요?"

"겁박이라니요, 삼도국의 신공대비라는 여인은 후비로 시작하여 다섯 왕을 발아래 두고 육십 년간이나 치세하고 있다던데, 여인의 삶이 그만하면 위대하지 않소? 헌데 그가 신궁에서 보낸 신녀였다지요?"

"전하, 그건 옛일이옵니다."

"기껏해야 칠십여 년 전 일일진대 옛일은 무슨. 그리고 농담 한마디 했기로 그리 정색하실 건 뭐 있소?"

여느 사람도 농담이 농담을 가장한 진담이기 일쑤이나 황후 같은 이들의 농담은 농담으로 끝나지 않는다. 황제가 돌아오게 하기 위해 황녀 유리나를 삼도국 담로의 후비로 보내겠다고 겁박함이 어떠하겠냐는 농담도 그러했다. 삼도국은 왜국의 다른 이름이었다. 왜국은 대방보다 멀지는 않을지 모르나 아직 미개국이었다. 백제인들이 많이 건너가 살고, 신궁이 설치한 신당이 존재하며 백제의 문물이 퍼져 있다고는 하나 그건 대판섬에 위치한 도성에 국한되는 것이고, 거개의 지역이 거의 야만의 상태라고 했다. 때문에 삼도국에서는 백제를 큰 나라로 섬기면서 그 문물을 받아들이기 위하여 애쓰는 것이었다.

그런 곳에 유리나를 보내겠다는 황후의 발상이 지금 시작된 것은 아닐 터였다. 발상이란 무의식의 저변에서 올라오는 것 아니던가. 황후가 친손녀 아사나보다 후비 소생의 유리나를 귀여워한다는 것은 황성은 물론 한성 백성들 사이에서도 소문이 난 참이었다. 황궁 내에 유리나의 처소를 마련해 주었을 뿐만 아니라 유리나에게 온갖 선생들을 붙여 교육시키는 것이며 황후가 자신의 친딸처럼 대하는지라 황궁 내 사람들도 당연히 그에 값하여 받들었다. 그 소문은 황후의 덕성스러움에 대한 찬미로 이어졌다. 헌데, 왜왕의 정비도 아닌 후비로 유리나를 보내겠다니. 그런 발상으로 황제를 겁박하여 환도케 하겠다니. 효혜는 황후의 목을 비틀고 싶은 욕구를 애써 짓누르며 미소를 지었다.

"그도 한 방법이겠지요. 그렇기는 하오나 사실대로, 전하께오서 폐하를 염려하시는 그 맘을 그저 폐하께 알려드리심도 좋지 않겠나이까? 가령 대안전 앞마당의 소나무가 마르는 듯하여 그 까닭을 신궁에 문의하였더니 폐하께오서 본국을 살피셔야 할 때가 되시었노라, 하더라. 그러하니 폐하께옵서 당분간 환도하시어 본국을 살펴주시옵길 바라나이다. 전하께오서 그리 전하시오면 폐하께서도 본국과 한성을, 그리 맘을 전하시온 황후 전하를 그리게 되시겠지요. 수구초심이라는 속언이 있지 않습니까. 자신의 생애 어느 시점에서는 누구나 원향을 그리는 마음이 생긴다는 뜻일진대, 폐하의 원향이 어디이시겠나이까?"

"폐하의 원향이 어디겠소. 이궁이실 터이지."

"그러하시오니까?"

"아니 그러시겠소?"

"저는 가늠하기 어려운 일이오나 저의 얕은 소견으로는 전하, 이궁의 소야비가 폐하의 원향이 아니라, 어린 날 첫정을 나누어 가지신 황후 전하께오서 그와 같은 존재가 아니실까, 여기나이다."

"신궁의 그 말씀은 사내를 몰라 하시는 말씀이에요."

"그럴 수도 있겠으나 전하, 저도 이 신궁에서 반백 년을 살아왔나이다. 그 반백 년 동안 해온 일이란 결국 사람의 마음을 읽는 일이었사온데, 사람의 마음을 읽는 일이 하늘의 마음을 읽는 것과 다르지 않을진대, 제 눈이 그리 어둡기만 하겠나이까?"

"허니, 내 당신을 염려하고 그리워하노니 돌아오십사, 간지러운 편지를 써 전하라 그 말씀이오?"

"간지러우실 듯하시옵니까?"

"신궁이시라면 아니 그렇겠소?"

태자비와 후계신녀로 만난 지 서른 해 가까운 때였다. 두 여인이 처음으로 함께 웃었다. 양자 간에 적대할 일이 없음에도 끊임없이 서로를 경계하며 살아왔던 차였다. 비슷이 늙어가매 함께 웃으니 잠깐일지언정 젊어지는 듯 후는 즐겁기까지 하였다. 언제 웃어보았던가. 선황제가 승하하시었던 이듬해 초여름이었다. 사월 보름밤. 과묵한 미르가 어쩌다 하는 말에 계집아이처럼 웃곤 했다. 그해 가을에 황상이 대륙으로 환도할 제 미르 또한 따라갔다. 자연스러운 별리였고 추문 없이 끝날 수 있어 다행이었으나 그 가을과 그 겨울에 곁이 몹시도 허전하고 가슴이 시렸다.

"어차피 연례 사자가 가야할 때가 되긴 하였으니, 그에 덧붙여 찾아보면 무슨 방법이 있겠지요. 아! 저 천신도 속의 천신께서 말입니다."

후의 느닷없는 천신도 운운에 효혜가 돌아보았다. 소야황비가 여섯 해에 걸쳐 완성한 그림을 천인각 대실 북쪽 벽면에 벽화처럼 붙인 게 작년 삼짇날 즈음이었다. 그때 황후도 초대하여 그림을 보게 했는데, 그의 소견은 간단했다.

─천신화가 몹시 화려하구려.

"작년에 보러왔을 때 잠간 생겼던 의문인데 말예요, 저 그림 속 천신께서는 성별이 어찌 되시오? 신선처럼 보이다가 선녀처럼 보이다가. 손에 칠지도와 칠지화를 들고 계시질 않나."

"순전히 소야비의 상상에 의해 그려진 천신이신지라 글쎄요, 저는 천신의 성별을 생각해 본 적이 없나이다. 여인네처럼 보이면 여인으로 보고, 남정네처럼 보이면 사내로 보고, 보는 사람에 따라 보이는 대로 보면 되지 않겠나 여기나이다. 전하께는 어찌 보이시나이까?"

"과인의 눈에는 여인네처럼 보이기에 물어보는 것입니다. 천신은 남정네이신데 여인네처럼 뵈는 게 이상해서 말이오. 신궁이 받드는 천신께서도 남정네 아니시오?"

"저에게 천신은 그저 천신이실 뿐 남정네인지 여인네인지 따져본 적이 없나이다, 전하."

"그러시었소? 여태? 그 장구한 세월 동안 내내?"

"선대 제일신녀들께서 어찌 생각하시었는지 그 성별에 대해 말씀하시는 걸 들어본 적이 없는지라 저 또한 그리하였으니, 아마도 저와 같지 않았겠사옵니까?"

"그건 정말 새롭고 재미난 사실이구려. 비가 그친 듯한데, 이만 물러가리다."

후는 자신의 수명을 묻고 싶었던 목적을 달성치 못했으나 그걸 알아 무엇 하리, 싶어 그저 일어선다.

"다시 내릴 비 같사오나 환궁하시기까지는 그쳐 있을 듯하여 다행입니다. 아! 최근에 우리 신궁에서 새로운 미안수(美顔水)를 만들었습니다. 미백가루며 연지도 새로이 만들었고요. 전하의 시녀들에게 들려 드릴 터이니 환궁하신 뒤 향이나 한번 맡아보시옵소서."

황후가 쓰는 미안수며 미백분은 황족들과 귀족들의 부인들이 쓰기 마련이었고 그 주변의 여염여인들도 덩달아 썼다. 신궁이 새로운 미안수를 만들어 황후에게 선물하는 것은 곧 장사였다. 미안수며 미백분이며 연지 등의 한 동아리 화장구(化粧具)는 일백, 일천 동아리를 팔기 위한 미끼였다. 그렇더라도 신궁에서 생산하는 화장구는 백제 여인들이 서로 쓰고 싶어 안달하는 물건이었다. 값이 비싸 아무나 못 쓸 뿐이었다.

"황후한테 장사를 할 수 있는 사람은 신궁밖에 없겠지요?"

"그렇나이까?"

황후를 상대로 물건을 팔고도 유쾌하게 웃는 효혜가 괘씸하면서도 재미나기도 하였다. 때문에 후도 웃을 수 있었다. 오랜만의 궁 밖 나들이였던지라 행차가 자못 요란키는 하였다. 나이 들면서 젊은 날엔 눈길이 가지 않던 화려함에 주목하게 되었다. 소박한 것보다 영롱하게 반짝이는 것들이 좋았다. 연(輦)을 대륙에서 들어온 비단으로만 꾸미게 된 것도 그런 때문이었다. 큰마당에 가득한 행렬을 보자니 다시금 비가 그친 게 다행이라 싶다. 다시 내릴 비였다. 비가 내려 얼마나 다행인지. 가뭄 들어 걱정, 홍수가 나서 걱정. 추위가 심하여도 걱정, 더위가 심하여도 걱정. 메뚜기 떼가 날아들어도 걱정, 멧돼지 무리가 날뛰어도 걱정. 백성들의 삶과 연결된, 그리하여 황실의 삶과 직결되는 그런 걱정들에 비하면 황제의 승하에 대한 예시는 오히려 사소하였다.

"내신좌평과 내두좌평과 내법좌평을 듭시라들 하여라."

"하오면 전하, 수라를 나중에 젓숫겠나이까? 대신들이 드시기 전에 젓숫겠나이까?"

시녀장 징모의 물음에 후는 새삼스레 창을 내다보았다. 날이 저물기는 하였다.

"대신들 드시기 전에 간단히 요기를 하자꾸나."

"예, 전하."

환궁하는 길에, 연 위에 앉아 흔들리며 저물어가는 한성의 풍경을 묵연히 바라보자니 온갖 생각이 찾아들어 심화를 끓였다. 내년 봄이면 황제가 승하할 것이라 하지 않는가. 어쨌든 후의 신변이 달라지는 것이었다. 그 변화가 좋기만 하겠는가. 정이 없었다 해도 서른 몇 년 지아비였던 그였다. 그 서른 몇 년의 세월 동안 자신은 늙은이로 변했다. 모든 것을 다 할 수 있다고 해도 세월을 돌이킬 수 없음에 남은 것은 어찌 늙을 것인가 하는 것뿐인데, 후는 늙기 싫은 것보다 늙으며 힘을 잃는 게 싫었다. 죽는 순간까지 만인을 뜻대로 움직이고 싶었다.

작금의 내신좌평은 황후의 부친 진고도였고 내두좌평은 황후의 숙부이자 태자비의 아비인 진수림이었고 내법좌평은 황제의 조카인 부여신계였다. 그는 선황 태수황제의 손자로 태자 시절에 서거한 충수의 아들이었다. 부친 충수태자가 살아 즉위했더라면 그 또한 황제가 되었을지도 모르는 인물이었다. 때문에 그는 태자 벽의 앞날에 걸림돌이 될 수도 있는 존재였으나 그런 위험이 없는 황족으로 성장하였다. 그에게도 황실에도 그의 무던함은 다행한 일이었다. 황실과 조정의 인사 균형을 맞추기 위해 황후는 그를 내법좌평에 기용하였다. 위시좌평과 조정좌평과 병관좌평 등을 기용한 기준과 같았다.

세 좌평이 들자 황후는 오늘 신궁에 찾아가게 된 연유며 신궁과 나누었던 이야기를 그들에게 전하였다. 신궁과 이야기 나누며 황상의 수명이 그리 오래 남지 않았다는 사실을 직접 거론하지 못했듯 좌평들에게도 그러하였으나 그들도 알아들었다. 신궁의 예언을 허투루 들을 수 없다는 것도 알고 있었다. 사실 황상께서 대륙에 너무 오래 계시기는 하였다. 대륙백제의 영토를 경영하는 것도 중요한 일이나 이따금 본국도 돌아보셔야 마땅한 것이다. 그래야 본국과 대륙의 상통이 원활하여 상생 또한 할 것이 아닌가. 지난달 문사부 시과에서 장원으로 뽑힌 글의 내용이 그러하였다. 대방과 본국의 언어와 문물이 원활히 소통할 수 있는 정책을 펼쳐야 상통이 자유로워지고 상생함으로써 백제가 무궁할 것이라고.

상통과 상생이란 낱말이야 모두들 아는 바이나 그게 대방백제와 진단백제의 소통의 필요성을 전제로 하는 것이었는지라 그 논리는 가히 혁신적이었다. 대방과 본국은 한 나라이면서도 따로 운영되는 게 사실이었다. 양쪽에 같은 이름의 지명들이 숱하게 있었고 법치 제도가 비슷하였고 한 임금 아래 있으나 문물이 달랐고 땅의 형상이 달랐으며 사람들이 달랐다. 그리고 그를 당연시 여겼으므로 그에 대해 의문을 제기하는 자도 없었다. 소통과 상통과 상생의 논리가 펼쳐진 시험지의 주인공이 열일곱 살이라는 사실에 태학이 뒤집혔고 그가 황제의 친위군 장군 사기의 아들이라는 사실이 밝혀져 조정이 소란했다.

대안전의 회담은 오래지 않아 황제께 본국에 이상한 조짐이 잇따르는 바 황상께서 한동안 환도해 주십사 청하자는 결론에 이르렀다. 사흘 안에 본국의 사자를 대륙으로 보내기로 하였고 그 사자로는 내신부의 은솔인 해천으로 결정하였다.

"전하, 그 왕인이라는 태학의 소년 학사를 사자 해천에 붙여 대방으로 보내보심은 어떠하겠나이까?"

내법좌평 신계의 말에 좌중의 시선이 그에게 쏠렸다. 왕인이 문사시 장원으로 뽑혔던 까닭에 그에게 어느 곳으로 임하고 싶은지 물었을 때 그는 태학의 학사로 가고 싶다 하였다. 십육품의 품계로 말직이라 할지라도 어엿한 관등을 지니게 된 자들은 대개 궁정과 황실의 업무를 맡는 내직에 임하길 바랐다. 내직이 아니라면 백성들의 삶을 살피는 외관직을 바라기 마련이었다. 태학은 크게 보면 내직이라 할 수 있겠으나 조정에서는 예외의 곳이라 신출내기들이 꺼리는 곳이었다. 왕인은 태학을 자원했다고 들었다. 황후는 어린 그의 뜻이 마음에 들었다.

"왕인이 사기 장군의 자제인 바 사기는 언제나 폐하 곁에 있는 자가 아니옵니까. 왕인을 제 부친에게 보냄으로써 사루사기가 황제를 모시고 환도함에 그 시일이 한결 당겨질 수도 있을 터입니다."

듣고 보니 그럴 법하였다. 왕인이 사기의 아들이니 백미르에게는 어쨌든 질자(姪子)가 되는 것 아닌가. 불쑥 생각난 백미르에 후는 쓴웃음을 짓고는 왕인을 해천에 붙여 대방으로 보내라 명했다. 그리고 회담을 끝내는 말인 듯 덧붙였다.

"칠지도의 진신, 목지형검의 행방을 다시금 수소문하세요."

"예?"

세 좌평이 동시에 이 무슨 황당한 말씀이신가 하는 표정들이었다. 특히 내신좌평 진고도의 표정에 유난한 걱정스러움이 스며 있었다. 그는 황후의 부친인지라 따님의 행사에 이따금 반론을 제기했다. 오늘 그의 표정에는 세월이 그 정도 흘렀으니 이제 그만 찾을 때가 되지 않았느냐는 뜻이 스미어 있었다. 이따금 그렇게 황후의 행사에 제동을 걸고 나서는 부친이 황후는 나이 들수록 마뜩치 않았다. 연치가 그만하시니 물러나 쉬실 때가 되지 않았나 싶을 때가 생기는데, 이런 경우였다.

"아바님, 왜 그러십니까?"

"전하, 목지형검의 진신을 찾는 일은 결국 지방 호족들을 건드리는 일입니다. 지방 호족들을 건드리려면 그만한 명분이 있어야 하온데, 목지형검의 진신을 찾음은 작금에 그만한 명분이 되기 어렵지 않겠습니까?"

"그러게 누가 공공연히 하시랍니까? 공공연히 할 것이면 위시좌평 불러 중앙군을 몰고 내려가 쳐부수고 말지 좌평들에게 이런 소리를 왜 합니까? 중앙군을 움직이지 않게 하려 함입니다. 《백제서기》 같은 기록에 남지 않게 하려 함이란 말입니다. 선대에 이미 훑었던 곳, 가령 미추홀이나 월나 같은 곳일지라도 다시 알아보되, 특히 신궁을 주목하여 살피도록 하세요. 아시겠습니까들?"

"월나의 이구림은 전하, 과거와 다르옵니다. 이제 그곳은 그저 호족이라 할 수 없는, 폐하의 대장군 사루사기의 본가이자 소야비의 원향입니다. 신중히 고려해야 할 일이옵니다."

신계의 간언에 후의 비위가 확 상했다. 소야비의 원향. 이구림을 치고자 했던 진짜 원인이 그것이었던 것만 같아졌다.

"소야비가 이구림의 밥을 먹고 이구림의 옷을 입으며 삽니까? 황실 밥 먹고 황실 옷 입고 황실 물감으로 그림이나 그리며 한들한들 삽니다. 사루사기도 마찬가지 아닙니까? 폐하의 총애를 입고 사는 그는 대방의 밥을 먹고 옷을 입고 삽니다. 그가 본국백제를 위해 한 일이 뭐 있습니까?"

"전하, 즉흥적으로 용단하실 일이 아니옵니다. 부디 숙고하오소서."

"내법좌평께선 사리분별이 분명하십니다그려?"

"전하!"

"그러니 몰래들 하시면 될 일입니다. 갖은 방법을 연구하여 몰래들 하세요. 신궁 기밀대도 알아채지 못하게, 아니 황궁의 감찰대도 모르게 소리 소문 없이 움직여 보시라 그 말씀입니다. 그리고 이왕에 하실 양이면 시원 찮은 담로들 시켜 시적시적 먼지나 일으키지 마시고 제대로들 하세요. 집집이 수백 수천씩의 사병들 거느리고 계시지 않아요? 그 사병들로 따로 나라를 만드실 요량들 아니시라면, 그들을 애먼 백성들 족쳐 축재하시는 데만 쓰시지들 마시고 황실 운영에도 기여들을 하세요. 황실이 있어야 대신들의 가문도 있는 것 아니겠습니까?"

후의 말에 방 안에 서늘한 침묵이 흘렀다. 후에게는 지방 호족들만 눈엣가시가 아니라 한성 안팎에 거하는 황족과 귀족들도 눈엣가시였다. 그들은 황실에 복속하는 게 아니라 황실에 기생하면서 황실을 이용했다. 황후의 친가라 해도 다를 것은 없었다. 아니 더했다. 본국은 척족의 위세가 너무 컸다. 그에 대한 지방 호족들과 백성들의 반발이 만만치 않음을 후도 잘 알았다. 알면서도 자신의 권력기반이 그들에게 있는지라 그들을 쳐내지 못하는 게 후는 이따금 견딜 수 없게 화가 났다.

"나가서들 보세요. 퇴궁 하실 시간들이 지나지 않았습니까?"

세 좌평이 허리를 수그리고 나갔다. 오늘 신궁을 만나고 돌아왔으매, 신궁이 지닌 권위를 격하시키고 싶은 맘에서 시작된 것이 오히려 곁으로 번진 셈이었다. 이왕이면 신궁을 아예 무너뜨려 대안전 소속의 신당쯤으로 삼아도 좋을 것이라 여겼다. 신궁의 재산이 얼마나 될지, 신궁이 거느린 백성이 얼마나 되는지 황궁에서는 자세히 알지도 못한다. 월나나 미추홀은 신궁을 칠 결심에 이어서 그저 생각난 것뿐인데 그쪽이 주제가 되고 말

왔다. 하지만 평소에 그곳들의 사씨 일족과 정씨 일족이 고깝기는 신궁에 못지않았다. 그들이 그 옛날에 마한의 외피를 벗고 백제의 한 고을로 살고 있다고는 하나 그들은 본국 내 어느 호족보다도 황권에서 벗어나 있었다. 알량한 세금 몇 푼 내면 그만이었다. 월나군 상대포구와 미추홀군의 염전을 장악한다면, 본국 서남부의 상권과 중부의 염전을 황실 관할로 삼을 수 있을 것이었다. 미추홀의 정씨 일족의 염전은 본국에서 쓰이는 소금의 팔할을 생산해내고 있다 하지 않은가. 그건 미추홀이 본국 백성 팔 할을 장악하고 있음과 다를 것이 없었다.

"전하, 세안수를 대령하오리까."

징모의 물음에 후는 문득 자신의 손을 내려다보았다. 손가락에 낀 여섯 개의 반지가 등불을 받아 반짝였다. 교접을 하려 하매 후의 손가락에 끼워진 반지며 가락지들을 옷을 벗기듯 하나씩 빼내던 사내가 있었다. 손을 잡아 반지를 하나씩 빼며 눈길을 붙들고 놓아주지 않던. 머리채에 꽂힌 장신구들을 하나씩 뽑아내고 머리카락을 풀어내면서도 서두르는 법이 조금도 없던 백미르. 황상께서 환도하심에 백미르가 따라 들어올지. 이제금 그가 다시 돌아온다 하여도 설렐까, 후는 그게 의문이었다. 그때와 같이 달아오르고 그때와 같이 애를 끓이게 될지. 아마 아닐 터이다. 쉰두 살이나 먹었지 않은가. 미르도 마흔 살이 되었을 터였다. 여전히 처자식을 거느리지는 않았으리라. 부르지 않으면 오지 않던 그였다. 싸늘함을 넘어 냉혹하리만치 곁가지가 없던 사내였다. 교접을 함에도 그러했다. 후로 하여금 애걸케 하였다. 그에게 애걸함에 운우지락이 생겼다. 그로 인하여 울고 웃었던 나날. 부르기 전에는 올 줄 모르는 그를 죽여 없애고 싶기까지 하였던 그 절절함. 그때까지는 젊었던 것이다. 칠 년 전 일이 칠십 년 전쯤의 일인 듯이 아득하였다.

"목욕은 나중에 하기로 하고 불전(佛殿)에 있을 마라난타를 부르라."

요즘 재미는 마라난타에게서 부처의 고행과 부처께서 하시었다는 말씀들을 듣는 것이었다. 마라난타는 미르와 비슷한 나이였다. 비슷한 나이이되 마라난타는 후에게 순종했다. 어색한 말투이나마 후의 말을 따랐다. 그의 부처신 또한 신궁과 같은 복종을 강요치 않았다. 도를 닦으매 스스로 부처가 되고 보살이 될 수 있다 하였다. 도를 닦고 복을 쌓아 도통을 하게 되면 그 순간 극락에 이른다 하였다. 극락에 이른 자는 다시 태어나거니와 사람으로 나게 되고 새로이 살게 된다 하였다. 그리하여 백성들이 부처를 받아들이기 시작한 것이다. 백성들이 부처를 따르기 시작했다 하여 황후도 부처를 알게 되었다. 알고 나니 좋았다. 후는 오래 살다가 죽은 뒤에는 다시 사람으로, 이왕이면 제왕으로 태어나고 싶었다. 그리하여 황상처럼 대륙을, 대륙 너머 까마득히 있다는 이역까지 날아다니고 싶었다.

치우와 무절

선참 학사들에 따르면 고전을 읽고 연구하고 해석하거나 하는 단계에 이르려면 최소한 삼 년은 지나야 한다고 했다. 고전들의 해석본을 만들거나 자신의 이름으로 책을 쓰려면 십 년쯤 걸린다고도 하였다. 다섯 권의 책을 쓰고 난 뒤라야 박사가 될 수 있는데 박사가 되면 태학에서의 소임에서 풀려날 수 있었다. 태학에 남아 저작만 할 수도 있고 후학만 가르칠 수도 있으며 혹은 아무것도 하지 않을 수도 있는 것이었다. 신참 학사인 왕인에게 그러한 미래는 까마득했다. 태학의 모든 전각들을 돌보는 일에서부터 서장고의 책들을 거풍시키는 일까지, 태학에 임한 신출내기 학사들의 일은 각 전각 속종(屬從)들의 일과 다름없었다. 엄격한 위계 속의 최하위로 아침에 태학에 들어서면 빗자루부터 잡는 게 왕인의 일이었다.

다행히 틈나는 대로 서장고에 출입할 수 있었으므로 왕인은 불만 없었다. 수만 권의 책자가 정연히 꽂힌 서장고에 들어서면, 발목에서 미세한 바람이 느껴졌다. 보이지 않는 통풍구들에서 새어드는 바람이었다. 권향(券香)은 그 바람 위에 뜬 채로 코를 간질이듯 서가 사이를 소곤소곤 맴돌았다. 유가(儒家)의 서가에는 공구(孔丘)와 안영(晏嬰)과 맹가(孟軻)와 순경(荀卿)과 가의(賈誼)의 저작들이 고본들과 고본의 필사본과 해석본들과 더불어 꽂혀 있었다. 도가(道家)의 서가에는 노담(老聃)과 열어적(列禦寇)과 장주(壯周)의 책들이 나란했다. 법가(法家)에는 관중(管仲)과 상앙(商鞅)과 신도(愼到)와 한비(韓非)가 각기 빛났다. 명가와 음양가와 묵가와 종횡가와 잡가와 소설가와 병가와 그 외의 서가들도 각각이 제 분야에 걸맞은 저작들을 품은 채 서장고 안에서 살고 있었다. 서장고의 절반 넓이에 그렇게 대방에서 건너온 책들이 있었고 나머지 절반의 공간에는 본국 학자들의 저작들과 인근 나라인 신라와 가야에서 만들어져 들어온 책자들로 채워져 있었다.

고흥 박사가 주도하여 엮은 《백제서기》는 이미 증권(增券)이 만들어진 참이었다. 원책(原册)에서 누락된 역사와 새로이 발견한 사실들을 보충해 새로 엮은 까닭에 스무 권짜리 책자가 스물두 권이 되었다. 원본과 증본이 나란히 꽂힌 채 같으면서도 다름을 보여주고 있었다. 백 년 전의 백제인 경진이 지은 《삼도국미행기(三島國微行記)》, 이십 년 전에 신라 사람 차수가 쓴 《삼도국표류기(三島國漂流記)》, 육십 년 전의 가야인 이비가의 《삼도국유람기(三島國遊覽記)》 등. 비슷한 내용들의 책자들도 원책과 원책 필사본과 해석본들이 한자리에서 서로 같음과 다름을 뽐냈다. 백제의 신궁은 물론 고구려와 신라의 신전 예경법(禮敬法)을 다룬 책들도 있었다. 경전들의 원본은 신궁 장서각에 있음을 증거하듯 필사본들만 꽂혀 있었다. 출처가 분명치 않은 무예교본들도 수백 권이었다. 대개 저자가 없는 그 무예교본들도 열 권씩의 필사본을 갖고 있기는 똑같았다. 필사본을 볼 때마다 원본의 필체나 그림체와 어찌 이리 똑같을까 신기하였다. 고구려의 책이든 신라의 책이든 서장고 안에서는 똑같은 대접을 받으며 한 나라의 백성인 양 살았다. 나라에는 국경이 엄연하나 책들은 경계가 없었다. 그러한 서가 앞에 서서 조심스레 책권들을 만지노라면 왕인은 세상을 모두 가진 듯했다. 아직 서장고 안의 책 제목과 저자도 다 읽지 못한 상태인데 이 많은 책들을 언제 다 읽을 것인지. 여기에 꽂히매 신궁 서장각과 황궁 장서고에도 꽂히게 될 나의 책을 언제 쓸 것인지, 궁리하다 보면 마음이 바빴다.

"사루왕인 학사, 태학감께서 찾으십니다."

태학의 속종 보천이 곁에 다가와 속삭였다. 왕인은 들춰보던 무예 책자 《태극권》을 꽂아놓고 보천을 따라 나섰다. 태극권은 월나악 운무대의 기본무술이었다. 보륜사께서 그의 스승 한얼로부터 이어받아 발전시키고 계셨다. 왕인은 태극권을 배우지 못했고 앞으로도 익히기 어려울 터이나 시간 나는 대로 책자를 보면서 눈에나마 익혀둘 참이었다.

태학감 내지하 박사는 은퇴하여 향리로 돌아간 사고홍 박사의 십여 년 후참이었다. 태학에 현존하는 박사들 중에서 학식이 가장 높은 것으로 알려졌다. 쓴 책이 스무 권이 넘는 그가 재작년에 태학감에 부임하여 태학의 분위기가 한층 학구적이 되었다고 했다. 태학감실에는 내지하 박사와 세 명의 젊은 사람들이 앉아 있었다. 왕인은 그들에게 목례를 하고는 태학감에게 선 채 절했다.

"소생 왕인 태학감의 부르심 받자와 들었나이다."

"내가 찾은 게 아니라 예 계신 치우(雉羽)들께서 그대를 찾으시었네. 사학사, 가온나래 치우에 대해선 아시는가?"

꿩의 가운데 날개를 이르는 가온나래 치우. 그들을 모르는 백제 백성이 어디 있으랴. 황제들이 태자나 태손 시절에 몸담아 스스로를 키우고, 백제의 한다하는 귀족 자제들이 자신들의 권력의 기반을 닦는 집단이자 그 자신들을 일컫는 단어가 아닌가.

"소생이 한성에서 나고 자라지 않았는지라 그 이름만 얼핏 들어본 적이 있사옵니다."

"그러면 소개하겠네. 내 곁에 앉으신 분은 내두좌평 진수림의 아드님으로 태자비 전하의 형제이신 진가모 님이시네. 작금 치우들의 마루치이시지. 그 곁은 곤구 공자로 조정좌평 곤차의 막내아우님이시라네. 그 곁의 분은 조정좌평 진이필의 아드님이신 진광이시라네. 세 분 공자님께 인사드리시게."

인사하라는 태학감의 말에 왕인은 다시 한 번 목례했다. 무어라 인사말을 덧붙여야 할 왕인이 고개만 숙이고 말자 태학감실에 잠시 침묵이 감돌았다. 곤구가 나섰다.

"그대 사루왕인을 우리 가온나래로 영입하자는 의논이 있었던 바, 그 뜻을 전하러 왔네. 사흘 뒤에 황실 사자 일원으로 위례성에 가게 되었다 하던데?"

"예, 그리 명을 받았습니다."

"가면 족히 두어 달은 걸릴 터, 그전에 그대가 취우들의 얼굴을 익힘이 어떠한가? 오늘 저녁 술시부터 치우 월례모임이 있다네. 유리나 공주께서도 들르신다 하니, 그대도 그곳에 와서 그대의 웅지를 가온나래들에게 피력하고 치우가 되는 가입절차를 밟으시라는 뜻일세."

"가온나래, 치우는 무얼 하는 동아리이옵니까?"

"가온나래가 무얼 하는지 몰라서 묻는 겐가?"

"예."

"가온나래는 백제 귀족 가문의 자제들이 모여 심신을 수련하며 백제의 미래 일꾼으로서의 소양을 닦는 곳이지. 백제의 무궁창생에 기여할 충성심을 함께 다지는 모임이야. 하여 일찌감치 문재를 보인 그대 사루왕인을 우리 가온나래 일원으로 삼아 동고동락하면서 백제의 미래를 의논하자는 것이고. 어떠한가? 함께해 보려는가?"

왕인은 자신이 귀족가문의 아들임을 아직 실감치 못했다. 이구림에서 소군으로 불리는 것과 한성에서 귀족으로 대접받는 건 다른 경우인 듯했다.

"부러 찾아오시어 권하여 주시니 감사하나이다. 다만, 소생이 아직 심히 미력한지라 그처럼 거대한 웅지를 지니신 동아리를 감당할 자신이 없습니다. 당장 결정하지 않아도 되올런지요?"

"한성과 대방성의 소통과 상생에 대한 글로 문사시에 장원이 된 그대가 미력하다니. 그대의 겸손은 우리를 부끄럽게 만들 수 있음이니 사양치는 말아주시게. 여튼 당장 결정하지 않아도 되나 오늘 저녁 월례모임엔 함께 가보는 게 어떠할지? 가온누리실에 치우당(蚩羽堂)이 있으니 오늘 치우당으로 가서 가온나래들을 만나 어울려본 연후에 결정하심이 어떤가?"

구경 삼아 못 가볼 것은 없으나 가온나래의 모임이 시작된다는 술시에 선약이 있었다. 오늘 아침 가부실 집 앞에 한 여인이 나타나 자신은 신궁인이라면서 술시에 아무도 모르게 벽수골로 오라고 했다. 설요의 전갈이 아니라 제일신녀의 밀명이었다. 설요의 나들이가 들킨 것인가. 가슴이 철렁했다. 지난 삼짇날 이후 설요를 세 번 더 만났다. 설요는 가부실에서 몇 시간씩 머물다 갔을 뿐이었다. 하지만 그 세 번을 위해 설요가 어떤 위험을 감수했는지 어찌 모르랴. 그게 들켰다면 그는 지금쯤 어떤 곤욕을 치르고 있을까. 그런 설요를 대신하여 내가 감당할 수 있는 일이 무엇일까. 설마 죽이시기야 하실까, 하면서도 술시 약속 때문에 종일 불안했던 참이었다.

"저를 그리 챙겨주시니 감사하기 이를 데 없나이다. 하온데 오늘은 가온나래들께 인사드리기가 어려울 듯합니다. 향리에서 모친께서 오셨사온데, 원행에 지치시었던지 편치 못하신지라 집으로 가야합니다."

어머니가 다녀가신 건 사실이었다. 왕인이 문사시에 등과하였다는 소식을 전하느라 이구림으로 갔다가 귀경할 제 따라오셨다. 아들을 챙기시느라 오셨으나 실상은 상단 일로 오시었는 바, 한성의 상단 단주들과 접촉하시느라 하루해가 짧을 지경으로 지내시다 귀향하신 지 열흘이 넘기는 하셨다. 벌써 이구림에 닿으시어 한성 풍경을 풀어놓으셨을 것이다.

"자당께서 편찮으시다면, 강권하기 어렵겠구먼. 허면, 대방성에 다녀온 뒤에 가온누리실로 오려나?"

"그리하겠나이다."

"허면 그때 다시 사람을 보내기로 하겠네."

가온나래 치우들의 언행이 거칠다는 소문과 달리 그들은 구순하게 물러갔다. 태학감실 앞에서 그들을 배웅하고 학사실원으로 가려는 왕인을 태학감이 다시 불렀다. 내지하 박사는 까마득히 높은 선참이시자 왕인이 태학에 들면서 스승이 되신 분인지라 단둘이 마주앉게 되니 인의 가슴이 사뭇 떨렸다.

"가온나래에 들기 싫은 것이었더냐?"

"싫다기보다, 그들의 저의를 알기 어려워 조심스러웠습니다. 그들이 저에게 치우 되기를 청해오는 까닭이 무엇일지요. 저를 자신들과 같은 무리로 인정해서라기보다 문사시 장원이라는 희귀성 때문이 아닐런지요. 또한 소생이 가온나래에 듦이 소생의 본분에 맞는지, 소생이 그들과 어울리고 싶은지 결정하기 어려워 우선 말미를 두었나이다."

"복잡하게 생각하자면 끝이 없겠지."

"어찌하올까요, 스승님."

"그대가 은솔 가문의 자제인 바 내가 이리 하대하는 것조차 법도에 어긋나는 것인 데다 태학 역사 이래로 학사가 가온나래에 든 적이 없어, 나 또한 그대에게 어찌하라 말하기가 어렵다."

"소생, 태학에 임하면서 박사님의 제자가 되었지 않나이까. 스승님, 부디 소생을 제자로만 대하여 주옵소서."

태학감이 미소를 지었다.

"나는 작금 가온나래가 내실보다 자신들의 세력을 형성하기 위한 집단으로 전락했다고 본다. 때문에 그대를 제자로만 대한다면 가온나래에 들 생각 일절 하지 말고 공부에만 매진하라 하고 싶지. 허나, 그대는 장차 조정에도 들 수 있는 사람임에 그들과의 교류도 필요하기는 할 것이다. 한편으로는 그들에 섞여 가온나래를 지금과 같은 집단이 아니라 진정으로 큰 뜻을 지향하면서 그 뜻을 이루기 위해 실제로 움직이는 청신한 집단으로 바꿔나가 봄직도 하지 않느냐?"

"그러한 집단이 형성되는 것조차 불가하다 여겨지온데, 혁신인들 가능하겠나이까. 저들은 이미 수백 년의 기풍을 다져온 이들이고요. 저는, 나중엔 어찌 변할지 모르오나 현재로서는 알려진 대로의 그들의 기풍에 섞이고 싶지 않고, 섞이어 새로운 기풍을 만들어보겠다 시도하고 싶지도 않습니다. 무엇보다 소생에게 그럴 만한 힘이 없고요."

"가보지 않은 길에 지레 눈살 찌푸리는 것은 학인의 자세가 아니다. 장부의 자세도 아니고."

"황송하옵니다."

"한성 인구가 얼마나 되는지 아느냐?"

"오십만여라고 들었나이다."

"한성 인구가 오십만여, 본국백제인이 사백만여, 대방백제인이 육백만여에 이르렀다고 한다. 작금 백제제국의 인구가 천만여에 이른 까닭은 물론, 발해와 황해와 동해 연안과 비옥한 영토를 장악한 덕이지. 그건 유동인구가 많다는 의미인데, 그만큼 대륙의 정세가 변화무쌍하다는 뜻이기도 하다. 그 변화무쌍한 시절을 살고 있는 네가, 또 우리가, 자신이 하고싶은 일만 하며 살 수는 없는 게다. 헌데 가보지 않은 길, 해보지 않은 일마다 하고 싶지 않다고 외면한다면 어찌 살아. 학문을 어찌하고."

"명심하겠나이다. 하온데, 스승님, 한 사람이 할 수 있는 일이란 한계가 있는 것 아니옵니까. 한 사람이 모든 분야를 모두 섭렵, 경험할 수는 없지 않나이까. 때문에 자신이 하고픈 일, 할 수 있는 일을 선택하여 그쪽으로 매진하는 것이고요. 싫은 일, 할 수 없는 일을 외면하면서요."

"물론 그렇다. 하지만 치우에 들거나 들지 않는 정도는 네가 선택할 할 수 있는 일종의 기회가 아니겠느냐? 우리 태학인 누구도 가질 수 없는 기회이다. 그 기회를 기왕의 치우인들처럼 쓰지 않고 네 공부와 네 앞길, 더하여 향후 백제에 도움이 되는 방향으로 쓸 수 있겠지. 그런 기회를 단지 내키지 않는다고 알아보지도 않은 채 밀쳐버리는 것은 어리석은 일이다. 고구려의 조의(早衣)라는 집단에 대하여 들어본 적이 있느냐?"

"고구려의 하급무사들에 대한 명칭으로 들었나이다. 원래는 그러했으나 하나의 집단으로 움직이는 정예무사들로 알고 있습니다."

"우리 백제의 무절(武節)에 대해서는 알고 있고?"

"신궁의 무사신녀들이 무절들 아니옵니까. 황상 폐하나 태자 전하의 측
위대를 그리 부르기도 한다지요?"

"신궁에 무절들이 있고 황상 폐하나 태자 전하의 측근에도 무절들이 있
는 것으로 소문이 나 있지. 허나 그들은 더 깊고 은밀한 무절들의 외피일
것이라 짐작해 볼 수도 있을 것이다."

"무절이 무사의 다른 명칭 아니옵니까?"

"그렇기만 하다면 신궁무사들을 부르는 무절이 폐하의 측근에 있는 무
사들에게도 쓰이겠느냐? 고구려의 조의 집단이 그저 무사라거나 선봉대
라거나 비밀군이라 불리지 않고 조의라고 불리는 까닭이 있겠지. 무절과
조의, 두 집단은 원래 고대 조선에서 천신을 모시던 사제들에 기원을 두고
있다고 한다. 백제와 고구려가 함께 천신을 받들고 있기에 양국에서 무절
과 조의라는 이름으로 다르게 전승된 것이지. 작금에는 거개가 평민 출신
인 무사들로 이루어져 있다 하고. 헌데 그들은 하급무사라는 외피를 쓰고
있으나 나라와 백성을 위한 일에 헌신하는 이들이다. 고구려 조의들이 어
린 나이에 선발되어 조의로 키워지는 것에 비하여 백제의 무절들은 스스
로의 소신과 능력으로 무절이 되는 것이라 들었다. 어떻든 양 집단은 사물
과 현상을 깊이 인식하는 심안을 기르고 그것들이 부딪치는 문제의 실상
을 정확히 파악하여 그것을 해결할 물리적인 능력을 갖추어 움직이는 사
람들이라는 공통점을 갖고 있다. 작금 백제에 치우와 같은 집단만 있는 게
아니라는 것이다. 세상은 켜켜이 넓고도 높고도 깊다. 사람들도 마찬가지
고. 우리들의 눈에 보이는 것이 전부가 아님을 언제나 생각하며 살아나가

야 하는 것이다."

"명심하겠나이다, 스승님. 하온데, 백제의 무절들이 그와 같이 나라와 백성들을 위해 움직이고 있다면 어찌하여 치우들처럼 눈에 띄지 않는 것이옵니까."

"집단의 이름이 알려져 있고, 그들이 신궁무사와 하급무사의 외피를 갖추고 있으리라는 사실이 알려져 있을 뿐 우리 백제에서 무절이 관직이 아닌 바, 그들이 누군지 그들 이외의 사람들은 알 수 없기 때문일 터이다."

"그들은 모두 무사들로만 이루어져 있사오리까?"

"대개 그럴 것이나 어떤 집단이든 한 가지 색깔을 지닌 사람들만으로는 오래 전승되기 어려운 법이다. 그들을 이끄는 사람들, 그들을 받쳐주는 색다른 사람들이 함께할 터이지. 태극처럼 음과 양, 해와 달과 같은 조화가 만상을 움직이듯 무한과 자유와 인화를 지향하는 집단들도 그래야만 유지될 것이다. 무절들만 해도 벌써 음양이 뚜렷하지 않느냐."

"허면 무절의 마루치, 우두머리는 누구이오리까? 폐하이시옵니까?"

"나도 모르나 폐하는 아니실 것이다. 유추해 볼 수는 있겠지. 고대로부터 전래된 무절이라는 명칭을 당당히 쓰고 있는 곳이 어디인지, 그런 집단을 거느린 사람이 누구인지. 누구나 의당 그러려니 무심히 여기는 존재가 누구인지."

"신궁이 아니옵니까? 제일신녀이시구요."

"아마도 그렇겠지. 무절선인은 신궁성하이실 것이다. 짐작이다만."

"스승님께오서는 어찌 그와 같은 일을 소상히 알고 계시나이까."

"이 태학 안에서만 살았어도 나만큼 나이를 먹으면 저절로 알게 되는 것들이 있는 법이다. 무슨 일에든 서두르지 말고, 차분히 생각하는 습관을 기르도록 하여라. 이번 대방행도 마찬가지다. 태학 학사가 쉽게 갖기 어려운 기회를 맞이했으니 단순한 여행으로 여기지 말고 세상을 보는 눈을 키우는 계기로 만들도록 해."

"예, 스승님. 명심하겠나이다."

태학감실을 나오며 왕인은 속으로 무절, 조의라 뇌까렸다. 스승께서 제자에게 세상의 넓고 깊고 다양함을 가르치시느라 하신 말씀이신데, 굳이 두 집단을 거론하신 까닭이 무엇일까. 신궁께서 무절선인이시라면 장차 신이궁도 무절선인이 된다는 뜻인데! 왕인은 거기서 도리질을 했다. 설요가 장차 어떤 존재가 되든 지금 인에게 그는 그저 설요였다. 나중 일을 당겨 생각하고 싶지 않았다.

시각을 가늠한 왕인은 학사실로 건너와 퇴청 준비를 했다. 천천히 벅수골로 가면 시간이 맞을 것 같았다. 학사복과 모자를 벗고 배자를 걸치고 두건을 썼다. 학사실 개인함에다 아예 여벌옷을 가져다 놓은 까닭은 행여라도 설요로부터 연통이 왔을 때를 위한 대비였다. 지금쯤 사루왕인이 대방에 가게 되었다는 소식을 들었을 것이었다. 사흘 뒤 새벽에 황성나루에서 배를 탄다는 사실도 알 것이었다. 가면 두 달 이상은 지나야 되돌아올 텐데, 떠나기 전에 만나자 해주지 않을까. 벅수골에서 만날 사람이 제일신녀가 아니라 설요라면 얼마나 좋으랴. 그 어여쁜 사람. 설요를 생각하는 것만으로도 왕인은 늘 가슴이 뜨거워졌다. 하지만 그는 자유로운 몸이 아니었다. 그는 수천 신궁인과 오십만여 한성인과 사백만여 본국백제인의 시선에 싸여 있었다. 어쩌면 대방백제의 사람들도 한성 신궁에 대하여 알 것이다. 그렇다면 신궁은 백제인 모두가 우러르는 곳이었다. 그들 모두의 눈 속에 갇혀 있는 설요가 함부로 움직일 수 없음은 당연했다. 하지만 그 당연함이 그를 향한 인의 그리움을 누그러뜨려 주지는 않았다.

벅수골로 향하면서 왕인이 서비구에게 물었다.

"치우에 대해 알아?"

"열다섯 살에 입당하여 서른 살에 출당한다는 가온누리실의 그 꿩 털들 말씀이세요?"

"어."

"소군 아시는 만큼 알겠지요. 누구나 아는 그 정도. 왜요?"

"아까 그들이 찾아와서 나한테 가온나래에 들라고 권했어."

"그래서요?"

"생각해 보겠다고 했지. 대번에 싫다고 자르는 것도 우습잖아."

"싫으세요?"

"잘 모르겠어. 그래서 그대한테 물어보는 거야. 내지하 박사께, 잘 모르지만 내키지 않는다고 말씀드렸다가 걱정을 들었어. 편협한 시각으로 세상을 보지 말라 하시더라고."

"박사님께서 그리 말씀하셨다면서 제가 뭘 알거라고 저한테 물으세요?"

"무절에 대해서는 알아? 신궁의 무절들 말고."

"신궁 밖 무절은 무사들의 이상이요. 무사시에 급제하고 백제군이라면 누구나 꿈꾸는 폐하나 전하의 측위대에 들고, 이후에는 장군으로 출세할 수도 있는 길이 열리는. 그렇다고 듣기만 했을 뿐 무절들의 실체를 안다는 사람들을 만나본 적이 없습니다. 무절이 먼저 되는 것인지, 무사가 된 뒤 무절이 되는 것인지, 누가 무절이고 그 출신인지 들어본 바도 없고요."

"그럼 무절에 대해서는 내가 알아볼 테니 그대는 치우들에 대해 한번 알아봐. 현재 구성원이 어떻게 되는지. 몇이나 되는지. 뭘 하는지. 지금은 내두좌평 진수림의 아들 진가모가 치우의 마루치래. 오늘 그와 조정좌평 곤차의 막내아우 곤구와 조정좌평 진이필의 아들 진광이라는 자가 왔어. 진광은 우리 또래쯤으로 보였어."

"알아보긴 하겠습니다만, 뭐 하시게요? 구성원이 맘에 드시면 입당하시려는 건 아니신 것 같고, 새로 당 하나 만드시게요? 아니면 무절이 되시게요?"

언제나 반보쯤 앞서가는 서비구였다. 치우에 대해 알아보라 할 때 왜 알아보려는지 왕인은 자신의 심사를 몰랐다. 서비구가 새로 당 하나 만들려는 거냐고 하니 그랬던 것 같다. 이름까지 떠오르지 않는가. 적우(翟羽). 같은 꿩이지만 치(雉)는 그냥 꿩이고 적(翟)은 꽁지가 긴 꿩을 가리켰다.

"어. 새 당 하나 만들려고. 음, 가온나래 치우에 반해 한데나래 적우라 할까? 당원은 왕인과 서비구와 해리. 그리고 여누하와 설요와 미하수도 함께하고. 새 당이 어려우면 우리가 다 같이 무절이 되어도 좋겠지."

해리는 여덟 살 그때 이후 이림학당에 들어 글자를 배웠고 열 살이 되어 운무대로 올라가 보류사의 제자가 되었다. 열다섯 살 때까지 매해 반년간은 바다에서, 반년간은 월나악에서 살았다. 아직은 천마호에서 선장의 아들이자 갑판장으로 살고 있는 그는 스무 살쯤에는 선장이 될 터였다.

"농담했더니 농담으로 답하시네요. 그리고 미하수는 이미 무절입니다."

낄낄 웃던 서비구가 거리 끝에서 제 말 호추의 방향을 틀었다. 큰나루 저자거리의 객점이며 점포들이 줄지어 있는 큰거리를 피해 안쪽 골목을 택했고 거의 지나온 참이었다. 보통 민가들 사이에 작은 점포들이 드문드

문 박혀 있는 거리의 끝이었다. 대진(大津) 칠십팔구(七十八區) 새터말이라는 팻말이 서 있었다. 거리 왼쪽으로 올라가면 벅수골이었다. 새터말에서 벅수골의 대문 안집까지는 세 마장쯤의 거리였다. 길가에 대문이 있고 대문 안쪽에 백보 거리의 숲길을 지나면 집이 있어 대문 안집이라 불리는 그곳이 오늘 목적지였다. 왕인이 오늘 그곳에 간다 하였으므로 서비구는 낮에 대문 앞까지 가보았다. 다각다각 느리게 움직이는 말발굽 소리에 섞여 소쩍새가 울었다.

"소군, 소쩍새 이야기 아십니까?"

"시어미가 며느리 굶겨 죽였다는 그 이야기?"

"이 세상엔 굶어 죽는 사람이 많을까요, 아파 죽는 사람이 많을까요, 전쟁 통에 죽는 사람이 많을까요? 죽는 사람이 많을까요, 태어나는 사람이 많으리까?"

"난 알지 못하니 소쩍새한테나 가서 물어봐."

대문 안집 앞에 이르렀다. 대문 처마 아래 아무 표식이 없는 오각등이 걸려 있었다. 두 사람이 말에서 내리는 찰나 대문이 안쪽에서 열렸다. 여염복색의 여인 둘이 나왔다. 그중 한 사람은 아침에 가부실 대문 앞에 있던 여인이었다. 두 여인에게 고개 숙여 인사한 인과 서비구는 각자의 말을 끌고 대문 안으로 들어섰다. 또 소쩍새가 울었다.

수사이생(隨思以生), 수생이사(隨生以思)

천신의 꽃밭에 세 송이의 꽃이 있으매 나흘 전에 핀 꽃이 시들하더이다.

그 시들함에 놀라 둘러보니 세 식경 전에 핀 꽃이 이미 고개를 숙이었구려.

또한 그 곁에서 이각(二角) 전에 몽우리 진 꽃봉오리도 이미 고개를 수그

리고 있으니

가여워라, 아직 피지 못한 그 꽃봉오리 두 숨참이면 스러질 듯하오.

가뭄이 이제 시작되려 하니 이 꽃밭을 어찌하리오.

대방으로 떠나오기 전, 왕인을 불러들인 효혜가 그대의 부친께 은밀히

전하라 하였다는 편지였다. 생 비단처럼 얇게 뜬 백화수피에 주사(朱沙)로

쓴 붉은 글씨들은 부적 같았다. 어쩌면 부적일지도 몰랐다. 그런데 무슨 뜻

일까. 거듭 읽어도 단아한 필체가 품고 있는 의미를 헤아리기가 쉽지 않다.

효혜의 밀지이니 아닌 밤중에 웬 꽃밭 타령인가 할 수 있는 내용이 아닌

것만은 분명했다.

"신궁께서 네게 이 편지를 주실 제, 아비에게 더불어 전하라는 말씀은 없으시더냐?"

"유다른 말씀은 아니 계신 듯하옵니다만, 소자에게 지나가는 말씀이신 듯 하문하신 건, 소나무에 대한 것이었습니다."

"소나무라고?"

"예. 성하께서 제가 읽은 책들 중에 혹여, 소나무의 마름증을 치유하는 방법을 알려주는 것은 없더냐고 물으셨습니다. 소자는 그에 대해 읽은 적도 들은 적도 없는지라 답을 올리지 못했지요."

"어디에 있는 소나무가 마르기에 성하께서 너를 붙들고 그런 질문을 하셨을거나?"

"신궁 대신전 앞의 소나무와 황궁 대안전 뜰의 소나무가 생기를 잃어가 걱정이라 하셨습니다. 대안전 소나무의 마름증이 좀 더 심한지라 대안전 궁인들이 그 나무를 보살피기 위해 애쓴다 하시었고요."

퍼뜩 스쳐가는 날카로운 깨달음에 효혜의 편지를 다시 펼치는 루사기의 손이 약간 떨렸다. 그랬다. 천신의 꽃밭에 나흘 전에 핀 꽃은 사백 년 역사의 백제를 말함이오, 네 식경 전에 핀 꽃은 휘수황제였다. 피지 못한 채 두 숨참 후면 지고 말 꽃봉오리는 태자 벽이 즉위하여 두 해를 넘기지 못할 것에 대한 예시였고 이제 시작된 가뭄은 장차 백제가 위축되리라는 은유였다. 효혜가 나의 꽃밭을 어찌할까 하고 물은 것은 현 태자 벽이 즉위한 뒤 두 해가 못되어 수명이 다할 것인즉 그 후계를 어떻게 할 것인가, 루사기에게 물어온 것이었다.

황실에서 사자를 보내며 공주 유리나와 신출내기 학사 왕인까지 붙여

서 황제께 본국으로의 환도를 청한 까닭도 거기 있었다. 황제가 저세상으로 돌아갈 날이 멀지 않았으니 대륙에서 일을 당하지 말고 본국에 와서 승하하시라. 그 말을 대놓고 할 수 없어, 본국 곳곳에 이변이 잦으므로 황제께서 잠시 오시어 안정을 찾아달라 청하고 있는 것이다. 효혜의 예시가 있었을 것이고 황후는 그걸 수긍했을 테니, 황제를 향한 환도 요청은 황후와 신궁의 공모에 의한 것이었다. 동상이몽. 각기 다른 의중을 품은 두 여인들의 합심이 참으로 매정하기는 하나 시국이 그리 벌어질 것인즉 어쩔 수 없는 일이기는 했다.

"다른 말씀은 아니 계셨고?"

"태풍에 대한 걱정도 하시었습니다."

"어찌 말씀하시더냐."

"남쪽바다와 서쪽바다에 태풍이 몰아칠 듯하여 심히 걱정이라 하시었습니다. 태풍이 지나갈 철이기는 하오나 그에 관한 말씀은 아니신 게 분명하였는지라 소자는 성하께오서 무슨 말씀을 하시는지 알지 못하였습니다. 다시 여쭙기는 조심스러웠고요."

왕인은 알아듣지 못할 말이나 루사기는 알아들었다. 남쪽바다는 이구림과 상대포구를 말함이요, 서쪽바다는 미추홀 염전과 미추홀포구를 뜻했다. 정씨 일족은 미추홀에 있던 마한 감해국의 후손들이었다. 백제가 그 세를 넓히기 시작했던 초창기에 직계왕족들이 사라졌고 미추홀이 백제의 땅이 된 뒤 방계왕족이었던 정씨 일족이 염전을 일구어 스스로의 세를 키웠다. 효혜가 말한 태풍은 황후가 두 바다를 다 차지하기 위하여 준비하고 있음을 의미했다. 효혜는 이구림은 물론 정씨 일족에게 그에 대한 대비를 하라 일러주려는 것이고 그 사실을 루사기에게 알려온 까닭은 상대포구와 미추홀 염전이 그만큼 긴밀하게 연관되어 살아왔기 때문이었다.

"없애야 할 것인즉, 한번 읽어보아라."

루사기는 인에게 효혜의 편지를 건넸다. 두 해 만에 만난 아들은 다 자라 있었다. 홀로 시과를 치러 장원을 하고, 그 덕에 황실 사자를 따라 대방까지 아비를 찾아온 왕인이 대견키도 하였다. 그러니 그도 이제 제 위치가 어디인지, 어찌 움직여야 하는지 스스로 생각하고 결정해야 할 때가 된 것이다. 편지를 읽고 있는 인의 외양은 그 나이 때의 미르와 많이도 닮았다. 사내로서는 흰 얼굴에 짙은 눈썹을 달고, 깊어 컴컴한 눈을 반쯤만 내리뜨고 모든 것에 무심한 듯한 일상의 표정까지. 누군가 세 사람을 함께 본다면 왕인이 루사기의 아들이 아니라 백미르의 아들인 줄로 알 수도 있으리라. 성정은 어떠한가. 미르의 성정은 아는데 곁에서 지낸 세월이 그리 길지 않아 인의 성정을 안다 할 수는 없었다. 제 속내를 잘 드러내지 않는 성격이라는 것은 분명했다. 그건 미르보다는 루사기 자신을 닮았다 할 수 있을 터였다. 미르는 속내를 드러내지 않는 게 아니라 속내가 없는 위인으로 봐야 옳았다. 하고 싶은 것이 없고 하기 싫은 것이 없으며, 죽고 싶지도 살고 싶지도 않은 그 위인은 살아 있으니 살고, 제게 일이 생기면 그저 할 뿐이었다.

"아버님, 이 편지에 쓰인 꽃밭이 꽃밭이 아니고 꽃이 꽃이 아닌 게지요?"

"그렇다."

"꽃밭이란 나라의 역사이고 꽃은 역사를 경영하는 자들을 이름이고요?"

"그렇다. 세목들 또한 이해가 되느냐?"

"예."

"그러면 되었다. 기억해 두어라."

루사기는 효혜의 편지를 봉투에 넣고 봉투를 촛불에 가져다댔다. 불이 붙은 봉투를 거의 탈 때까지 들고 있다가 탁자 위의 빈 술잔 속에다 넣었다. 술잔 속에 편지재가 가만히 사위어들었다. 재를 손가락으로 눌러 부수고는 그 잔에다 술을 부어 마시어 버린다. 부친의 빈잔에다 왕인이 술을 따라 놓았다. 루사기는 그 술잔을 인에게 건넸다.

"아비가 주는 첫잔이니 마셔라."

부친께 받는 첫잔일 뿐만 아니라 난생처음으로 마셔보는 술이었다. 예상했던 것보다 향이 좋다 여기며 술을 삼키던 왕인은 식도가 타는 뜨거움에 억, 하며 제 입을 막았다. 그런 아들의 모습에 루사기가 허, 웃었다. 마주앉아 술잔을 건넬 수 있을 만큼 성장한 아들이 흐뭇한 것이다.

자신을 바라보는 부친의 모습을 왕인은 가만히 살폈다. 위례성에 도착한 지 열하루 만에 비로소 한가하게 마주앉은 부친이었다. 밤마다 황궁 안에 계셨기 때문이었다. 뵐 때마다 하늘처럼 넓고 바위처럼 단단하던 부친이 오늘 저녁 퇴궁하여 오신 이후엔 약간 지친 표정이셨다. 그런 부친을 위해, 부친께 따로 전해야 할 편지가 있기도 했던 터라 왕인은 부엌에다 술상을 준비해달라 일렀다. 황제친위군의 대장군이라는 직책이 막중하시기는 할 터였다. 직책이 그리 높으시다 하여 한성에서 대방까지 건너오던 보름간의 뱃길 위에서 대방 위례성 내에 있다는 부친의 집을 상상해 보았다. 대장군의 집일 뿐더러 황제측위대장이 함께 거하는 집이니 그 규모가 얼마나 할까. 그런데 황궁 가까이에 있는 부친의 집은 뜻밖에도 검소했다. 들이든 길이든 집이든 본국보다 무엇이든 규모가 크니 부친의 집도 크기는 했으나 텅 빈 것 같았다. 부친 옆에 여인이 있을 것이라고도 예상했는데 그런 존재도 없었다. 여인은커녕 부엌일까지도 사내들이 하고 있는 광경을 만났다. 부친과 외숙의 의복 수발을 누가 하나, 살펴보았더니 시위들이 밖에서 손질해다가 각 처소에 대령해놓고 있었다. 어쩌면 그러한 일상이 부친을 쓸쓸하게 하는 것인지도 몰랐다.

"삼짇날에 시과를 치러 태학 학사에 임하였다면, 이림에 다녀온 게 언제이더냐."

"태학에 입당하기 전에, 시과에 대한 말씀도 드릴 겸 며칠간 다녀왔나이다. 지난 사월 중순이었습니다. 어마님께서 함께 상경하시어 열흘 동안 지내시다 가셨습니다."

"다들 무탈하시고?"

"무탈하시었는데, 월나악에 노스승님을 뵈러 갔다가 한 말씀을 들었나이다. 혹여 네 외숙을 보게 되거든, 그만했으면 돌아와 구름이나 보며 살라 하더라고 전해라, 그리 말씀하셨습니다. 하온데 아버님, 외숙께서는 장차 월나악으로 돌아가 사실 요량이십니까?"

"글쎄다. 스무 해 가량 전쟁판만 꿰고 살아왔는데, 그만했으면 되었다여길지, 살던 대로 살자 여길지 물어본 적 없어서 모르겠구나. 스승께서 당신 돌아가실 날이 머지않았다 여기시는 듯한데, 보륜사의 말씀을 전해드리면서 네가 직접 여쭈어보려무나."

"외숙한테 돌아오라는 말씀이 보륜사께서 돌아가실 날이 머지않았다는 뜻이옵니까?"

"아마도 그러한 말씀이셨을 게다."

"허면 아버님, 외숙은 언제 뵈올 수 있사옵니까?"

"폐하의 명을 받고 청하로 떠난 지 한 달이 다 되었으니 아마도 며칠 안에, 이르면 내일이라도 돌아올 게다."

청하성에서 성주에 대항한 반란이 일었고 진압했다는 보고가 있었다. 그 내막을 살피기 위해 황제를 대신한 사자가 갔으되 황제의 밀명을 받은 미르가 사자보다 먼저 출발하였다. 사자는 성주의 입장에서 반란에 대한 보고를 듣고 올 것이고, 미르는 소요를 일으킨 자들의 말을 듣고 올 터였다. 반란이 일면 진압은 당연한 것이되 반란의 원인이 무엇인지를 깊이 살피는 것이 휘수황제의 통치방식이었다.

"아버님, 혹시 외숙께서는 무절이십니까?"

루사기는 아들의 입에서 나온 무절이란 말에 놀랐다. 왕인이 말하는 무절이 신궁무절들이 아니기 때문이었다. 아이를 무절로 만들 생각이 애초에 없었기에 무술을 가르치지 않았고 그 단어를 이구림에서는 입에 올려 본 적도 없었다. 전쟁의 선봉부대에는 반드시 무절이 끼어 있었다. 수장으로든 부대원으로든. 개인으로든 무리로든. 전투에서 그들의 공은 두드러지게 높았다. 하지만 첨병이었다. 언제나 목숨이 위태로웠다.

"네 외숙이 무절인지 아닌지 아비는 모른다. 무절은 무절 된 그 자신만 안다는 사실만 알 뿐이다. 헌데 네가 어찌 무절을 궁금해 하는 게냐? 오던 뱃길에 자신이 무절이라 나서는 자를 만나기라도 한 게냐?"

"아니오, 한성을 떠나오기 며칠 전에 치우당 사람들이 소자를 찾아와 치우당에 들기를 권하였습니다. 소자는 생각해 보겠노라고 우선 말미를 두었사온데, 그 과정에서 태학감이신 내지하 박사께 고구려의 조의와 백제의 무절에 관한 이야기를 들었지요. 박사께서는 원론적인 말씀들을 하셨사오나 소자는 무절이 궁금하여 아버님께 여쭤보는 것입니다."

"아비인들 그분보다 더 아는 게 있겠느냐. 치우당은 어찌하고 싶은 게냐?"

"어찌하는 게 좋으리까."

"가입해두는 것도 괜찮을 게다. 건들건들 먹고 놀기만 하는 자들 같아도 그들이 나이 들면 두루 백제의 요직에 앉게 된다. 요직에 앉는 자들은 그만한 소양이 있기 마련이다. 결국 그들이 작당하여 건들거리기만 하는 것은 아니라는 뜻이지. 만사(萬事)는 인사(人事)라 했다. 얼굴을 익혀두어 나쁠 것이 없고, 그중에는 교분을 나눌 만한 인사도 반드시 있을 것이니, 형식으로라도 가입해두는 게 괜찮을 것 같다만, 네가 신중히 생각하여 결정토록 하여라. 그나저나, 아직기는 어찌 지내고?"

"지난겨울에 어머니를 보채서 말을 얻어냈습니다. 그걸 타고 운무대와 이구림을 날마다 오가고 있지요. 말을 잘 타거니와 걸음도 어찌나 날래든지, 소자와 함께 월나악에 오르는데 녀석의 몸짓이 살쾡이보다 빨랐습니다. 헌데 녀석이 가장 좋아하는 일은 포구에 나가서 기웃거리는 일인 듯합니다. 까닭이 이국 사람들과 말놀이를 즐기기 때문인 것 같고요."

"책 읽기는 즐기지 않고?"

아우가 잘하고 즐기는 것을 죽 늘어놓던 왕인이 루사기의 물음에 씩 웃었다. 열두 살의 아직기는 제 형과 달리 책읽기를 즐기지 않는 것이다. 그렇다고 무술 익히기에 몰두하지도 않았다. 무술도 사람마다 특기가 생기기 마련이고 열두 살이면 어느 정도 재주가 드러나기 마련인데, 이구림 수비대장 대만에게 아직기의 재주에 물었을 때 왕인처럼 웃기만 하였다. 웃다가 덧붙이길 몸이 날랜 것도 큰 재주라는 것이었다.

"혹 활쏘기에 재미를 붙이지는 않았더냐?"

대만의 활솜씨가 뛰어났으므로 틈나는 대로 아직기를 가르쳐보라고 은근히 종용했던 기억이 나서 물었다. 대만은 루사기와 같은 연배로 어린 날 운무대에서 함께 수련하였다. 루사기는 시과를 치르고 관등을 지니면서 이구림을 떠났지만 대만은 이구림에 남았고 서른 살 무렵부터 수비대를 맡아 이구림을 지키고 있었다.

"활을 쏘기보다 활 만들기를 더 좋아하는 성싶더군요. 직기는 무엇이든 만들기를 즐깁니다. 여누하와 닮은 듯합니다."

사람마다 타고나는 것이 다르니 하는 수 없는 일이었다.

"헌데 아버님, 신궁께서 말씀하신 꽃밭은, 아버님께 어떤 의향을 물으신 것이옵니까?"

왕인이 물어오지 않고 지나갈 경우 어찌할 것인가, 루사기는 내심 궁리하던 차였다. 루사기는 왕인의 나이에 혼인을 했다. 왕인도 혼인할 나이가 되었고 아비가 될 수도 있을 만치 성장했다. 하지만 왕인은 아직은 루사기의 아들이었다. 제 키가 아비만큼 자랐다고는 하나 아직 수염도 채 돋지 않았다. 그런 아들에게 현 태자 이후의 황제를 어린 태손이 아니라 대륙에 있는 부여부로 세워볼 요량이라고, 신궁과 그 모의를 시작했으니 너도 함께해야 할 것이라고 말해야 할지.

"그러하시다. 어찌했으면 좋겠는가."

맘을 정하지 못하여 한 차례 에두르고 있는 아비의 속내를 제가 알랴. 왕인에게는 속내로는 이구림의 주인이면서 겉으로는 태학 학사로 사는 삶이 나을 터였다. 어찌 살아야 하는지 끊임없이 자문하지 않아도 된다면, 이제쯤 구해국이나 목지형검은 월나악 동굴 속에 둔 채로 잊어간대도 좋지 않겠는가. 본국 사자가 가지고 온 학사 왕인의 시과의 답지를 루사기도 읽었다. 대백제국의 미래에 대해 논하여 보라는 시제에 왕인은 본국과 대방이, 백제와 인근국가들이 문물을 교통하고 언어를 소통함으로써 상생하자 하였다. 이웃한 국가들과도 소통하고 상생하자는 생각을 가진 왕인에게 구해국과 목지형검을 기억하고 감당하며 살라 하는 것은 강요요, 무거운 짐을 지우는 것이 아닌가.

루사기가 대답 대신 술 한 잔을 더 마시는 사이에 왕인이 일어나 출입문을 열고 바깥을 내다보았다. 문밖에 서비구가 있고 그 근방에 루사기의 호위 넷이 지키고 있음을 확인하는 것이다. 자못 신중하게 주변을 살피고 돌아온 왕인이 다시 입을 열었다.

"아버님께서는 어찌하실 것인지요. 그보다 먼저, 그 일이 아버님께서 어찌하셔야 하는 일이고, 어찌하실 수 있는 일이시옵니까?"

"글쎄다. 어떠한 일, 어떠한 삶이든 먼저 생각을 하고 그 생각대로 행하며 사는 수가 있고, 먼저 행해지는 대로 행하고 그 결과에 따라 생각하며 사는 수가 있는 고로, 이 아비가 이따금 고심하는 게 그것이다."

"수사이생(隨思以生), 수생이사(隨生以思). 아버님께서 그런 고민을 하시옵니까? 생각한 대로 살 것인가, 사는 대로 생각할 것인가?"

"왜, 그러한 고민을 하기엔 아비 나이가 너무 많은 게냐?"

"아버님의 연치와 상관없이 소자는 아버님께오서 늘 생각하신 대로 사시는 거라고, 그리 살아오셨다 여겼나이다. 사는 대로 생각하기란 결국 타인의 의지에 부합하거나 타인의 의지를 좇아 사는 주체적이지 못한 삶이 아니겠나이까?"

"사는 대로 생각한다는 게, 네가 말하는 바 주체적이지 못한 삶의 방식 같으나 꼭 그리만 여길 것도 아닌 듯하더구나. 그건 인위적이지 않은 자연스러운 삶이고, 그리 사는 게 두루 조화되기 쉬운 바 대개들 그리 사는 것임을 이제야 알 것 같다는 말이다. 네게, 생각한 대로 산 듯이 보인 이 아비의 모습은 부자연스러운 삶일지도 모른다는 것이지. 네가 이 아비의 이러한 사고에 실망한다 할지라도 그게 이 아비의 속내의 실상이니라."

"그러하신 아버님의 말씀으로 소자가 실망할 까닭이 있겠습니까. 스스로의 부족함을 생각하고 겸손한 마음으로 덕을 기르는 자가 군자라고 읽었나이다. 천하를 위해 헌신하고 겸손한 마음을 잃지 않는 자가 바로 군자라고요. 아버님은 군자이십니다."

아들의 느닷없는 군자 타령에 루사기가 허허허 웃었다. 허허 웃다보니 웃음이 발끝까지 내리 닿는 것 같다. 아비를 향한 아들의 오해가 심히 깊어 민망키는 하나 기분 나쁠 것은 없는 오해이거니와 군자의 도에 대해 생각할 줄도 알게 된 아들이 앞에 있으매 웃음이 난다. 웃고 나니 심란이 그치고 머리가 맑아진다.

"아비는 군자이기는커녕 그런 꿈도 꾸어보지 않았다. 천하를 위한 헌신은 고사하고 한 집안의 가장으로서나 아비, 지아비로서의 역할, 어느 것 하나 제대로 해내지 못했다. 누왕인 네가 성장하였으므로 같은 사내로서 아비의 사람됨, 그릇이 그 정도뿐임을 사실대로 설토하는 것이다. 아비가 그런 정도의 사람인즉 그게 이 아비의 최선이었음을 아들인 네가 이해하여 주길 바라는 것도 솔직한 심정이다. 네 아직 어리므로 지금이 아니라 장차라도 작금의 아비가 한 말을 떠올리고 수긍해주길 바라는 것이다."

"소자 아직 어리오나 누구나 자신의 위치에서 가질 법한 근본적인 고심이 있으리라는 정도를 짐작하옵고, 아버님께서도 그러하실 것이라 어림하옵니다. 저의 부친이시매, 아버님의 그러한 고심은 곧 소자의 것이 될 것임도 짐작하나이다. 꽃송이들에 관하여 말씀해 주소서."

아들과 대화를 나누는 동안 루사기는 자신이 이미 결심을 굳혔음을, 때를 기다렸을 뿐 아주 오래전부터 결심해왔음을 깨달았다. 효혜의 예시가 아니었더라도 할 일이었던 것이다.

"두 숨참 후면 피지 못한 채 스러지고 말 것이라 한 문구를 네가 이해하였다 했지?"

"예."

"두 숨참 전에 봉오리를 맺은 또 한 송이의 꽃이, 여기 대방에 있음을 이해하고?"

"예."

"그러한 즉 아비는 이쪽에서 꽃봉오리가 맺혀 있는 그 꽃나무를, 가뭄이 시작된 저쪽의 꽃밭에다 옮겨 심어 꽃이 피게 해볼 참이다. 그 일이, 이 아비가 어찌하여야 하는 일이고, 어찌할 수 있는 일이냐 네가 물었으매 답하는 것이니라. 이 아비가 꼭, 반드시 그리해야 하는 일인지는 솔직히 잘 모른다. 그 일이 옳은지, 그른지도 판단할 수 없다. 하지만 그리해야 할 상황이 다가오고 있다. 신궁께서 이역만리에 있는 이 아비에게 꽃밭의 가뭄에 대해 전하여 오신 까닭이 그것이다. 그 상황이란 남쪽바다와 서쪽바다에 불어 닥칠 태풍과 직결되어 있다. 두 바다는 어차피 태풍을 맞이하여 싸워야 할 것으로되, 그 태풍이 한 번으로 그치게 할지, 두고두고 나날이 그 태풍의 위협에 시달려야 할지가 꽃밭의 주인들에 달려 있기 때문이다."

"남쪽바다가 우리 이구림이옵니까? 서쪽바다가 미추홀이구요?"

"그렇다. 두 바다뿐만 아니라 본국백제에는 다른 여러 바다들도 있느니. 시시로 태풍의 위협에 시달리며 사는 바다들이다. 이해하느냐?"

"예."

"하여 아비는, 생각을 하고 있는 게다. 수사이생. 이쪽의 꽃봉오리를 어떻게 저쪽으로 옮겨 심을 것인지. 그리고 그 생각한 대로 행하게 될 것이다. 행하기는 할 것이로되 옮겨심기에 성공할 수 있을지, 그리하여 꽃을 피울 수 있을지는 현재로서는 장담하지 못한다. 아비 혼자서 할 수 있는 일이 아니매, 여럿이 함께 행하게 될 일이나 그 여럿 중 누구도 장담치 못한다. 그럼에도 생각하고 또 생각할 것이고, 생각을 한 이상 행하게 될 터이다."

"장담치 못한다는 것은 실패할 수도 있음인데, 그 일에 실패할 경우에는 어찌 되옵니까?"

부자간에 시선이 정면으로 마주쳤다. 왕조를 뒤바꾸는 것은 아니로되 정해진 서열을 바꾸려는 시도 자체가 반역이므로 실패했을 때 어찌 될지, 그걸 모를 만큼 왕인은 불민한 아이가 아니었다. 그는 아비에게 물음으로써 스스로에게도 묻고 있는 것이다. 절대 권력에 대서기 위해 행하고, 그 결과로 나타나게 될 모든 일들이 과연 그만한 명분이 있는 일인가. 그리 묻는 왕인의 눈동자는 그러나 동요가 없다. 백미르의 눈처럼 무심하고 서늘한 게 아니라 그는 무구하다. 때 묻지 않아 투명한 아들의 시선을 받고 있노라니 루사기의 가슴이 차츰 서늘해졌다. 왕인에게 사실대로 털어놓은 게 잘한 짓이었던가. 후회가 가슴을 쳤다. 그렇지만 이미 아들을 끌어들여 버린 뒤였다. 실패할 시 어찌 될 것인가. 왕인이 짐작하고 상상할 수 있는 범주보다 훨씬 큰일이 벌어진다는 것을 말해주어야 했다. 그에 대한 말을 하려니 입이 쉽게 열리지 않는다. 그런데 왕인이 부친의 침묵을 이해했다는 듯 나섰다.

"성공을 장담치 못하나 아니할 수 없는 까닭에 행하는 일이라면, 실패 이후에 대해 미리 생각지는 않아야겠군요. 때문에 생각 단계에서부터 신중하고 또 신중해야 하겠고요."

아들 때문에 서늘했던 가슴이 아들 때문에 뜨거워졌다. 루사기는 자신이 비운 잔에 술을 따라 왕인에게 건네었다.

"마셔보아. 아까보다는 훨씬 쉬울 게다."

성공하면 될 터였다. 궁리하고 궁리하다 보면 성공할 수 있을 터였다. 그 궁리의 시작은 황제께서 하루라도 빨리 환도케 하시는 일인데 본국 사자를 맞이한 황제는 열흘이 넘도록 그에 대해 가타부타 말씀이 없으셨다. 몇 년 만에 만난 공주 유리나에게만 빠져 계시었다. 공주에게 처소를 마련해 준 정도가 아니라 황궁 안에 아예 공주의 궁을 정해주셨다. 대전과 황비전 사이의 후원에 자리한, 비어 있던 선황제의 황비전을 유리나에게 내리신 거였다. 선황제의 대방황비는 선황제 사후 친가이자 큰아들 부여무수가 담로후로 있는 조선성으로 돌아가 그곳에서 말년을 보내고 있었다. 유리나는 황실에서 대방으로 사자를 보낸다는 말을 듣고 대안전을 찾아가 저도 보내달라고 졸랐다고 했다. 황후는 공주의 청을 어렵지 않게 들어준 모양이었다. 공주로 하여 황제께서 환도 결정을 하시기 쉬울 것이라는 계산이 있었을 텐데 공주에게 궁을 정해주시는 행사로 보자 하면 환도는 멀어보였다.

─이리 어여쁜 우리 공주를 누구와 혼인을 시킨다지?

공주가 혼인할 나이가 되었음을 새삼 느끼셨던가 황제께서는 농담인 양 그리 말씀하셨다. 그 자리에 왕인이 있었다. 유리나의 시선이 왕인을 스치면서 얼굴이 살짝 붉어지는 것을 루사기는 보았다. 공주가 왕인에게 마음을 주고 있음을 깨달았던 순간 루사기의 심사는 착잡했다. 사촌누이 소야를 황실 여인으로 만든 사람은 결국 자신이었다. 사촌이면서 친남매처럼 자란 소야를 황실 사람으로 만든 게 잘한 일인가. 그에 대한 회의가 전혀 없었다고 하기 어려웠다. 혹여 유리나와 왕인이 인연을 맺는다면 유리나가 이구림 사람이 되기보다 왕인이 황실 사람이 되는 것이었다. 그건 소야를 황실 사람으로 만든 것보다 심란할 터였다. 더구나 만의 하나 왕인이 황실 사람이 된다면 아예 대방에서 살게 될지도 몰랐다. 그건 결과적으로 이구림을 버리는 것과 진배없었다. 그 자리에서 루사기는 왕인이 공주의 그런 눈길을 모르고 있음을 느꼈고 그걸 다행으로 여겼다.

그렇지만 왕인을 향한 공주의 맘을 황상께서는 눈치 채신 것 같았다. 따로 내색치는 않았으나 왕인을 눈여겨보았던 것이다. 부마감으로서가 아니라 공주가 마음을 주고 있는 것 같으니 사루사기의 아들이 어떤 아이인가 새삼 살피신 것일 터였다. 공주의 혼인에 관한 한 황상의 고심이 사뭇 깊을 수밖에 없었다. 황상은 모자라는 게 없는 지존이셨다. 인접국인 진이나 고구려에 비해 내정이 훨씬 탄탄한 데다 근자에는 내치에 힘을 기울여 대륙백제 수백 년 역사 중 그 어느 때보다 영토가 넓고 부강했다. 그러니 상은 공주를 매개로 세력을 키울 필요가 없었다. 공주를 유난히 귀애하시기도 했다. 그런 공주에게 적합한 짝이 어디에 있을 것인가. 유리나만 한 신분의 인물이 없으니 공주의 짝은 결국 귀족에게서 찾을 수밖에 없을 터였다. 본국 조정에서 사루사기의 품계가 삼품 은솔이니 품계로만 따지면 그 아들 사왕인이 부마로 거론될 법은 했다. 그러나 루사기는 아들이 그 대상이 되길 바라지 않았다.

루사기가 왕인의 짝으로 염두에 두고 있는 상대는 황제 친위군의 상장군 해지무의 딸이었다. 칠 년 전 루사기와 더불어 은솔 품계를 받았던 해지무는 본국 출신으로 한성에 본가를 두고 있었다. 현재의 해씨 일족은 사백여 년 전 온조와 함께 대방에서부터 마한으로 남하하여 온 해호니의 후손들이었다. 백제 건국과 토대를 쌓는 데 일조한 건국공신의 집안이었으나 세월이 지나면서 차츰 그 힘을 잃었다. 명맥만 유지한 채 지내오다가 해지무의 조부 대에서부터 가세를 회복했다. 루사기는 집안의 내력보다 해지무의 깊고 은은한 인물됨이 좋았다. 해지무와 정식으로 자식들의 혼약을 맺지는 않았지만 자식들 이야기를 나누는 것만으로도 흡족했다. 해지무의 딸 우전은 이제 열네 살이라 했다. 양쪽 아이들의 나이며 인물됨을 서로 말한 것으로 은연중의 혼약이 이루어졌다 할 수 있었다.

여누하는 미추홀의 정씨 일족의 후계자 긍휼과 혼인을 시키기로 한 참이었다. 두 해 전 입국하였을 때 다님이 의견을 물어왔고 다님이 어렵히 고르고 고른 상대랴, 루사기는 동의했다. 그렇게 두 아이의 혼사가 성사되면 내년과 내후년의 태풍이 지나간 뒤 황실과 적당한 거리를 둔 채로 살아가기에 맞춤할 터였다. 그리되면 루사기 자신은 이구림으로 돌아가 다님의 일을 거들면서, 운무대 학동들 커나가는 것이나 지켜보며 노후를 한적하게 살 수 있을지도 몰랐다. 이구림에 그 어떤 위기만 없다면 그럭저럭 늙어가도 좋지 않겠는가. 마한과 구해국을 차츰 잊어가며 백제국의 백성으로 살아도 무방할 터였다. 보륜사께서 그만했으면 돌아와 구름이나 보며 살라 하신 말씀은 미르에게만이 아니라 루사기에게도 전해온 말씀이신 것이다.

"엊그제 잠깐 뵌 해지무 장군을 기억하느냐?"

왕인이 술잔을 내려놓다가 고개를 갸웃했다. 지난 열흘 동안 워낙 많은 사람들을 만나 헛갈리는가 보았다.

"저에게 요즘 태학 풍경에 대해 물으셨던 분이시지요?"

"그래, 그분. 그분께 열네 살 난 여식이 있다더구나. 이름이 우전이라 했어. 그 아이가 좀 더 자란 연후에, 내후년쯤 그와 혼인을 하려느냐?"

꼭 하라는 것이 아니고 의향을 물어보는 것이었다. 혹시라도 왕인 스스로도 유리나를 마음에 들이고 있는 것인가 떠보는 것이기도 했다. 유리나는 성품이 맑고 밝은 데다 부지런하여 황후까지도 어여뻐하는 아이였다. 황후가 자신을 대신하여 대자원(大慈院) 순시를 시킬 정도라고 했다. 대자원은 황후가 내경고에서 지원하여 운영하는 백성들의 구휼기관이었다. 삼대 전 비류황제 때 백제국에 굶어 죽는 백성은 없어야 하리라는 황명에 따라 지어진 이래 황후가 관장하고 있었다. 그런 황후까지 귀애하는 유리나를 인이 이미 맘에 들였다면 둘을 맺어주는 게 순리이긴 할 것이다. 어쨌든 혼인을 하려느냐 묻는데 왕인은 무심한 얼굴이다. 제가 비운 술잔에다 술을 따라 루사기 앞에다 가져다놓을 뿐이다. 그러더니 입을 열었다.

"아버님, 소자 이미 혼인을 하였나이다."

루사기는 자신이 잘못 들은 줄 알고 왕인을 건너다보았다. 인의 표정엔 동요가 없었다.

"방금 뭐라 하였느냐?"

"소자, 혼인을 하였다 말씀드렸습니다."

"네가 혼인을 하였는데 이 아비가 멀리 있어 몰랐단 말이더냐? 너의 어마니께서 내게 전언치 않고 널 혼인시키셨어?"

"어마님께서는 모르고 계시옵니다."

청춘이니 부모가 모르게 혼약을 할 수는 있는 일이었다. 혼약이 곧 혼인이긴 하나 혼약은 운명에 따라 달라질 수 있었다. 같이 살거나 살지 못하거나, 어쩔 수 없는 경우라면 매듭을 풀 수도 있다. 혼인은 두 운명이 함께 감을 의미한다. 그 의미를 모를 리 없는 왕인이 부모 모르게 혼약도 아닌 혼인을 하였다고 태연히 말하고 있었다. 루사기는 심상하려 애썼다.

"네 맘에 들인 여인이 있다는 뜻일 터이지. 그리 말해야지 혼인을 했다, 하면 되겠느냐."

"둘이서만 한 일이오나 소자는 혼인이라 여기나이다."

"그건 두 젊은이가 정분을 나누는 것이지 혼인이 아니다."

"하오면 혼인은 어떤 것이옵니까."

왕인의 곧은 눈길에는 바위 같은 고집이 서려 있다.

"혼인은 운명의 묶임이다. 한쪽이 죽어도 남은 한쪽에 동반하는 운명이고 둘만이 아니라 둘과 연관된 모든 이들이 묶이는 운명이다. 그렇기 때문에 신중해야 하고 부모를 비롯한 만인들에게서 승인을 받고 승인받았음을 공표하는 것이다. 그게 혼인이다."

"순서가 뒤바뀌기는 하였으나 소자가 느끼는 것도 운명의 묶임이옵니다. 그러하였기에 그와 혼인을 한 것입니다, 아버님."

왕인의 얼굴은 여전히 동요가 없었다. 왕인의 성정을 다 모른다 하나 자식이었다. 책 한 권을 붙들면 그 책을 다 읽고 이해하기 전까지는 문밖출입조차 하지 않는 아이였다. 억지로 먹으라 하기 전에는 먹지 않고 자라 하기 전에는 자지도 않고 그 책에만 매달리는 아이였다. 그렇게 한번 마음먹은 일을 돌이키지 않거나 돌이키지 못하는 성정임을 알았기에 무사가 되는 길을 모르기를 바랐고 그렇게 키웠다. 호통친다고 해결될 일이 아니었다.

"그래 혼인을 하였다 하자. 네가 혼인을 하였으매 우리가 몰랐던 것은 놀랍고 서운할 일이로되 이제 아비가 알게 되었으니 정식으로 그 아이를 맞아들여야지. 그 상대가 누구냐?"

혼인하였다는 말은 그리 쉽게 내놓더니 그 상대가 누구냐 물으니 머뭇거렸다. 루사기의 가슴이 옴씰하여졌다. 부모 모르게 했다는 혼인이니 필시 곡절이 있을 터였다. 묻고 싶지 않고 묻기도 두려웠으나 묻지 않을 수는 없었다.

"누구냐고 묻지 않느냐. 이름이 무엇이고 몇 살이고 어느 집의 딸이냐."

"신궁의 설요입니다."

"신궁 설요라니. 신궁신녀라는 말이냐?"

"예."

"신궁신녀가 혼인하지 못함은 천하가 다 아는 사실 아니냐? 신궁신녀가 신녀의 옷을 벗으면 신궁의 궁비로 살아야 한다는 것도 상식이다. 궁비로 살기 싫어 신궁을 탈출하면 그들이 갈 곳은 노류가(路柳街)뿐이다. 노류가에서도 가장 천하게 취급받는 이들이 그들이다. 그들의 등에 새겨진 칠지화 때문이다. 가장 존귀한 것이 제자리에 있지 못하면 가장 천한 것이 된다는 걸 칠지화가 보여주는 것이다. 신궁신녀가 일정한 자격을 갖추어 각 군 신당신녀로 부임하매 혼인을 할 수는 있으나 신녀와 혼인한 자는 신궁 사람이 되는 것이다. 그 또한 궁노의 신분과 다를 것이 없다."

"그러하와 아무에게도 발설치 못하였습니다."

"그 아이, 이름이 설요라고? 발설치 못할 일이매 너에 동조한 설요라는 아이. 낯이 익은 이름이구나. 이 아비에게 그 아이 이름이 어찌 낯설지 않은 게지?"

"그는 신이궁이옵니다. 하여 이름을 들으신 적이 있을지도 모릅니다."

부모 몰래 혼인을 하고 그 상대가 신녀인 것도 모자라 신이궁이라 태연히 말하는 왕인에게 루사기는 비로소 화가 났다. 분노가 걷잡을 수 없이 솟구쳤다. 하지만 루사기는 화를 내지 않으려 기를 썼다. 화를 낼 계제도 아니었다. 왕인과 설요의 통정은 두 사람과 사루 가문의 일에 그칠 일이 아니었다. 신이궁은 장차 제일신녀에 오르면서 무절선인이 되는 것이었다. 무절선인은 대백제국 요소요소에 존재하는 오천여 무절들의 수장이었다. 무절들이 각처에서 각기의 주군과 수장들을 섬기고, 그 스스로 주군이며 수장 노릇들도 하고 있으나 그들의 중심은 무절선인이었다. 무절선인이 있어 그들이 무절로 존재하는 것이다. 아들이 문제가 아니었다. 까딱하다가는 무절 조직이 와해될 수도 있었다. 사루사기는 술 한 잔을 천천히 마시며 스스로를 다스렸다.

"그저 신녀이든 신이궁이든 그 아이가 신녀인 바 너희들은 혼인을 한 것이 아니라 사통을 하고 있는 것이다. 사통이란 혼인할 수 없는 남녀 간에 비밀스레 이루어지는 통정일 뿐이다. 그러하매 그걸 혼인이라 부르지 않는다. 어쨌든 신녀에게 사통은 목숨을 내놓는 일이고 너에게도 지극히 위험한 일이로되 사통이란 그칠 수 있는 것이니, 때 되어 그치면 그만이다."

마음 준 사람이 있다는 것만으로도 이런 반응이 나올 것이라 예상했기에 아예 혼인을 하였다고 말씀드렸다. 그러함에도 부친께서는 그건 사통이라 규정하시고 때 되어 그치면 그만이라 하신다. 때가 되면 그쳐지는 게 맘이라는 말씀이실 테고 허언을 모르시는 분이니 그건 아마 맞는 말씀이실 터였다. 말씀대로 시일이 지나 때가 되면 설요를 향한 몸과 맘이 시들어 그를 잊게 될지도 몰랐다. 한 시절 통정이었다고 여기게 될지도 몰랐다. 설요가 어차피 신궁을 나오지 못할 것이라면, 설요의 출궁이 그의 목숨을 위태롭게 할 뿐만 아니라 신궁 자체를 흔드는 것이라면, 이대로 숨은 채 살아도 괜찮다 여기고, 일 년에 한 번쯤 보며 산다 하여도 설요는 이미 사루왕인의 지어미라 여기는 이 맘 또한 사라질지도 몰랐다.

하지만 부친께 여쭙고 싶은 의문은 생겼다. 사백여 년 전에 생성된 목지형검과 마한 구해국이 백여 년 전에 사라졌음에도, 백여 년 동안 변치 않고 그들을 품고 사는 사루 일족의 마음과 설요를 향한 사루왕인의 마음은 다른 것인가 함이었다. 다르다면 어떻게 다른가. 여러 목숨과 한 목숨의 문제이매 한 목숨은 덜 중한 것인가. 의문은 많지만 왕인은 부친을 향한 질문을 삼켰다. 우길 상황이 아님을 알기 때문이었다. 목지형검과 설요를 비교해 부친 앞에 들이댈 수는 없었다. 설요에게 득 될 것이 전혀 없지 않은가. 신녀로서는 모든 것을 지녔다 할 수 있을 설요이지만 그가 신궁 밖으로 나서면 그는 몸 둘 데조차 없는 한 어린 계집일 뿐이었다. 그의 입에서 나오는 놀랍고 서늘하고 재미난 말들이 범속에서 통용치 못할 것임을 어찌 모르랴. 그는 그저 어린 계집이 아니라 미친 계집 취급을 받을 것이었다. 설요를 그렇게 만들 수는 없었다.

그래서 왕인은 자신이 힘을 키워야 한다고 생각하는 중이었다. 언젠가 설요가 신녀의 옷을 벗겠다 하면 그를 품어 여느 여인으로 살게 할 사람은 자신이므로 힘을 길러야 하는 것이었다. 설요가 평생 신궁에서 산다 하여도 마찬가지였다. 힘을 지녀야 그와의 소통을 용이하게 만들 방법들이 많아질 터였다.

"어찌되었든 그 아이와 너의 인연에 대해서는 두 번 다시 입에 올리지 말거라. 그 아이가 신이궁이매 세상에 살아 있게 하려면 그 아이의 이름을 거론하는 일은 일체 없어야 할 것이야."

이 문제가 세상에 알려질 시 세상이 설요를 그냥 두지 않을 것이고 부친께서도 설요를 그냥 둘 수 없다 하고 말씀하시는 거였다. 협박이었다. 협박으로 그치지 않을 말씀이시었다. 그걸 깨달은 왕인은 그저 부친의 손만 바라보았다. 사실 바쁠 것이 없었다. 설요는 처음부터 신녀였고 앞으로도 신녀였다. 평생 신궁에서 살 사람이었다. 한 달에 한 번 볼지, 일 년에 한 번 볼지 모르는 사람, 정해진 것은 아무것도 없었다. 그러나 시간은 얼마든지 많았다. 설요를 향한 그리움은 날카롭되 희열이었다. 인내는 환희였고 힘이었다.

루사기는 술을 더 마시려다 잔을 밀어내며 인에게 물러가 쉬라 명했다.

"소자 물러가겠나이다. 편히 쉬십시오, 아버님."

"그래, 너도 자거라."

네가 또다시 설요를 거론할 시 그 아이를 두고 보지 않겠노라. 루사기는 자신의 협박이 인에게 먹힌 것을 알았다. 하지만 자신이 억지를 부리고 있음도 알았다. 왕인이 혼인을 했다 하면 혼인인 것이지 사통으로 그칠 일이 아님을 어찌 모르랴. 아비의 겁박에 대번에 대서기를 그만두던 그 표정이라니. 그건 아비의 뜻을 존중한 게 아니었다. 순전히 설요를 위한 순간적인 물러섬이었다. 설요가 제 목숨을 걸고 있는데 현재의 왕인에게 무엇이 보이고 들릴 것인가. 하여 그쯤에서 그친 것이었다. 하지만 왕인이 모르는 것이 있었다. 청춘이란 금세 지나가기 마련이었다. 종이 한 장 타듯이 청춘이 지나가매 두 청춘을 묶은 불길도 스러질 것이었다. 한 시절 타고 말 불길에 화약을 던져 넣을 필요가 없었다.

등태산이소천하(登泰山而小天下)

대방 황성 위례성의 정문 이름은 한성 황성과 같은 인황문(人黃門)이고 그 앞의 대로도 마찬가지로 인황대로였다. 한밤중 인황문 앞 대로에 기마 군이 도열해 있었다. 새벽 묘시였다. 전쟁터에 나서본 적이 없는 왕인은 일천의 기마대가 새벽어둠 속에 횃불을 밝힌 채 도열한 어마어마한 광경에 사뭇 놀랐다. 놀라는 왕인을 마상의 우현왕 부여부가 웃으며 맞았다.

"갑자기 사냥을 가자 해서 놀랐지?"

잠을 자고 있는데 서비구가 들어와 깨웠다. 우현왕이 지금 사냥을 나가는데 함께 나가자며 그의 측위대들이 왔다는 것이었다. 닷새 예정의 사냥 길이라는데 빈 몸으로 납치되다시피 끌려나왔다. 부여부는 사루왕인을 놀래는 것이 재미있는 듯했다.

"소신은 사냥할 줄 모르나이다, 전하. 소신은 사냥을 해보기커녕 혹 여 들짐승이라도 만날까 무서워 떨어왔나이다."

"그대한테 짐승을 죽이라 하지 않을 터이니 걱정할 것 없어."

"전하, 소신은 또한 말을 잘 다루지 못하나이다. 겨우 시늉으로 올라앉을 수 있을 뿐, 질주하지도 못하옵니다."

"그대는 무술을 익히지 못했다 하지 않았어?"

"그러하옵니다."

"그러니, 기마병이 아니고 학인인데, 말을 잘 다루지 못함이 당연하지 않아? 본국의 관등을 가지게 된 그대가 사사로이는 나의 아우이기도 한바, 그대한테 대륙백제의 한 모습을 보여주려는 것뿐이니 말을 잘 타지 못하는 걸 부끄러워하지 않아도 돼. 그리고 말이지, 나도 잘 달리지 못해. 시늉만 하는 거라니까."

뒷말을 비밀인 양 속삭인 그가 하하하, 유쾌하게 웃었다. 그는 황상 폐하의 젊은 날인 듯이 닮아 있었다. 호탕하고 자상하다.

"내가 느리게 움직이니 측위대도 느리게 움직일 거야. 나하고 그대는 그저 측위대에 섞여 있기만 하면 돼. 나의 말 타기가 느림을 전군이 다 알거든. 지휘관이 그리 어리어리한 것을 병사들은 아주 즐거워하지. 그렇지 않습니까, 대장?"

우현왕의 물음에 곁에 있던 취운파가 씨익 웃었다. 백미르와 마찬가지로 혼인하지 않은 그는 따로 집을 구하지 않고 대장군 사루사기 저택에서 함께 살았다. 간밤에 그와 서비구와 왕인은 백미르를 기다리며 늦도록 이야길 나누었다. 대륙백제의 이모저모에 대해 얘기하고 월나악 운무대와 무술에 대해 얘기하고 그들이 무술 동작을 구사하며 비교해보는 것을 왕인은 구경했다. 그리고 각자 잠자리에 들었다. 그때 이미 이 행사가 마련되어 있었을 텐데 미리 얘길 해주었더라면 좀 좋은가. 왕인이 취운파를 향해 짐짓 낯을 찡그려 주자 그가 또 씩 웃는다.

"허면 출발해볼까?"

우현왕이 왕인의 쑥스러움을 누그러뜨려 주기 위해서 자신도 말을 잘 타지 못한다 했듯이 왕인의 말도 약간은 겸손에서 비롯된 것이었다. 궁사들처럼 잘 쏘지는 못해도 화살을 쏘듯이 기마병만큼은 못할지라도 보통 사람들만큼은 탈 수 있었다. 한성에서 이구림을 오르내릴 때 배를 타기보다 말을 타는 게 즐겁고 빠름을 오래전에 터득했다.

우현왕이 출발 명을 내리자 호각이 길게 울렸다. 호각소리와 함께 도열의 후미 쪽에서부터 흙먼지가 일기 시작했다. 오백 기의 기마대가 돌아서서 달리기 시작한 뒤 우현왕과 측위대가 달리기 시작했고 오백 기의 기마대가 뒤를 따랐다. 전군이 갑주를 입지 않은 가벼운 차림새인지라 몸놀림도 가벼웠다. 폭풍이 몰아치는 듯했다. 폭풍에 섞여 스스로 폭풍이 된 양 달리는 것은 환희였다. 이 새벽에 대륙을 거침없이 질주하고 있다니. 처음으로 사내가 된 듯한 희열이 솟구쳤다. 대방성에 도착하여 한 달여 동안 왕인이 여러 차례 놀랐던 것은 대륙의 드넓음이었다. 성읍들의 규모가 달랐으며 길들은 하나같이 대로였다. 들판은 댈 것도 없이 대륙백제의 들판이 광활하였다. 대륙백제의 일부분일 뿐인 대방이 이러하매 대륙은 얼마나 무한할 것인가. 왕인의 가슴이 벅찼다.

워낙 넓은 탓에 대방은 산이 오히려 드물어 보였고 이따금 보는 산도 그리 높지 않았다. 때문에 보이느니 오직 들판들뿐이었다. 말을 타고 달리는 동안에도 내내 들판이었다. 그 들판의 태반은 미개척지로 키 낮은 풀들만 자라는 풀밭이었다. 이따금 구릉이 나타났고 구릉언저리엔 성읍이나 크고 작은 마을들이 있었다. 새벽 인시에 질주를 시작한 우현왕의 기마대는

314

정오가 넘을 때까지 내리 달렸다. 점심을 먹고는 저녁참까지 또 달리다가 밤이 되어 진영을 차렸다. 태산 아래 읍성에 도착하여 대열이 멈췄을 때는 이튿날 미시가 넘어 있었다. 읍성에서는 우현왕이 올 것을 알고 있었는지 숱한 백성들이 연도에 나와 환호했다.

우현왕은 읍성 안으로 들지 않고 산 아래 임시 진영을 차리고 큰 나무 그늘에서 점심상을 받았다. 왕인의 점심상도 우현왕 맞은편에 차려졌다. 상 위에는 오색의 주먹밥과 사슴고기구이와 소금에 절인 채소와 물을 대신한 술 한 병이 놓여 있었다. 슬쩍 건너다본 우현왕의 상도 같았다. 수저를 들기에 앞서 술 한 잔을 먼저 마시면서 왕인의 상을 건너다본 우현왕이 농을 걸었다.

"태산 아래에서는 사람의 높낮이를 따지지 못함을 아는가?"

"태산 아래인들, 신분의 높낮이가 없겠나이까. 같은 밥상을 받는다 하여도 소신과 전하는 엄연히 주군과 신하로 갈리옵니다."

"태산 앞에서, 태산을 두고 농담 한마디 했기로 무에 그리 심각해?"

"전하, 혹시 이 산이 공자께서 의미하신 그 태산이옵니까?"

"그대가 태산을 알고 있었어?"

"공자께오서 등태산이소천하(登泰山而小天下)라 말씀하신 그 산이 태산 아니나이까?"

"맞아, 공자께서 그리 말씀하시었다 했지. 태산에 오르니 천하가 작기만 하다! 공자의 그러한 말씀은 세상의 넓고 깊음에 대한 영탄이셨겠으나 우리 백제에는 남다른 의미가 있지. 저 옛날 부여족의 시조이시자 부여국의 성조이신 동명성왕(東明聖王)의 사당을 모신 산이지 않은가."

"태산이 높다 하되 하늘 아래 뫼로다, 할 때 태산의 의미는 동명성왕의 높으심에 대한 추앙이 되는 것이나이까?"

"듣고 보니 그렇군?"

생각지 않고 내뱉은 말에 우현왕이 쉽게 동조하니 왕인은 찰나 간에 부끄러웠다. 백제 황족이 온조 대 때부터 부여씨라는 성씨를 쓰며 동명성왕의 후손임을 강조하며 그를 추앙하고 있다는 것을 《백제서기》를 통해 익혔다. 고구려의 시조 추모태제가 동명성왕의 후예라면 백제의 시조인 온조대제와 그의 형 비류군도 동명성왕의 후예였다. 때문에 비류군의 후예인 사루왕인도 부여 동명성왕의 후예가 되는 것인데 왕인은 칠백여 년 전의 동명성왕까지 거슬러 생각해보지 못했다.

"그대의 본향 월나에는 월나악이라 불리는 산이 있다지?"

"예, 전하."

"월나악, 어린 날에 나도 들어본 적이 있어. 외조부께서 일러주셨지. 월나악, 이구림, 상대포항. 월나는 본국 황실의 직할영지의 한 곳이라지?"

"예, 전하."

"신령한 바위가 있어 영산이라 한다고 들은 듯한데?"

"거개가 산으로 이루어진 본국의 산들 중에서 높이로만 보자면 평범한 산일 것이옵니다. 월나 사람들에게는 유다른 산일 것이고요."

"월나악은 어때? 이 태산보다 높고 험해?"

"험하다기보다 장엄하다 느끼는 것이오나 눈대중으로는 태산이 월나악보다 높음을 알겠나이다."

"내가 올라본 산으로는 태산이 제일인데, 본국의 월나악이 이보다 장엄하다니 월나악이 궁금해지는걸. 내 언젠가 환도하면 필히 그대의 월나악에 가볼 것이다."

"소신의 월나악이라 하시니 송구하나이다."

"그대 눈에 비친 월나악이 궁금한 것이니 그대의 월나악이 맞지 않아?"

"그리 말씀하오시니 맞는 것 같나이다. 헌데, 전하. 언젠가 환도하시기는 하시옵니까?"

"왜 그리 묻지?"

"전하께오서 본국을 궁금해 하기도 하시는가, 문득 생각나 여쭈어 본 것이옵니다."

부친께서 내후년쯤에 우현왕 부를 황상으로 세우겠다 하셨다. 부친께서 그리 말씀하시었으니 두 해 뒤쯤엔 즉위하게 될 그였다. 그를 상으로 세우려 하기는 하나 혹여 그가 즉위치 못하고 태손이 황제위에 오르고 태후가 섭정을 하게 되면 사씨 일족은 멸문지화를 당하고 이구림은 사멸할 것이다. 그럼에도 부친께서는 하겠다 하시었고 왕인 자신은 동조했다. 그 동조가 자발적인 것이었는지 마지못한 것이었는지 모호하나 자연스레 그리 결정되었고 왕인은 지금 자신이 그 일에 스스로 발을 들여놓고 있음을 느꼈다.

"본국엔 태자 전하가 계시매, 내가 본국 경영에 대해 궁금해 하는 것은 아니지만 본국이 나의 본향인데 궁금키는 하지 않겠어? 한성, 송산과 고천궁! 신궁도 그립지. 몇 번 되지 않으나 신궁에서, 신궁 큰마당 향로대에 올라가 놀기도 했어. 어느 날엔가 신궁주 효혜께서 나를 위해, 향로대에다 향이 아닌 불을 피워주신 적이 있어. 신궁께서 그 큰 향로 앞에 서서 나를 향해 말하는 거야. 왕자님, 눈을 크게 뜨시고 잘 보십시오. 불이 살아나 하늘로 올라갈 것이에요. 그 불이 왕자님을 위한 것이니 하늘에다 왕자님이 여기 계심을 고하는 것이기도 하답니다. 하고서는, 주문을 외다가 두 손을 획, 향로에다 뿌리는 거야. 그 순간 불길이 와락 솟아나 하늘로 치솟는 거지. 다 큰 뒤에는 그때의 효혜께서 향로 안에 묻힌 불씨에다 유황가루를 뿌렸음을 알았지만 어린 날 뭘 알았겠어? 효혜의 손끝에서 하늘의 뜻이 시행되는 줄로 여겼지. 무섭고도 신기했어."

신궁께서는 그때 이미 부여부가 황제가 될 수 있음을 예시하셨던 것이다. 그렇다면 부여부의 즉위가 하늘의 뜻에 부합되는 것이고 사루사기와 효혜의 논의에 그 어떤 명분이 생긴다는 뜻이 되는가. 왕인은 찰나 간에 자신이 명분을 찾으려 함을 의식하고는 웃었다.

"소신도 지난봄 신궁제가 열릴 때 그 광경을 보았나이다. 향로대 앞에서 만 사람을 홀릴 듯 춤을 추던 신녀가 향로대 앞으로 다가들어 두 손을 획 뿌리니 불길이 하늘로 치솟았지요. 저 불길이 하늘까지 닿을 것 같다, 소신도 잠깐 그리 여겼습니다."

그 불길을 만들던 설요를 그날 밤으로 만나게 될 줄, 그리하여 그를 내도록 품고 살 여인으로 삼게 될 줄 그 순간에는 전혀 몰랐다. 구덩이를 파 피운 옅은 불빛 속에서 아직 백호가 무서운 거냐, 놀리며 웃던 그.

"두루 사람을 홀리는 능력이 신궁 여인들에게 있는 게지. 헌데, 신궁 아래 사는 유리나는 그게 없는 모양이야. 사람, 사내를 홀리는 재능이."

"예?"

"거봐, 왕인은 아무것도 모르지 않아!"

"소신이 무얼 모른다 하시옵니까?"

"간밤에 유리나가 나를 찾아왔어. 찾아와 주변을 물려 달라더니 다짜고짜 하는 말이, 왕인을 여기, 즉 대방에다 붙들어놓아 달라는 거였어. 왕인이 본국으로 돌아가지 못하게, 돌아가더라도 아주 나중에 돌아갈 수 있도록 매어 놓으라, 그리 해달라 하더라고. 왕인이 대방에서 사는 동안에는 유리나 스스로도 대방에서 살겠다 했고. 어이가 없어서 왜 그리해야 하냐고 물었더니, 왕인이 저만 쳐다보며 살았으면 좋겠다 하더군. 사루왕인!"

"예, 전하."

"그대에게 유리나보다 어여쁜 여인이 있는가?"

"전하, 유리나 공주는 소신에겐 여인이 아니라 대백제국 공주이시옵고 사사로이는 소신과 친척이시옵니다. 감히 공주님을 어여쁘다, 어여쁘지 않다, 생각하였겠습니까."

"친인척들 사이의 혼인은 비일비재하지 않아? 나만 하여도 같은 성을 쓰는 육촌누이와 혼인했잖아. 이비도 따지고 보면 친척이고. 유리나가 그대의 친척이라서 맘을 주거나 주지 않거나 하는 건 핑계일 뿐이지. 내가 유리나의 오라비인 바 그대는 솔직히 말해보아. 황상께오서 허락하시면 유리나와 혼인할 것이야?"

대방태수 부여설은 선황 태수 폐하의 아드님이시자 황상 폐하의 이복 아우님이셨다. 그리고 우현왕의 왕비인 화용은 부여설의 따님이었다. 관미성에서 얻은 우현왕의 이비도 태수 황제의 손녀이므로 부여씨족이었다. 대륙백제에서 가장 세력이 큰 두 성에서 지어미를 얻은 우현왕 부의 혼인은 대륙을 효율적으로 다스리시기 위한 황상 폐하의 결정이셨을 터였다.

"아니오, 전하."

"아니라고? 대백제국의 부마 자리가 싫어?"

"예."

"뭐?"

"소신은 이미 맘을 준 사람이 있사옵니다."

"저런! 그런 사람이 있어?"

"예."

"그가 누군데?"

"이름 없는 집안의 외동딸인 데다, 부모도 일찌감치 돌아가시었는지라 어느 집의 여식이라 아뢸 수는 없나이다."

"허면 큰일 아니야? 유리나는 차치하고라도 그대의 어른들께서 허락을 하시겠어?"

"그러한지라 아직 말씀드리지 못하였나이다."

"말씀을 드리기는 할 것이고?"

"말씀드리지 않고, 그를 숨겨놓는다면 소신이 학인이고 장부라 할 수 있겠나이까."

"딴은 그렇군. 헌데, 혹시 폐하께서 유리나에 들볶이시어 그대에게 부마가 되라 명하시면 어찌하지?"

"설마 폐하께오서 그리하시겠나이까?"

"유리나가 부끄러운 줄도 모르고 내게 쳐들어와 왕인을 제짝으로 만들어달라 청하는 그 기세로 보아하면 폐하께 그리 청하고도 남을 것 같던데? 폐하께서는 유리나의 청을 들어주시고도 남을 분이고."

"소신이 이미 다른 여인을 맘에 들였다 전하께 아뢰었으니, 혹여 그러한 일이 벌어지지 않도록 전하께오서 말려주심이 유리나 공주한테 합당한 일이 아니오리까."

"아니, 난 싫어. 그리하지 않을 것이야."

"예?"

"그대도 한번 생각을 해봐. 유리나를 대체 누구와 혼인시키겠어? 고구려로 보내겠어, 진으로 보내겠어? 새로 일어난 후연으로 보내겠어? 결국여기 대륙 어느 성, 미래의 담로비나 본국 재상가의, 장차 재상의 지어미로 보내야 하잖아? 대백제국 공주에게 그 어떤 자리가 걸맞아? 하지만 어쨌든 여인의 몸이니 그리 살아야겠지. 그렇다면, 그럴 것이면 유리나가 맘을 준 왕인이 그중 낫지 않겠어? 때문에 나는 일체 간섭치 않고 되어가는대로 지켜볼 것이야."

"전하!"

"그대도 잘 생각해 보도록 해. 사루왕인 그대는 월나 제일가의 유일한후계이자 대장군 사루사기의 아들로서 하고 싶은 대로 할 수 있는 사람이이미 아님을 알지 않아? 이름 없는 집안의, 그래서 부모 앞에서 혼인하겠다 내세울 수 없는 여인과의 미래가 그대와 그대 집안에 득이 될지, 대백제국 유일의 공주와의 혼인이 그 모든 것을 위해 나을지, 생각해보란 말이야."

정분을 나누는 것과 사통과 혼약과 혼인이 어떻게 다른가. 인에게는 그모든 것이 하나인데 세상에서는 그것들을 낱낱이 구분하여 필요할 때마다 적용시키며 강요했다. 예상은 했다. 유리나가 끼어들 줄 예상치 못했을뿐이었다. 대방으로 오던 보름간의 뱃길에서 유리나를 본 것은 세 번이었다. 한성 황궁나루에서 승선할 당시와 위례진에서 하선할 때와 중간에 유리나의 배 멀미가 심하다는 전언에 잠깐 문병을 했을 때였다. 시녀들에 둘러싸인 유리나는 멀미에 기진하여 몸을 가누지 못했다. 그런 채로 문병을갔던 왕인을 향해 힘없이 웃으며 몇 마디 했다.

—본국과 대륙 사이가 멀기는 하는가 보아. 난 이 선실을 벗어나지 못하

고 죽을 것 같은데 인, 그대는 어찌 멀쩡해?

─이구림 사람은 멀미를 하지 않습니다.

─이구림 사람은 다 그렇다고?

─아마도 그럴 것입니다.

엉뚱한 호기심에 이끌려 배를 탔다가 온 이구림을 뒤집어 놓았던 여덟 살 항해 때 멀미를 했던가. 그에 대한 기억은 일체 없었다. 해리와 그의 부친 호무 선장과 갑판장과 끝내 바다에 내던져진 두 반역자와 이구림으로 돌아와 모친께 종아리에 피가 흐를 만치 맞았던 기억들로 꽉 채워져 있을 뿐이었다. 때문에 성장한 뒤로 배 멀미를 할 수도 있음에 대해 고려해 본 적도 없었다. 유리나의 질문이 뜬금없었던 것은 그 때문이었다. 그리고 유리나에게서 느꼈던 것도 그뿐이었다.

"그리고, 왕인."

"예, 전하."

"사내들끼리의 대화라는 가정에서 말할 것 같으면, 사내와 계집의 관계에서는 공식적인 것과 비공식적인 것이 있는 법이야. 햇빛 아래 드러낼 관계와 어둠 속에 두어야 할 관계가 있는 것이라고. 어둠 속 관계, 그것이 사내의 일방적인 유익을 위한 것인가, 하면 그렇지도 않아. 여인에게도 유익한 경우일 수도 있는 거지. 더구나 햇빛 아래 드러낼 수 없는 여인이라면 말이지."

"하오면 전하, 그러할 시 햇빛 아래 드러낸 여인의 삶은 어찌 되옵니까?"

"지아비가 따로이 어둠 속에다 여인을 숨겨둔 경우?"

"예."

"그야, 지아비 되는 위인의 삶의 태도의 문제일 터이지."

"예?"

"맘속에, 어둠 속에 한 여인을 숨겨놓았으매, 어찌할 수 없이 햇빛 아래서 지어미를 맞이했다면, 그 여인을 위해서도 맘을 쓸 것인가, 쓰지 않을 것인가의 문제라는 것이지."

"소신은 전하의 말씀이 어렵사옵니다."

"햇빛 아래 있는 지어미의 마음에 생채기를 입히지 않기 위해 어둠 속에 있는 여인을 숨긴다는 것이지. 그런 여인은 일체 없는 체하면서 살아야 한다는 거야."

"그건 어둠 속에 있는 여인을 영원히 어둠 속에다 가두어 두는 것이 아니옵니까? 햇빛 속에 있는 여인을 기만하는 것이구요."

"그러니 그러한 여러 정황을 따지면서 선택을 해야 하는 것이겠지? 그렇지 못할 경우 공식적으로 두 여인을 거느려야 하는 것이고."

"그리 복잡해지느니 한쪽만 선택하여 사는 것이 낫지 않겠사옵니까?"

"그대와 나는 시방, 그리할 수 없을 경우, 한 여인만을 지어미로 취하여 살 수 없는 경우에 대해 이야기하고 있지 않은가?"

"물론 그러하오나, 그 경우가 유리나 공주님을 염두에 두고 나눈 대화인지라 소신은 민망합니다. 전하께서는 유리나 공주가 누이임을 염두에 두시고 소신과의 이러한 대화가 무용한 것이 되지 않도록 하셔야 하지 않겠나이까?"

"아니, 나는 아까도 말했지만 모르는 체할 거야. 오늘 그대와 나의 이 담화도 없었던 것으로 할 것이고. 다 먹었나? 다 먹지 못했으면 어서 먹도록 해. 이제 곧 사냥이 시작될 것이니. 그리고, 등태산이소천하는 상상만 해야 할 것이야."

"산에 오르지는 않나이까?"

"말을 타고 오를 수 있는 산세가 아니거니와 태산은 하늘과 땅을 잇는 제왕의 산인지라 우리 백제가 신성시하는 곳이야. 동명성왕의 사당에 오르실 때는 황상께서도 몸소 걸으시지. 게다가 이번 출정의 목적은 등산이 아니라 멧돼지 사냥을 겸한 훈련이야. 태산에 멧돼지가 너무 많아 인근 백성들의 농토에 막대한 피해를 준다 하기로 아예 한판 전투를 치러볼 셈이 거든. 허면 시작해볼까?"

우현왕의 명이 떨어지자 호각소리가 울렸다. 사방의 그늘에 흩어져 있던 말과 군사들이 날랜 몸짓으로 대열을 이루었다. 대열이 갖추어지고 사위가 고요해지자 우현왕이 말했다.

"제군들이 다들 알고 있는 바와 같이 오늘 우리의 적군은, 고구려도 진도 연도 아니다. 태산을 어지럽히고 백성들의 농사를 망쳐놓는 멧돼지들이 오늘 우리의 적이다. 가장 많은 수의 돼지를 잡는 조의 대원들에게는 일 품씩 진급하는 상을 내릴 것이라 이미 말했느니, 이제부터 요령껏 작전을 구사하고 맘껏 사냥하며 즐기되 다치지 않도록 하라. 부상자가 발생하는 조는 일백 마리의 멧돼지를 잡는다 하여도 전력(戰力)을 훼손한 책임을 먼저 묻겠다. 유시 말까지 되돌아와야 함을 유념하고 시작하라."

긴 호각소리와 함께 군사들이 창기를 들어 올리며 와와 함성을 질렀다. 함성과 함께 우현왕의 측위대를 제외한 군사들이 산으로 스며들기 시작했다. 전력질주 해왔던 것과 달리 말을 탄 채로도 거의 소음이 일지 않았다. 잠깐 사이에 다 사라졌다.

"우리도 시작해 봐야지?"

우현왕의 선언에 측위대들이 진을 치듯 사방에 둘러섰다. 측위대 가운데에 우현왕과 왕인과 취운파와 서비구가 있었다. 어제 꼭두새벽부터 지금까지 왕인은 일천 군사들의 그 일사불란함에 여러 차례 감탄했다. 일천 기마대가 이러할 제 일만도 이러한 것이었다. 대륙백제의 정예군의 숫자는 칠만 여라 했으니 칠만여 명의 움직임도 이러할지 몰랐다. 왕인은 칠만여 명의 군사가 칠만여 명의 적군과 치르는 전쟁을 상상하기 어려웠다. 자신이 상상하지 못하는 무한한 세상이 자신의 주변에 있음을 짐작할 수 있을 뿐이었다. 그리고 그 세상 속으로 자신도 진입하는 중이라는 것을 알 뿐이었다.

대방벌의 안개비

어찌할까?

대방벌은 운무에 싸여 흡사 깊은 꿈에 잠긴 듯했다. 그 꿈은 안개 빛이었다. 넓은 들판을 바라보며 내뱉는 휘수황제의 말은 혼잣소리 같기도 하고 사루사기를 향한 질문 같기도 했다. 본국의 사자 일행이 되돌아간 지도 어느새 한 달이 넘었다. 팔월 스무하루였다. 한가위를 지난 터라 살갗에 닿는 강바람이 습하고 싸늘했다. 비가 내릴 듯한 날씨였다. 상께서 모처럼 들판으로 나들이나 하자 하였을 때 루사기는 그가 생각을 정리하려는 것임을 느꼈다. 본국 사자로부터 환도 요청을 들은 게 석 달 전이었다. 그동안 그에 대해 상은 일체 말이 없었다.

"사기, 내 어찌할까?"

서른 해 동안 휘수황제를 모시었다. 황제는 서른 해 동안 사루사기의 동무였다. 지금 그의 어투는 동무로서 묻는 것이었다.

"어찌하시고 싶나이까?"

"어찌할지 모르니 그대에게 묻는 것 아닌가."

"폐하께서 소신에게 하문하실 제 이미 어떤 결정을 내리신 것으로 아옵니다."

"대개 그러했지. 헌데 이번은 아니야."

"환도가 쉽지는 않으오나 처음 하시는 일도 아니지 않습니까. 잠시 다녀오심도 좋겠지요."

"잠시와 장시를 따질 것인지 모르겠고, 어쩐 일인지 이번에 환도하면 돌아오기 어려울 듯해."

"폐하의 연치 아직 창창하시고 용체도 건장하십니다. 그런 말씀 폐하께 어울리시지 않나이다."

사실이 그러했다. 사나흘 내리 말 타기를 즐길 수 있는 황상의 용체에 죽음이 깃들 징후 같은 건 일체 보이지 않았다. 때문에 루사기는 효혜의 예시가 어긋난 게 아닐까, 하는 의혹을 가져보는 즈음이었다. 효혜의 예시에 의혹이 생길 때면 오히려 마음이 편했다. 사람의 수명이란 하늘이 정해놓은 것이라고는 하나 상이 내년에 돌아간다 함은 아무래도 부자연스러웠다. 그가 천수를 다 누리지 못하는 것만 같았다. 루사기는 차라리 효혜의 예시가 어긋난 것이어서 황제가 오래, 오래 살았으면 했다. 최소한 사루사기 자신보다는 상이 오래 살았으면 싶은 것이다.

"그럼에도 쉬이 결정하기는 쉽지 않아. 그 쉽지 않음이 결국 나이를 증명하는 것 아니겠는가?"

"신중함에 연치가 따로 있사오리까. 그저 환도가 내키시지 않으신 듯하옵니다. 내키지 않으시면 마시옵소서, 폐하. 본국에 이변이 잦다 하나 이변이란 생각키 나름 아니겠습니까? 그리 보자 하면 이변 없는 시절이 언제 있었을 것이며, 이변을 겪지 않는 나라가 어디 있겠습니까. 지금껏 그랬듯이 황후 전하와 태자 전하께서 한 시절 잘 넘기실 것이고, 어떤 상황이었든 이미 극복하시었을 것입니다."

"그대 이야기를 듣고 있자니 맘이 편해지는군. 가벼워. 가도 되고 안가도 될 듯해."

"황송하옵니다, 폐하."

"그대도 나의 심사와 비슷하지?"

루사기는 대답 대신 미소를 지었다. 루사기야말로 본국으로 가고 싶은 마음과 여기서 살다 생애를 마치고 싶은 마음이 반반이었다. 이따금 본국을 다녀왔다지만 서른 해를 거의 대륙에서 살아왔지 않은가. 황제는 이제 먼저 전쟁을 일으키기 쉽지 않은 나이가 된 참이고, 진이나 후연이나 고구려가 전쟁을 걸어올 시 맞서 나갈 사람은 우현왕이었다. 황상의 일생을 통틀어 가장 평화로운 시기였다. 그의 평화스런 세월은 루사기에게도 평화였다. 익숙한 이곳에서 생애를 마칠 때까지 평화를 누릴 수 있을지도 몰랐다. 본국으로 돌아가면 뭔가 다시 시작해야 하지 않은가.

"본국의 병사가 어느 정도나 되지?"

"한성수비군 일만에 중앙군 일만, 지방 병력을 다 합치면 육만 정도 되지 않겠나이까?"

"허면 사루사기! 우리 환도하여 진단에서 말갈이나 밀어낼까?"

본국에 돌아가 전쟁을 벌이겠다는 황상의 말에 사기의 눈이 커지는가 싶다가 미소를 짓는다. 가고 싶지 않은데 가야 할 것 같고, 가자니 명분이 필요하기로는 그도 다르지 않은 것이다.

"그도 좋겠지요."

"허면 언제 가지?"

"겨울이 시작되기 전에 출발하는 게 좋을 터이나 차비에 시일이 빠듯할 터입니다. 여유 있게 준비하여 이른 봄에 거둥하심이 어떠하시온지요."

"작정했으면 곧장 시행해야지 뭘 내년까지 미뤄. 본국의 영고제(迎鼓祭)에 맞춰 도착하자고."

백제의 영고제는 옛 부여국의 제천의식 일자에 맞춰져 있었다. 때문에 대방에서의 영고제는 농사가 시작되고 수렵이 시작되는 정월 보름 즈음에 열리지만 날씨가 대방보다 따뜻한 진단백제에서는 농사가 마무리된 시월 보름에 치렀다.

"오늘이 팔월 스무하루이옵니다. 시월 보름에 맞추자면 늦어도 이십일 안에는 출발해야 하는데, 폐하, 시일이 너무 촉박하옵니다. 어느 정도의 병력이 움직일지 결정하고 선단을 꾸리고, 폐하께서 환도하심은 소신이 본국에 다녀오는 것과 다르옵니다. 내년으로 하오소서."

"돌아올 것을 감안해 될수록 간략히 하면 되지 않겠나? 그리하도록 하자고."

루사기는 은연중에 황상이 다시 돌아오지 못할 것을 염두에 두고 천천히 움직이자 한 것이었다. 그리고 상도 그러한 심정임을 깨달았다. 황상은 다시 돌아오지 못할 듯한 직감을 부정하느라 돌아올 것을 감안하고 있는 것이었다. 어쨌든 상께서 작정을 하셨으니 루사기는 말에 앉은 채 고개 숙여 명을 받들었다. 한 생애가 접히는 것을 받아들이는 심정이었다. 상의 생애가 접힘은 자신의 생애 또한 접히는 것이었다. 몸을 강물에 잠근 듯했다.

모래 위에서 느릿느릿 움직이던 황상의 말이 조금씩 빨라졌다. 루사기의 말도 덩달아 빨라졌다. 멀찌감치 둘러서 있던 일백 명 측위대의 말들도 부연 모래 먼지를 일으키며 달렸다. 대방진에서 한성까지는 선노 백여 명이 노를 젓는 어진함이 바람을 잘 타도 십여 일은 소요될 것이다. 바람이 용이하지 못하면 보름이 넘을 수도 있고, 예상치 못한 풍랑이라도 만나게 되면 표류할 수 있거니와 운이 아예 나쁘면 침몰할 수도 있었다. 한성은 사실 그렇게 멀리 있었다. 숨 가쁘게 말을 몰고 있는 황상도 그걸 새삼스레 느끼고 있는 것이다. 되돌아오기가 쉽지 않을 것임을. 그럼에도 가지 않을 수 없는 스스로에게 채찍을 휘두르고 박차를 가하고 있는 것이었다.

하안으로만 두 시간을 내달려 대방진 산동행궁 아래에 이르렀다. 어제 저녁에 도착하여 묵었던 아담한 규모의 산동행궁은 하안의 절벽 위에 있었다. 길을 돌아가면 행궁 나루가 있는 산동읍촌을 지나야 하는데, 백성들을 놀라게 할 터였다. 상은 백성들을 번거롭게 만들고 싶지 않아 하안 절벽을 넝쿨처럼 휘감고 오르는 계단 길을 택했다. 좁고 구불구불한 계단이 천 개가 넘었다. 계단 주변 가파른 돌 틈 사이에서 자라는 산수유가 갓 익기 시작한 열매를 조랑조랑 매달고 있었다. 한 달쯤 지나면 일대가 온통 붉어질 것이었다. 산수유 때문에 이른 봄에는 샛노랗게, 늦가을에는 새빨갛게 변하는 절벽 위 숲에 산동행궁이 있었다. 선황께서 위례성에 머물러 계실 때는 이따금 산동행궁에 행차하셨다. 그 행차 때 어린 휘수 왕자를 대동하기를 즐기셨다. 사십여 년 전쯤이었다. 황상에겐 산동행궁이 부황과의 추억이 얽힌 정겨운 곳이었다.

말에서 내려 계단을 걸어 오르는데 결국 빗방울이 듣기 시작하였다. 황상을 앞서 가파른 계단을 오르던 미르가 등에 지고 있던 우장을 펼쳐 씌우려 하자 상이 손을 내저었다.

"이깟 비, 되었어. 몸이 굼뜨기나 하지."

"폐하, 빗방울이 찹니다. 우장을 쓰십시오."

루사기의 강한 어조에 상이 설핏 쳐다보고는 하는 수 없다는 듯 우장을 썼다. 근래 들어 비바람은 물론이거니와 강에서 뻗어온 안개와 인근 산에서 피어나는 아침 는개까지도 경계하는 루사기의 말법을 새삼 느낀 것이다. 행궁 안으로 들어섰을 때 가파른 계단을 따라 오른 측위대들은 흠뻑 젖어 있었다. 나머지 측위대들은 말을 몰아 길을 돌아서 행궁에 도착할 것이었다.

행궁에는 뜻밖에도 유리나 공주가 와 있었다.

"폐하, 이제 오시어요?"

"아비가 예 있는 줄 네가 어찌 알고?"

"소녀가 대전 내관에게 물어 알았지요. 그를 볶아 앞세워 뒤따라 왔구요."

위례황성에 입성한 지 석 달여 만에 유리나는 대방 사람이 다 되어 있었다. 본국 사자를 따라가지도 않았다. 황상이 혹시 환도하시면 그때 가겠다는 것이었고 환도치 않으시면 저도 눌러 살겠노라 하였다. 그리고는 가만가만 위례성에서의 제 자리를 만들어나가고 있었다. 위례성의 선부황비는 끝내 자식을 낳지 못했다. 스스로는 자식을 낳지 못했어도 성품이 어진 그는 부여부를 친자식처럼 돌보았고 부의 아이들을 친손자들처럼 거두고 있었다. 유리나도 귀애했다. 유리나가 위례황성을 제 집처럼 여길 수 있게 된 것도 선부황비 덕이었다. 어쨌든 공주 유리나가 와 부황을 맞은 덕에 산동행궁에 훈기가 넘쳐났다. 강이 내려다보이는 방 안에 따뜻한 음식이 차려졌다. 상 앞에 공주와 나란히 앉아 끊임없이 대화를 나누던 황상이 놀란 듯 목소리를 높였다.

"뭐라?"

"대방에서도 본국에서처럼 문사부 시과를 치러주십사, 거기서 장원한 이와 혼인을 하겠다 아뢰고 있나이다, 아바님."

"그건 불가한 일이다."

"왜요?"

"문사시를 치러 장원을 뽑는들, 그가 어찌 부마감이 될 수 있다 자신하겠느냐?"

"인물이 장원감이라면 아바님, 나머지 조건은 장원감으로, 부마감으로 키우면 되지 않겠나이까?"

"그 인물이 어느 성주의 아들이거나 어떤 재상의 아들이 아니어도 그 스스로 인물됨이 있으면 너는 그를 지아비로 섬길 수 있다는 말이냐?"

"그가 저를 지어미이자 백제국 공주로 섬기겠지요. 결국 서로 섬기는 것일 테고요."

"그건 그렇지 않다, 유리나. 너는 여인임에, 지아비가 너를 섬겨주기를 바라서는 아니 된다."

"폐하 말씀을 소녀는 납득키 어렵사옵니다. 소녀가 여인이오나 아바님의 여식으로, 대백제국의 공주로 태어나 자랐사온데, 폐하와 몇 분 전하들을 제외한 세상 모든 이가 소녀를 섬김이 당연하지 않나이까? 그렇지 않을 양이면 소녀가 대백제국 공주이며, 폐하의 딸인 것이 무슨 소용이 있사와요? 그럴 시 폐하의 위신은 어찌 되시고요?"

어이가 없는지 황상이 허허, 웃었다. 공주의 말이 틀리지는 않으므로 할 말이 없는 것이다. 부황의 자존심을 걸고 드는 유리나는 본국으로 떠나기 전의 왕인에게서 마음을 다쳤을지도 몰랐다.

　―소신의 누이 여누하와 유리나 공주님을 똑같이 누이로 여기며 자랐 사온데 어찌 누이와 혼인을 하겠나이까. 불가한 일인 줄 아옵니다, 폐하.

　공주와 혼인하려느냐고 하문하신 황제 앞에서 왕인은 그렇게 말함으로 써 불복을 선언했다. 상께서 명을 내리셨으면 끝날 일이었으되 왕인에게 의향을 물은 것은 어쩌면 왕인에게서 그런 대답을 바랐기 때문이었을 것 이다. 그때 왕인의 말을 들은 상은 일견 편안해 하였다. 상께서는 조선성 주의 손자인 자하무를 유리나의 짝으로 염두에 두신 듯도 했다. 조선성은 선황의 대륙황비가 나신 성이었다. 선황비께서 귀향하여 계시는 성이기 도 했다. 어쨌든 산동행궁에서 벌어진 부녀간의 이견의 근저에는 왕인이 있었다. 아들이 신이궁 설요와 사통을 운운하느니 공주 유리나와 혼인하 는 게 차라리 낫겠다 여긴 루사기의 속내를 보란 듯 배반하며 왕인이 저지 른 짓의 결과이기도 했다.

　"허면, 왜 무사시나 기술사시가 아니라 문사시를 치뤄 거기서 장원한 젊은이라야 하느냐? 혹여 특별한 까닭이 있는 게냐?"

　"특별한 까닭이 없다고는 할 수 없겠지요. 그 까닭을 폐하께서 모르시 지 않을 터이니 새삼 소녀가 아뢸 까닭이 없겠구요. 그런데 그보다는 아바 님. 소녀의 얄팍한 생각으로는 무사시나 기술사시는 당대의 필요를 충당 하는 인재를 발굴함이고, 문사시는 제국의 미래, 장차의 인재를 발굴함이 목적이 아닐까 하옵니다. 당장의 쓸모를 위해 인재를 발굴코자 한다면 경 륜이 긴 나이 든 학자들보다 학식이 얕을 수밖에 없는 젊은 인재가 무슨 소용이 있겠나이까? 당장 써먹을 나이와 경륜이 출중한 사람들을 뽑아 써

먹으면 되겠지요. 때문에 고래로부터 가능성을 보고 문사시 인재를 뽑음은 언제나 우리 제국백제의 미래를 위한 인재 양성 아니겠나이까? 대백제국 공주인 소녀는 그러한 인재 중의 한 명과 혼인을 하여 제국백제의 미래에 일조를 하겠다는 것이고요.”

“미래의 인재 발굴이라는 건 문사시뿐만이 아니라 시과 전 과목에 해당하는 것이다만, 여하튼 네가 혼인하여 맞이한 부마가 본국에서든 여기 대방에서든 백제를 위하여 일하게 될 것이고 그만큼의 권력도 지니게 될 것이다. 문제는 시과를 통해 짝을 찾아달라는 너의 발상이다. 문사시든 무사시든 기술사시든, 고래로 공주의 짝을 시과를 통해 찾았다는 선례를 이 아비는 일찍이 들어본 바 없다.”

“하오면 소녀의 발상이 황실여인의 법도에 어긋나나이까? 언제, 어떻게 정해진 법도에요?”

활달한 공주의 논지에 흠잡을 것은 거의 없었다. 그럼에도 상은 공주의 논지에 네 말이 전적으로 옳다 동의하기는 어려웠다. 여인이 권력을 행사할 수도 있었다. 다만 지아비를 통해서, 지아비를 빙자하기라도 해야 성립되는 권력이었다. 지금까지 통용되는 여인들의 권력이 거개 그러했다. 때문에 지금 열일곱 살 공주가 하고 있는 말은 사실상 일반적인 순서들을 모조리 역행하고 있었다. 아무리 공주라 하여도 그가 여인이매, 지아비의 신분이 우선이라는 것을 정면으로 부정하고 나선 것이었다. 공주이면 공주가 우선인 것이지 거기 여인됨, 계집됨이 왜 끼어들어야 되느냐고 따지고 있지 않은가. 그런 법도를 정식으로 논의한 바 없으므로 어떤 율법에도 명문화되어 있지는 않았다. 황제가 어찌 살아야 된다는 율법이 없는데, 황후며 공주가 어찌 살아야 된다는 율법이 있을 까닭이 없지 않은가. 그러함에도 유리나의 말은 그 어떤 근간을 뒤흔드는 듯이 어쩐지 아슬아슬하였다.

"허면 유리나야, 너는 혹여 시과에서 장원한 인재가 평민의 아들이라 하여도 괜찮다는 것이냐?"

"평민이 대방백제 수십여 성(城)의 인재들을 물리치고 뽑힐 만한 재능을 지녔다 하면, 그 어떤 인재와 겨루겠나이까? 그 홀로 이미 출중한 것을 요?"

"그러한 출중한 인재가 나타났으매 그가 서른 살, 아니 스무 살이라 치자. 헌데 스무 살의 그는 이미 혼인을 하여 지어미와 자식을 두었기 십상임을 생각해 보았느냐?"

다박다박 대답하던 유리나가 입을 다물었다. 여태 그 생각은 하지 못하였던 것이다. 휘수황제는 애매한 듯 웃으며 유리나에게 못을 박았다.

"유리나. 네가 욕심낼 만한 상대는 이미 스스로 빛나는 존재일 터, 그리 빛나는 존재는 다른 사람들도 욕심낼 만한 상대임을 알아야 한다. 그리고 네가 욕심낼 만한 그 상대는 이미 다른 상대에게 마음을 주고 있을 수도 있음을 감안하여야 해."

"하오면 폐하, 소녀가 그러한 상대를 가질 수는 없나이까?"

"글쎄다, 네가 그저 한 여인이 아니므로 대백제국의 공주임을 내세우고, 이 아비의 후광을 빌어서라도 그 상대를 가지려 한다면, 글쎄, 우선 그의 외형을 네 것으로 할 수는 있을 터이지. 연후 마음을 네 것으로 만들면 될 것이고."

"그러한 사람의 마음을 처음부터 가질 수는 없나이까?"

"때로 마음부터 주고받으며 인연이 시작되는 경우가 있겠지. 그리 시작했음에 운 좋게 양쪽의 조건들 또한 부합하여 혼인을 하는 경우가 있지,

왜 없겠느냐. 하나 보통은 양쪽의 입지를 고려하여 맺는 게 혼인이다. 때문에 거개의 혼인은 부모들의 주선에 의해 이뤄지는 것이고, 혼인으로 만난 청춘들은 그때부터 서로를 향한 마음들을 만들어가는 것이다."

"그 말씀은 일반적인 것이옵고 소녀의 경우에는 그 두 가지가 다 어렵게 되지 않았나이까?"

"그런 셈이지. 때문에 그 문제와 관련하여 이 아비가 너에게 해줄 수 있는 건 이미 정해져 있다. 아무리 임금이라 하여도 이미 한 혼인을 작파하고 너와 혼인하라 명할 수는 없는 법이다. 그러함에도 유리나 네가 어떤 상대를 진정으로 원한다면 이 아비가 임금인 고로 네가 원하는 그가 어떤 사람이든, 그가 혼인을 했건, 평민의 자식이건 관계없이 그를 네 지아비로 만들어 줄 수는 있다. 공주 유리나와 혼인하라, 명만 내리면 되는 까닭이다. 이 아비가 그리해주길 바라느냐?"

"자발적인 의지가 없는 그를요?"

"시작은 그리되기 쉬울 터이지."

"하오면 아바님, 소녀는 그와 같은 이들이 자발적인 의지로 사랑을 할 만한 계집이 못 되나이까?"

"이봐라, 유리나."

"예, 폐하."

"이 아비에겐 네가 세상에서 가장 아리땁고 귀여운 딸이다. 하나 지금 문제는 너의 짝이 될 사내에 관한 것이다. 그들에겐 너의 계집스런 품성이나 사람됨의 문제가 아니라 결국 너의 공주됨이 문제라서 사내들이 거기서 안절부절못할 수도 있다는 것이다. 그렇다면 결국 네가, 네가 원하는 상대를 갖기 위하여선, 너의 공주됨을 숨겨야 한다는 뜻이고."

"소녀의 공주됨을 억누르지 않으면 소녀의 짝이 될 수 있는 사내가 대륙과 진단을 아울러도 없다는 말씀이시옵니까?"

"그러한가?"

"아바님께오선 겨우 그런 인사들만이 자라는 나라를 만들기 위하여 그리 오래, 대륙을 개척하시었사와요?"

"무어라?"

"그렇지 않나이까? 공주를 공주로 섬기면서도 그에 합당할 스스로의 권위를 만들어내는 사내라야 진정 잘난 사내가 아니겠느냐는 것이옵니다. 소녀가 세상에 날 적부터 아바님의 딸이며 공주인데, 공주를 공주가 아니라 범속의 계집으로 만들어 제 발아래 놓아야만 거느리고 살 수 있는 사내들이 폐하의 백성들이라면, 그들을 과연 잘난 사내라 할 수 있겠으며 그러한 사내들만 득실거리는 아바님의 백제가 잘난 나라라 하오리까? 그러한 백성에게 소녀를 보내시고자 한다면, 아바님, 소녀가 장차 어떤 처지로 살아야 한다는 말씀이시어요?"

"허어! 고구려군 오만이 당장 이 대방벌에 나타났다 하여도 이보다 어렵지는 아니하겠구나. 그래서 어찌해 달라는 것이냐."

"소녀가 청하면 들어주실 터이십니까?"

"아니 들어주면 이 아비를 볶아먹을 태세 아니냐. 말해라. 뭐든지 들어주마. 태산을 한성으로 옮겨다 주랴?"

"태산은 제게 필요 없사와요. 환도하실 것이온지요."

"그리할 참이다."

"하오시면, 본국에 가시었다가 대방으로 환도하실 때 왕인을 소녀의 짝으로 데려와 주시어요. 그에게 부마가 되라 명하여 주시구요."

"결국 그 말을 하자고 이리 수선을 피웠던 게로구나. 헌데 그가 싫다 하였지 않았느냐? 그가 싫다 말하던 자리에 그의 부친이신 사루사기 장군도 계시었고, 그의 외숙인 백미르 대장도 있었다. 그렇지 않습니까, 장군? 아니 미르 대장, 그대가 말해보아."

방 입구에 선 채로 황제 부녀의 말을 듣는 듯 못 듣는 듯 무심히 서 있던 미르가 씩 웃었다.

"말해보래도. 왕인이 분명히 싫다 하였지 않았어?"

"폐하, 소신은 그때나 지금이나 폐하께서 허락하신 말씀들만 듣는 자인지라, 아무것도 듣지 못하고 있나이다."

"저런 무심한 인사 같으니라고."

황상은 백미르의 무심함을 탓해 보지만 이미 유리나에게 발목이 잡히었음을 탄식하는 것이었다.

"유리나, 아비의 환도 때 함께 가지 않을 것이더냐?"

"소녀는 당분간 예 있고 싶사와요, 폐하."

"네 모후께서 기다리고 계실 터인데?"

"폐하께서 어마님 곁으로 가시지 않나이까? 아바님께오서 가시는데 소녀가 무슨 걱정이겠나이까?"

제 속내를 훤히 드러내며 제 원하는 바를 성취한 유리나는 희희낙락이고 한차례 들볶이며 딸자식의 청을 들어주기로 한 상 또한 흐뭇한 얼굴이었다. 창밖에 내리는 가을비를 쳐다보는 루사기의 심사는 안개에 잠긴 들판만큼이나 막막하다. 왕인이 부마가 될지 아니 될지는 물론 황상의 의중에 달려 있었다. 헌데 황상께서 왕인을 이 대방으로 데리고 와서 부마로 삼을 때까지 살아 계실지가 의문이었다. 효혜의 예시가 어긋나기를 바라지만, 그가 신궁인 까닭은 그 예시의 적확함에 있었다. 때문에 황후조차 신궁을 건드리지 못하는 것이었다. 루사기도 효혜의 예시가 어긋나는 것을 본 적이 없을뿐더러, 어긋날 수 있으리라고 가정해 본 적도 없었다.

태풍

　대방에 다녀온 뒤 왕인은 책 쓸 궁리를 했다. 가제를 '대방백제풍물기'
로 정했다. 오가는 시일 합쳐야 기껏 석 달을 돌아봤을 뿐이라 대방백제의
풍물에 대해 쓰는 게 주제넘지 않은가 싶기는 했다. 조심스럽게 선배 학사
들에게 물었더니 웃었다.
　─그 글이 박사님들에게 인정받아 책이 되는 것은 나중 문제인 것이고,
쓰는 것이야 그대 맘 아니겠소?
　얕잡아보거나 힐난하는 게 아니었다. 태학의 학사라면 당연한 것 아니
겠느냐는 투였다. 자신들의 공부와 저작에 바쁜 선배와 동료들은 다른 학
사가 무엇을 쓰는지에 대해 관심 두지 않는 듯했다. 관심을 가지는 건 책
이 되고 난 뒤인 것이다. 왕인은 그러한 태학의 분위기가 편해지는 동시에
글쓰기는 오히려 더 조심스러웠다. 하여 서장고 안에 혹시 대방백제의 풍
물에 대해 쓰인 책이 있는지 눈여겨보고 다녔다. 대방백제의 역사서는 여

러 권 있었다. 《백제서기》처럼 집약된 것이 아니라 선대 황제들의 전쟁사를 중심으로 쓴 책들이었다. 대륙의 각 나라에서 들어온 역사서들 중에 백제와의 전쟁을 다룬 대목들도 많았다. 언젠가 그 책자들을 《백제서기》처럼 한 권으로 정리하는 것도 재미있을 터이나 아직 거기까지 생각할 분수는 아니었다.

《백제서기》원본 책자를 집어내 슬쩍 들여다보다 다시 제자리 꽂던 왕인이 도깨비를 만난 듯 소스라쳤다. 서가 반대편에 있는 한 어린 여인과 눈이 마주쳤던 것이다. 십삼사 세나 되었을까, 여인이라기보다 소녀였다. 건너편의 그도 놀란 듯하였다. 자라목처럼 움츠러들더니 보이지 않았다. 왕인은 도깨비에 홀렸나 하고 서가 끝을 돌아 여인이 있던 반대편으로 가보았다. 보이지 않았다. 환영을 볼 까닭이 없는데 환영이 아니라면 어린 여인이 어찌 서장고에 있을 수 있을까. 왕인은 고개를 갸웃하며 주변을 두리번거렸다.

"사 학사."

서장고지기로 오십여 년째 살고 있다는 쇠지레 할아범이었다. 회색빛 얼굴에 골 깊은 주름살에 희끄무레한 입술을 가진 그였다. 책에서 영혼이 나와 형상이 빚어진다면 쇠지레와 같을 것이었다. 때문에 그의 입에서 나온 말들은 어쩐지 늘 서늘한 먼지가 날리는 소리 같았다.

"퇴청할 시각이 지났소이다."

왕인은 쪽창들을 쳐다보았다. 조광(照光) 때문에 서장고의 벽면 윗부분들은 온통 쪽창이 나 있었다. 아침이면 쪽창들의 덧문을 열고 오후엔 덧문들을 닫는 서장고는 해 지기 전에 문을 잠갔다. 어두워지면 불을 켜야 하므로 화재의 위험을 방지하기 위해 아예 해 지기 전에 닫는 것이다. 박사

341

들은 물론 태학감이라도 쇠지레가 서장고에서 나가라 하면 나가야 한다고 했다.

"시각이 어느새 그리된 줄 몰랐나이다. 하온데 스승님, 방금 소생이 예서 한 어린 여인을 보았나이다. 환영이었으리까?"

"아사나 공주께서 예 와 계시다 방금 나가시더니, 공주님과 마주치신 모양이구려."

"아사나 공주라니요? 공주께서 여길 왜요?"

"그야 공주 맘이실 터이지. 황실 사람들이 그렇지 않소? 그건 그렇고, 정문 앞에 사 학사의 손님이 와 있는 모양이외다. 정문 건너 나무 그늘에 있다 하니 나가보시오."

퇴청 시각이면 정문 앞에 와 있기 마련인 서비구를 손님이라 칭할 리는 없었다.

"제 손님이 어찌 스승님께 연통을 넣었을까요?"

"사 학사가 나를 스승이라 부르는 까닭과 같으리다. 어서 나가보시오."

왕인이 태학 속종 쇠지레를 스승이라 부르는 것은 그와 작은할아버지 사고흥 박사와의 인연 때문이었다. 그와 고흥 박사는 신분이 달랐어도 오십여 년 동안 동무처럼 지냈다 했다.

―서장고에 가면 쇠지레라는 깨깨 마른 노인이 있으니, 이 할아비와 동무이다. 그를 할아비와 같이 여기고 그에게 도움을 청하면 너의 공부에 도움이 되리라.

태학에 입학하게 되었다 아뢰었을 때 고흥 박사가 그리 말씀하시었으므로 쇠지레는 왕인에게 또 한 분의 스승이 되었다. 쇠지레는 서장고 내 수십만 책권의 제목을 머릿속에 다 넣고 있었다. 한 권 한 권이 어느 곳에 꽂혀 있는지 그 책이 원본인지 필사본인지 필사본이 몇 권이며 누가 빌려 갔는지 등을 다 꿰었다. 서장고 안에서의 그는 왕인에게 어린 날 곁에 있던 석기 할아범 같은 이였다.

"스승님, 영고제 덕분에 태학이 얼마간 닫힐 거라 하기에 소생이 내일 아침 일찍 월나를 향해 갈까 하나이다. 혹여 고흥 박사께 전할 말씀이라도 계시면 전해 올리겠습니다."

"덤으로 살고 있는 늙은이들끼리 새삼 나눌 말이 무에 있겠소. 혹여 묻거든, 저세상에서 만나 못다 둔 바둑이나 마저 두자 하더라고 전하시구려. 그건 그렇고 손님이 와 있다니 속히 나가 보시오. 제천제 기간 잘 보내시고 차후에 보십시다."

정문 앞에는 서비구가 있었다. 그는 아침이면 인과 함께 태학으로 와서 뒷산 무술원에서 지내다가 인의 퇴청 시각에 정문으로 왔다. 서비구가 바쁘게 나온 인을 정문 건너 숲으로 이끌었다. 초겨울 바람에 초목이 흔들리는 숲에는 여염여인 복색을 한 미하수가 찾아와 있었다. 여염 복색을 한 그는 신녀 같지도, 무사 같지도 않아 낯설었다.

"어쩐 일이십니까?"

대방에서 돌아와 며칠 뒤 가부실이 아닌 고천궁에서 설요를 만났다. 한 달여 전이었다. 소야비가 편찮으시다 하기에 대방을 다녀온 인사를 겸해 문병 간 자리에 설요도 나타난 것이었다. 그 우연한 조우에 왕인은 기쁜 한편 어리둥절했는데, 문병을 마치고 함께 나올 때 설요가 속삭였다.

—우연히 마주친 게 아니에요. 나는 그대가 고천원 일대에 들어서면 그대의 기운을 느낀답니다. 해서 서둘러 온 거예요.

그렇다면 설요와의 밀회가 쉬워질 듯해 기뻤다. 자신이 고천궁에 가기만 하면 되는 게 아닌가. 오늘 밤 만나자는 전갈인가 싶어 설레는데 미하수의 얼굴은 예사롭지 않았다. 퍼뜩 제천제를 잘 보내라던 쇠지레 할아범의 인사말이 스쳤다.

"무슨 일이 생겼습니까?"

"예, 사루 님. 무슨 일이 생길 듯합니다. 두 분 잘 들으십시오. 폐하께오서 며칠 안에 환도하실 것임을 아실 겁니다. 때문에 영고제 준비를 위해 온 한성이 떠들썩하지요. 헌데, 간밤 삼경에 내두좌평 진수림의 사병 육백여 명이 새실나루에서 은밀히 배 두 척을 움직여 출발했다 합니다. 대장은 강채라는 자라 하고, 부대장은 적산이라는 자라 했습니다. 그로부터 몇 시각 후, 지난 새벽에는 조정좌평 진이필의 사병 오백여 명이 작은나루를 떠났다 합니다. 신궁께서는 진수림의 사병이 상대포로, 진이필의 사병이 미추홀로 향한 것으로 짐작하십니다. 작금에 진씨들이 양쪽 바다를 치려는 까닭은 물론 두 바다의 포구를 장악하려는 것이고 그 배경에는 황후 전하가 계신다 하고요. 그들이 워낙 은밀하게 움직였던지라 신궁에서 그 소식을 알게 된 게 겨우 두 시간 전입니다. 급보인 바 저희들이 양쪽으로 파발 먼저 띄워야 하나 오늘밤 신궁 영지에도 침입자들이 있을 듯하여 이렇게 간접 소식을 전하는 것입니다. 하옵고 이건, 신궁께서 전하라 하신 물건입니다."

미하수가 품에서 붉은 종이에 싸인 물건을 꺼내 인에게 내밀었다. 붉은 종이 탓인지 능금 같은데 촉감으로 보아하니 자기로 만들어진 병이었다.

"일천 배로 희석하여 쓰실 수 있을 터입니다만, 피치 못할 경우, 어쩔 수 없는 경우에만 신중히 쓰시라 당부하시었습니다. 소인 이만 물러가옵니다, 사루 님. 차후에 다시 뵙겠나이다."

화살처럼 빠르고 낮은 소리를 쏟아놓은 미하수가 숲 속으로 쑥 들어가 버렸다. 인의 손에는 붉은 종이 뭉치 같은 병이 남았다.

"서비구, 이게 뭘까?"

"독이겠지요."

몰라서 물은 게 아니었다. 사태가 어찌 돌아가기에 이런 것을 주신단 말인가. 일천 배로 희석해 써도 된다는 것은 그만치 치명적인 물건이라는 뜻이 아닌가. 왕인은 약병을 허리춤의 주머니 속에 넣으며 뒤늦게 미하수의 말을 새겨들었다. 간밤 삼경에 배가 출발했다면 늦어도 네댓새 뒤 보름 즈음에는 진수림의 사병들이 상대포에 상륙하리라는 뜻이었다. 은밀히 출발했으니 상륙도 한밤이나 새벽녘일 터. 이구림에 수비대가 있으나 일 년 내내 긴장하며 살지 않기 마련이고, 운무대에서 내려오자면 시간이 걸린다. 결국 이구림과 상대포가 급습을 당할 수 있다는 뜻이었다.

두 필의 말의 고삐를 잡고 있던 서비구가 용추의 고삐를 인에게 건넸다.

"급히 내달리면 그들보다 앞서 도착할 수 있습니다. 소군께서는 걱정 마시고 가부실로 가 계십시오."

"말이 돼?"

"제 소임이 그것입니다."

"그건 그대 소임이고, 내 소임은 내가 해야지. 그나저나, 왜 어제지? 왜 그들이 간밤에 출발했을까?"

"오늘이 열흘이니, 그들이 네댓새 걸려 우리 포구에 이르면 열나흘이나 보름으로 한사리입니다. 한사리는 보름날과 그믐날이죠. 그즈음에 포구에는 배들이 가장 많이 드나듭니다. 거선들이 거의 한사리에 맞춰 들어오거나 나가는 이유는 물이 높아 배를 움직이기 쉽기 때문이지요. 그리고 그보다 대방의 어진 선단이 들어오기 직전에 일을 끝내겠다는 뜻이겠지요. 폐하의 선단에는 주군께서 계시지 않습니까? 미추홀과 관계된 인물들도 있겠지요. 아무튼 소군, 저들이 열나흘에는 이구림에 도착할 게 분명합니다. 그러자면 저 혼자 가는 게 빠릅니다."

"모르는 게 없으면서, 괜한 소리 마."

왕인이 서비구를 흘기며 말에 올랐다. 물론 서비구의 말뜻을 모르는 것은 아니었다. 그는 혹시 모르는 사태에서 왕인을 제외시켜 놓겠다는 것이었다. 혹시 모르는 사태. 왕인이 다섯 살이었을 때 월나 담로성에서 침입해 온 일이 있었다. 그때 부친께서 와 계시었고, 외숙과 취운파가 있었다. 백미르와 취운파 두 사람이 한 시간여 만에 서른 명이 넘는 월나성 병졸들의 목숨을 앗으면서 그들을 물리쳤다. 그때 목숨을 잃은 자들은 구림과 이림 사이 숲 속에 암장되었다. 왕인은 전해 듣기만 하였다. 이후 이구림에 일어난 큰일은 왕인의 가출 사건뿐이었다. 영지에 이따금 출몰하는 자잘한 도적들이야 일도 아니었다. 때문에 왕인은 지금까지 어떤 일도 직접 겪어본 적이 없었다. 직접 겪지 않게 하기 위하여 어른들은 왕인에게 무술을 익히지 못하게 하셨다. 때문에 지금 자신이 간다 하여도 육백여 인의 침입자들, 월나성 병사들까지 가세한다면 천여 명에 이를지도 모를 침입자들에 맞서 할 수 있는 일은 전혀 없을지도 몰랐다.

"진수림의 사병대장에 대해 들어본 적 있어?"

"강채라는 자, 얼굴을 본 적도 있습니다. 그는 마흔다섯 살로 이십여 년 전부터 진수림의 사병대에 들었습니다. 불학이나 무식하지는 않고 충직함을 인정받아 사병대장이 되었습니다. 차분한 성격이나 수하들을 다룸에 냉혹하다 합니다. 그만치 치밀하단 뜻이지요. 언제나 단검을 들고 다니는 버릇이 있습니다. 검집에 수정들이 박혔는데, 유독 빛나는 보석 몇 개는 금강석입니다. 여인들의 화관인 양 화사한 그 검집이 강채의 편벽이자 자랑입니다."

"어찌 그리 잘 알아?"

"소군이 종일 태학의 마당이나 쓸고 계심에 소생이 무얼 하리까. 그런 것이나 알아보며 살지요. 무술원 안팎에는 소생과 같은 하릴없는 자들이 많습니다. 스스로 무얼 하며 사는지 모르므로 수련이나 하자는 막막함에 시달리는 이들이지요. 그런 자들을 뽑으러 오는 사람들이 바로 각 사병대의 수장들입니다. 여튼 부대장 적산이라는 자는 강채의 사촌아우로 늘 강채를 따르는 자입니다. 서른 살은 넘었고 마흔 살은 못 된 듯했습니다. 이자는 식자가 제법 들었고 검술에 능합니다. 진수림 사병대의 책사라고 보아도 무방할 것입니다. 얼굴이 말상임에도 수염을 기르지 않는 편벽이 있습니다."

웃을 상황이 아님에도 왕인은 웃음이 났다.

"또 있어?"

"조정좌평 진이필의 사병대장은 민동이라는 자입니다. 갓 서른 살로 무사시에 여러 번 응시했으나 급제치 못하였습니다. 시과에 따르는 규칙을 준수치 못하는 불같은 성정 때문인데, 무술 실력이 뛰어난 데다 수하들을 조련시키는 기술이 남달라서 사병대장이 되었습니다. 그리고 오늘 밤 신궁 영지를 침범할 자들은 아마도 내신좌평 진고도의 사병일 것입니다. 진고도의 사병대장은 우처노라는 자입니다. 우처노는 무사시에 급제하여 한성수비군에 임한 적이 있으나 물러나 진고도의 사병대장 노릇을 하고 있습니다. 우처노가 이끄는 내신좌평의 사병대는 오히려 숫자가 많지 않습니다. 정예부대란 뜻이고, 오늘 밤 신궁무사들이 곤욕을 치를 것이란 의미이지요."

"며칠 뒤 우리도 곤욕을 치르리란 뜻일 테지. 그러니 서둘러 가야지. 가자, 용추!"

태학 앞의 거리를 빠져나온 왕인은 용추에 박차를 가하며 속도를 냈다. 왕인은 이구림의 십오 대 사루였다. 이구림이 없다면 사루라는 이름도 없었다. 사루왕인이라는 이름도 필요 없는 것이었다. 석양이 드리워지기 시작했다. 대방에서 말을 달리던 생각이 났다. 어떤 근심도 없이 그저 달리기만 하면 되었던 그때. 태산 산허리에서 멧돼지를 사냥하는 기마병들을 구경하는 일은 재미났다. 첫날 잡은 멧돼지가 백여 마리였다. 그 돼지들의 절반을 태산읍성에 들여 주어 읍성민들이 고기 잔치를 벌였고 나머지 절반의 고기로 우현왕의 진영에서도 별빛 아래 잔치를 벌였다. 둘째 날, 셋째 날 사냥한 돼지들은 주둔지에서 가까운 성민들에 나눠주었다. 넷째 날의 사냥물은 황성까지 가는 길목의 마을들에 나눠주었다. 왕인은 따라다니며 구경만 하였으되 태산의 멧돼지 숫자를 절반쯤은 줄였을 그때 닷새간의 야영 경험은 평생 잊지 못할 터였다.

한성에서 이구림으로 가는 길에서도 야영을 했다. 산천에는 아직 막바지 단풍이 눈부셨고 들판에는 끝물 가을걷이가 한창이었다. 왕인과 서비구는 그 풍경들에 잠겨 있을 겨를 없이 달렸다. 보통 엿새 걸려 다니는 길을 나흘로 줄이자니 잠도 노상에서 잠깐씩 잤을 뿐이고, 끼니는 하루 한두 번 대충 먹었다. 이림에 도착했을 때는 시월 열나흘 신시 초였다. 아이들이며 사람들이 두 사람을 흘깃거리며 지나갔다. 사나흘 풍상에 시달린 행색이 동냥치 꼴이라 왕인을 알아보지 못하고 도리어 피하는 것이었다. 초

겨울 오후의 햇살이 평화로웠다. 숲 속 마을 이림은 적막했다. 인의 가슴이 불안으로 죄어들었다.

"저는 망월정으로 가서 경계종을 울리고 봉화를 피울 터이니 소군은 단주님을 먼저 뵈십시오."

"아직 아무 일도 벌어지지 않는 게 맞지?"

"아직은요."

"저들이 언제쯤 닿을까?"

"아무리 빨라도 오늘 밤은 되어야 할 터입니다."

"오는 동안 여러 번 생각했는데, 서비구!"

"예."

"손자(孫子)의 병법에 싸우지 않고 적을 굴복시키는 것이 최상의 방법이라 했는데, 저들을 죽이지 않고도 우리가 사는 방법이 있을까? 그저 내쫓기만 한다면?"

"저도 여러 번 생각했습니다. 저들을 그냥 되돌아가게 할 방법이 있는가. 헌데 저들이 이림을 죽이기로 작정하고 오는 것인 바 우리가 죽든지, 저들이 죽든지, 그것밖에 없는 듯했습니다."

"이백 년 전에 송경(宋鏡)은 전쟁이란 전투 전에 이미 승패가 나 있다 했어. 우리는 이미 승패가 결정된 전쟁에 임하려 드는 게 아닐까?"

"속설에는 싸움은 끝나봐야 안다고 했습니다. 또 저는 전쟁을 해본 적이 없습니다. 해보지도 않고 승패를 운운할 자격 또한 없지요."

"노자(老子)는 전쟁은 선한 수단이 아니며 또 군자가 사용할 수단이 아니므로 부득이한 경우에만 사용하는 수단이라고도 했어. 지금이 부득이한 경우일까?"

"고대의 병서 《사마법(司馬法)》에는 만약 한 사람을 죽여야 천하 사람들이 편안하다면 그를 죽여도 좋고, 또 그 나라를 쳐야 그 백성을 사랑하는 것이라면 그 나라를 쳐도 좋고, 또 전쟁을 해야 천하가 안정된다면 전쟁을 해도 좋다고 쓰여 있었던 듯합니다. 지금이 부득이한 경우일 겁니다."

"살인을 해본 적 있어?"

"없습니다."

"할 수 있겠어?"

왕인은 스스로에게 거듭 묻는 것이었다. 전쟁을 할 수 있는가. 살인을 할 수 있는가.

"구림 십오리 와장촌에는 제 부모형제, 조부모, 숙부모들, 사촌, 육촌 등을 아울러 혈족 백오십여 인이 삽니다. 나머지 이백오십여 사람들도 혈족과 다를 거 없습니다. 헌데 그들은 이림을 기반으로 하여 삽니다. 기반이란 딛고 사는 땅이지요. 이림이 죽으면 그들도 죽습니다. 모든 이구림이다 그렇습니다. 나를 죽이러 오는 저들에 맞서는 방법이 달리 있으리까."

오는 동안 나누어야 했을 대화였다. 그럼에도 결론이 이것밖에 없음에 서로 피했다. 저들은 이림을, 이림만 죽이면 구림과 상대포를 장악할 수 있을 것이라 여기는 것일 터이지만 이림을 죽이면 이구림이 전부 죽는다는 것을 몰랐다. 저들은 그래서 구림 사람들에게 이림이 곧 삶이며 이림을 살리기 위해서라면 무슨 짓이든 한다는 것도 몰랐다. 실상 왕인 스스로도 실감해 본 적 없었다. 막연히 그럴 것이라 여겨왔을 뿐이라 사루라는 자신의 위치에 대해서도 막연했다. 일이 터지고서야 그 일을 감당할 책임이 자신에게 있음을 비로소 느끼고 있었다.

"누구냐!"

두 사람이 말을 붙들고 선 채로 결론을 짓는 사이에 몇 명의 수비대들이 다가들다가 두 사람을 알아보고는 황황히 움직였다. 서비구가 그들의 소란을 제지시키며 두 사람을 데리고 망월정으로 갔다. 왕인은 두 사람에게 종소리를 듣고 올 수비대장과 당주들을 단주당으로 모시라 시킨 뒤 단주당으로 향했다. 단주당 앞에서 이르러 기척을 내는데 어느새 경계종이 울리기 시작했다. 일정하게 울리는 아홉 번의 종소리와 짧게 세 번씩 세 차례 울리는 종소리. 경계종소리가 채 끝나기 전에 단주당의 회실(會室) 문이 벌컥 열렸다. 시녀 두리가 아기를 업은 채 나왔다. 지난봄에 배가 동산만 하더니 그새 아기를 낳아 업고 다닐 정도가 된 것이다. 두리의 등에서 잠든 아기를 보는 왕인에게 불쑥, 올해 이구림에서 태어난 아기들이 몇이나 될까 하는 궁금증이 생겼다.

"소, 소군!"

"어마님은 안에 계시오?"

그때 다님 부인과 당주 솔재와 세진구가 함께 나왔다. 솔재는 상대포항에 출입하는 모든 배와 창고를 관장했다. 상선과 어선들에 몇 명의 사람이 탔고 무슨 일을 하고 무엇을 싣고 있는지 그가 파악했고 창고에 쌓인 물건들을 관리했다. 당주 세진구는 집사 자승진의 아들로 다님 부인을 도와 부단주 역할을 했다. 왕인이 세 사람을 안으로 들게 하고 절을 했다.

"무엇이냐. 저 종소리는 뭐고. 서비구가 울리는 것이냐?"

"예, 어마님. 이구림을 침입할 자들이 있을 듯하다는 신궁의 전갈을 듣고 급히 달려왔나이다. 소자들이 지난 열흘날 유시 참에 출발했사온데 침입자들은 그 전날 밤 삼경에 해로로 출발했다 하옵니다. 하마 오늘밤에는 그들이 상륙치 않을까 싶습니다. 지도가 있지요?"

다님 부인이 궤 속에서 지도를 꺼내 돌아서다 휘청했다. 솔재가 달달 떠는 다님을 부축해 좌대에 앉히고는 탁자 위에 지도를 펼치며 물었다.

"소군, 저들이 몇이나 되는지는 아십니까?"

왕인은 솔재가 펼친 지도를 다림질하듯 손바닥으로 문질렀다. 그림을 그린 무명천에 촛농을 입혀 습기를 방지한 월나 지도였다. 이구림과 상대 포구 동북쪽으로는 월나악이었다. 서북쪽은 열한 개의 봉우리로 솟은 피리산이었다. 두 산에 감싸여 있어도 육로는 팔방으로 나 있는 셈이나 해로는 피리산 남방의 바닷길뿐이었다.

"그들은 내두좌평 진수림의 사병으로 숫자가 육백여 명이라 합니다. 두 배에 나누어져 있고요."

"육백이라면, 아예 우리를 쓸어내겠다는 뜻이로군요."

세진구가 침통하게 덧붙였다.

"육백뿐이 아니라 그들이 이미 담로성에 연통하여 함께 움직일 수 있음을 감안해야 하지 않겠습니까?"

"그렇지요. 그렇습니다. 포구로 들어오는 물길목이 담로성과 가까우니 필시 연통을 하였겠지요. 물뫼나루에서 내려 담로성 군사들과 함께 육로로 올 수도 있고. 한성군은 포구로 들어오고 담로군은 육로로. 담로성에 보통 오백여 수의 병사가 있으니 일단 천여 명을 전제해야겠습니다."

솔재의 말에 다님 부인이 말했다.

"어찌되건 큰일이로다. 선상 수비대들은 다 배를 따라 나갔고, 육상 수비대의 삼분지 이를 겨란섬에 보내놓지 않았겠느냐. 서너 달 전, 신궁의 편지에 늘 대비하고 있으라 하였으나 시기가 적혀 있지 않았기에 이리 급박하게 될 줄 몰랐지."

섬 가운데 커다란 연못이 있는 데다 형상이 달걀 같다 하여 겨란섬이라 불리는 그곳은 주변에 자잘한 섬을 여럿 거느리고 있었다. 겨란도와 그 주변 섬들이 썰물 때면 모래톱으로 연결되어 한 섬이 되는 그곳은 피리산 옆 바다에 퍼져 있었다. 아로곡에 있던 구해왕궁이 사라지면서 무인도로 버려졌던 곳을 이구림이 다시 개척하여 농지를 만든 지는 삼십 년쯤 되었다. 땅들이 비옥하여 소출이 많았다. 가을걷이가 시작되어 수확물을 다 실어 낼 때까지는 그곳들에 도적이 출몰하곤 하였다.

"겨란섬에 수비대장이 가셨습니까?"

"아니오, 소군. 대장이 아니라 부대장 희로가 나가 있습니다."

"허면 현재 우리 병력이 수비대원 이백에 운무대 사람들을 합치면 이백오십여 명쯤 되는 것이로군요."

솔재에게 묻는데 다님 부인이 고개를 저었다.

"학동들을 어찌 싸움판에 넣겠느냐. 보륜사께서도 그건 용납지 않을 터이니 운무대에서 도비 선생이 데려올 사람은 잘해야 오십여 인이라 봐야 할 것이다. 더구나 보륜사께서는 요즘 많이 편찮으시다. 작은할아버님께서 게 가시는 것도 그 때문이고."

솔재가 말했다.

"망월정에서 피고 있을 연기를 운무대에서 지금쯤 보고 있을 것이니 초저녁이면 도비 선생이 사람들을 데리고 내려올 터입니다. 겨란섬에서도 봉화를 보게 될 것이니 최소한의 병력만 남기고 돌아올 것이고요. 그런데 그들이 섬에서 나오자면 물때가 맞아야 할 것이므로 빨라도 올 밤 사경에나 이쪽에 닿을 수 있습니다. 그들까지 다 합치면 병력이, 오백쯤 되는 셈입니다."

"그렇다면 우선 겨란섬에서 올 병력들은 빼야지요. 결국 이백오십여 인이라 봐야 하구요."

이백오십여 명이 천여 명에 이를 적과 싸워 이기는 방법이 무엇일까. 왕인은 실전 경험은커녕 목숨 있는 것들을 향해서 스스로는 손가락 하나도 퉁겨본 적이 없었다. 재미 삼아 읽은 병서의 구절이나 떠올려볼 수밖에 없는 것이다.

"당주님, 물뫼여울목이 왜 여울목이라 불리는 것입니까?"

"그야, 사리의 들물이 억세질 때면 그곳에서 여울현상이 일기 때문입니다. 바다 속 물살이 소용돌이치는 것이지요. 그렇기 때문에 사리 들물 때면 배들이 여울목을 비켜 피리산 단구쪽으로 붙어 오가게 됩니다."

"그건 누구나 다 아는 사실입니까?"

"우리 포구를 정기적으로 드나드는 배들이나 알지 누구나 알고 있지는 않을 것입니다. 예서 나고 자라신 소군께서도 모르고 계시지 않으셨습니까."

"우리 이구림 사람들은 바다에 익숙하지요?"

"그야 바닷가에서 태어나 살고 있는 이들이니 그렇지요."

"우리 포구를 일상으로 드나드는 배들과 그렇지 않은 배를 밤에도 구별할 수 있고요?"

"그건 더욱 당연한 일이고요."

"현재 포구에 우리 배는 몇 척이나 있는지요."

"거선들은 전부 나가 있고 오늘 돌아온 이림호와 내일 저녁 무렵에 나갈 준비를 하고 있는 구림호를 아울러 중선이 네 척, 소선은 스무 척 남짓 있습니다. 어찌하시려고요?"

"이 지도에는 포구로 들어오는 길 중에 물뫼협의 폭이 가장 좁으면서도 깊은 것으로 나와 있는데 맞나이까? 하여 여울목이 된 것이고요?"

"그렇습니다."

"제가 아는 바가 없는 고로 수비대장이 드시면 함께 의논을 해봐야 하 겠습니다만, 우선 생각하기로는 바다에서 저들을 맞는 것이 어떻겠냐는 것입니다. 저들은 이곳 바다가 낯선 곳이나 우리는 손바닥 아니겠나이까. 여러 특기를 가진 이구림의 장정들이 모두 수비대가 될 수 있지요. 저들이 육로로 오려 한다면 상륙할 곳이 담로성 앞의 물뫼나루일 것이고 솔재 님 말씀대로 월나성 군사들은 저들이 상륙한 뒤 합일하여 함께 움직이려 하 기가 십상일 터이니, 배를 타고 올 저들이 아예 상륙을 못하게 만드는 것 입니다."

"그, 그리할 수 있다면 좋겠으나 그게 가능하겠느냐?"

다님 부인의 걱정 어린 의문에 솔재가 고개를 끄덕였다.

"아닙니다, 단주님. 소군의 말씀 듣고 보니 그보다 좋은 방안은 없을 듯 합니다. 그들이 상륙한다면, 더구나 담로성과 연통하여 함께 온다면, 온 포구와 이구림 일대가 전장이 되는 것인데, 노인들과 아이들과 여인들을 피신시킨다 해도, 약탈과 방화를 피할 길이 없을 것입니다. 포구의 창고들 에 불길이 닿는다면, 우리 물건이라도 통탄할 노릇이나 그것이 외부 선주 와 물주들이 맡긴 물건들일 때 우리 상대포는 남부서해안 중심 포구로서 의 위상을 잃을 수밖에 없습니다. 물건을 잃었으매 어떤 선주들이 우리 포 구에 닻을 내리려 하겠으며 어느 물주들이 우리 포구로 수레를 몰고 오겠 습니까. 여객들도 마찬가지겠지요."

"그건 그렇소. 한데 우리가 해상전이 가능할까? 더구나 겨울이 시작되었는데?"

"가능하도록 해봐야지요. 다 같이 모이면 의논을 해봐야겠으나 급박하니 우선 소군이 생각하신 방안에 맞춰 방법을 의논함이 이 상황에서는 적절할 듯하나이다."

밖에서 인기척이 났다. 서비구였다. 그의 뒤에 수비대장 대만과 당주 네 사람이 있었다. 가까이 있어 맨 먼저 달려온 이들이었다. 솔재가 다님의 탁자에 있던 지도를 벽에다 거는 사이에 세 명의 당주가 더 들어왔다. 솔재가 그들에게 왕인이 했던 말을 반복했다. 앞서거니 뒤서거니, 한 식경만에 모여든 이들로 단주당 회실이 미어질 지경이 되었고 가지가지 의견들이 마구잡이로 쏟아졌다. 한참 동안 온갖 말들을 경청하던 왕인이 일어나서 지도 앞에 섰다. 실내가 고요해졌다.

"잠깐 사이에 여러 의논들을 하시었으니 제가 종합해 보렵니다. 한성에서 오고 있을 저들의 수는 육백여 인이고, 그들은 두 척의 배에 나뉘어 있습니다. 저들이 배 한 척에 삼백여 수나 태워 출발했다면 그 배들은 원래 전선으로 건조된 것임을 여러 어른들께서는 이미 짐작하셨습니다. 월나성 군사가 움직인다 하면 합이 천여 명에 이를 것이라, 저들이 만나기 전에, 진수림의 사병들을 바다에서 해결함이 좋겠다 하시었구요. 여러 말씀들을 아울러 봤을 때, 접전 장소는 여기 담로성이 있는 물뫼나루 전방 오리쯤의 물뫼여울목입니다. 이림호와 구림호를 전선으로 변환시키고 두 배에 나누어 탈 사람들을 정해야겠지요. 대비는, 선상전과, 선상전과 함께 할 피리산 단구 쪽의 협력전과, 이구림 수비전 등 세 가지 방향에서 진행되어야 할 것이고요. 헌데 모든 일들이 수비대원들뿐만 아니라 당주님들 휘하의 이구림인들이 움직여야 할 터이므로 결국 당주들께서 동의하셔야 하옵니다."

한성에서 누왕인이 직접 달려왔다. 사나흘 밤낮을 달려온 열일곱 살 소군의 몰골이 이미 젊은이의 그것이라 할 수 없는 형상이었다. 이견을 제시하고 다시 의논할 겨를이 없었다. 당주들이 일제히 고개를 숙였다.

"하오면 오늘 밤에 물뫼여울목에서 접전한다는 전제 아래 준비해 주시기 바랍니다. 그리고 전황이 우리에게 유리할 것이란 믿음과 전제 아래 말씀드립니다. 우리가 우세하여 저들을 진압할 수 있게 되었을 때, 항복해 올 자들은 거두어 주십시오. 하나의 목숨이라도 더 없애는 방향으로 싸우는 게 아니라 하나의 목숨이라도 더 살 수 있는 방향으로 싸우자는 것입니다. 그런 마음으로 준비에 임해 주시고, 이후 수비대장께서 모든 지휘를 해주십시오."

수비대장 대만이 일어났다.

"방금 소군께서 말씀하신 것에 덧붙여 각 당주들께서 맡으실 일을 배분하게 되겠습니다만, 그 전에, 저들이 이구림을 치자고 들었을 때 가장 중점을 둘 것이 무엇인지 생각해야겠습니다. 물론 이림임을 다들 아십니다. 지금까지 저들이 이림을 치고자 할 때 표적은 늘 사루들이었습니다. 헌데 작금에 주군께서 대방에 계심을 저들이 모를 리 없고 소군께서 한성에 계심을 모를 리도 없습니다. 우리 소군이 한성에 계신 것으로 알고 있는 저들이 한성의 왕인을 제하려 하지 않고 이림으로 오는 까닭은 이림 자체를 없애겠다는 뜻임과 동시에 이림 안에 표적을 정했다는 뜻이 될 것입니다. 저들의 표적이 누구겠습니까? 바로 단주님이겠지요. 때문에 오늘 우리가 염두에 두어야 할 것은 소군이 여기 와 계신 것을 저들이 모르게 해야 한다는 것이고, 단주님 보호에 역점을 두어야 한다는 것입니다. 그럼 각 당

357

주들께서 맡으실 일들을 말씀드리겠습니다."

대만이 연이어 각 당주들이 할 일을 제시했다. 적선이 들어올 물길이 뻔하므로 물아혜군의 우산목 나루에 연통하여 적선이 들어오는지 정찰하라. 봉화를 올리고, 물뫼협 양안의 이구림 사람들에게 담로성 쪽의 동태를 살피라 하라. 이구림에 속한 모든 영토들에 봉화를 띄우고, 물뫼여울목에서 적선을 맞이하고, 맞이한 적선을 물뫼여울목에서 침몰시킨다. 아녀자들을 은하곡과 모둘곡 등으로 나누어 대피시키되 단주님의 피신처는 따로 마련한다. 대만의 계획을 들은 당주들이 각자 맡은 바 일을 하기 위해 일시에 회실을 빠져나갔다. 수비대장 대만이 나가기 전에 다님 부인을 향해 말했다.

"단주님, 우리 소군께서 심히 야위시었습니다. 이제 저희들이 알아서 할 터이니 우선 사루께서 무어라도 좀 드시게 하시고 쉬시게 하오소서."

"그렇지 않아도 두 사람이 오는 동안 심히 곯은 듯하여 애가 끓던 참이오. 내 잠시 이 사람들의 속을 채워줄 터이니 대장이 잘하시구려. 그리고 내 걱정은 따로 할 것 없어요. 장정들처럼 나아가 싸우지 못할지라도 평생 일로 다져온 몸이 아직 멀쩡하니 여러 부녀들과 더불어 대장을 도울 일이 얼마든지 있지 않겠소. 부녀들이 할 일도 찾아 알려주세요. 그리고 누와 서비구는 속을 다스린 다음에 대장께로 갈 겝니다. 여기까지 달려온 사람들이 배불렀다고 잠이나 잘 성정들이겠소?"

모친의 말씀에 왕인이 대만에게 말했다.

"그렇습니다, 대장님. 저희들도 곧 포구로 나갈 터이니 잠깐 앞서 가십시오."

모자의 단언에 대만이 말리기를 포기하고 나가는데 그새 아기를 벗은 두리가 상을 들고 들어왔다. 함께 들어온 버들 부인의 품에는 두툼한 옷 보따리가 안겨 있었다. 서비구가 상을 받아 놓았다. 누룽지탕과 삶은 마가 짐채와 함께 얹혀 있었다. 지난 아침에 국밥 한 그릇 먹은 뒤 내내 굶었던 인과 비구는 인사 차릴 새도 없이 허기를 때우기 시작했다.

"체할라. 찬찬히들 드시오."

버들이 물그릇을 상에 올려주며 말했다. 한성에서 군사들이 쳐들어온 다 하나 그들이야 수비대며 이구림 사람들이 모조리 달려들면 막을 터였 다. 버들에게는 모처럼 돌아온 누왕인의 형상이 부랑자처럼 추레해진 게 가슴이 아렸다. 누왕인은 다님의 젖이 아니라 버들의 젖을 먹고, 버들이 지은 옷을 입고 자랐다. 여누하의 옷보다 누왕인의 옷에 정성을 들였음은 말할 것도 없었다.

"예, 어머니. 걱정 마세요. 그리고 내일 아침에는 고기 반찬을 해주세요. 며칠 동안 굶으면서 어머니가 차려주시는 밥과 반찬이 몹시 그리웠어요."

왕인이 버들을 안심시키기 위해 그의 볼을 쓰다듬으며 어리광을 부렸 다. 다섯 살 무렵까지 버들 부인이 생모인 줄 알았다. 그 무렵까지 버들의 젖을 만지며 노상 그의 품에서 살았기 때문이었다.

"그럴게요. 그리 하고말고요. 단주님, 내일은 돼지를 몇 마리 잡게 해주 시어요."

"아무렴, 돼지 몇 마리뿐이겠나. 떡도 하고 술도 풀어야지. 그리하세. 우 선은 찬찬히들 먹고, 어머니가 챙겨 오신 옷들로 갈아입고 가거라. 서비구 도. 행색들이 말이 아니로다. 서비구, 고집 센 왕인을 받드느라 고생이 많 지?"

다님이 버들의 정성을 생각해서 말을 보태니 서비구가 예, 하며 씩 웃었다. 그런 서비구의 등짝을 다님이 쓰다듬었다. 왕인의 목숨을 책임진 젊은 이였다. 왕인이 나흘을 달려왔음에 서비구가 아니었더라면 어찌 왔을 것인가. 아이의 충직함이 듬직하였다. 서비구의 충직함 덕분에 세 밤과 세 낮을 달려온 왕인은 오늘 밤으로 자연스럽게, 사루가 되었다. 아직 어리다 여겼더니 아니었다. 이구림에 속한 많은 사람들의 목숨을 지킬 만한 장부가 되어 있지 않은가. 아들이 이미 장부가 되었고 사루가 되었음을 느끼고 나니 한성군이 쳐들어온다는 소리를 처음 들었을 때의 떨림이 사라져 버렸다. 찬찬히들 먹어라. 체하지 않게. 다님은 서비구의 젊은 등짝을 연이어 쓸었다. 아들 왕인을 쓰다듬는 것이었다.

(2권에 계속)

소설《왕인》주요 인물 가계도

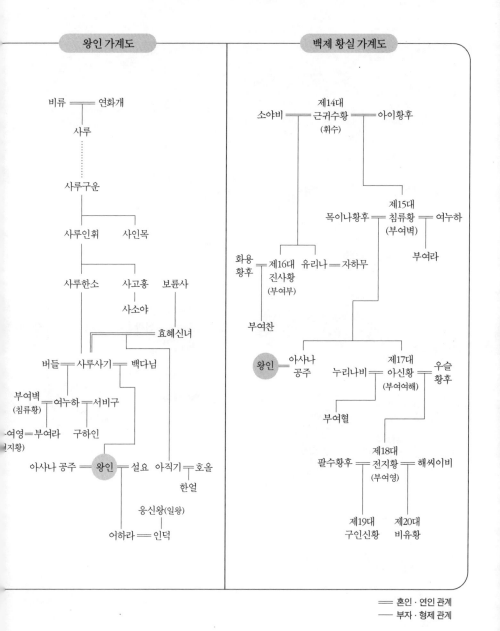

왕인 가계도   백제 황실 가계도

혼인·연인 관계
부자·형제 관계

소설《왕인》대백제 영토 지도

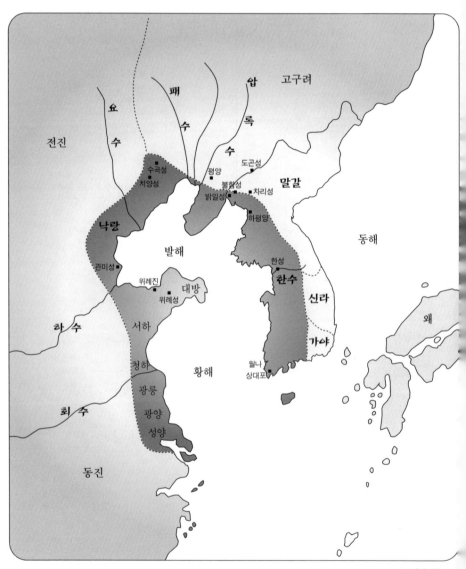

■ 백제 영토